权威版本 · 原汁原味

Translation Classical

经典名著名译

WORLD LITERATURE

欧·亨利短篇小说选

(美) 欧·亨利 / 著

以 笙 / 编译

全译本

黑龙江美术出版社

图书在版编目（CIP）数据

欧·亨利短篇小说选 / 以笙编译. -- 哈尔滨 : 黑龙江美术出版社, 2018.4

ISBN 978-7-5593-2436-8

Ⅰ. ①欧… Ⅱ. ①以… Ⅲ. ①短篇小说-小说集-美国-近代 Ⅳ. ①I712.44

中国版本图书馆 CIP 数据核字（2018）第 042795 号

书　　名　欧·亨利短篇小说选

　　　　　OU · HENGLI DUANPIAN XIAOSHUOXUAN

编　　译　以　笙

责任编辑　李　旭　李文博

出版发行　黑龙江美术出版社

地　　址　哈尔滨市道里区安定街 225 号

邮政编码　150016

发行电话　（0451）84270524

网　　址　www. hljmscbs. com

经　　销　全国新华书店

印　　刷　北京飞达印刷有限责任公司

开　　本　170mm×240mm　1/16

印　　张　18

版　　次　2018 年 4 月第 1 版

印　　次　2021 年 1 月第 2 次印刷

书　　号　978-7-5593-2436-8

定　　价　42.00 元

前 言

欧·亨利（1862—1910），美国著名批判现实主义作家，与莫泊桑，契诃夫共称为“世界三大短篇小说大师”，曾被评论界誉为“曼哈顿桂冠散文作家”和“美国现代短篇小说之父”。他的一生富于传奇性，当过药房学徒、牧牛人、会计员、土地局办事员、新闻记者、银行出纳员，甚至坐过监狱，并由此开始了他的写作生涯。他的作品构思新颖，语言诙谐，又因描写了众多的人物，富于生活情趣，被誉为“美国生活的幽默百科全书”。欧·亨利是其笔名，原名为威廉·西德尼·波特。代表作有小说集《白菜与国王》《四百万》《命运之路》等。其中一些名篇如《爱的牺牲》《警察和赞美诗》《带家具的房间》《麦琪的礼物》《最后一片叶子》等使他获得了世界声誉。

欧·亨利的小说最显著、最为人熟知和称道的特点是结尾出人意料，即“欧·亨利式结尾”。他在故事情节发展过程中，将某一方面着力描写。这些描写与主题是密切相关的，但并没有触及最重要的事实，最重要的事实只用一两笔带过，读者难以看出他埋下的伏笔。到故事结尾处，笔锋一转，写出一个意想不到的结局，从而产生出独特的艺术魅力。这时，读者再回想一下整个小说，会为欧·亨利精妙的构思而拍案叫绝。他的这种意料之外、情理之中的结局是独具匠心的，但并非挖空心思才想得出来的。

欧·亨利本身是一个穷苦的人，因此他的文章中主人公大多是一些贫穷的劳动人民，充满了对劳动人民的同情。他的小说之所以让人喜欢，是因为读者往往猜不出他的小说的结果是什么，且真正的结果会让读者难以置信，这也说明了他丰富的想象力。欧·亨利的短篇小说，多为描写一些小人物，描写美国西部牧场，描写那些死要面子且成天做白日梦的小职员，描写一些城市的骗子，以及对拜金主义者的嘲讽等。尽管欧·亨利对社会现状总有不满，可他也没有放弃希望，因此他笔下的悲惨的故事和人物总会有一个相对比较好的结局，也让我们深深地体会到微笑里的辛酸、讽刺里的悲哀和无可奈何。

欧·亨利的小说通俗易懂，其中无论发生了什么，发生在何处，也无论主人公是何等人物，他的故事写的都是世态人情，并且有浓郁的美国风味。一般说来，驱使人们行动的欲望和动机是相当复杂的，但是欧·亨利所写人物的思想相对来说却都比较简单，动机也比较单一，矛盾冲突的中心似乎都是贫与富。这一方面大概因为美国是个平民社会，不存在天生高人一等的贵族阶级，既然金钱面前人人平等，贫富就成了社会的主要矛盾。另一方面，此时正值美国内战后的“镀金时代”，拜金主义盛行，坑蒙拐骗样样齐全，贪污泛滥成灾，似乎只要人能赚到钱便是成功，并不问钱的来历是否清白合法，难怪金钱的占有程度变成了人们关注的中心。欧·亨利笔下的芸芸众生就是生活在这样一个金钱主宰的世界中，他们的处境动机，他们的喜怒哀乐，大都与金钱的占有有关，所以欧·亨利描绘的世态人情，无论是善是恶，都有某种美国式的单纯。

欧·亨利的成功主要在于他善于捕捉和把握生活中的典型场面，在一个个生活的片断里，处于两难中的主人公必须面对抉择，这时不仅能集中刻画人物的心理，也能充分展示生活中固有的矛盾。再加上欧·亨利具有把情节剪裁得恰到好处的本领，因而能在很短的篇幅内达到一种思想与艺术相结合的完美效果，给人以深刻的印象，而这也正是他的短篇小说成功的关键。

欧·亨利以其众多的作品，以及作品的巧妙构思和幽默赢得了世界范围内的赞誉，成为美国独树一帜的短篇小说家。近百年来，欧·亨利的小说在全世界一版再版，始终拥有大量的读者，足见其作品的生命力。1918 年，美国设立一年一度的“欧·亨利纪念奖”，专门奖励每年度的最佳短篇小说，并以此纪念对短篇小说创作做出突出贡献的文学巨匠。

目　录

麦琪的礼物

一元八角七。全都在这儿了，其中六角是一分一分的铜板。这些铜板是从杂货店老板、菜贩子和肉店老板那儿死皮赖脸地一分两分地扣下来，直弄得自己羞愧难当，深感这种掂斤播两的交易实在是丢人现眼。黛拉反复数了三次，还是一元八角七，可是第二天就是圣诞节。

她除了扑倒在那破旧的小睡椅上号啕大哭之外，显然别无他法。

黛拉这样做了，可精神上的感慨油然而生，生活就是哭泣、抽噎和微笑，尤以抽噎占统治地位

当这位家庭主妇慢慢冷静下来，让我们看看这个家吧。一套每周房租八美元的廉价公寓，带一套家具。尽管难以用笔墨形容，可它真真够得上乞丐窝这个词儿。

楼下的门道里有个信箱，可从来没有装过信，还有一个电钮，也从没有人的手指按响过电铃。另外，那儿还有一张写着“詹姆斯·狄林翰·杨先生”的名片。

“狄林翰”这个名号是主人先前春风得意之际，一时兴起加上去的，那时候他每星期可以挣三十美元。现在，因为他的收入缩减到二十美元，“狄林翰”的字母也显得模糊不清，似乎它们正慎重地思索着是否应该被缩写成谦虚而又讲求实际的字母 D。不过，每当詹姆斯回家，走进楼上的房间时，詹姆斯·狄林翰·杨太太，也就是刚刚介绍给诸位的黛拉，总是把他称作“吉姆”，而且热烈地拥抱他。那当然是再好不过的了。

黛拉哭完之后，往面颊上抹了抹粉。然后她站在窗前，痴痴地瞅着。

灰蒙蒙的后院里一只灰白色的猫正行走在灰白色的篱笆上。明天就是圣诞节，可是她给吉姆买礼物的钱只有一元七角八分。她花去好几个月的时间，用了最大的努力一分一分地攒积下来，才得了这样一个结果。每星期二十元实在是不禁花。支出大大超过预算。这是常有的事。只有一元八角七分钱能给吉姆买礼

物。她可怜的吉姆！黛拉的许多快乐时光是在为吉姆盘算买合意的礼物中度过的。她希望为他买一件可心的礼物，一件精致、珍奇、贵重的礼物——至少应该有点儿配得上吉姆所有的东西才成啊。

房间的两扇窗子之间有一面壁镜。你可能见过这种廉价租金的公寓里的镜子。一个非常瘦小而灵巧的人，从观察自己在一连串的纵条中的影像，可能会对自己的容貌得到一个大致的概念。黛拉身材纤细，并且她已经掌握了这种照镜子的技巧。突然，她从窗口旋风般地转过身来，站在壁镜前面。可是不到二十秒钟，脸上又忽然失去了血色。她快速把头发拉开，让它一直垂落下来。

詹姆斯·狄林翰·杨夫妇各有一件特别引以为豪的东西。一是吉姆的金表，是他祖父传给父亲，父亲又传给他的传家宝；另外一个是黛拉的秀发。即使示巴女王[①]住在了小天井那边的屋子里，黛拉哪一天也可以把自己的头发晒到窗外去晾干，使那女王的宝贝珍珠黯然失色；即使所罗门王当了地下室的看门人，那里堆满了财宝，吉姆走过时掏出他的金表看，所罗门王都会嫉妒得吹胡子瞪眼睛。

此时，黛拉的秀发披洒在她的周围，微波起伏，闪耀光芒，有如那褐色的瀑布。她的秀发长及膝下，仿佛是她的一件长袍。不一会儿，黛拉又神经质地匆匆将头发盘起，木然地站在那，踌躇着。几滴泪水洒落在快磨出洞来的红地毯上。

她穿上褐色的旧外衣，戴上褐色的旧帽子，眼睛里残留着晶莹的泪花，裙子一摆，便飘出房门，下了楼梯，走到街上。

过了一会儿，她在一块招牌前停下来。招牌上写道："莎芙朗妮女士，头发制品大全。"黛拉奔上楼梯，气喘吁吁地定了定神。那位女士身形肥大，皮肤苍白，冷若冰霜，同"莎芙朗妮"这个名字的意味大相径庭。

"您想买我的头发吗？"黛拉不安地问道。

"我买头发，"那位女士说，"揭掉帽子，让我看看发样。"

那褐色的瀑布披洒了下来。

"二十块。"女士一边说，一边内行似地抓起头发。

"好吧，快把钱给我吧。"黛拉说。

啊，接着而至的两个小时犹如长了翅膀，愉快地飞掠而过。还是别管这些庸滥的比喻吧。黛拉正在彻底搜寻各家店铺，为吉姆买礼物。

终于找到了。那准是专为吉姆特制的，决非为别人。她把所有的店铺全都翻

---

① 示巴女王：基督教《圣经》中朝觐所罗门王，以测其智慧的示巴女王，她以美貌著称。

了个天翻地覆，其他店铺里全都没有这种东西。它是一条朴素的白金表链，镂刻着花纹。只凭本身优良的质地，不用浮华的装饰来炫耀，也能显示自己的价值——好的东西都应如此。而且它正配得上那只金表。当黛拉第一眼看到它，就知道它的主人非吉姆莫属。它就像吉姆本人，文静而有价值——这一形容对两者都恰如其分。她用二十一元买下了表链，而后带着剩下的八角七分钱急忙赶回家。吉姆有了这条表链，无论在任何场合，吉姆都可以毫无愧色地看时间了。吉姆的表虽然气派，因为用的是旧皮带取代表链，他有时只偷偷地瞥上一眼。回到家中，黛拉陶醉的心情稍微变得现实和理智了些。她找出烫发铁钳，点燃煤气，着手修补因爱情加慷慨所造成的破坏，这通常是一项艰巨的工作，亲爱的朋友们简直是件了不起的任务呵。

不到四十分钟，她的头上布满了紧贴头皮的一绺绺小卷发，使她活像个逃学的小男孩。她用苛求的眼光对着镜子仔细地照了好半天。

“假如吉姆看我一眼不把我宰掉的话，”她开始自言自语，“他也一定会骂我像科尼岛游乐场里的歌女。但是我能怎么办呢——唉，只有一元八角七，我能干什么呢?”

已经七点了，她煮好了咖啡，把煎锅置于热炉上，随时可以炸肉排。

吉姆一贯准时回家。黛拉把表链缠绕起来拿在手里，坐在饭桌的一角，紧紧倚靠着吉姆通常进屋的那扇门。接着，她听见下面楼梯上响起了他的脚步声，她紧张得脸色失去了一会儿血色。平日里习惯了为日常琐事默默祈祷的她，于是轻声说道：“上帝保佑，让他觉得我还漂亮吧。”

门开了，吉姆步入，随手关上了门。他显得瘦削而又非常严肃。可怜的吉姆，只有二十二岁——家庭的重担已经重重地压在了他的肩上！他需要买新大衣，甚至手套也没戴。

吉姆站在屋里的门口边，纹丝不动地好像猎犬嗅到了鹌鹑的气味似的。他凝视着黛拉，那眼神令她茫然不解，惊慌失措。那眼神既不是愤怒，也不是惊讶，又不是不满，更不是嫌恶，根本不是她所预料的任何一种神情。他只是呆呆地盯着她，带着那种奇怪的表情。

黛拉一扭腰，从桌上跳了下来，向他走过去。

“吉姆，亲爱的，”她叫道，“别那样盯着我。我把头发剪掉卖了，因为不送你一件礼物，我无法过圣诞节。它还会再长起来的——你不会介意的，对吧？我非这么做不可。我的头发长得非常快的。快说‘圣诞快乐’吧，吉姆，让我们高兴起来吧。你肯定猜不着我给你买了一件多么好的、多么美丽精致的礼物啊!”

“你已经把头发剪掉了?”吉姆吃力地问道,似乎他绞尽脑汁也没弄明白这明摆着的事。

“剪了,也卖掉了,”黛拉说,“不管怎么说,你不也同样喜欢我吗?虽然没有长发,可我还是我呀,不是吗?”

吉姆古怪地四下望望这房间。

“你说你的头发没有了吗?”他说,他的样子好似一个傻子。

“你不用找了,”黛拉说,“告诉你,我已经卖了——卖掉了,没有啦。今天可是圣诞夜啊,亲爱的。好好待我,这是为了你呀。可能我的头发能数得清,”她忽然用甜蜜的口吻继续说道,“可谁也数不清我对你的恩爱啊。我可以把肉排下锅了吗,亲爱的?”吉姆好像从恍惚之中醒来,把黛拉紧紧地搂在怀里。让我们用几秒钟,从其他方面去认真考察一下那些无关痛痒的事情吧。房租每周八美元,或者一百万美元——这又有什么不一样呢?数学家和有智慧的人,对此会给出错误答案。麦琪[①]带来了珍贵的礼物,但就是缺少了那件东西。这句晦涩的话,下文将有所交代。

吉姆从大衣口袋里艰难地拿出一个包裹放在桌上。

“别对我产生误会,黛拉。”他说,“我想告诉你不论是剪发、刮脸或者洗头,我以为世上没有什么东西能减低一点点对我妻子的爱情。但是你只要打开那包东西,就会明白刚才为什么使我愣头愣脑了。”

黛拉白皙的手指灵巧地解开绳子,打开纸包。随即而来的是一声因狂喜而发出的惊叫;然后,哎呀,马上转变为女性神经质的泪水和哭泣,弄得这位男主人非立刻使出浑身解数来安慰她不可。还是因为摆在桌上的梳子——全套梳子,包括两鬓用的,后面的,样样俱全。那是黛拉期待已久的东西,她以前在百老汇街的一个橱窗里见到过。这些美妙的发梳,纯玳瑁做的,边上镶着珠宝——其色彩正好同她失去的秀发相匹配。这饰梳价格昂贵,她清楚这个,所以只在心里留恋艳羡,从来没有奢望过真的占有它们。现在,这一切居然属于她了,可惜那有资格佩戴这垂涎已久的装饰品的美丽长发已无影无踪了。

不过,她依然把发梳搂在胸前,良久,她好不容易才抬起噙满泪水的眼,微笑了一下,说道:“吉姆,我的头发长得飞快!”

---

① 麦琪:指圣婴基督出生时来自东方送礼的三贤人,载于圣经马太福音第二章第一节和第七至第十三节。

接着，黛拉活像一只被烫伤的小猫跳了起来，叫道："喔！喔！"

吉姆还没有瞧见他的美丽的礼物哩。她急不可耐地把手掌摊开，平托着表链伸给吉姆。那重重的贵重金属仿佛在闪闪发光，映射出她那颗热烈澎湃的心。

"它很漂亮吧，吉姆？我搜遍了全城才找到了它。现在你一天能看一百次时间了。快把你的表给我。我要看看它配在表上的样子。"

吉姆非但不按她的吩咐行事，反而倒在睡椅上，两手枕在头下，微微发笑。

"黛拉，"他说，"让我们把圣诞礼物放在一边，保存一会儿吧。它们实在太好了，可现在不能用。为了凑钱给你买梳子，我卖掉了表。现在，你做肉排吧。"

正如诸位所知，麦琪是聪明人，聪明绝顶的人，他们把礼物带来送给出生在马槽里的耶稣。他们开创了送圣诞礼物的传统。由于他们是聪明人，毫无疑问，他们的礼物也是聪明的礼物，如果碰上两样东西完全一样，可能还具有交换的权利。但是我却在这里蹩脚地给诸位描绘了某公寓里两个傻孩子的一段平淡无奇的家常事。他们极不明智地为了对方而牺牲了他们家最最宝贵的东西。不过这个故事要告诉那些当代聪明人的最终真理是：在一切馈赠礼品的人当中，那两个人是最聪明的。在一切馈赠又接收礼品的人当中，像他们两个这样的人也是最聪明的。无论在任何地方，他们都是最聪明的人。他们就是麦琪一家。

婚姻指南

我桑德森·普拉特的看法是：掌管美利坚合众国的教育系统的应该交由气象局。我说这话是有充分道理的，但你们却不能解释清楚，我们的大学教授为什么不能被调到气象部门去。这些教授咬文嚼字，读晨报时更是一目十行，他们能预测未来，并告知气象局未来的天气走向。不过问题也有它的另外面。我接下来将告诉诸位，天气是如何向我和爱达荷·格林提供超一流的教育的。

我们曾经在蒙大拿地区寻找金矿，并且来到了比特鲁特山脉。一个来自沃拉沃拉、满脸胡须的人，已经把寻找金矿的希望当做一种负担，于是把自己的粮草装备转让给我们；我们便开始在山麓小丘缓慢地寻矿，我们手中的粮食足够维持和平谈判期间给一支军队驻扎的给养。

一天，一个邮递员骑着马从卡洛斯来了，他进山时经过这里歇歇脚，喘口气，顺便吃掉三筒罐装青梅，最后留给我们一份近期的报纸。报上有天气预报栏，标题最下面写出比特鲁特山脉未来的天气是："转暖，晴朗，有微风西风。"

可是当天晚上却下起雪来，且伴有强烈的东风。我和爱达荷转移到山梁上一处废弃的小木屋停顿下来，思考着十一月份的风雪应该不会持续多久。但是大雪一直下了三英寸厚也没有停的迹象，我们这才意识到我们要被雪困住了。当雪还不深的时候，我们搬来了大批木柴，而且我们的食物足够吃上两个月，因此，任凭风雪肆虐，任其封山阻路，我们都能够高枕无忧。

如果你想教唆杀人。只要将两个人在一间宽十八英尺、长二十英尺的小屋里关上一个月就可以了。人因天性而无法承受这种禁锢。

风雪初降的时候，我和爱达荷互相挖苦、逗笑，还夸奖我们用长柄平底锅做出的、被我们叫作面包的东西。第三周快结束的时候，他对我宣读了以下的通告。他说："我从来没有真正听过酸奶从球形玻璃容器撒入白铁锅底的声音，但是与你的发声器官发出的一连串逐渐减弱的停滞的思想相比，酸奶落下的声音能算得上是天籁了。你每天发出的咀嚼不完全的声音，让我想到母牛反刍草料，不同的是它有女士风度，有能力自控，但你却不能。”

“格林先生，”我说，“你以前一直是我的朋友，有件事让我犹豫了很久但又不能不说，这就是如果让我在你和普通的三条腿的杂种黄毛小狗之间选择一个作为伙伴，那现在这间屋里就只有我和一个会摇尾乞怜的牲口了。”

我们就这样过了两三天，后来就谁也不搭理谁了。我们分开用炊具，爱达荷做饭是在炉子的一边，我在另一边。外面的雪已没到了窗口，我们每天都围在火炉边取暖。

你要理解，除了在石板上认字和计算“如果约翰有三个苹果，詹姆斯有五个苹果”这样白痴的题目外，我和爱达荷就没接受任何教育了。我们从没有感到非常需要大学学历，但是当我们在闯荡世界的时候，已经学会了处理紧急事件的基本知识。可是在被大雪封在比特鲁特山脉那间小木屋里的时候，我们第一次感觉到，倘若以前我们研读过荷马史诗或者希腊文、数学中的分数或者其他方面比较高深的学问，我们一旦关起门来苦思冥想，就会有更宽广的思维空间。在西部各处我已经见识过那些东部来的大学生，他们在牧场营地干活。我注意到教育竟然成了他们的负担。呃，有一次在蛇河，安德鲁·麦克威廉的坐骑患了马胃蝇蛆病，他派人驾四轮马车到十英里外请来一个陌生人，他自称是植物学家[①]。但那匹马最终还是死了。

一天早上，爱达荷正在用木棍向小架子顶上捅什么东西，这个架子很高，直接用手是够不到的。有两本书掉到了地上。于是我打算走过去捡起来，但是发现爱达荷正凝视着我。一个星期以来，他第一次开口对我说话。

“别碰那书，会烫手的，”他说，“即便你仅仅只配与冬眠的香龟为伍，我还是要和你平等诚实地交易。我要比你双亲待你还好，他们只知道放任你在这个世界上像响尾蛇一样交际，像冰冻萝卜一样采取同情态度。我要与你玩七分牌游戏，赢者可优先选书，输者拿剩下的那本。”

一局玩下来，爱达荷赢了。他先选了一本书，我拿了剩下的那本。然后我们分开坐下，开始各自阅读起来。

这部书带给我的快乐比捡到十盎司黄金还多。爱达荷看着他那本书，也像盯着棒棒糖的贪吃的小孩那样专注。

我那本书约有五英寸宽、六英寸长，书名为《赫基默必备知识指南》。也许

① 马蝇幼虫病（botts）和植物学家（botanist）的原文字首相同。

是我错了，但是我仍然觉得这是有史以来最伟大的一部书。我至今还将这本书保留在身边，如果把书里的知识搬出来，在五分钟之内就能把你们任何人难倒五十次。就别提什么所罗门或是《纽约论坛报》啦！赫基默更胜他们一筹。此君肯定是费时五十余载，跋山涉水百万英里之远，才有可能收集到这么多素材。书里记录着各个城市的人口，辨别女子年纪的方法，以及骆驼长了多少颗牙。它告诉你世界上最长的隧道在哪里，天上星星有多少，水痘发作的潜伏期有多长，上流社会淑女们的颈围标准是什么，州长怎么行使否决权，古罗马导水渠是何时修建，每天少喝三杯啤酒的营养相当于少吃多少磅大米，缅因州首府奥古斯塔的年平均气温是多少，使用条播机播一英亩田地需要多少胡萝卜的种子，怎么救治中毒病人，金发女郎头发的数量，如何保存新鲜鸡蛋，世界所有山峰的平均高度，有史以来发生过的所有战争和战役的年代，如何抢救溺水或者中暑的人，多少根大头钉有一磅，怎样生产炸药，如何养殖花卉，怎样整理床铺，在医生到来之前，对病人应采取什么措施——就像这些，应有尽有，包罗万象。假如赫基默有什么不知道的知识，我在这书中却不能发现。

我捧起书坐下一口气读了四个小时。教育的所有奇迹都浓缩在这本书中。渐渐地，我忘记了雪，忘记了我和老爱达荷不融洽的关系。他一动不动地坐在凳子上，聚精会神地读着书，棕黄色的胡须看上去有着一半温和一半神秘的色彩。

“爱达荷，”我问道，“你在读的是什么书？”

爱达荷肯定也忘记了我们之间的不合，因为他的口气很温和，丝毫没有诋毁和恶意。

“嗨，”他说，“这好像是一个叫荷马・K. M[①] 的人写的书。”

“荷马・K. M 是什么呀？”我问道。

“嗨，就是荷马・K. M。”他说道。

“你说谎，”我说。爱达荷使我进退维谷，因此我有点生气。“哪有人写书用缩写字母署名的。可能是荷马・K. M. 斯普彭戴双，也可能是荷马・K. M. 麦克斯威尼，还可能是荷马・K・M. 琼斯，你为什么不像正常人那样去说，却像小牛咬掉挂在晾衣绳上的衬衣下摆那样，把他姓名的后半段咬掉呢？”

“我对你说的是真话，桑迪。”爱达荷心平气和地说。“那是一本诗集，”他说，“是荷马・K. M 写的。刚开始我没有觉得怎么样，但是如果一直读的话，

① 指波斯哲学家、天文学家、诗人欧玛尔・海雅姆，生前不以诗闻名。

就像是找到了矿脉一样，让你爱不释手。即便你拿两张红毛毯与我交换，我也不会同意把它给你。”

“那就随便你吧，”我说，“我所需要的是能够开阔思维的公正的事实陈述，我抽到的书里正好就包含这些内容。”

“你得到的只不过是一些统计学的玩意儿，”爱达荷说，“是现有的最基本的知识。它们对你的智力有百害而无一利。我宁愿采用老 K. M 的推测方法。他就像是一个葡萄酒销售商。他的祝酒词通常是‘不足为奇’，他好像经常愤世嫉俗，但是他以豪饮增加兴致，即使说起最痛心疾首的抱怨的话，听上去也像在邀朋友分享一夸脱的美酒。诗人的意境就是这样，”爱达荷说，“我对你那本书不屑一顾，因为它试图以尺寸来撒播智慧。说到通过自然知识来解释哲学的本质，老 K. M 在所有方面都比你那本书的作者强，不论是练习，一行一行，一段一段文字，胸围尺寸，还是年平均降雨量。”

我和爱达荷就是这样打发时光的。不论是白天还是黑夜，读书是使我们激动的一切。我们俩的确因为这场暴风雪增长了许许多多的见识。等到积雪融化的时候假如你突然上前来问我：“桑德森·普拉特，用尺寸是二十乘二十八的铁皮建造屋顶，并且铁皮每箱售价是九元五角。那么每平方米的造价应该是多少钱呢?”我瞬间就能做出答复，就像闪电在铁锹把上以每秒十九万两千英里高的速度传导那样迅疾。世界上有多少人能做到?假如你在夜深人静的时候叫醒你认识的任何一个人，请求他马上告诉你人体骨骼不算牙齿一共有多少块，或者内布拉斯加州的立法机关推翻一项否决案需要投票达到多大的百分比。他能回答你吗?让他来试试。

我并不十分清楚到底爱达荷从那本诗集中得到多少收益。每次一提起那个葡萄酒代理商，爱达荷总是赞不绝口，但是我却不敢苟同。

从爱达荷推荐的这个荷马·K. M 的诗歌来看，我的印象是：他就像一只把生活看做是系在狗尾巴上的锡杯的狗。在跑得精疲力竭之后，伸出舌头，坐下来，看着锡杯说道：“哦，好吧，我们既然无法摆脱这只锡杯，那么倒不如到街的拐角处把它斟满酒，让大家为我干上一杯。”

除去这点，他似乎还是个波斯人；除了土耳其地毯和马耳他纯种猫，我从未听说过波斯生产出值得一说的其他物品。

那年春天的时候，偶然的机会我和爱达荷发现了有开采价值的金矿。我们习惯于一找到金矿就立即转手卖掉，这样一来周转就快得多。出让采矿权之后，我们向每位探矿装备提供者支付了八千美元；然后我们顺着萨蒙河漂流到这个叫罗萨的小镇，打算休息足够的时间，吃一些平常人吃的美食，将胡须头发修剪一下。

罗萨不是采矿营地。它位于山谷之中，这里没有瘟疫，远离喧嚣，如同其他的乡间城镇一样。一条长三英里的有轨电车线在近郊延伸；在一个星期的时间里，我和爱达荷白天坐着哐哐作响的电车兜风，晚上回到落日余晖饭店休息。由于我们博学多才，并且见多识广，很快，我们就成了罗萨镇上流社会的一员，并应邀参加须穿盛装的当地最高雅的招待晚会。我与爱达荷第一次见到德奥蒙德·桑普森夫人——罗萨镇的社交皇后，是在市政厅为消防队募捐举行的一次钢琴独奏会和吃鹌鹑比赛上。

桑普森夫人是个寡妇，她拥有镇上独一无二的一幢二层小楼。楼房被漆成黄色，无论从哪个方向看过去，它都十分显眼，清晰可见得如同星期五那天粘在奥格雷迪下巴上的一块蛋黄。除了我和爱达荷，罗萨镇还有二十二个男子正企图把这幢黄楼房占为己有。

舞会开始之前，我们把到处散落的歌本和吃剩的鹌鹑骨头清扫出大厅。二十三个追求者争先恐后地上前邀请桑普森夫人跳舞。我回避了两步舞，请求她能够赏光让我送她回家。这一招大获成功。

在回家的路上她对我说："今天晚上满天星斗是不是既闪烁又美丽，普拉特先生?"

"因为这些星星珍惜机会，"我说，"它们正非常自信地努力闪烁。你看到的那颗最亮的星距离我们有六百六十亿英里远。它的光线要花上三十六年才能到达我们地球。你可以用十八英尺长的天文望远镜观察到四千三百万颗星星，包括那些亮度为第十三等的星，如果其中一颗十三等星现在陨落消亡了，在距今两千七百年后你仍能看到它在发光。"

"哎呀!"桑普森夫人感叹道，"以前我从不知道这些知识。天闷热得叫人受不了。我的舞跳得太厉害了，浑身都被汗水浸透了。"

"很容易解释这种现象，"我说，"如果你凑巧知道，你身上有两百万根汗腺在同时排汗散热。每根汗腺四分之一英寸长，它们如果全都连接起来，将达到七英里那么长。"

"天哪!"桑普森夫人说，"以你的描绘，人体的汗腺就像是一条灌渠，普拉特先生，你是如何学到这么多知识的呢?"

“我是通过观察学到的，桑普森夫人，”我告诉她，“我总是能在闯荡世界的时候，洞察一切。”

“普拉特先生，”她说，“我向来佩服有学问的人。在这个镇上，愚昧无知的无知小辈随处可见，但是满腹经纶的文人墨客却是凤毛麟角，因此与一位有学识的绅士交谈实在是一件乐事。只要你喜欢，随时可以光临寒舍，我将不胜荣幸。”

我就这样赢得了黄楼房女主人的好感。我每到周二、周五的晚上都去她家，把赫基默发现、列出和编辑的宇宙间的奇闻逸闻讲给她听。这样爱达荷和镇上其他冒失的路德会教友只有在余下的时间里争分夺秒了。

我万万没有料想到爱达荷居然想用老K．M的抚慰女人幽寂的媚术来打动桑普森太太，直到一天下午，我在给她送一筐野生李子时半路碰见了她，这才恍然大悟。桑普森太太把眼瞪得圆圆的，一只眼睛上被女帽斜盖住。

“普拉特先生，”她开始说，“我猜想那个格林先生肯定是你的朋友。”

“我们是九年的老朋友了。”我说。

“和他一刀两断吧，”她说，“他可不是什么正人君子。”

“为什么这么说，夫人?”我说，“他只不过是一个普通的山地居民，性格粗暴，赚了钱就知道挥霍，经常花言巧语迷惑他人，但是在重要场合，我从不认为他表现得不像一位绅士。可能是因为他平时表现得骄傲自大、装腔作势，再加上穿衣戴帽让人看不顺眼，可是夫人，他还不是那种厚颜无耻的放荡之徒，这个我了解。与爱达荷结识九年，桑普森夫人，”我只能用一句话总结，“我不愿意诋毁诽谤他，更加不愿意听到别人诽谤诋毁他。”

“普拉特先生，”桑普森夫人说。“你站在朋友的立场上看，为他进行辩解，似乎是非常有道理；但是事实却不容否认，他对我出言不逊心存不轨，对任何一位有身份的女士，这都是莫大的侮辱。”

“哎哟哟!”我说，“老爱达荷竟然会这么做！我怎么也想不到这样的事。其他的我不太清楚，可是有一件事嘲弄了他：这件事情的起因是一场暴风雪。有一次我们被大雪阻挡，困在了山里，一本蛊惑人心煞有介事的诗集迷住了他的心窍，这也许使得他道德沦丧。”

“没错。”桑普森夫人说。“自从我一认识他，他总是一刻不停地向我灌输一些冒犯宗教的诗词，他将作者称为为鲁比·奥特，从她的诗来判断，那你可以知道这个女诗人也好不到哪儿去。”

“这么说爱达荷又找到了一本新书，”我说，“我知道，他原先那本书的作者笔名叫 K. M。"

"不管作者是什么，"桑普森夫人说，"他也许还是坚持读原先那本书比较好。今天他已经虎胆包天肆无忌惮了。他送来一束鲜花给我，里面别着一张便条。普拉特先生，你可以识别出正派女人；而且你可能对我在罗萨镇社交界的名声也有所耳闻。你不用费很长时间片刻就会明白，我会不会和一个男子带着一壶葡萄酒和一条面包外出溜进森林，和他在树下对酒当歌，手舞足蹈呢？我平常用餐的时候也喝一点红葡萄酒，可是我绝对没有这样的习惯，要带上一壶酒到灌木丛里去惹是生非。当然，他还要一定带上他那本诗卷。他说他会带。让他独自去品尝他那无耻丑恶的野餐吧！或者，他可以带上他那位鲁比·奥特。我猜想，她不会一定反对，除非面包带得太多了。那么，现在你又怎么看待你这位绅士朋友呢，普拉特先生？"

"噢，夫人，"我说，"也许爱达荷的邀请有几分诗情，但并无恶意。这些也许属于他们所谓的象征性的诗。它们对法律和秩序表示藐视，可是还是允许出版，诗中的含义只可意会，不可言传。如果您可以体谅，我将代爱达荷向您致谢，"我说，"让我们的思绪从媚俗的诗作里摆脱出来，升华到高深的事实和幻想中去。如此美丽的下午，桑普森夫人，"我继续说道，"我们也应该让思想和外界的美景交相呼应。我们这里虽然很和煦，可是我们应该知道，位于赤道线海拔一万五千英尺的峰顶却是终年积雪，非常寒冷。位于北纬四十至四十九度之间的地区，冰冻线的高度达到四千至九千英尺。"

"啊，普拉特先生，"桑普森夫人说，"在听过鲁比·奥特那个不雅女子的吟风弄月、伤春悲秋的俗诗之后，你讲的这些美妙的事情真是令人心爽神怡啊。"

"我们在路旁这根原木上坐下吧，"我说，"忘掉诗人那些下流放荡的话。只有在确凿有据的事实中和法律认可的标准下统计出的伟大美丽的数据中，你才能发现绝妙无比的事物。被我们坐着的这根原木，桑普森夫人，"我说，"就包含比任何诗词都更令人赞叹的统计数据。从这根原木的年轮看，它的树龄已经有六十年了。如果被埋在两千英尺深度的地下，三千年之后，它就能够变成煤。位于纽卡斯尔附近的基林沃斯是世界上最深的矿井。一个长四英尺、宽三英尺、厚度为两英尺八英寸的箱子，就能盛下一吨重的煤块。假如动脉被割断，应该扎紧伤口的上方。人体共有三十块腿骨。伦敦塔①曾在一八四一年遭遇大火灾。"

---

① 伦敦东部俯临泰晤士河的堡垒，原始皇宫，曾改作监狱囚禁过几个国王、王后，现是文物保存处。

“往下说，普拉特先生，”桑普森夫人说，“这些新颖独创的理念听上去叫人茅塞顿开。这些统计数据实在太有趣了。”

但是直到两周之后，我才感受到赫基默带给我的丰厚利益。

一天夜里，我在睡梦中被人们“救火啦”的喊叫声惊醒。我从床上跳起来，穿上衣服，跑到旅馆外面看热闹。当我发现着火的正是桑普森夫人住的楼房后，我大声呼叫，不到两分钟就赶到了火场。

那幢黄楼房的底层一片黑烟烈火，罗萨镇的所有男人、女人和狗全都聚集在那儿，人声犬吠响成一片，严重阻碍了消防队员救火。我看见爱达荷正试图挣脱六个消防队员的阻拦。他们告诉他整个底层已经被火烧光，谁冲进去就不要想活着出来。

“桑普森夫人怎么样了?”我赶忙问道。

“一直没能看见她，”其中的一个消防队员说，“她的卧室在楼上。我们试图进去，但失败了，我们没办法弄到云梯。”

我跑到大火旁边，借着火光，从贴身的口袋里掏出《指南》。我把书拿在手里的时候，我惊喜得快要叫起来——我想我当时兴奋得快要发疯了。

“赫基默，老伙计，”我一边使劲翻书，一边面对着书本说，“你可从来没有欺骗我，让我失望过。告诉我老朋友，我现在该怎么做!”我说道。

我翻到第一百一十七页“如何处理意外事故”这一章节。用手指顺着页向下找，终于让我找到了。老赫基默果然很神奇，事事都做到计出万全。这本书上写道：“因吸入烟雾或煤气引发的窒息——用亚麻籽处理效果最好。取两三粒放在病人外眼角上。”我把《指南》放进口袋里，顺手拉过一个从我身边跑过的小男孩。

“嗳，”我递给他一些钱，“你马上跑去药店买一块钱的亚麻籽回来。一定要快，剩下的一块钱就归你了。嗨，”我冲人群大声喊，“我们一定要救桑普森太太出来!”说着，我甩掉自己的外套和帽子。

四个消防队员和市民拉住我不放。他们说，进去肯定没命，因为楼板就快要坍塌了。

“扯淡!”我大声叫道，又觉得有点可笑，但是笑不出来，“亚麻籽不放在眼睛上，你们又希望我放在哪里呢?”

我用肘关节击打消防队员的面部，用脚踢破了一个市民小腿的皮肉，又手臂把另一个人摔倒在地上。紧接着，我冲进燃烧着的楼房。如果碰巧我不幸身亡了，我会写信告诉你们，还有什么比待在燃烧的黄楼房里更加危险的，但现在你们千万不要再相信我说的话了。与你在饭馆里点的速烤烧鸡相比，我已经被烤得更焦了。有两次我都被灼热的烟火熏倒在楼板上，几近给赫基默丢脸，多亏了消防队员用细水龙减弱火势，我才可以冲入桑普森夫人的卧室。桑普森夫人已经被烟雾熏得失去知觉，所以我用床单裹好她，然后将她扛在肩头。嘿，那楼板并不像他们说的那么糟糕，否则我绝对不能成功——连想都不要想。

我用肩扛着她逃离火场，一直跑到离楼房五十码远的草地上我才把她放下来。当时，这位夫人的二十二位追求者当然也围拢过来，手中提着盛满水的白铁水桶准备救她。不一会儿，那个小男孩拿着买到的亚麻籽跑回来了。

我揭开了裹在桑普森夫人头上的床单。她睁开眼睛说道："这是你吗，普拉特先生?"

"嘘，"我说，"不要说话，等着我给你医治。"

我用手臂轻轻托住她的脖子然后慢慢扶起她的头，用一只手撕开装有亚麻籽的纸袋，接着弯下腰，小心翼翼地把三四粒亚麻籽轻轻放在她一只眼睛的外眼角上。

这时候镇上的医生也赶到了，他跑得上气不接下气，他抓起桑普森太太的手腕来给她把脉，又问我这样在眼睛上放东西是什么意思。

"噢，这些是陈年的球根牵牛以及耶路撒冷橡树籽，①"我说，"我不是正式挂牌行医的医生，但是我可以给你看我用药的典据。"

他们拿过来我的外套，从里面我掏出了《指南》。

"注意看一百一十七页，"我说，"看上面有关救治因吸入烟雾或煤气引起的窒息的方法。书上说道，可以把亚麻籽放在外眼角上。我不知道亚麻籽的功效是灭烟，还是增进复合胃神经功能，但是这是赫基默说的，并且她也是第一个注意到这种病例的。假如你想来做会诊，不会有人提出异议的。"

老医生拿起《指南》，戴上他的眼镜，借着消防队员提灯的光线阅读起来。

"哎呀，普拉特先生，"他说道，"在进行诊断的过程中，你明显是看串了行。对窒息的救治方法是：'尽快把病人转移到有新鲜空气的地方，并使病人平躺。'亚麻籽是用来医治'灰尘和脏东西眯了眼睛'这种病症的在上面一行。但这毕竟——"

---

① 球根牵牛可做泻药，橡树籽有收敛作用。

“听我说，”桑普森夫人插话说，“对于这次会诊，我也希望说点什么。这些亚麻籽比起我试过的任何东西收益都要大。”然后她慢慢抬起头，又靠在我的手臂上，说道，“请你在另一只眼睛里也放上一些，我亲爱的桑迪。”

另外，假如你以后在罗萨镇中途停留，明天或者任何一天都行，你都可以看到一幢美好崭新的黄楼房，普拉特夫人——即以前的桑普森夫人，正在其中收拾、装饰着房间。如果你走进楼中，你就可以看到会客室中央的大理石面桌上，躺着那本《赫基默必备知识指南》，全书用红色摩洛哥皮面重新装裱过，供人随时调查任何有关人类幸福和智慧的知识。

最后一片叶子

在华盛顿广场西面的一个小街区里，每一条街道都像疯子一样把自己分成许多狭窄细长的“小巷”。这些“小巷”组成奇妙的转角和弧线。而一条街道通常也会和它自己相交上一两回。一次，一位艺术家在偶然间发现了这些街道的价值。比如说，一个商人带着染料、纸张和画布的账单到这来收账，在这一带来来回回转悠，忽然发现自己一无所获、又返了回来，这该有多滑稽!

于是，搞艺术的人们很快都跑到古典美丽的格林威治村①来了。他们到处寻找有朝北的窗户、十八世纪的围墙、荷兰式的阁楼和租金低廉的屋子。后来又从第六大道上弄来一些杯子和一两只火锅，这样就最终有了他们自己的“天地”。

苏和琼西租的画室是一所低矮的三层砖房的顶楼。“琼西”是乔安娜的昵称。两个姑娘一个来自缅因州，另一个则来自加利福尼亚州。她们是在第八大街的“德尔莫尼科饭馆”里吃客饭时相遇的，发现彼此在艺术、饮食和衣着方面是非常投缘，于是联合画室就这样诞生了。

那是五月的事了。转眼十一月就到了，一个冷酷的、无形的不速之客悄悄地溜进了艺术家们的领地，他冰凉的手指一会儿在这摸摸，一会儿在那碰碰，医生们称它为“肺炎”。在广场的东边，这个家伙盛气凌人地走来走去，一动手就能袭击几十个人，但是在这狭长的、长满青苔的，犹如迷宫一样的“小巷”里，他却慢下了脚步。

“肺炎”先生可不是你想象中的有骑士风度的老绅士。一个弱小的姑娘，早已经被加利福尼亚的西风吹得面无血色了。她怎么会是这个拳头通红、气喘吁吁的老家伙的对手呢？可他竟然也袭击了琼西；躺在漆过的铁床上，她一动不动，只是透过荷兰式的小玻璃窗凝视着隔壁砖房的空墙。

一天早上，忙碌的医生动了动他蓬松的灰眉毛，把苏叫到过道上。

① 美国纽约西区的地名，住在这里的多半是作家、画家等。

“我看，她也许只有十分之一的希望。”他甩了甩体温计，继续说道，“那一成希望就全看她自己是不是想活下去。如果人们一心只想去殡仪馆排队，什么药对他都无济于事。这位小姐好像已经打定主意放弃希望了。她还有什么心愿吗？”

“她——她还希望去画那不勒斯海湾。”苏说。

“画画？真是废话！难道她就没有其他值得再想想的事——比如说，一个男人？”

“男人？”苏像是吹口琴一样哼了一声，“一个男人就值得——不，没有，大夫；根本就没这种事。”

“这么说，她就是身体太虚弱了。”医生说，“我会尽全力，只要是科学能达到的治疗方法我都会尝试。但是如果我的病人开始计算她的葬礼队伍里有多少辆马车，医药的治疗效果就得减少一半。要是你能让她对冬季大衣袖子的新款式产生兴趣，我就可以向你保证，她有五分之一的希望了。”

医生离开之后，苏跑进工作室里号啕大哭，一张日本餐巾纸都被湿成一团。然后她拿起画板，吹着拉格泰姆调子，故作轻松地走进琼西的房间。

琼西躺在那里，一动不动，脸面对窗外。苏认为她睡着了，停住了口哨声。

她放下画板，开始为杂志的一篇小说画钢笔画插图。青年作家写小说是想踏上通向文学的道路，而青年画家给小说画插图则是想踏上通向艺术的道路。

正在苏给小说的主人公，一个爱达荷州的牧羊人画上一条专门在马匹展览会上穿的漂亮马裤和单片眼镜的时候，她听到有微弱的声音在不断地重复着。她慌忙跑到床边。

琼西的眼睛瞪得大大的，她望着窗外数数——而且是在倒着数。

“十二，”她数着，没过多久又数“十一”；接下来是“十”“九”；再下去几乎是连在一起的“八”和“七”。

苏十分担忧地朝窗外看，她在数什么呢？窗外只有一个光溜溜、阴沉沉的院子和一幢四十英尺以外的砖房的空墙。爬在半墙上的是一株年事已高的常春藤，盘曲的根已经枯萎了。瑟瑟的秋风差不多吹光了藤叶，只剩下几近光秃的枝条还攀在那松动的砖墙上。

“怎么了，亲爱的？”苏问道。“六，”琼西轻声说，几乎耳语一般，“它们掉得更快了。三天前还差不多有一百片。我头都数得疼了。现在终于简单了。又掉下一片。现在只有五片了。”

“五片什么东西，亲爱的？告诉你的苏快。”

“叶子，常春藤的叶子。当最后一片叶子掉下来的时候，我也会离开。三天前我就知道。医生难道没有告诉你吗？”

“哦，我可从没听说过这些胡话，”苏假装一副嘲讽的样子埋怨着，“老藤叶同你身体健康有什么关系？我知道，你一直很喜欢那株常春藤，你这个傻瓜。今天早上医生还对我说，你很快就能好起来——他怎么说的来着——对，他说你可有九成的希望！你看，这就像我们在纽约坐电车，或是路过一幢新房子，没什么过不去的。起来喝点儿汤吧，我继续画画，好卖给编辑先生，然后给她生病的朋友买点葡萄酒，再给贪吃的自己买点猪排。”

“你不用再买葡萄酒了，”琼西依然盯着窗外说，“又掉了一片。不，我一点都不想喝汤。只剩下四片。天黑以前，我能看到最后一片叶子落下来。然后，我也该走了。”

“琼西，亲爱的，”苏弯下腰对她说，“你要答应我，闭上眼睛，在我画完画之前别再看窗外了，好吗？我明天必须得把这些画交上去。我需要光线，不然我早就把窗帘拉下来了。”

“你不能到另外一间屋子里画吗？”琼西冰冷地问。

“我想和你待在一起，”苏说，“并且，我不想你老是盯着那些没用的藤叶。”

“那么你画完画告诉我，”琼西说着，闭上了眼睛，她一动不动地躺在那里，面色惨白，就像一尊倒下来的雕塑，“因为我想看到最后一片叶子落下来。我不愿再等下去了，也不愿再思考了。我想放开手，就像一片无力的、疲惫的藤叶那样，荡荡悠悠地飘下去，飘下去。”

“睡一会吧。”苏说，“我想请贝尔曼上来，帮我当那个隐居的老矿工的模特。我就离开一会儿。在我回来前躺着不要动。”

老贝尔曼是一位画家，住在楼下底层。他大约六十岁，他的胡子像米开朗琪罗的摩西雕像①一样，胡须从萨蒂尔②似的脑袋上沿着小孩一样的身体弯曲着垂下来。对于艺术他是个失败者，四十年了，他挥动着画笔，却够不着艺术女神的裙边。他一直计划着画出一副杰作，可一直都没动笔。这几年来，除了偶尔画些

---

① 米开朗琪罗，意大利著名画家、雕塑家、建筑师。他在罗马教皇朱立二世的墓上雕刻了摩西像。

② 萨蒂尔，希腊神话中半人半兽的森林之神，长着马耳马尾或羊角羊尾。

商业画或广告画什么的，他其他什么都没画。他给这片地域里请不起专业模特的年轻艺术家们当模特，挣一些零花钱。他总是喝太多杜松子酒。还不断地嘀咕着他还没完成的杰作。他还是个恶狠狠的小老头，专爱把别人的好心当成驴肝肺，却情愿做看家狗，看护楼上画室里的两个年轻的女画家。

苏在楼下那间光线昏暗的小屋子里找到了一身酒气的贝尔曼。在一个角落里，画架上绷着一张空白的画布，就等着杰作落下第一笔，都等了二十五年了。她把琼西的怪异想法告诉了他，还说她很担心，当琼西虚弱得握不住这个世界的任何东西时，她也会像轻快、脆弱的藤叶一样随风而逝。

老贝尔曼都是血丝的眼睛里显然是有什么东西在漫延着，他大声叫喊着，嘲笑她居然会有这样荒唐的想法。

“这是什么话！”他叫着，“世界上竟然有这样的傻瓜，就因为该死的常春藤的叶子掉了想到死亡？我可从没听说过这样荒唐的事。不，我才不去给你的笨蛋隐士做模特。你怎么能让她的脑袋里有这样的傻念头？唉，可怜的琼西姑娘。”

“她病得非常厉害，身子虚弱极了，”苏说，“她的脑子被高烧烧得糊里糊涂的，尽是些奇怪的念头。那好吧，贝尔曼先生，如果你不想给我当模特，那就算了。不过，我可看出来了，你真是个让人厌恶的老——老滑头。”

“你可真是个实实在在的女人！”贝尔曼叫了起来，“我什么时候说不做了？走吧，我跟你去。我说了大半天了，已经准备好了给你做模特。天哪！像琼西小姐这样好的姑娘，怎么能在这种地方病倒。哪一天我一定要画出一幅杰作，我们一起离开这里。是的，就是这样！”

琼西在他们上楼的时候已经睡着了。苏把窗帘拉下来，打手势叫贝尔曼到另一间屋子里去。在那儿，他们忧心地望着窗外的常春藤，然后看了对方一眼，没说一句话。冰冷的雨顽固地下个不停，还夹着雪花。穿着蓝色旧衬衣的贝尔曼，坐在倒扣着的锅上，假装是坐在岩石上的隐居矿工。

第二天早上，睡了一个钟头的苏醒过来，看到琼西的眼睛睁得大大的，盯着放下来的绿色窗帘发呆。

“把窗帘拉起来，我要看看。”她用细微的声音命令着。

苏疲惫地照着做了。

可是，你看！经受了一整夜的暴雨袭击，还有一片常春藤叶仍然紧贴着砖墙。它已经是最后一片叶子。接近茎的地方还是深绿色的，可是锯齿形的边缘上却已变成枯黄色。它顽强地挺立在离地面二十多英尺的枝条上。

“它是最后一片叶子了，”琼西说，“我认为昨天夜里它一定会掉下来。我听到狂风的呼啸了。今天它准会掉下来，那时我也会死了。”

“亲爱的，”苏把她疲惫的脸凑到枕头边说，“就算你不为自己想想，也想想我吧。我可怎么办呢?”

但是琼西没有回答。一个灵魂即将踏上幽远神秘的旅程，这世上没有比这更孤独、更悲凉的事了。当她与友情以及尘世间的其他纽带松开时，那个奇怪想法似乎把她抓得更牢了。

漫长的一天终于过去了，黄昏到来时，她们仍然能看见那片孤零零的藤叶挂在靠墙的茎上。随着黑夜的降临，北风又呼啸起来，雨仍然不断地敲打着玻璃窗，顺着荷兰式的低屋檐滴答滴答地流下来。

天刚亮的时候，狠心肠的琼西又命令要把窗帘拉起来。

那片常春藤叶还紧贴在那儿。

琼西躺在床上，盯它看了很久。然后她冲苏喊了一声，苏此时正在煤气炉上为她煮鸡汤。

“我真不是个好姑娘，苏，”琼西说，“一定有东西让那最后一片叶子一直留在那儿，是为了证明我有多坏。想着死亡是罪恶。现在你拿点儿汤来给我吧，还要一些葡萄酒加牛奶，还有——不，还是先拿面小镜子给我，再给我垫上一个枕头，我要坐起来看着你做饭。”

一个小时之后，她说道：“苏，我真想有一天能去画那不勒斯海湾。”

医生下午过来了，他走的时候，苏找了个借口跟他走到过道上。

“有一半的希望了，”医生抓住苏瘦小、颤抖着的手说，“用心照顾她，你会成功的。现在我要去看护楼下的病人了，名字是贝尔曼的——据说也是个艺术家之类的。患的也是肺炎。他年纪大了，身体又弱，病情太猛烈了，恐怕没有什么希望了。但是今天送他去医院，会让他稍微舒服些。”

第二天，医生对苏说：“她已经没有生命危险了，你胜利了。现在只要补充营养，多注意些就行了。”

那天下午，苏走到琼西床边，琼西靠在那里，心满意足地编织一条深蓝色的、显然没有用处的羊毛披肩。苏连着枕头一起抱住琼西。

“我要告诉你一些事，亲爱的，”她说，“贝尔曼先生患了肺炎，今天在医院里去世了。他只煎熬了两天。第一天早上，看门人看见他在楼下的房间里痛苦极了，鞋子和衣服全湿透了，冰冰凉凉的。他们无法想象，寒风暴雨的晚上，他会跑到哪里去。后来，他们找到了一盏还亮着的提灯，一把被挪动过的梯子，还有散了一地的几支画笔，一块绿色和黄色的颜料混在一起的调色板，还有——你看窗外，亲爱的，看墙上的那最后一片叶子。你是不是也觉得古怪，为什么它在风中一下也不摇？哦，亲爱的，那是贝尔曼的大作——是他在最后一片叶子落下来的那天夜里画上去的。”

没有完的故事

如今人们说起地狱的火焰，我们不再唉声叹气，把灰涂在自己头上了①。因为就连传教的牧师也告诉我们说，上帝是镭，或者以太，或是某种科学上说的化合物，因此我们这伙坏人能够遭到的最狠毒的报应，不过是个化学反应。这倒是一个欢欣鼓舞的假设，可是正教所启示的古老而庞大的恐怖，还有一部分仍然存在。

你能海阔天空地信口开河，却不至于遭到反驳的只有两种话题。你可以诉说你梦见的东西，还可以说说从鹦哥那儿听来的话。摩非斯②和鹦哥都不够证人资格，别人听到了你的高谈阔论也不敢指摘。我不在漂亮的鹦哥的絮语中寻找灵感，而挑了一个没有根据的梦象作为主题，因为鹦哥说话的范围比较窄，这是令我深感抱歉和遗憾的。

我做了一个梦，这个梦和《圣经》考证绝无关系，它只涉及那个历史悠久，让人敬畏，令人悲伤的末日审判主题。

加百列拿出了他的王牌，我们之中无法跟进的人只得被提去受审。③ 我看到是些穿着庄严的黑袍，反扣着硬领的职业保人，可是他们自己的职权好像出了一些问题，所以他们像是没有保得住我们中间任何一个人的样子。

一个包探——向我飞过来，挟了我的左臂就走。附近候审的是一群不过境况极好的鬼魂。

“你是那一拨人里面的吗?”警察问道。

“他们是什么人呀?”我反问。

“呵，”他说，“他们是……”

---

① 犹太风俗，悲切忏悔时，身穿麻衣，须发涂灰。

② 摩非斯，罗马神话中的梦神，为睡神之子。

③ 加百列，希伯来神话中最高级的天使之一，上帝的主要传达使，据说末日审判时的号角由他吹响。原文中“王牌”与“号声”相同

这些题外的闲话已经占去正文应有的篇幅，我暂时不说它了。

达尔西在一家百货公司工作。她销售的可能是汉堡的花边，或是呢绒，或是汽车，或是百货公司常有的小饰物之类的商品。达尔西在她所创造的财富中，每星期只拿到六元钱。其他的在上帝经管的总账上——哦，牧师先生，你说那叫“原始能量”吗？好吧，就算“原始能量总账”吧——算在某一个人名下的贷方，达尔西名下的借方。

达尔西进公司后的第一年，每个星期只有五元钱工资。要研究她如何靠那个数目来维持生活，倒是一件引人深思的事。你不感兴趣吗？好吧，也许你对大一点的数目才感兴趣。六块钱是个较大数目。我来告诉你，她怎样用六块钱来维持一星期的生活吧。

一天下午六点钟，达尔西在距离延髓八分之一英寸的地方插帽针时，对她的好朋友——老是侧着左身接待主顾的姑娘萨迪说：“喂，萨迪，今晚我跟皮吉约好去吃饭。”

“真的吗？”萨迪羡慕地嚷道，“唷，你运气真好。皮吉是个大阔佬，他总是带姑娘到阔气的地方去。一天晚上，他带布兰奇去了霍夫曼大饭店，那儿的音乐很棒，还可以看到许多有钱人。你准会玩得痛快的，达尔西。”

达尔西急急忙忙地赶回家去。她的眼睛闪闪发亮，她的脸颊泛出了生命的红霞——真正的生命的曙光。那天是星期五，她上星期的工资只剩下五毛钱。

街道上挤满了潮水般下班回家的人们。百老汇路的电灯光彩夺目，招致几英里、几里格、甚至几百里格以外的飞蛾从黑暗中扑来，参加焦头烂额的锻炼。衣冠楚楚，面目模糊不清，好像由海员养老院里的老水手在樱桃核上刻出来的男人们，扭过头来凝望着一意奔跑，从他们身边经过的达尔西。曼哈顿，这朵夜晚开放的仙人掌花，开始舒展着它那颜色纯白，香气浓烈的花瓣了。

达尔西在一家卖便宜货的商店里停了一下，用她的五毛钱买了一个仿花边的纸衣领。那笔款子本来另有用途：晚饭一毛五，早饭一毛，中饭一毛。还有一毛是准备存入她那寒酸的储蓄里的，五分钱准备浪费在甘草糖上，那种糖能让你的脸颊鼓得像牙痛一样，含化的时间也像牙痛那么久。吃甘草糖是一种奢侈——几乎是狂欢——可是没有乐趣的生活又算是什么呢？

达尔西住的是一间连带家具出租的房间。这种房间同包伙食的宿舍是有区别的。住在这种房间里，挨饿的时候别人也不会知道。

达尔西上楼到她的房间里去——西区一座褐石房屋的三楼后房。她点亮煤气灯。科学家告诉我们，金刚石是世界上最坚硬的物质。他们错了。房东太太掌握了一种化合物，同它一比，金刚石软得像油灰一样。她们把这种东西塞在煤气灯灯头上，任你站在椅子上挖得手指起泡，仍旧白搭。发针不能动它分毫，所以我们姑且就叫它“牢不可移的”好了。

达尔西点亮了煤气灯。在那相当于四分之一支烛光的灯光下，让我们来看看这个房间。

榻床，梳妆台，桌子，洗脸架，椅子——造孽的房东太太提供家具的全在这儿了。其余是达尔西自己的。她的宝贝摆在梳妆台上：萨迪送给她的一个描金瓷瓶，腌菜作坊送的一组日历，一本解梦的书，一些盛在玻璃碟子里的扑粉，以及一束扎着粉红色缎带的假樱桃。

那面起皱的镜子前靠着基钦纳将军、威廉·马尔登、马尔巴勒公爵夫人①和本范努托·切利尼的相片。一面墙上挂着一个戴罗马式头盔的爱尔兰人的石膏像饰板，旁边有一幅色彩对比强烈的石印油画，画的是一个皮肤淡黄的孩子在捉弄一只火红的蝴蝶。达尔西认为那是登峰造极的艺术作品，也没有人对此提出反对意见。她从没有因为别人私下议论这幅画的真赝而心中不安，也从来没有批评家来奚落她是幼年昆虫学家。

皮吉说好七点钟来接她。她正在迅速地打扮准备，我们不要冒昧，先掉过脸，随便聊聊。

达尔西房间的租金是每星期两块钱。平时，她吃早饭花一毛钱。她一边穿衣服，一边在煤气灯上煮咖啡，煎一只鸡蛋。星期日早上，她会花两毛五分钱在比利饭馆阔气地大吃小牛肉排和菠萝油煎饼，还要给女侍者一毛钱的小费。纽约市有那么多的诱惑，很容易使人趋于奢华。她在百货公司的餐厅里包了饭：每星期中饭是六毛钱，晚饭是一块零五分。那些晚报——你说有哪个纽约人不看报纸的——要花六分钱。两份星期日的报纸——一份是用买来看招聘广告栏的，另一份是预备细细品读的——要一毛钱。总数是四块七毛六分。然而，你总要添置些衣服，还有……

我没法算下去了。我常听说有便宜得惊人的衣料和针线做出来奇迹，可是我始终不敢相信。我很想在达尔西的生活里加上一些属于女人的乐趣，这些乐趣似乎来自于神圣、自然、既无明文规定又不生效的天理的法令，可是我放下笔写不

---

① 基钦纳将军，第一次世界大战中英国的名将，曾任陆军元帅和陆军大臣。马尔巴勒公爵夫人，马尔巴勒系英国世袭公爵的称号。

下去了。是的，她曾经去过两次康奈岛，骑过旋转木马。但是，如果一个人期待乐趣要用年份却不是以钟点为期，真是太乏味了。

形容皮吉只要一个词儿。女孩们一说到他，高贵的猪族就蒙上了不曾有的污名。那本蓝封皮的老拼音读本中，用三个字母拼成生字的一课就是皮吉的外传。他很肥胖，有着耗子的想法，蝙蝠的习性和狸猫那爱戏弄猎物的脾气[①]：……他衣着华贵，是鉴别饥饿的专家。他只要向一个女店员瞅上一眼，就可以告诉你，她多久没有吃过比茶和棉花糖更有营养的食物了，并且误差不会超出一个小时。他总在商业区徘徊，在百货公司里打转，想乘机邀请女店员们下馆子。连街上牵着绳子遛狗的人都瞧不起他。他是个典范，我不能再描写他了，我的笔不是为他服务的，我不是个木匠。

七点差十分的时候，达尔西准备停当了。她在那面起皱的镜子里照了一眼。照出来的形象很称心。那套深蓝色的衣服十分合身，带着飘浮着黑羽毛的帽子，稍稍有点脏的手套——这一切都代表小心地省吃俭用——都十分漂亮。

达尔西暂时把一切都忘了，只觉得自己是美丽的，生活就要把它神秘的帷幕揭开一角，让她欣赏它的神奇。从前从来没有男人请她出去过。现在她竟然就要投入那种绚烂夺目的高贵生活中去，并能在里面停留片刻了。

姑娘们说，皮吉是舍得花钱的。一定会有一顿丰盛的大餐，音乐，还有穿着漂亮华贵衣服的女人可以看，好吃的能让姑娘们提起来流口水的东西吃。无疑的，她下次还会被邀请出去。

在一个她熟悉的橱窗里，有一件天蓝的柞蚕丝绸衣服——即使她将每星期的储蓄从一毛钱增加到两毛，让我们数数看，喔，还得存储好几年呢！不过，七马路有一个卖旧货的商店，那儿……

有人敲门。达尔西把门打开。房东太太站在那里，脸上堆满假笑，闻闻有没有偷用煤气做饭的气味。

“楼下有一位先生要见你，”她说，“他姓威金斯。”

对于那些把皮吉当做一回事的倒霉女人，皮吉总是用那个姓出场。

达尔西转身去梳妆台拿手帕，她突然停住了，用力咬着下唇。刚才她照镜子的时候，只看到仙境里的自己，仿佛刚从美梦中醒过来的公主。她忘了有一个人带着忧郁、美妙而严肃的眼神在瞅她——只有这个人关心她做什么，或赞成，或

① 肥硕、耗子、蝙蝠、狸猫（fat，rat，bat，cat）在英语中都由三个字母组成。皮吉（Piggy）意为“小猪”。

反对。他的身材颀长挺拔，他那英俊而忧郁的脸上带着伤心和谴责的神情，那是梳妆台上的描金镜框里的基钦纳将军用他奇怪的眼睛在瞪着她。

达尔西像一个自动木头玩偶似的转过身来向着房东太太。

“请您跟他说我不能去了。”她呆呆地说，“对他说我病了，或者随便找点理由。对他说我去不了了。”

等房门关上锁好之后，达尔西趴扑倒在床上，把黑色帽饰都压坏了，大哭了十分钟。基钦纳将军是她唯一的朋友。他是达尔西理想中的男子汉。他好像怀有隐痛，他的胡须美妙得无法形容，他眼睛里那严肃而温存的神色使她有些畏惧。她私下里常常幻想，希望有一天他佩着碰在长靴上铿锵作响的宝剑，专程降临这所房屋来看她。一次，一个小孩用一段铁链把灯柱刮得嘎嘎发响，她竟然打开窗子，伸出头去张望。结果非常失望。她所知道的是，基钦纳将军远在日本①，正同残忍的土耳其人作战，他绝不会为了她从那描金镜框里踱出来的。可是那天夜里，基钦纳的一瞥却把皮吉打垮了。不错，至少在那一晚是这样的。

达尔西哭过之后站起来，把身上那套外出时穿的衣服脱掉，换上蓝色的旧睡袍。也不想吃晚饭了。她哼了两节《萨美》的歌曲调子。接着，她又对鼻子旁边的一个小粉刺产生了强烈的兴趣。那件事做完后，她把椅子放到那张摇摇晃晃的桌子边，给自己用一副旧扑克算命。

“可恶无礼的家伙!”她脱口而出，“我的谈吐和举止有哪些使他起意的地方!”

九点钟，达尔西从箱子里拿出一盒饼干和一小罐木莓果酱，大吃了一顿。她敬了基钦纳将军一块涂好果酱的饼干；但是基钦纳却像斯芬克斯②望蝴蝶飞舞似的望着她——如果沙漠里也有蝴蝶的话。

“你不爱吃就别吃好了。”达尔西说，“何必这样神气活现地瞪着眼责备我。如果你每星期也只能靠六块钱来维持生计，我倒想知道，你是不是仍然这样优越，这样神气。”

达尔西对基钦纳将军不敬并不是个好现象。接着，她用严厉的姿势把本范努托·切利尼的脸翻了过去。那倒是不是不可以被原谅的，因为她总把他看成亨利八世③，对他很不满意。

---

① 基钦纳于1910年前后去澳大利亚及新西兰视察，先此，曾前往日本游历。

② 希腊的斯芬克斯是女首狮身展翅的石像。

③ 英国国王，曾多次离婚，并处决过第二个妻子。

九点半钟，达尔西最后看了一眼梳妆台上的相片，就熄熄灯爬上床去。临睡前还对基钦纳将军、威廉 · 马尔登、马尔巴勒公爵夫人和本范努托 · 切利尼行了一个晚安注目礼，真是一件不愉快的事情。

到这里为止，这个故事并不说明问题。其余的情节是后来发生的：有一次，皮吉又一次请达尔西一块吃饭，她感到比平时更寂寞，而基钦纳将军的眼光又凑巧望着别处，于是……

我在前面说过，我梦见自己站在一群鬼魂身旁——他们的境况很好——一个警察架着我的胳臂，问我是不是和那些人是一伙的。

“他们是谁呀？”我问。

“唷，”他说，“他们是那种雇用女工的老板，每星期给她们五、六块钱维持生活。你是那群人里面的吗？”

“对天发誓，我绝对不是。”我说，“我的罪孽远远没有那么重，我只不过放火烧了一所孤儿院，为了少许钱财谋害了一个瞎子的性命。”

警察和赞美诗

是夜里了，野鹅对天大叫，女人们脱掉海豹皮大衣和他们的丈夫亲热起来，而索彼则不安地躺在公园的长椅上，开始思考，因为他看到冬天就近在眼前了。一片枯死的树叶落到索彼的膝盖旁边。

这是“霜神”特意送来的名片。“霜神”对麦迪逊广场上的住宿者很友好，在到来之前总是事先发出通告：在四条街道交汇的地方，“霜神”把他的名片送给了“北风”，他的室外“寓所”的侍从。这样，室外“寓所”的居民就可以提前准备。

索彼已经意识到，现在是时候加入个人“想方设法委员会”了，以便应付即将到来的寒冷冬季。有关怎样过冬，索彼并没有太高的奢求。他没有想去地中海旅游，也没有想去南部看看令人神清气爽的天气，更没有想去维苏威湾漂泊。他日思夜想的是到海岛上待上三个月。在那里，在寒冬里，食宿就又了保障。他还能交上志同道合的朋友。并且，北风和警察也不会去骚扰他。

近几年，热情友好的布莱克韦尔[①]一直是他的过冬的地方。与那些命运较好的纽约人每年冬天买车票到棕榈滩[②]和里维埃拉[③]一样，索彼每年这个时候也开始准备，到海岛上过冬。不过，他准备得很卑贱。

现在，又到这个时候了。昨天夜里，他躺在老广场喷泉边的长椅上，用三张周末报纸铺在身下和腿上。尽管如此，他依然觉得很冷。他藐视借着慈善的名义为这座城市的衣食无靠者提供救济品。索彼认为，法律比善良更有良心。慈善的地方数也数不清。有政府办的，也有慈善团体办的。在那里他能够住下来，享受最低的食宿条件；但是，索彼又有很强的自尊心，他感到接受救济很令人羞愧。虽然接受慈善品不用花钱，但是，精神上却负担太多，蒙受了巨大的羞辱。有得

① 布莱克韦尔岛：在纽约东河上。岛上有监狱。

② 棕榈滩：美国佛罗里达州东南部城镇，冬令游憩胜地。

③ 里维埃拉：南欧沿地中海一段地区，在法国的东南部和意大利的西北部，是节假日旅游胜地。

肯定有失，想要别人给你床睡，你先要洗澡；要想吃一块面包，你的隐私就要受到一番盘问。所以，当法律的客人更适合他。虽然法律不讲人情，但是，它不过分地询问君子的隐私。

索彼已经下决心到岛上过冬。心意一定，他就开始行动，以便尽快实现他的愿望。最好的办法就是在一家华丽的大饭店大吃一顿。然后，再说自己一文不名。这样，他就能被顺理成章地交给警察。一位善解人意的法官就能处理后续的事。

索彼站起来离开板凳，轻快地走出广场，穿过了百老汇和第五大街交汇的柏油马路。接着，他来到了百老汇，停在一家灯光闪烁的酒吧门前。那里有上好的葡萄酒、闪亮的丝绸服饰和各种美味的饮品。[①]

索彼上身的装束使自己鼓起了勇气。他的脸刮得干干净净，上衣也很精神，那条活扣的黑领带也很整洁，这条领带是在感恩节那天一位女牧师送给他的。假如他能不受怀疑地坐到这家酒吧的桌子旁，那么，他就成功一半了。他坐好了，服务员是不会怀疑他桌子以上的那部分的。索彼认为，点一只烤野鸭，外加一瓶加伯力斯[②]，一块坎曼伯特饼[③]和一支雪茄烟，这些足够了，这样他就能够在酒足饭饱之后快快乐乐地去他的冬季避难所了。难道这么多还不能让酒吧老板疯狂地报复?

但是，索彼一走进酒吧，领班就看到了他那破裤子和旧鞋。一双有力的大手一下子就推转了他的身子。接着，索彼一声不吭地被推到了人行道上，使那只野鸭子避免了不幸命运。

索彼悻悻地离开百老汇。看来，通过这种方法去他想去的地方好像是不行了。不行，还得想别的方法。

在第六大街的拐弯处，一家商店玻璃橱窗后面的电灯和商品美不胜收。索彼拿起一块圆石头，扔向玻璃。在拐角处有一些人在奔跑，跑在最前面的是一个警察。索彼停住了，手插在口袋里，向警察微笑了一下。

“看到砸玻璃的那个家伙了吗?”那位警察着急地问道。

“难道你不认为我和这件事又牵连吗?”索彼说道，尽管话语中又嘲讽，可是语气却非常友好，似乎自己遇到什么好事似的。可是，那位警察对索彼不加

---

① 指美酒、华丽衣物和上流人物。

② 原产于法国的Chablis地方的一种无甜味的白葡萄酒。

③ 一种产于法国的软干酪。诺曼底一村庄，因产此干酪而得名。

理睬。

砸碎窗户的人是不可能还在那里的，他不会和法律争个高低。他们总是飞快跑开。那位警察看到路上有一个人在追赶一辆汽车，他拿出警棍跑上去。可是索彼却非常生气，只得再次游荡起来。这一次他又没能成功。

街对面有一家饭店，并不怎么华丽。很适合那些胃口大钱包小的人。这家饭店的餐具很厚，气氛热闹。尽管索彼还是穿着那双破旧的鞋子和那条露怯的裤子，可是，这次他装模作样地走了进去，没有遇到一点阻碍。他坐在桌子旁边，点了牛排、煎饼、炸面圈和馅饼。吃完以后，他对服务员说他身无分文。

“你可以快点叫一个警察过来，”索彼说道，“不要让大人我等太久。”

“不用让警察过来。”服务员说道。他的声音好像奶油蛋糕，他的眼睛好像曼哈顿鸡尾酒里的樱桃。“嗨，你这个乞丐。”两名服务员有力地抓住了索彼的耳朵，将他扔到坚硬的道路上。

他先蹲着，接着抬起屁股，最终站了起来，就像木工的曲尺缓缓打开似的。他掸掸身上的泥土。逮捕好像一场美梦，那个岛好像非常遥远。有一位警察站在离他几米远的药店前不禁大笑起来，转身走了。

经过了5个街区之后，索彼又鼓起了寻求逮捕的勇气。这次，他十分有把握。在一个橱窗前站着一位优雅、漂亮的年轻女子。她在专心致志地看着里面放置的一只口杯和一个墨台。离橱窗两码远的地方有一位很勇武的警察，他正无所事事地靠在水阀上。

索彼准备装成一位令人讨厌、人人喊打的浪荡公子。他的准受害者的优雅外表加上那位一本正经的警察就在附近使他深信，那位勇武的警察不久将会抓住他的胳膊，他一定可以在那个小岛上过冬了。

索彼整理了那位女牧师送给他的活扣领带，斜戴着帽子，侧着身子走向那个年轻女子。他使劲地盯着她。时而咳嗽一声，时而哈哈一笑，让她觉得他就是一个厚颜无耻、下流卑鄙的浪荡公子。索彼用余光看见那位警察正死死地看着他。年轻女子向旁边躲了几步，然后又目不转睛地盯着橱窗里的口杯。索彼再次跟了上去，斗胆靠到她的身边，拿起了帽子，对她说道：

“唉，我的姑娘！难道你不想到我家里玩玩吗？”

警察仍在注视。如果那位受害的年轻女子用手指做一个手势，索彼肯定会被送到他的梦幻岛屿。这个时候，他好像能够感受到监狱的舒适与温暖。但是，那位年轻女子并没有向警察做出表示，却转过脸看着索彼，伸出了一只手，握住了他的袖子。

“可以，马克，”她高兴地说道，“只要你请我喝一杯啤酒。我早就想这么对你说了，可是，那位警察正站在那里看着呢。”这位年轻女子犹如纠缠的常春藤一样依靠索彼这棵橡树上。索彼十分失望地从警察身旁走过。他好像注定进不去监狱。

到了一个街边处，他挣脱了那个年轻女子，马上逃跑了。他跑着跑着停下来了，因为他知道晚上这个街区的灯火通明、人们最兴奋、歌声非常嘹亮。穿着裘皮衣服的女人和穿着厚实的毛大衣的男人都带着火热的心在冰冷的气氛中悠闲地走着。忽然，一种担心揪住了索彼，他感到是有一种非常可怕的力量对被捕产生抗体。这种想法使得他一阵恐慌。

又有一位警察被他看见在一家灯火通明的戏院前安然地踱来踱去时，他犹如抓到了一根救命稻草，终于能够做出破坏治安的行动了。

在人行道上，索彼开始大声叫骂，和喝酒喝得过多了一样。他跳啊，吼啊，闹啊，搞得一点都不消停。

警察舞动着他的电棒，把后背对着索彼，就看见他对一位市民说道：“这个人是耶鲁大学的，他正在庆祝他们学校给哈特福德学院一个大鹅蛋。他的声音的确是大了一点，不过，也并不妨碍我们是不是，接到通知，他们能够这样做。”

令人失望，索彼停止了那种没有用喊叫。难道警察就不会抓他吗？他感觉到那个岛屿简直是遥不可及的阿卡狄亚①。他迎着冰冷的风扣好了薄薄的外衣。

在一家雪茄商店了，他看到一位穿着很体面的人正对着打火机上跳动的火苗点着雪茄。在他走进去的时候，他把他的丝质雨伞依靠在门的旁边。索彼也走进了雪茄商店，拿起这把伞，缓缓地走了。那位点雪茄的人赶快跟着他。

“我的伞！”他严厉地说道。

“噢，是吗？”索彼冰冷地说道，那语气足以在他盗窃的罪名上再加一条侮辱他人。“那么，你怎么不叫警察来抓我？我拿了。你说这是你的伞，那你怎么不叫警察呢？在拐角的地方就站着一个警察呀。”

伞的主人停住了脚步。索彼也停了下来，他有一种感觉，运气会再次和他作对。那位警察奇怪地看着这两个人。

“当然，”伞的原主人说道，“那是……噢，你知道误解是怎样产生……

---

① 阿卡狄亚：原为古希腊一山区，现在伯罗奔尼撒半岛中部，以其居民过着田园牧歌式的淳朴生活而著称，现指“世外桃源”。

我……假如这是你的伞，我希望你可以原谅我——这把伞是我前天上午在一家饭店门口捡的——假如你认出来是你的伞——我希望你——”

“当然，它就是我的。”索彼凶狠狠地说道。

那个人离开了。

这个时候，那位警察赶紧跑过去帮助身穿歌剧服装的美丽姑娘穿越马路，因为两个路口之处的一辆轿车正朝这里驶来。

索彼向东游荡，穿过一条正在被改造的街道。他气急败坏地把伞扔到了一块平坦的地上。他嘴里咒骂着那些戴着头盔、拿着警棍的人们。他希望被他们抓起来，而他们似乎又认为他是没有任何过失的君主①。

最后，索彼来到一条东西走向的街道。那儿，灯光和喧嚣都没有刚刚那些地方强烈。他面对东方的天空，遥望着麦迪逊广场，因为他又像天性般地想念着他的家，虽然他的家不过是公园里的一条长椅。

在一个非常幽静的角落里，他不走了。这儿有一座古老的老教堂，屋顶是三角形的，错落有致。一道柔和的光线从一个装有彩色玻璃的窗户射了进来，肯定的，琴师正在练琴，以确保他已经完全掌握了周末赞美诗的演奏。甜美的乐声走进了索彼的耳朵，他依靠在一环扣一环的那些栏杆上陶醉了。

月亮出来了，明亮但又温馨；马路上几乎没有车辆和行人；麻雀安心地睡在屋檐下吱吱地叫着——这个时候，这种情况简直就像乡村教堂的庭院。琴师演奏的赞美诗篇把索彼死死地粘在铁栏杆上。这些日子以来他对这个乐曲非常熟悉，因为他的心灵中有母爱、鲜花、英雄、朋友、纯洁的思想和堂皇的仪表。

索彼此时激动的心境和古老教堂的氛围交织在一起，他的灵魂突然间发生了不可思议的变化。对于他跌入的谷底，对于那些低落的日子，对于那些没有意义的欲望，对于那些消失的希望，对于那些伤残的才智，对于那些生存的基本动机，他都不忍回首。也就在一瞬间，因为这新鲜的感受，他的心剧烈地疼痛着，一种强烈的、突起的冲劲让他与厄运抗争。

他会走出深渊；他会重新开始做人；他会战胜支撑自己命运的恶魔；还有时间，他还年轻；他会再次唤起他那已失去的壮志雄心并不断地加以追逐。这些严肃而又美丽的音符引起了他的一场盛宴。明天，他将去繁忙的市区找一份职业。一位裘皮进口商以前让他去当一名驾驶员。明天，他会去找这位裘皮进口商，申

① 英语谚语：国王不可能犯错误（King can do no wrong）。

请做那份工作。他要在这个世界上出人头地。他会……

索彼觉得有一只手握住了他的胳膊上。他马上转过头，原来是一位警察。

“你在这儿做什么?”警察问道。

“什么也没干。”索彼说道。

“跟着我过来。”警察命令道。

“在岛上关押三个月。”第二天上午地方法官在警署里宣判。

财神与爱神[①]

安东尼·洛克韦尔因为太老了，现在退休了，即使他曾经是洛克韦尔·尤里卡生产和经营肥皂的，但是仍然不会改变岁月在他身上留下的印记。他正在第五大街房子里的书房里向窗外看出去，嘴角露出了微笑。他的邻居叫作乔治·乔·苏莱特·萨福克·琼斯，这个人是一个贵族俱乐部的。只见他跟往常一样对着肥皂宫殿正面的意大利文艺复兴时期的雕塑不屑一顾地皱了皱鼻子，然后走进了已经等在门外的小轿车。

“摆出那种丑态，没用!”那位离任的肥皂大王说道，“如果不好好表现，伊顿·缪斯[②]早晚会握住你这个顽固的老家伙。明年夏季我要把这所屋子刷成红、白、蓝色的[③]，看看那个荷兰臭鼻子是不是翘得更高了。”

安东尼·洛克韦尔一直都不喜欢按铃叫人。他走到书房门口大声喊道：“马克!”这声音曾经突破了堪萨斯大草原上的天空。

“去告诉我的儿子，”安东尼对招进来的仆人说，“在他离开家之前到我这儿来一趟。”

当小洛克韦尔走进书房的时候，老人把报纸扔到一边，看着他，他那光亮红色的大脸带着一种慈祥一种严厉。他的一只手理顺那头乱发，另一只手在口袋里摆弄着钥匙哗哗作响。

“理查德，”安东尼·洛克韦尔说，“你所用的肥皂花了多少钱?”

理查德是6个月前离开学校回家的。老安东尼的话让他大吃了一惊。他对他的父亲还不清楚，因为他父亲满脑子是那些出人意料的问题，就像一个第一次约会的女孩。

“我觉得是1打6美元，父亲。”

---

① archer：弓箭手，但在这里指罗马神话中的cupid（爱神）。他赤身露体，长着双翅，手执弓箭。

② 德籍俄罗斯政治家。

③ 红、白、蓝三色：指荷兰国旗的颜色。

“那么你的衣服呢？”

“一般来说，我想应该是60美元。”

“你是出身高贵的人的孩子，”安东尼直截了当地说道，“我听说有些出身高贵的年轻人为了一打肥皂就花掉24美元，为了一件衣服就花掉上百美元。你也能够像这些人一样大把大把地花钱。但是，你却一直简朴、克俭。现在我使用的是老尤里卡肥皂，这并不是因为某种情愫，只是由于只有这种肥皂没有掺假。无论什么时候，只要你买的肥皂不超过一美元，它的气味就一定很令人作呕，大品牌又有什么用呢？就你的年龄、地位和财产而言，50美分对你们可以说是非常多了。我曾经说过，你出身名门。人们常说三代人的福气才能造就一位绅士。这种说法不是对的。金钱的确可以造就绅士，这和皂脂能生滑一样。是钞票把你变成了绅士。我差一点也变成了绅士。我的左邻右舍是两个荷兰老移民。我就跟他们一样没礼貌、可恶和粗俗。因为我夹在了他们中间，他们气得睡不着。”

“有一些事钱是做不到。”小洛克韦尔说道，一脸愁容。

“你别这么说，”老安东尼惊讶地说道，“我一直拿钱赚钱。我找遍了百科全书，还没有找到用钱不能买到的东西。我准备下个星期翻一下附录。我就认为金钱至上。告诉我有什么东西是用钱买不到的呢？”

“例如，”理查德有点生气地说，“你再有钱，也不能买进上流社会。”

“啊，是吗？”这位罪恶之人大怒了说道，“假如阿斯特①一世没有钱买船票到这里，你也不用说什么上流社会了”

理查德不禁叹了一口气。

“我想说的就是这个，”那位老人说道，但是不像刚才那样激动了，“这就是我叫你来的原因。孩子，你的身上出了点问题，两个星期前我就注意到了。说出来给我听听。在24小时之内我就可以用手拿着1100万美元上，这还不算房地产。假如你肺部有问题，我的‘漫游号’就在海湾，燃料都足够了，两天后你就可以驶向巴哈马②。”

“不，你说得不对。但是，猜得有一点点像。”

“哎。”安东尼急切地说道，“那女孩叫什么？”

理查德开始在书房里踱来踱去。他的老父亲即使粗俗，但是，可是还是又充

---

① astor（阿斯特）：指johnrobertastor（1763—1848），原为德国人，后移居美国，成为美国皮毛商富豪兼金融家。

② 拉丁美洲的巴哈马群岛，为著名的旅游胜地。

满着父爱。他要对他的父亲坦诚相见。

“你为什么不向她提出要求?”老安东尼问道,“她会向你扑过来的。你有钱,长得很英俊,人也很平和。你的手很干净,从没有碰过尤里卡肥皂。你也上过大学,她怎么会瞧不起你呢?”

“我没有机会。”理查德说。

“找呀,”安东尼说,“请她到公园散步,或者带她去郊游,你也可以在教堂做了礼拜以后陪她回家。创造机会啊!”

“爸爸,你对社交礼仪不清楚。她可是个兴风作浪的人。她的每小时每分钟事先都有安排。爸爸,我一定要娶到这位姑娘。否则,这个城市对我来说将变成一片永久的黑色沼泽。我没法给她写信,我也不会做这样的事。”

“呸!”老头子说道,“你的意思是说,用我所有的钱也不能给你换来与这个女孩子待一两个小时的时间。”

“我把这事一推再推,太迟了。她将在后天中午坐船去欧洲,在那里待两年的时间。我明天晚上独自去看她,只有几分钟的时间能见她。现在,她在拉彻蒙特,在她的姨妈家居住。我不能去那里。不过,明天晚上我可以坐着马车去看她,她的火车将在明晚8点半到达中央火车站。然后,我们坐上马车一起沿着百老汇大街到达沃勒克戏院,她的母亲和一些人将在戏院的包厢里等着我们。你觉得,在那种情况下,她会在七八分钟的时间里聆听我倾诉心声吗?不会的。我还在戏院或在以后的时间里有什么机会?不会有的。爸爸,在这件事上你的钞票是办不成的。我们一分钟用钱都买不来,如果能的话,富人们就可以活得更长。与兰特丽小姐长谈一次,在她上船之前我是没指望了。”

“好吧,理查德,我的孩子,”高兴的老安东尼说,“现在你可以去你的俱乐部了。你的肺没问题我很高兴。不过,你要记住经常到寺庙里给财神上几炷香。你说金钱买不回来时间?当然,让永恒的时间打上包你可能付点钱就可以,送上你的门来。不过我看见过时间之父的脚穿越金矿时在石头上弄伤了。”

老安东尼的姐姐叫艾伦,她柔和、感性,脸上满是皱纹,深受财富的压迫,经常唉声叹气。那天晚上,她造访安东尼的家。安东尼放下手中的报道,开始和她谈论有情人的烦恼。

“他把所有的事情都告诉我了,”安东尼作为弟弟先说道,还打着呵欠,“我对他说随他用我的银行账户。可是,他反而开始攻击起钱来。说钱什么用都没有,还说什么十位百万富翁没法让社会准则动之分毫,排成队也不行。”

“噢，安东尼，”艾伦叹息道，“我不希望你老是想钱啊钱的。在真正的情感面前财富则显得苍白无力。爱是有无尽的力量的。他要是早些这些话该有多好啊！她是不会拒绝我们的理查德的。不过，我担心现在也许为时太晚了。他没有机会跟她说。你所有的金钱也不能给你的儿子带来丝毫幸福。”

第二天晚上 8 点钟，艾伦姑姑取出了一枚古朴典雅的金戒指从一个受蛀虫破坏的盒子里，把它交给了理查德。

“今晚把它戴好，侄儿，”她说道，“你妈妈把它交给我。她说这枚戒指将会带来美好的爱情。她曾经告诉我，当你找到意中人时，就让我把它交给你。”小洛克韦尔地拿起了戒指一本正经试着把它戴在小拇指上。它只能挨到第二个关节。他学着样子把它摘下来，在坎肩的口袋里放着。接着，他打电话叫他的马车过来。

在车站，大约 8 点 32 分，他在纷繁的人群中找到了兰特丽小姐。

“我们不应该让妈妈和其他人等我。”她说。

“去沃勒克戏院，让马车尽可能快跑！”理查德殷勤地说。

他们驶过第四十二大街来到百老汇，之后他们沿着街道的星光灿烂，从日落的草地向日出的山坡奔去。

到了第三十四大街，小理查德招呼赶车的人马上把车停下来。

“我把一枚戒指给丢了，”他下车，自言自语地说，“那是我妈妈留下来的，把它丢了我很后悔。我不会耽搁你一分钟——它掉在什么地方，我看到了。”

在不到一分钟的时间里，拿着戒指的他回到了车里。

但是，在那短短的一分钟时间里，一辆穿城的公共汽车径直地停在马车前面。赶车的人想要往左转，但是，一辆重型快运货车挡住了他。他打算向右转，他又不得不向后退，因为前面一辆装有家具的不应该驶向那里的小货车又来了。他努力地向后赶，而且丢下了缰绳，用力叫喊着。

堵车了，不论是汽车还是马车都堵在那里。在大城市的街道上发生这种交通阻塞通常交易和其他事都因此无法进行。

“你为什么不往前赶？”不耐烦的兰特丽小姐说，“我们迟到了。”

在马车里站起来的理查德，向四周看了看。他看到堵在一起的马车、卡车、小汽车和小货车，百老汇、第六大街和第三十四大街都堵满了，就像一个姑娘 26 英寸的腰围硬要系 22 英寸的腰带。仍有一些车还飞快地朝着堵塞的地方奔来，从这些交汇的道路上，加入到这乱七八糟的车群之中，交织在一起的是停车声和驾驶员的臭骂声。曼哈顿所有交通都攒集在这里。成千上万在人行道围观的人群中间，连在这里生活最久的人也没有见过这种堵车的场面。

“非常对不起，”一面回到座位上，理查德一面说道，“看起来我们好像走不动了，可能两个小时后也疏通不了。这是我的错。假如那枚戒指不掉下来，我们……”

“这枚戒指给我看看，”兰特丽小姐说，“现在是没救了，我不在意了。我觉得到戏院也不怎么好。”

那天晚上 11 点钟，有一个人轻轻地敲老安东尼·洛克韦尔家的门。

“进来，”老安东尼喊道。此时，身穿一件红色外套的他，正在看一部海盗探险的书。

这个人是艾伦姑姑，看上去就像是有着灰色头发的安琪尔，由于一时的过失而留在人间。

“他们订婚了，安东尼，”她轻轻说，“她发誓要嫁给我们的理查德。在他们去戏院时路上堵车了，道路堵了两个小时才通畅。”

“噢，弟弟，金钱的力量不要再吹嘘了。一件小小的真爱信物，那枚戒指象征着永恒、无价情感的，它使我们的理查德找到了幸福。它被他掉在街上，于是下车找它。可是，当他们正要离开的时候，堵车了。当马车堵在那里的时候，他向她表白了，赢得了她的爱，相比于真正的爱情，金钱只不过是一捧粪土，弟弟。”

“好，”老安东尼说，“我的孩子得到了他想得到的东西我很高兴。我告诉他花多少钱在这件事上我都不在乎，只要……”

“不过，弟弟，你的钱给你带来了多少好处？”

“姐姐，”老安东尼·洛克韦尔说道，“我的海盗船撞破了，他遇到了大麻烦。在这种时候，他很聪明，使船下沉，不再想什么钱财了。如果你让我把这一章接着看下去我将不胜感激。”

这个故事到这里就应该打住了。我与你一样，希望它到此为止了。不过，我们应该知道真相。

第二天，一个人走进了老安东尼·洛克韦尔的家。他双手通红，一条带有蓝点的领带系在脖子上，自称名叫凯利。他马上被安东尼请进了书房。

“那么，”安东尼伸手去拿他的支票，一边说，“这肥皂很好。你已经用去了 5000 美元的现金。”。

“我自己还花了300美元，”凯利说道，“我必须超支一些。快运货车和马车我多半要花5美元；10美元花费在卡车和双驾马车上；司机要10美元，装好一些车子还要花20美元；警察罚得我最狠，我各给了两个人50美元，还有两人我分别给了20美元和25美元。洛克韦尔先生，这样做多漂亮啊？我很高兴威廉·A.布雷迪[①]没有遇到那种车辆堵塞的情景。我不希望威廉的肺因妒忌而气炸了。不要再重演了！伙计们很守时，准确时间到一秒钟。那条长蛇阵通过格利里[②]的塑像花了两个多小时。”

① 美国著名的剧院经理。

② 格利里（1811—1872），美国新闻记者、作家、编辑、政治家、纽约论坛报的创始人。

带家具的房间

下西区有一片红砖楼，一大帮房客住在楼里像时间一样来去匆匆，永不停步。他们处处无家，处处为家，从一间带家具的房子搬到另一间带家具的房子，永远只是过客——不但住所无定，而且没有固定的心绪和思想。他们把《家，幸福的家》这支歌唱得乱七八糟；他们把搁在纸盒里提来提去的东西当作家什；他们没有葡萄藤，帽子上只绕着装饰带，也没有无花果树，仅仅有盆景。因此这一带房子里有上千房客住过，有的说的事也该上千。当然，大多没什么意思。不过，如果说连一两件奇闻也没有在这帮匆匆过客身上发生，那又不可思议。

一天天黑以后，一位年轻人游荡在这片破败的红砖房中，按着门铃。来到第十二栋后，寒酸的手提包被他放在台阶上，掸去帽带上的灰，又揩揩额头。轻轻地按门铃。是在隔得远远的、空旷的幽深处响。

这一家（就是他按了铃的第十二家）的女房东来开了门，他看见时不由想起了一条害虫，蛀光了果仁，已经是吃得很撑，可还巴望有什么可以吃而进到空果壳里来。

他问有没有空房间。

“进来吧，”女房东说。她的声音好像从喉管里挤出来的，而且喉管上似乎长了层苔，“三楼有一间，刚刚空出一星期，你去看看吧。”

年轻人跟她上了楼。黑糊糊的过道被不知从什么地方发出的微光照着。两人的脚踩在楼梯的地毯上没一点声音，就连原来织出这块地毯的织机也不可能认出这块地毯来。它已面目全非腐烂在有股臭味、不见阳光的空气中，变成青苔地衣似的东西，在楼梯上一块块扎了根，踩上去还黏脚，像是什么黏性强的有机物被踩上的感觉。壁龛悬挂在楼梯每个拐弯处的墙上，只是空着。可能壁龛里原摆过花花草草，然而禁不住又脏又臭的空气熏。还可能是摆过一些神像，但不难想象，在屋子里，大小魔鬼把它们拖进了罪恶的深渊，——让它们待在堆放家具的地窖里了。

“就是这一间，”女房东长了层苔的喉咙里发出一些声音，“房间挺好，并不常空着，几位贵客夏天还住在这里。都是痛快人，到时先付了房租。水在走廊那头。3 个月前斯普罗尔斯与穆尼还住过。他们是演杂耍的。那位布雷特·斯普罗尔斯小姐——怎么说你也该听说过她吧？哦，对，那是她的艺名。结婚证被她配了个镜框，就挂在梳妆台上方。这里有汽灯。你看，壁柜多大。人人都喜欢这件房，从没有久空过。”

“你这儿常住当演员的人？”年轻人问。

“常来常往。有一大批与剧场有关系的房客都到这里来。先生，你不知道，这一带就是剧院区。那些演员从来就不在哪个地方久住。上我这儿的当然有。他们来去匆匆，就这样。”

他租下了房间，先付了一个星期的租金。他说已经累了，马上就想休息。钱如数交清。女房东告诉他，房间里所有东西都是现成的，连毛巾和水都已准备好。她转身正要走，年轻人问了一个问题。他已经问过一千遍这个问题了。

“房客里有个年轻姑娘叫瓦什纳小姐，全名是埃勒威兹·瓦什纳你是不是记得。她很可能在登台演唱。她很漂亮，中等个子，身材苗条，深金黄色的头发，左眼皮附近有颗黑痣。”

“这个名字我想不起来。那些演员今天住这间房明天住那间房，也今天叫这个名字明天叫那个名字。他们来去匆匆。你说的名字我当真想不起来。”白问，每次都白问，5 个月来他一直不厌其烦地问，得到的回答都是不知道。白天花大气力找剧场经理、中介人、学校、歌舞团打听；晚上在观众中转，从全是明星登台的大剧院直跑到下三流的音乐厅，不放过最怕在那儿找到朝思暮想的人的场所。他真心爱她，在千方百计找她。他相信，自离家出走后，这座被水环抱的大城市的某个地方一定有她存在，只不过这座城市像一大片永无安稳之日的流沙，不停地翻动其中的沙粒，今天浮在表面的，明天又埋进泥土里。

一开始带家具的房间对它的新客有一番假热情，那是一种看来激动、热烈，其实却是虚情假意的欢迎，就像娼妓虚情假意的笑。旧家具还有反光；破织锦蒙在一张床、两把椅子上；两扇窗之间有一面一尺宽的廉价穿衣镜；一两个描金画框放在墙角里，一副铜床架等等，这使他或多或少觉得可能还不错。

客人有气无力地往椅上一靠。顿时，他仿佛走进了通天塔，只听见操各种不同语言的人抢着告诉他这儿住过什么房客，简直乱七八糟。

邋里邋遢的地席上铺着一方颜色杂七杂八的毯子，仿佛一个鲜花怒放的方形小岛出现在波涛汹涌的海洋中。墙上糊着花花绿绿的墙纸，无家无室的人在哪间客房都能看到的画在上面贴着，有《法国新教的情侣》《首次口角》《新婚早餐》《赛克在泉边》。本来还成样子的布在壁炉前歪吊着，就像歌剧中亚马逊人身上随便缠着根宽带子。盖住了壁炉朴实而庄严的轮廓。壁炉上放着些乱七八糟的东西，包括一两只不值钱的花瓶，几张女演员像，一只药瓶，几张零星纸牌，全部是以前的房客的。那些人原先也落难到这荒岛，后来被其他的船相救，人到新的港口登了岸，留在荒岛上的是那些乱七八糟的东西。渐渐地，原先的房客留下的小物件让他看出了名堂，仿佛一个个被破译了密电码的字一样。梳妆台前的毯子上有一块地方磨光了毛，这表明许多漂亮女人在踩过那儿。墙上留着小手指印，那是小囚徒摸出来的，他们渴望见到阳光，呼吸新鲜空气。一大块污渍还留在那里，成放射形，像炸弹开花，显然是有人一甩甩出来的一杯或者一瓶什么东西沾在墙上。穿衣镜让人用金刚石横着歪歪扭扭刻了个名字：玛丽。看来，以往的房客一个个都是很生气的（也许是受不住这儿的过分冷漠发了火），一生气就把房间当成出气筒。家具已被弄得遍体鳞伤。床上的弹簧纷纷冒了出来，整个床便不成样子，活像只大怪物死于恶性痉挛的样子。壁炉上的大理石不知由于出了什么大乱子，一大块都被敲掉了。地板上的每块木板各有各的伤痛，因为各自都有各自的委屈。那些房客暂住这房间时都暂以这房间为家，却有这么多怨气产生，进行这么多破坏，真难以想象。但也许正由于他们需要家的天性没有真正泯灭却又不得满足，由于他们切齿痛恨冒牌家，一腔怒火才烧了起来。假如是自己的家，哪怕一间茅棚，我们都会打扫、装饰、爱惜。

年轻房客靠在椅子上，脑海里的思绪随意地轻轻飘荡。飘着飘着，他听到了别的房间里传来的声音，别的房间传来的气味被他嗅到了。有人在淫荡地吃吃笑，有人在不绝口地骂，有人在哗啦啦掷骰子，有人在哼催眠曲，有人抽抽噎噎哭，欢快的五弦琴声是听得最清楚的。还有乒乒乓乓的门响，一趟一趟的火车在高架铁路上叫，后围墙上的猫嚎。他嗅出了屋子里的味不是一股正常气味，却是一股发潮的奇怪味道，冷飕飕，带霉臭，像是堆放油布和霉变、发烂的木制品的地下室里发出的。

他靠着没动，突然一股浓郁的木樨草香被他闻到。像是一阵风送来的，直扑鼻孔，他闻得十分真切，就像看见了真实的来客，错不了。年轻人似乎听到了有人叫唤，大声道："亲爱的，什么事？"他还一跃而起，往四周望着。浓郁的香味没有减弱，萦绕在他前后左右。他竟然伸出手抓，顿时六神无主。香味怎么可能开口叫人呢？一定是声音被听到了。但是声音怎么能摸他、抚弄他呢？

“她住过这房间！”他嚷了起来。然后一纵身起来，想找出什么东西证实。他有把握，凡是归她所有的，甚至被她触碰过的东西，再小他也准能认出来。她喜爱这股经久不绝的木樨草香的，天天用的，究竟从哪儿来的呢？

房间几乎没怎么收拾。五六只发夹东一只西一只放在梳妆台的薄台布上。发夹是哪个女人都少不了的朋友，说明不了什么，就像一个仅属于阴性，但既没有表达语气也没有变化时态的词。他没有细看，知道再看也看不出个名堂来。梳妆台的抽屉一翻动，发现了一方小小的破手帕。他把手帕贴到脸上，刺鼻的金盏草味扑鼻而来，忙往地上一扔。在另一个抽屉里他发现了几粒纽扣，一张节目单，一张名片，是当铺铺主的，两颗忘了吃的白软糖，一本圆梦的书。一根女人用的黑缎蝴蝶结在书里夹着，他一见愣住了，说不清是喜是悲。但女人都用黑缎蝴蝶结做装饰品，平平常常，不是谁所独有，不能说明问题。

接着他满房间乱窜，像猪狗嗅到什么气味般扫视墙壁，趴到地上察看地席隆起的地方，搜索壁炉、桌子、窗帘、裹着的挂着的东西、房角那个放不稳的柜子，非要找出点线索不可，却没发现她就在身边，在心头，在上空，在绕着他转，在依偎着他，在拥抱着他，在追寻他，在冥冥中呼唤他，虽然无声，这凄惨的呼唤他这凡人的耳朵也听到了。他又一次大声应道：“在这里，亲爱的！”他一转身，睁大着眼睛，什么人也没有见到。木樨草香味被他闻到但怎会有形，有色，会张开双手，会表示爱情呢？苍天在上，是从哪里飘来这股香味？香味怎么能发出声音叫唤呢？他又开始寻找。

每一条缝隙都被他找遍，每一个角落，只找到了瓶塞、香烟。对这些东西他不屑一顾。但有一次他在地席的折缝里发现一根抽了半截的烟，被他塞到脚底下踩扁了，还恶狠狠骂了一声。整间房一寸一寸都被他搜遍了。别的房客丢下的乌七八糟的小东西发现不少，但是那个他在找寻的人，那个很可能在这里住过，而且灵魂似乎仍在这里徘徊的人却没见留下遗迹。然后他想到了女房东。

他跑出闹鬼的房间，下了楼，走到一间又光亮的房前。女房东听到敲门声出现了。他极力地抑制住自己的情绪。

“请问，我来前是谁住过这房间？”他问道。

“那再告诉你一遍吧，先生。我说过了，是斯普罗尔斯与穆尼。她演出的时候叫布雷特·斯普罗尔斯小姐，真实的是穆尼太太。这房子可是有声誉。结婚证还框在镜框里，挂在——”

“斯普罗尔斯小姐是怎么样个人？我说的是她的长相。”

“你问这呀——长着黑头发，很矮很结实，脸很奇怪。夫妻俩上星期二走的。”

“在他们来之前呢？”

“是一位单身男人，在车行工作的。他还赖了我一星期房租没付。再往前数是带着两个孩子的克劳德太太，住了4个月。他们来之前住的是一个老头，多伊尔先生。他的儿子轮流替他付房租。他住了半年。这样数数前后又一年时间了。再往前的我忘了，先生。”

他向她道了声谢，回到自己房间已经有气无力了。房间里静悄悄。曾使他忙了好大一阵的香味不见了。木樨草的香味已经消失，闻到的是霉家具的陈腐气味，贮藏室的窒息气味弥漫在空气中。

希望的破灭使他失去了信心。他望着嘶嘶发响的黄煤气灯坐着发呆。过了一会，他走到床边，床单被撕成了破布条，然后用小刀把破布条牢牢塞进门缝里和窗缝里，没漏一条缝。做得万无一失后，他灭了灯，然后开足了煤气，往床上一躺，什么也不再想。

也就在这一个晚上，麦库尔太太提着个罐子来打啤酒。打过啤酒她与珀迪太太在地下室聊天。这种不同一般的地下室，常有房东太太凑到一起，虫子也不会死。

“今天晚上我三楼的后房租出去了。”珀迪太太说，啤酒摆在两人间泡沫还没消失，“是个年轻人租的，直到现在他已经睡了两小时了。”

“这事当真，珀迪太太？”麦库尔太太问道，心中非常佩服，“那种房间还能租出去，你真有两下子。难道你告诉他真相了？”她迷惑不解，最后忍不住轻声问，用嘶哑的声音。

“房间里配上家具就是为出租。我没有告诉他真相，麦库尔太太。”珀迪太太那长了苔的喉管答话道。

“你说得有理，太太。我们靠的就是租出去房间才能过日子。太太你真在行。如果听说床上死过自杀的人，不肯租的人可多着哪。”

“你也说得对，我们总还得过日子。”珀迪太太说。

“太太，可不是吗？上个星期，也是这日子，三楼的后房间我还帮你收拾了。那漂亮妞想不到要开煤气自杀。珀迪太太，她的小脸多逗人爱，你看。”

“你没说错，她也算得上一个美丽的姑娘，就可惜左眼皮上长了颗坏痣。”珀迪太太挑了点刺，又赞同道，“麦库尔太太，再来一杯！”

索利托的健康女神

如果你一直很关注拳击界的赛事记录，那么九十年代初的这么一件事你就会记起：一个卫冕冠军和一个“冠军挑战者”在国境界河的外国一侧交了手，但是比赛只进行了一分零几秒就结束了。这么短暂的比赛没能让人看到真正的比赛所应有的激烈对抗。尽管报道人员极力夸大其词，但不论怎样报道，有关赛况的实际评论仍少得可怜。卫冕冠军轻而易举地击败了对手，接着转过身去对观众说：“我知道我一拳就足够让那个家伙变成僵尸了。”接着像桅杆似的一伸胳膊，让人替他摘下拳套。

由于这件事，穿着漂亮马甲、打着花式领结的男人整整一火车，赛后第二天一大早就在圣安东尼奥车站从他们乘坐的普尔门式车厢里懊恼地涌出来。也由于这件事，“蟋蟀”麦圭尔倒了霉，他从车上趺趺撞撞地下来，一屁股坐在站台上，他支持不住了一阵圣安东尼奥人非常耳熟的激烈咳嗽。这时，在迷幻的晨光中，走过来纽西斯县的牛场主柯帝斯·雷德乐，量一量他的身形不下于六英尺二。

这位牛场主这么早出来是为了赶南行的火车回农场去。他停在那位体育灾民身边，操着当地口音拖着长声善意地问道：“伙计，情况严重吗？”

“蟋蟀”麦圭尔，是一位次轻量级职业拳击手，赛马预测人，骑师，赛马迷，赌斗全能和各种骗术的行家里手，一听到“伙计”这个不客气的称呼，他好斗地抬起了眼睛。

“走开，”他嘶声说，“我可没叫你来这儿，电线杆。”

又一次猛咳袭击了他，他蹒跚地走过去在一只行李箱上就近靠着。雷德乐耐心地等待着，同时向挤满站台的白礼帽、短大衣和粗雪茄们扫视着。“你是北方人，对吧，伙计？”他等对方喘过一口气来时问道，“来看比赛？”

“比赛！”麦圭尔嚷起来，“只不过是抢墙角游戏！简直是一针皮下注射。他被打了一拳就会像注射了一针麻醉剂一样死过去，门口连墓碑都不用竖。这算什么比赛!"他清了清嗓子，咳嗽着继续说，他不一定是在对牛场主说话，只是想倒出心中的烦恼。"本来我绝对是有把握的，可现在结束了；就是拉塞·塞奇来了他也能够珍惜这个机会的。我下注押到从科克来的那个家伙身上，以五赔一的倍率，但他没能坚持三个回合。我把最后一分钱都押在上面了，我都闻到第三十七街吉弥·德莱尼昼夜酒馆里垫酒箱的锯末味，我正准备把它买下来呢。可是——唉，我说电线杆儿，这种把所有的钱全部一次下注的人真是愚蠢极了!"

"你说得太对了，"大个儿牛场主说，"尤其是输得什么都不剩的时候，老弟，站起来，快去找一家客店住吧。你咳嗽得挺厉害。很长时间了吗?"

"肺病，"麦圭尔明智地说，"我得了肺病。医生说，这样下去我只能坚持六个月——也可能一年。我想安下心来好好治病。这可能就是我为什么要以五赔一下注赌一赌的原因。我已经攒了一千块钱。假如我赢了，我就买下德莱尼的酒店。谁能料到那个该死的在第一回合就被打败了呢——你倒说说看?"

"事情不顺利，"看着麦圭尔的单薄身子蜷缩着靠在行李箱上，雷德乐评论道，"但是你还是应当去旅店休息休息。曼杰旅馆在那边，马维利克旅馆，还有——"

"还有五马路旅馆和瓦尔道夫·阿斯多利亚旅馆，"麦圭尔用他的语气揶揄道。"我跟你说过，我没钱了。我便成了乞丐。我就剩下一个钱了。可能去欧洲旅馆，或者乘我的私人游艇去航海更加适合我——报纸!"

他给了报童一毛钱，买了份《快报》，背靠着行李箱阅读起来。不一会儿，他就报纸所渲染的与他的滑铁卢之败有关的报道深深吸引了。

柯帝斯·雷德乐看了看他的大金表，将手放在在麦圭尔的肩上。

"跟我来，老弟，"他说，"我们还有三分钟就得上火车了。"

看来，麦圭尔的本性就是挖苦人。

"一分钟以前，我跟你说过我没有钱了。你没见我拿赢来的筹码兑换现金，我也没有时来运转，对吧?朋友，去关心你自己的事情吧。"

"去牧场吧，"牛场主说，"在病好之前都待在那儿。不出六个月就让你变个样子。"他一只手将麦圭尔抓起，拖拉着他朝火车走去。

"那么钱呢?"麦圭尔说，想摆脱又力不从心。

"什么钱?"雷德乐不解地问。他们你看着我，我看着你，但是互不理解。他们就像斜齿伞式齿轮般接触——直角啮合，向两个轴向运转。

在开往南方的火车上，看着这两个人坐在一块儿却格格不入，乘客们都觉纳闷。身高五英尺一的麦圭尔，长得既不像横滨人又不像都柏林人。圆眼睛亮亮的，瘦刀脸尖下颏，疤痕满脸，一副凶恶却又百折不挠的样子，这一切都使他看上去像一个大黄蜂式的格斗士。这种人让人觉得既熟悉又陌生。雷德乐却是在不同土壤中的生长的产物。六英尺二的身高，肩宽背厚，他的性格坦率真诚又明澈如小溪。他这种类型代表着西部和南部的结合。很少有能描绘出他这种艺术形象来的人，因为艺术展台太小，而且在得克萨斯电影是鲜为人知的。描绘雷德乐这类人的肖像唯一可能的媒介就是壁画——雕在高处，质朴的性质，凝重的材料，没有边框。

沿着国际干线他们向南疾驰。一眼望去，广袤的绿色草原上，一丛丛茂密的树林在点缀着。这就是牧场，是管理牛群的帝王的领土。

麦圭尔缩在座位的一角，听牛场主谈话却带着百般的疑虑。把他带走的这个大个子究竟在想什么呢？利他主义？麦圭尔尚不敢这么猜测。“他并不是农民，”这位俘虏想，“他也肯定不是骗子。他究竟在想什么呢？既然卷进来了就走着瞧吧，蟋蟀，看他能把我怎么样。反正你便宜不了他。你身上只有一点钱和重度的肺病，你最好少下点注。少下注，看看他究竟要做什么。”

在距圣安东尼奥一百英里的林康站他们下了车，又坐上等在哪儿来接雷德乐的四轮马车。他们坐着这辆马车从车站到目的地行了三十英里。这段行程足以唤起麦圭尔被绑架和为自己赎身的意识。平稳流利的马车经过一片令人赏心悦目的大草原。那对儿西班牙种小马轻快地不知疲倦地一溜小跑着。有时候，他们放开四蹄飞奔一阵。野花的芳香飘散在草原的空气中，吸一口空气，如同喝了美酒甘泉，一股香甜沁人心脾。没有道路了，四轮马车仿佛游弋在一片航海图上未标出的绿浪翻滚的草海上，由富有经验的雷德乐掌舵；在他看来，每一簇远处的小丛林都是一个路标，每一片起伏的小山包都是方向和距离的标的物。可是麦圭尔却仰身靠着车厢，眼睛只能看到一片荒野，带着阴郁的疑惑接受这位牛场主的运载。“他要做什么?”这个疑问一直是他的思想上的负担；“这个大家伙得了什么宝货去卖吗?”麦圭尔衡量地平线和苍穹下的四野，只能用他惯常走的城市街道的尺度来。

一周前在草原上骑马驰骋时，一只被遗弃的乱跳乱叫的病牛犊被雷德乐发现。他不用下马就把这不幸的小东西抓上马鞍，带回来丢在牧场场院的地上，派了几个伙计照顾它。麦圭尔不可能知道，也不可能理解，对于牛场主来说，他就像这个小牛犊一样需要帮助。一头牲畜害了病无人照管；而他有给予帮助的能力——这是牛场主这样做的基本动因。他的逻辑体系和信条由这些构成。麦圭尔是雷德尔第七个凑巧在圣安东尼奥碰到并带回来的病人。据说那个城市有益健康的空气弥漫着，成千上万人便拥到那里去呼吸而流连忘返。他们当中的五人还曾经是索利托牧场的客人，直到疾病被治愈或大有好转，才心怀感激地离去。一个来得太迟了，但终归在花园中的拉塔马树下了安详地长眠了。

所以，当载着这个虚弱的被保护人的四轮马车飞驰到门口时，雷德乐像抓一团破布似的把他提起来放在走廊里的时候，牧场里的人们一点都不惊奇。

麦圭尔看着陌生的周边事物。牧场的院落是当地最好的，从一百英里以外运来砌墙的砖。不过房子都是平房。泥土地面的回廊在四个屋子外围。堆放着的马具、狗具、马鞍、马车、枪支和牛仔们的装备，使这位大都市来的落魄运动家觉得很碍眼。

“好啦，我们到家了。”雷德乐高兴地说。

“这是个，咳，咳，鬼地方。”麦圭尔不高兴地说，一阵咳嗽憋得他在走廊里满地乱滚。

“我们会使你觉得舒适的，兄弟，”牛场主和蔼地说，“屋里的条件并不好；但是屋外的旷野对你的健康很有好处。你就住里面这间屋。你尽管提出要求，我们会尽力的。”

麦圭尔由他带领走进最东头的房间。地面是光秃秃的地板，很干净。白色窗帘被来自海湾的风透过敞开的窗户吹得来回摆动。屋子中央摆着一把柳条大摇椅，两把直背椅子，一张长条桌，报纸、烟斗、烟叶、马刺和子弹袋被随意地堆放在桌子上。墙上挂着几只制作得很好的鹿头和一个硕大的黑野猪头。一个墙角摆放着一张宽大的帆布凉床。在纽西斯县的人看来，接待王子也不过用这样的房子。可是麦圭尔却只是朝它撇撇嘴。他从口袋里拿出那枚镍币，旋转着抛向天花板。

“你觉得我说自己没钱是在骗你，是吗？哎，如果你愿意，你可以搜我的身。这是我口袋里最后一枚。谁来付账呀？”

这位牛场主用清澈的灰眼睛从灰白色的眉毛下面凝视着那位客人金橘般的眼睛。过了一会儿，他直接而又礼貌地说：“如果你不再提钱的事，我会感激万分的，兄弟。一次就足够了。那些被我带到农场来的人不用花费一分钱，他们也很少有人提到付钱。半小时之后晚餐就会准备好。水壶里有热水，走廊上挂着的红水罐里有凉水，可以饮用。”。

“铃在哪儿?”麦圭尔四下里寻找着问。

“要铃干什么?”

“我拿东西要用铃召唤人呀。我可不能——瞧吧,”虚弱的他突然怒吼起来,“我根本没让你把我带到这儿来。我也从没截住你要过一分钱。又不是我主动开口跟你说我的倒霉事,是你先问我的。我在这儿离旅店招待和鸡尾酒有五十英里远。我有病,我动不了。见鬼!我身上没有一分钱!”麦圭尔扑到床上,浑身颤抖着抽噎起来。

雷德乐走到门口去喊人。很快走过来一个二十来岁,细长身材,精神饱满的墨西哥青年。雷德乐冲他讲着西班牙语。

“伊拉里奥,我说过,到了这个秋天的牛市季节,在圣卡洛斯那边给你安排一个赶牛的活。”

“是的先生,感谢你的好意。”

“听着,我的朋友,这位小先生。他病得很重。我把你安排在他身边。你要听他的吩咐,小心侍候他。等他病好了,或者——嗯,等他病好了,你就可以当皮德拉斯牧场的工长,那不更好吗?”

“谢谢,谢谢——您实在太善良了,先生。”伊拉里奥几乎感激得想跪下去谢恩,但牛场主却仁爱的地踢了他一脚,喝道:“别像小丑一样。”

过了十分钟,伊拉里奥从麦圭尔的屋子里出来走到雷德乐面前。

“这位小先生,”他嘟哝着,“向您致意,”(这种说法是伊拉里奥遵从雷德勒立下的规矩)“他想要一些热水,洗个热水澡,他还想喝加柠檬的杜松子酒,窗子全都要关上,烤面包,剃须刀,一份《纽约先驱报》,香烟,还需要发一封电报。”

雷德乐从他的药柜里拿出一瓶一夸脱的威士忌酒。“给,把这个给他。”他说。

这样,他在索利托牧场就开始作威作福起来。最初的几周,各处的牛仔纷纷来一睹雷德乐新带来的这位高客的尊容,他们有的从好几英里外骑马赶来,麦圭尔则在牛仔们面前自吹自擂,大摆架子。对他们来说,他绝对算得上一个人物。他向他们吹嘘讲解拳击错综复杂的诀窍,和用来躲闪腾挪的技能。还大谈职业运动员不检点的生活。他们因此大开眼界。他的那些行话和专业术语不断引得他们大笑和惊呼。他的手势,他的奇特表情,他那下流口头禅和赤裸裸的讲话方式,都使他们着迷。他仿佛是个天外来客。

说来也怪,他丝毫没有被所进入的这个新环境影响。他是个砖灰筑成的十足的自我主义者。他觉得自己好像是隐退到了一个空间，那里的一切只是人们在听他讲回忆录。无论是白天牧场里的无限自由，还是关门闭户后星光灿烂的夜晚那彻底的宁静，都不能影响到他。霞光的全部色彩也不能把他的注意力从体育报刊的粉红色页面中吸引开。他生活的准则是“不劳而获”；他奋斗的目标是“第三十七街”。

他在来到这儿快两个月以后，开始抱怨说，他身体感觉越来越糟。就是从那时起，他成了农场的噩梦，贪婪鬼和心魔。他自己把自己关在屋里，像一个恶毒的妖精和一个泼妇一样，整天鬼哭狼嚎，呻吟，咒骂，抱怨。他的理由是说有人不由分说把他诱骗到这个鬼地方来了；他因为受到怠慢和缺乏舒适条件简直委屈得要死了。他总是用自己病情加重了这样的理由来吓唬人，但别人看不出他有什么变化。他那双以前一样又亮又凶的眼睛像小葡萄粒般；他的声音仍旧那么刺耳：皮肤比鼓面还紧绷；本来就没有什么肉的脸上更是看不出有消瘦的迹象。他那凸起的颧骨上每天下午都泛起两片潮红，暗示着用体温表查一查会揭示出某种症状来；也许胸部叩诊能判断出麦圭尔在用一只肺叶呼吸。但是，他的外表保持未变。

一直看护他的是伊拉里奥，日后的工长头衔这个奖赏一定深深地激励着他，他这才勉强在麦圭尔把他拉进的苦海里熬着。他救命的唯一希望是新鲜空气，但他竟指使人关紧窗户，拉好窗帘，它被他关在外面。吸烟使得室内空气总是呈污浊的青蓝色；不管是谁，只要走进他那间呛人的屋子，必须强忍着才能坐下，听这个小无赖无休止地吹嘘他那不光彩的经历。

麦圭尔和他的救助人之间的关系是最让人纳闷的。这位病人对牛场主的态度就好像一个坏脾气的任性孩子对待溺爱他的父母一样。当雷德乐不在牧场的时候，麦圭尔就没好气地闷声不语。只要雷德乐一回来，又会遭到他一通猛烈的臭骂。相当令人费解的还有雷德乐对他所救助这个人的态度。似乎牛场主是在愿打愿挨地充当着挨骂的角色——独裁的霸主和凶恶的暴君。看来他认为自己对那家伙负有收养责任，因此他总是平心静气地，甚至歉疚地宽忍对方的谩骂。

一天，雷德乐对他说：“让新鲜空气多多进入你的肺，兄弟。如果你乐意，可以带个车把式坐马车出去走走。到一个放牛的营地去试一两周吧。你能被我安排得更舒服些。草地，还有新鲜的空气才是能使你的病好的东西。我认识一个费城人，病得比你还严重，在瓜达鲁动不了了，就在草地上跟牧羊营里的人睡了两星期。嘿！老兄，就这样，他竟然开始康复了。靠近大地一二里的空气中就有药。现在，尝试着去骑骑马吧。这儿有一匹驯顺的小马——”

“我是不是得罪了你？”麦圭尔嚷道。“我是不是坑骗过你？我求你把我带到这儿来了吗？假如你开心，把我赶出你的牧场好啦；不然就用刀子杀死我，省得麻烦。骑马！我根本提不起来脚。我迈不开步子，五岁的孩子都比我强。这都是你的牧场为我干的好事。这儿一点好吃的都没有，没的好看，没有人能和我说话，只有一群土包子，连练拳吊袋和龙虾色拉是什么玩意都不知道，真是蠢死了。”

“这儿的确是一个偏僻的地方，”雷德乐带着歉意解释道，“这儿也不是买不到东西，但我们简朴惯了。你需要什么东西，弟兄们会骑马给你弄来的。”

查德·墨其逊，一个牛仔，他负责放牧圆圈横条标记牛群。第一个提出麦圭尔的病是假装的。查德给麦圭尔带来一筐葡萄，是从三十英里以外带来的。还多绕了四英里路。在那气味怪异的房间待了一会儿后，他溜出来直截了当向雷德乐道出了心中的疑惑。

“他的胳膊，”查德说，“像钻石一样硬。他教我用所谓的下捣拳打什么神经丛，挨他一下比让野马踢了两蹄子还要厉害。说白了，他在跟你耍计谋，先生。他绝对比我更没病。真不想说，可是这小畜生是在骗您呢。”诚挚的牛场主并不受查德的看法，即使后来他为他的病人做体检时，也不是出于怀疑的动机。

一天大约中午时分，两个人来到了牧场，下了马，把马拴好，接着进来吃午饭。谦恭好客是当地的风俗。其中一个是圣安东尼奥医生，他收费高昂。一位牧场主因为枪走火被打伤了，聘他来治疗。现在人家从这里送他去火车站，好坐火车回城里去。饭后，他被雷德乐叫到一边，手里被塞了一张二十美元的钞票，说：“大夫，有个小伙子在那间屋子里，我猜是得了很重的肺病。希望你能给他检查一下，看有多严重，好让我们知道能为他做点什么。”

“我刚吃的这顿饭花了多少钱，雷德尔先生？”医生从眼镜上框看雷德尔，直爽地说。雷德乐把钱塞回自己口袋。医生随即走进了麦圭尔的房间，牛场主自己却坐在走廊里的一堆马鞍上，一旦他的身体出现差错，他就要自责了。

十分钟后，医生大步走出来，一副轻松的模样。“你的病人，”他立即就说，“如同一张新钞票一样健康。他的肺比我的还好。呼吸，体温，脉搏，都正常。胸扩四英寸。一点也不虚弱。当然，我没检查结核杆菌，但是绝不可能有。这个诊断我完全打保票。即使闷在屋里使劲抽烟也不妨碍。他咳嗽？好，你告诉他没有必要。你说要给他治病。好吧，我建议你让他去打木桩，去驯服野马也行。人家在等我走呢。再见，先生。”然后，医生如同一阵清风般急驰而去。雷德乐从篱笆边的一棵牧豆树上摘了一片叶子，顺手放在嘴里若有所思地嚼着。

马上就要到给牛群打烙印的季节了。第二天早晨，牛队的总头目，罗斯·哈基思在牧场召集起他的二十五个人手，去圣卡洛斯那边准备启程开始干活。六点钟，马已经全部备好鞍，马车也已经整装待发，牛仔们纷纷踏镫上马。这时雷德乐拦住他们，要他们等一等。一个伙计来到门口，还牵来另一匹鞍辔齐整的小马。雷德乐走到麦圭尔的房前，突然推开门。麦圭尔正躺在床上抽烟，衣服都还没有穿好。

“起来!”牛场主说，他声音清晰而洪亮，像军号一样。

“怎么了?”有点吃惊的麦圭尔问。

“起来，穿好衣服。一条响尾蛇可以让我容忍，但是我最恨说谎的人。我再需要说一遍吗?”他揪住麦圭尔的领子，拖他在地上站直。

“我说，伙计，”麦圭尔狂喊着，“你疯啦?我正病得厉害呢——知道不知道?我会因为激烈运动而死的。我哪里把你得罪了?”——他又开始抱怨起那套来——“我从来没让你——”

“穿好衣服。”雷德乐提高了嗓门。

赌咒发誓，打着趔趄，战战栗栗，睁着吃惊的亮眼睛看着被激怒的牛场主那副吓人的模样儿，麦圭尔不情愿地披上了衣服。随后，他被雷德乐提着衣领，使劲地推到屋外，带他穿过院子来到拴在门口的那匹马前。那些牛仔们随随便便地靠在马鞍上，张着嘴看热闹。

“带上这个人，”雷德乐对罗斯·哈基斯说，“让他干活儿。让他使劲干活儿，使劲睡觉，使劲吃饭。你们这些牛仔都知道，我对他尽了力了，我待他诚心诚意。昨天，圣安东尼最棒的医生给他作了检查，说他长了如同一副小驴一般的肺和一身小公牛般的筋骨。你知道该怎么对待他，罗斯。”

罗斯·哈基斯凶狠地笑着。

“好啊，”麦圭尔盯着雷德乐，一种奇特的表情出现在他脸上，“大夫说我没病，对吧?他诬陷我装病，对吧?是你故意把他给我找来的。你不认为我有病。你说我是个骗子。喂，朋友，我说话不礼貌，这我知道，可多半我都不是故意的。如果你换了我的话——噢，我忘了——我没病，那是医生说的。好了，朋友，我现在去给你干活儿。这回你觉得公平了吧。”

他轻盈地飞身上马，像鸟一样，从鞍头拿下马鞭，扬起来向马身上抽去。

“蟋蟀”，这个昔日骑着“好小子”在霍索恩取得过赛马第一名的人——当时是十赔一的赔率——如今又把他的脚踩在马镫上了。众人驰向圣卡洛斯，麦圭尔一马当先，牛仔们紧紧追赶在他后面扬起的尘土中，并为他喝彩欢呼。

但是，不到一英里，他就已经落后了。当他们驰到马圈附近的栎树林边上时，他已经是最后一名。在一丛栎树后面，他让马停下来，用手帕捂住嘴。拿开时，浸透手帕的是鲜红的动脉血。他悄悄地把它扔进了一簇仙人果中。然后，又一次扬起马鞭，嘶声吆着他那匹吃惊的小马在马队后面继续飞奔。

那天晚上，从阿拉巴马州雷德乐的老家寄来了一封信。家里死了一个人；要分一份遗产，叫他回去一趟。天亮后，四轮马车载着她，穿过牧场去了车站。他回来时，两个月之后他才回来。回到场院，他发现只剩下他不在时充当管家的伊拉里奥，里面空荡荡的。这个年轻人细致地向他汇报了他走之后这里的工作。他得知那个打烙印的营地仍在干活。因为发生了多起强烈的风暴，牲畜都跑散了，虽然打烙印的工作一直在进行，但进展很慢。这个营地现在扎到瓜达鲁峡谷去了，在距离这儿二十英里远的地方。

“顺便问一句，”雷德乐突然记起了什么，“我让他们带走的那个家伙——麦圭尔——他还在干活吗？”

“我不知道，”伊拉里奥说，“烙印营的人没有到牧场来过几次。收拾小牛的工作那么忙。没有听他们说起过。噢，我想那家伙，麦圭尔，可能早就死了。”

“死了！”雷德乐叫道，“你说什么？”

“麦圭尔这家伙病得不轻，”伊拉里奥耸了耸肩膀回答，“他走之后，一两个月之后肯定死。”

“胡说！”雷德乐说，“你也被他欺骗了，对吧？大夫给他检查过，说他比豆树荚还结实。”

“那个大夫，”伊拉里奥笑着说，“他这样告诉你吗？那个大夫没给麦圭尔看病。”

“你说明白，”雷德乐命令着，“你在胡说什么？”

“麦圭尔，”那小伙子平静地说，“在大夫进屋的时候，他去外面喝水了。那个大夫抓住了我，在我这儿用手指敲了又敲，”他把手放在胸前，“我不知道为什么。他将耳朵贴在我这里听——我不知道为什么。他向我的嘴里放小玻璃棍。他在这个地方摸我的胳臂。他让我小声念数像说悄悄话一样——这样——二十，三十，四十。谁知道。”最后伊拉里奥无奈地把手一摊，“医生为什么开这种玩笑，做这种事？”

“我可以骑哪匹马？”雷德乐急促地问。

“…‘农夫’正在小畜栏后边吃草，先生。”

“马上给我备好马鞍。”这位牛场主没用几分钟就骑上马走了。长相虽丑，但是“农夫”跑起来飞快，它真取了个好名儿。它一路飞快地奔跑，脚下的路程像一根意大利面条被吞掉一样很快就消失了。两小时零一刻钟之后，雷德乐就从一个岗子上看见烙印营在瓜达鲁一个干河床的水坑旁边了。他奔过去，跳下马，扔掉“农夫”的缰绳，对那他想听到又害怕听到的消息急切地要去打探。他的心地是那么善良，此时此刻还在想着他莫大的罪过莫过于麦圭尔死了。

烙印营里只有厨师一个人，晚餐上吃的大块牛肉和用来喝咖啡的铁皮杯刚刚被他安排好。雷德乐没有直接提出他心中挂念的那个问题。

“一切都好吗，彼特？”他言不由衷地问道。

“凑凑合合吧，”彼特冷冷地说道，“食物断顿过两回。牛群被大风吹散了，我们只好把周围四十英里的地方找了个遍。我急需一只新咖啡壶。蚊子比一般的要凶。”

“弟兄们每个都好吗？”

彼特生性不乐观。此外，对于询问牛仔们的健康问题显得很多余，而且显得婆婆妈妈的。老板对待伙计不应该是这样的。

“剩下来的不会错过一顿饭，即使不用招呼。”厨师说。

“剩下来的？”雷德乐重复着，声音有些嘶哑。不由自主地，他开始四处寻找麦圭尔的坟墓。他的脑海里浮现出一块白石碑，就像他在阿拉巴马州的墓地看见的。但他马上意识到那是一个愚蠢的想法。

“是的，”彼特说，“剩下来的。两个月来营地经常变动，有些人走了。”

雷德乐鼓起了勇气：“那个——小伙子——我派来的——麦圭尔——他——”

“哎呀，”彼特一手拿着一块玉米面包，站起身打断了他的话，“那个可怜的病小子被派到牛营来，真丢人。他是个一只脚都踏进了棺材的人，那个医生竟看不出，真应该用马肚带扣把他的皮剥下来。他真是会开玩笑——这话说起来丢人现眼——让我告诉你他干了些什么吧。第一天到烙印营的夜里，弟兄们开始教他知深知浅。罗斯·哈基斯向他的屁股打了一下，你猜那个可怜的孩子怎么着？这个小子站起来，揍了罗斯。他揍了罗斯。把他揍得够呛。被打了许多拳，到处打，狠劲打。罗斯招架不住，从一个地方刚爬起来，又被打倒在另一个地方了。

“后来，那个麦圭尔也倒下了，一直咯血，脑袋挨着草地。他们管那叫内出血。他在那儿一躺就是十八个小时，任何人都不能让他动一动。然后，罗斯·哈基斯开始想办法处理这件事，能打败他的人他最喜欢了。从格陵兰到波兰，那些医生都被他骂遍了。他和青条子约翰逊把麦圭尔抬进一个帐篷里，轮班给他切碎的生牛肉和威士忌吃。

“可是，这小子好像不想活了。晚上在帐篷里找不见他了，原来他躺在了外面的草地上，那时还下着毛毛雨。‘走啦，’他说，‘让我去吧，我早就想去死呢。他说我撒谎，是骗子，是装病。都不要理我。’

“整整两星期，”厨师接着说，“他总是躺着，谁也不理，后来——”

突然一阵滚雷似的声音传来，一小队骑手风驰电掣地穿过丛林，闯进烙印营。

“我的天神！”彼特一边大声喊着一边忙碌起来，“弟兄们回来了，如果三分钟之内做不好晚饭，他们会整死我的。”

可是只有一件事引起了雷德乐的注意。一个棕色脸庞咧嘴笑着的小个子翻身下马站在了火光中。那样子不像麦圭尔，然而——

转眼之间，他的手和肩已经被牛场主抓住了。

“兄弟，兄弟！究竟是怎么回事？”他只能说出这一句话。

“靠近大地，是你说的，”麦圭尔大声说，手像钢钳般捏得雷德乐的手指咔咔直响，“我找到了它们——健康和力量，就从那里。并且认识到我以前是多么滑稽卑贱。多谢你把我赶出来，老兄。还有——喂！这个误会全怪那个鬼医生，不是么？我透过窗户看见那个南欧仔的太阳神经丛正被他摩挲。”

“你这个浑小子，”牛场主吼道，“你根本没让那个医生看病，你干吗不早说？”

“噢——去他的吧！”麦圭尔说，以前那种粗鲁劲儿又冒出来了，“谁也吓不住我。你连问也没问我，不听我解释就发话把我赶出去，我只好听天由命了。哎，朋友，在这儿赶牛真是件开心的事，真风光。在我碰到的运动伙伴中，最讲义气最能以诚相见的就是这儿的人。你会让我留下来的，是吧，老兄？”

雷德乐拿不定主意地看着罗斯·哈基思。

“那头小犟牛，”罗斯亲切地说，“不管是在谁的牛营里，他都是最勇敢的干将——也是拳头最狠的打架高手。”

忙碌经纪人的浪漫史

哈维·麦克斯韦尔事务所的机要秘书皮彻是一位证券经纪人。在上午9点30分的时候，他看到他的老板和那个年轻的女速记员一起匆匆进来，一丝诧异和好奇不禁露出在他那往常毫无表情的脸上。麦克斯韦尔只随口道了声“早上好”，便径直奔向办公桌，仿佛要跳过它似的。随后就一头扎进一大堆等着他处理的信件和电报。

替麦克斯韦尔，那个年轻姑娘给马克斯韦尔当速记员已经有一年。她异常秀美动人，绝非速记员草草几笔所能简单描述。那种华丽诱人的庞巴杜式①的发型她并不采用，也不戴什么项链，手镯，鸡心之类的东西。她脸上没有随时准备受邀外出进餐的神气。她的灰色衣服虽然很朴素，但却生动勾勒出她的身材而不失典雅。一根金绿色的鹦鹉羽毛插在她那俊俏的黑头巾帽上。今天上午，今天早上，她春风飘逸，温柔而羞涩。她有梦幻似的晶莹的眼睛，她的脸颊桃花般的娇艳，幸福的神色和追怀的情调在她的脸上流露。好奇之余，皮彻发现今天她的举止也有点儿异样。她不像往常那样，向她办公桌所在的套间径直走去，而是滞留在外间办公室，有点儿拿不定主意似的。有一次，她靠近麦克斯韦尔的办公桌，近得仿佛要让他知道自己在场。坐在办公桌前的他已经不再是个常人，而是一个繁忙的纽约证券经纪人，好些作响的齿轮和正在展开的发条在推动他。

“嘿，怎么啦？有事吗？”不耐烦的麦克斯韦尔问道。那些拆开的邮件堆了满满一桌，就像演戏用的假雪。他那锐利的灰色眼睛唐突而不近人情，很烦躁地看了她一眼。

“没事。”速记员回答他，然后微笑着走开了。

“皮彻先生，”她问机要秘书，“麦克斯韦尔先生昨天提没提过另外雇一名速记员的事？”

---

① 18世纪盛行的一种从四面往上梳拢，松而高的头发样式，为法国国王路易十五的情妇庞巴杜首创。

“提过，”皮彻回道，“我被他吩咐另找一位。昨天下午我就通知了介绍所，让他们今天上午送几个来面试。现在已经 9 点 45 分了，但是还没有来过一个阔边帽或者嚼菠萝口香糖的。”

“那么，在还没有人顶替我的时候，”那年轻女人说，“我照常工作好啦。”说完，她走到自己的办公桌前，在老地方挂起那顶插有金刚鹦鹉毛的黑色无边帽。

谁无缘目睹曼哈顿经纪人在生意高峰时刻那股紧张劲儿，谁搞人类学研究就有极大缺陷。诗人歌颂了“灿烂的生命中一个忙碌的时辰”①。证券经纪人不仅时辰拥挤，他的分分秒秒都是挤得满满当当的，仿佛挤满了乘客的车厢，站台前后都没有可以站的地方。

今天正是哈维·麦克斯韦尔的忙日。行情收录器的滚轴开始瑟瑟卷动，忽停忽动地吐出卷纸，桌上的电话像害了慢性病似的响个不停。事务所中开始拥进了人，在栏杆外探进身来向他呼唤，有的欣喜若狂，有的横眉竖眼，有的恶意满怀，有的激动不已。捧着信件和电报的送信的小厮奔进奔出。事务所里的办事员跳来跳去，活像船上的水手在应对风暴发作。连皮彻的脸也舒张开来，显得生机勃勃。

证券交易所里风云变幻，飓风、山崩、雪暴、冰川、火山瞬息交替；这些自然力的剧动以微观形式在经纪人办公室中再现。麦克斯韦尔把椅子往墙边一推，空出地方来处理业务，忙得仿佛在跳脚尖舞。从股票行情自动收录器跳到电话机旁的他，又从办公桌边跳到门口，其灵活不亚于受过专门训练的滑稽丑角。

经纪人全神致力于这堆越来越多但又十分重要的事务之中，这时他忽然瞥见一堆高耸的金黄色头发，一顶颤动的丝绒帽子和珠毛帽饰放在上面，一件海豹皮的短外衣，一串大如山核桃的珠子垂近地板，尾端还吊了一个银鸡心。一个从容不迫的年轻姑娘同这些附属品在一起，皮彻正准备引荐她，替她作解释。

“这位小姐是速记员介绍所派来的，说招聘的事。”皮彻说。

麦克斯韦尔半转过身，手上捏了一把文件和行情纸带。

“应聘什么？”他皱皱眉头说。

“应聘速记员。”皮彻说，“昨天你叫我打电话，让他们今天上午送一个过来。”

“你搞糊涂了吧？”麦克斯韦尔说，“我为什么要这样吩咐你？莱丝丽这一年

① 诗人指托马斯·莫当特。他的《蜜蜂》一诗中有此句。

工作表现十全十美。只要她愿意，这份工作就是她的。对不起，小姐，这儿并没有空职位。皮彻，通知事务所，取消要人申请，叫他们别再送人过来。"。

银鸡心离开了办公室。一路上她愤愤不平，大摇大摆，把桌椅沙发碰得乒乒乓乓。皮彻在百忙中对速记员说，老板最近似乎越发心不在焉，越发容易忘事了。

业务处理越来越紧张，节奏越来越快。在交易所马克斯韦尔的顾客投资巨额的六七种股票正在暴跌。飞燕穿帘般的买进卖出的单据递来递去。有些他本人持有的股票也处于危险之中。他仿佛一部高速运转，精巧坚固的机器——紧张万分，用足了马力，正确精密，从不犹豫，言语、动作和决断都恰当而迅速像钟表的机件那样。股票，证券，贷款，抵押，保证金，债券——这是一个金融世界，人际感情或自然本性在这里毫无落脚之地。

将近午餐时间，喧嚣之中慢慢出现片刻暂息。

站在办公桌边的麦克斯韦尔，手上捏满了电报和备忘录，右耳上夹了支钢笔，几撮头发零乱地披在脑门上。他打开窗子，因为可爱的女门房，春天姑娘，已经添了一些热气在大地的暖气管里。

通过窗户飘来一丝悠悠——也许是失散——的香气。这是紫丁香幽微、甜美的芳菲。刹那间经纪人因此而动弹不得。因为这种气息是属于莱斯利小姐的。这是她本人的气息，她独有的气息。芳香在他心中唤出她的容貌，栩栩如生，几乎伸手可及。金融的世界忽然只剩下一个遥远的小黑点。她就在隔壁房间里，仅二十步之遥。

"天哪，我现在就去。"麦克斯韦尔不禁说了出来，"我现在就去跟她说。怎么我没早点儿想起?"

他箭步冲进里间办公室，像一个做空头的人急于补进一样①。他冲向了速记员的办公桌。

她抬起头，笑盈盈地看着他，脤上泛出淡淡红晕，眼睛里闪动着温柔和坦率。马克斯韦尔一只胳膊撑在桌上，手上依然握满了文件，耳朵上还夹着那支钢笔。

"莱斯利小姐，"他仓仓促促地说，"我只有一点空闲。我抽空来说几句话。你愿意做我的妻子吗？我没时间以常人的方式向你求爱，但我确确实实爱你。请

① 在证券交易中，行情看跌时，投机商大量抛出期货，等价格下落时再购进，从中盈利，与"多头"相反。

快回答我。——太平洋铁路的股票正在被那帮人抢购呢?”

“喔，你说什么?”年轻女郎惊诧不已。她站了起来，直愣愣地看着他，眼睛瞪得圆圆的。

“你不明白吗?”麦克斯韦尔倔头倔脑地说，“我要求你跟我结婚。我爱你，莱斯利小姐。我早就想告诉你，手头的事情稍微松些后，我才瞅空过来。他们打电话又来找我了。皮彻，让他们多等一下。你肯不肯，莱斯利小姐?”

速记员的神态叫人莫名其妙。起先她好像惊愕万分；接着，她惊讶的眼睛里流下泪水来；之后，她泪花晶莹地愉快地笑了；最后，她又柔情地搂住经纪人的脖子。

“我现在懂得啦，”她温柔地说，“是这生意让你忘记了一切。起初我吓了一跳。你难道不记得了吗，哈维？昨晚8点钟我们已经在街上拐角处的小教堂结过婚了。”

黄雀在后

我和杰夫·彼得斯坐在普罗文萨诺饭店的一个角落里吃意大利面条，他边吃边给我解释3种不同生财之道。

每个冬天，杰夫就来纽约，第一要吃面条，第二要穿着厚厚的栗鼠皮大衣在伊斯特河看船，第三要把芝加哥产的成衣存放到富尔顿街的一家店里。他的其他3个季节在纽约以西，活动范围是斯波顿与坦帕[①]之间。对他干的那行他非常得意，还一本正经摆出一套独特的伦理进行辩解。他的工作不是什么新工作。他一文本钱不花，办了一家无限公司，专收那些不安分又没头脑的同胞们的金钱。太阳落山后男孩子喜爱坐到树林里吹口哨，杰夫每年到纽约这个楼房林立的城市度假时，他闲着无聊的时候爱吹嘘他的种种业绩。于是，我在日历上他要来的那天做了个记号，并与普罗文萨诺餐馆搞好关系，挑了个安静角落，在一张有酒迹的小桌旁坐下，小桌的一边有棵漂亮的橡胶树，一个画框挂在另一边墙上，画上画着一座宫殿。

“法律应该承认两种生财之道，一是华尔街的股票投机，二是偷盗。”杰夫说。

“其中一种几乎人人承认和赞同。”我说着笑出了声。

“偷盗也应该被承认。”杰夫说。听他这样一说，我知道我不应该笑。

“大约两个月前，”杰夫说，“一次机会我认识了两个人，刚才说的这两个行当两人各在一行。一个在偷盗协会工作，没斗过我，同时另一个被称为金融界的拿破仑。[②]”

“这倒真凑巧。”我边打呵欠边说，“一个多星期前我在拉马斯波一枪打着了一只鸭子，一只地松鼠还被我打着了，我对你说过，记得吧？”杰夫我了解，知道怎样使他说得起劲。

---

① 斯波顿是华盛顿州东部的城市，坦帕是佛罗里达州中西部的城市。

② 指美国石油大王洛克菲勒。

“我先说给你听，这些家伙的心地怎么恶毒，公德这个弹簧先被他弄坏了，再使得社会这个轮子不得正常运转。”杰夫说，俨然像一个正义使者要揭发别人罪恶，眼里闪现出纯洁的目光。

“刚才我说，3 个月前我认识了坏人。人生在世，结交坏人只有两种时候，一是弄得身无分文的时候，二是发了财的时候。

“最合法的买卖也难免会碰上走霉运的时候。我在阿肯色州时，在一个三岔路口拐错了弯，进了皮文镇。可能是去年春天我闯到皮文让他们吃亏所以结下了仇。我卖过 600 元的果树苗，有李树、樱桃树、桃树、梨树。皮文人睁大眼盯着马路，就等我从那地方再次经过。我在镇上的大街把马车赶到水晶宫药店才发现我和白马比尔进了埋伏。

“皮文人忽然抓住我，牢牢抓着比尔的缰绳，要给我苦头吃，个个都说买我的果树苗上了当。马车的挽绳被一伙人穿进我的背心的袖管里，拉扯着我去看他们的花园和果园。

“标签上写明的与他们的果树长出来后不一样。大多成了柿子树和山茱萸，还有一株竟然长出来黑皮橡树和白杨。唯一的一株长出了点名堂的树是一棵山茱萸，一个黄蜂窝出现在树上，还挂着半件旧紧身大外套。

“我们被皮文人拽着走遍了全镇，凡树不结果都责怪我。我的表和钱被他们抢走作抵押，又扣下比尔和马车。他们说，直到哪株山茱萸 6 月里结出大桃子，我可以去领回我的东西。然后，他们拿出了一些挽绳，叫我往落基山滚。我和刘易斯和克拉克[①]那样，往那片河流湍急、树木遮天蔽日的地方跑。

“等我平静下来，发现原来是到了圣菲铁路[②]的一个不认识的小镇上。我口袋的东西被皮文人搜刮一空，只没拿烟草。看来我的命不是他们想要的，留下烟草就能保住命。我咬了一口，坐到一堆铁路边的枕木上，让脑子清醒清醒。

“这时从远处开过来一列货运快车。经过小镇时减慢了速度，一个黑包从车上掉下，滚出 20 多码，掀起一团灰尘。原来是个人，站起身后边吐煤粉边凶狠地咒骂。我发现这人年纪轻，脸宽，衣着讲究，不像一个偷搭快车的人，倒像是坐得起卧铺的。虽然浑身黑，成了扫烟囱的，还乐呵呵一笑。

“‘从车上掉下来的吗?”’我问。

---

① 刘易斯，克拉克，美国向法国购买路易斯安那时，杰弗逊总统派两人率领一个探险队去踏勘该地区。

② 美国东西部之间一铁路干线的简称。

“‘不，跳下车的。’他说，‘达到了我的目的。这是什么镇？’

“‘我还没看地图。’我说，‘比你只先到5分钟。你摔得怎样？’

“‘摔得不轻。’他转手臂一圈，说，‘我看这肩——行，没问题。’

“他弯腰拍去身上的灰，却不料口袋里掉出一根9寸长、撬门用的细钢钎。他赶快拾起来，先瞪大眼看着我，然后笑着咧开嘴，伸出只手。

“‘伙计，你好。’他说，‘你不是见过我吗？去年夏天你在密苏里州南部卖宝沙，一小调羹5毛钱，说是可以防止油发生爆炸。’

“‘油不会爆炸。’我说，‘油变成了气体才会爆炸。’但是我仍然与他握了手。

“‘我名叫比尔·巴西特。’他对我说，‘我倒不是自高自大，而是我有一种职业自豪感。我告诉你，算你运气，最高明的贼被你遇到了，在密西西比河一带来无影去无踪。’

“于是，坐在枕木上我和这位比尔·巴西特大吹大擂起来，好像是两位同宗的大师相遇，谈得投机。他也没有钱，两人更是成了知己。他告诉我，一个女佣在小石城出卖了他，得赶紧逃跑。要不然，扒货车的哪是本领高强的贼？

“‘我有一个本领，’比尔·巴西特说，‘就是假如要偷东西时，便向娘儿们献殷勤。她们动了情就晕头转向。谁家要是有值钱的东西，又雇佣了一个漂亮佣人，你等着瞧吧，他家的钱财肯定会不翼而飞。我坐到馆子里大吃大喝，但警察还会说是内贼干的，因为女主人的侄儿就是个穷鬼。我先对女佣下手，等她让我进了屋，我便在锁上下工夫。’比尔说，‘谁知道小石城那娘儿们让我吃了苦头。’他说，‘她发现我带着另一个姑娘乘电车。晚上我去她那里时，原本应开着的门却锁上了。楼上房间的钥匙我都有，可是，哼！她反锁上了门。她出卖了我。’比尔·巴西特说。

“比尔要用细钢钎撬开锁进去，但那娘儿们扯开嗓门大喊大叫起来，比尔只好惊慌失措从那家人家逃到车站。他没带行李，车站不让上车，他于是爬上了一列出站的货车。

“我们俩各自说了自己的倒霉事后，比尔说：‘现在我饿了。看来这小镇没有上弹簧锁。我们来点小动作，先赚一些钱花花，怎样？你大概没带什么生发油、包金表链之类的假货到广场卖，那些想占便宜的小气鬼，我们来骗骗他们吧？’

“‘没有，’我说，‘本来我有个手提包，里面放着巴达哥尼亚钻石耳坠，还有钻石装饰针，被皮文人扣下了，如果紫树不流出黄胶汁，结不出日本李，卖出了钱，就别想再要回来。除非与卢瑟·伯班克①这样的大园艺家合伙，还是放弃吧。'

"'没关系，'巴西特说，'我们拿出拿手好戏吧。也许天黑以后我能向哪位太太借到枚发针，偷偷打开农牧渔业银行的门。'

"我们正谈着时，靠站了一列客车。一个戴高礼帽的人从月台一边下，向我们快速走来。他矮胖个子，长着大鼻子、小眼睛，但衣着讲究，提着个手提包小心翼翼的，看来里面装的不是鸡蛋便是铁路股票。他经过我们身边，沿铁路继续走，对小镇看都没看一眼。

"'来吧!'比尔·巴西特对我说，开始追那人。

"'到哪里去?'我问。

"'哎呀，你已经一无所有难道你忘了？财神爷从你眼皮底下过难道没看见？你还不知道救星来了？没想到你就这样聪明？

"在树林边我们赶上了陌生人。太阳已经落山，这地方又偏僻，我们拦住他没人看到。比尔取下这人头上的丝帽，帽上的灰被他用自己的衣袖掸掸，又给那人戴上。

"'先生，你这是要做什么？那人说。

"'以前我也戴这种帽子，不自在了时常这样做。'比尔说，'现在不戴，只能借用你的了。先生，我们该怎么开口说想找你的事呢？我看还是先搜你的口袋吧。'

"比尔·巴西特把口袋摸遍了，露出了一副鄙夷的表情。

"'表都没有一只，你一点都不觉得丢人吗？真是尊空心石膏像!'比尔说，'你穿得像有钱人，口袋里却是布贴着布。没见到你有一个车钱，怎么能坐车？

"那人说话了，说他没有钱财。他的手提包还是被巴西特拿了过来，打开一看，只有衣领、袜子，还有剪下的半张报纸。细细看过剪报，比尔向被他拦路打劫的人伸出只手。

"'伙计，你好!'他说，'请接受我的道歉。我是大盗比尔·巴西特·彼得斯先生，这位是阿尔弗雷德·依·里克斯先生。握手吧。'比尔说，'里克斯先生，做起目无法纪的事来，彼得斯先生不同于我和你。他每次挣钱都得又投入。

① 美国园艺学家，改良了一些植物品种。

里克斯先生，很高兴见到你，与你和彼得斯先生相识。我这是第一次参加全国群英会，撬门扭锁的、欺哄诈骗的、股票投机的全到场了。彼得斯先生，你见识一下里克斯先生的本领吧。’

“比尔·巴西特递给我的报纸上登了一张清晰的照片，是这位里克斯先生的。是份芝加哥出版的报，里克斯被段段文章骂得狗血淋头。看过报纸我才知道，在他装饰豪华的办公室里，眼前的这位里克斯，把全佛罗里达州浸泡在水里的地说成旱地，一块一块都被卖给那些地产投资的外行。他得到的钱大约 10 万。但是偏偏有些过于认真的买主，爱给你找麻烦。我也见过这种人，卖给了他金表他要放到酸里试真假。有个小心眼的买主，不辞劳苦去看他买的地是不是篱笆坏了要加一两个桩，另外又贩些柠檬回来了，赶在圣诞节卖。一个测量员被雇佣帮他找地。他们费尽九牛二虎之力，才发现那个广告上登的乐园谷根本不是一个繁华的市镇，而是奥基乔比湖的正中，位于东 27 度，南 40 杆 16 竿。水下 36 英尺处才是这位先生的地。不但如此，鳄鱼和长嘴硬鳞鱼早就占领了那里，他很难成为那里的主人。

“那人没耽误一刻赶回芝加哥，闹翻了天。气象局预报了下雪没人会料到第二天早上天热得受不了，阿尔弗雷德正春风得意。也没想到会有人闹翻天。里克斯不认账，然而那地方的鳄鱼他没法赶走。有天上午，一大块文章在报纸登出了，里克斯只好从太平梯爬出来逃之夭夭。他存放赃款的保险箱被有关当局找到了，里克斯只好拿着提袋往西跑，只有一双袜子和 10 来个 15.5 英寸的衣领放在里面。存折上的钱只够买张短途火车票，在这个偏僻小镇被赶了下来，遇上了比尔·巴西特和我两个拦路抢劫的强盗，但是已经身无分文。

“后来这位阿尔弗雷德·伊·里克斯叫嚷他饿了。他说他没办法弄到饭钱，更不用说拿得出饭钱。我们假如要打个比方，不妨说我们 3 人分别代表劳力，贸易，资本。现在，因为没有资本，贸易就无从谈起。而资本没有了钱，就别想什么牛排和洋葱。所以，这回就得仰仗带钢钎的小偷了。

“比尔·巴西特说：‘两位好汉，在患难中兄弟我从没抛弃过朋友。我看见树林里不远处有所没人住的房子。先到里面我们来等等，到天黑了再说。’

“的确有所旧房子在树林里空着，我们 3 人走了进去。等到天黑了，比尔·巴西特叫我们等着，他出去半小时后我们再过来。到他再来时，果然抱着一大包面包、排骨、馅饼。”

“‘是讨来的，在沃西托路一个庄稼人家。’比尔说，‘痛痛快快吃吧，喝吧。’

“一轮满月在天上升起了，我们坐在房子里的地上，在月光下吃起来。这位比尔·巴西特又开始吹嘘了。

“‘自以为比干我这行的高出一等，你们这些人。’他说，嘴里塞满从庄稼人家里弄来的东西，‘我有时候就不服这口气。比方说吧，遇到现在这种情况，你们俩没有一位拿得出办法，让我们都饿肚皮啊？里克斯，你能行吗？’

“‘我承认，现在遇到的这种情况，也许我束手无策。’里克斯嘴里吃着块馅饼说道，声音小得几乎听不清，‘我做的是大宗买卖，当然要事先周密策划。我……’

“比尔·巴西特打断他的话说：‘里克斯，我知道，’你不用往下说。你雇一位金发女郎当打字员得花500元，买4套梓木家具。然后登广告再花500元。要等上两星期时间才有鱼上钩。假如遇到紧急情况了，你们的本领屁用也不顶。就像煤气熏倒了人，你们主张把煤气收归市政府管救不了这个人一样。彼得斯估计，你那一套也帮不上现在的忙。’比尔最后说。

“我说：‘你这位大仙把手杖一指，就点铁成金，我还没见过。搞顿残羹剩饭吃的小招数几乎人人有。’

“越吹越起劲的巴西特说：‘弄来这么多吃的只等于准备个南瓜[①]。灰姑娘，坐着6匹马拉的车你会不知不觉就坐到门口。也许你有什么绝技让我们大开眼界吧？’

“我说：‘老弟，我比你大15岁，但也没过保人寿险的年龄。弄得身无一文的时候我早经历过。就在不到半英里外就是小镇上的灯，我们望得见。我的本领是蒙塔古·西尔弗教的，他是赶着马车卖货的人中最了不起的。现在小镇的街上走的人成百上千衣服上有油迹。只要有盏汽油灯、一只小箱，我再加两块钱的白橄榄香皂，切成小……’

“‘你到哪里弄这两块钱去？比尔·巴西特打断我的话，讥笑道。你说不过这盗窃犯。

“‘得了吧，’比尔继续说，‘你们两位成了窝囊废。金融大王关门大吉，商业大王停业啦。你们俩想开台还得靠我这有手上功夫的。就这个样，你们不得不

---

① 在童话《灰姑娘》里，仙子替灰姑娘把南瓜变成一辆马车，把耗子变成马，让她参加王子的舞会。

认账。今天晚上我比尔·巴西特显点本领让你们瞧瞧。'

"巴西特让我和里克斯不要出屋子，等他回来，即便到了天亮也得等着。说完他就一边往镇上走，一边吹口哨。

"那位阿弗雷德·伊·里克斯脱掉鞋、衣服，在礼帽上盖上块丝手帕，往地上一躺。

"'我已经累了一天，得睡一会。晚安，彼得斯先生。'他说。

"'那你就去睡吧，'我说，'我要再坐一会。'

"在皮文镇我的表让人扣下了，照那块表估计是八九不离十，大约两点钟，我们那位有真功夫的人回来了，踢醒里克斯，我们被叫到照进屋门的月光下，摊开5个小包在地上，每个里有1000元。他像母鸡刚下了蛋一样，咯咯叫唤起来。

"他说：'让我们谈点镇上的事情吧。这小镇叫岩泉镇。一所共济会教堂正由他们修。看来民主党的镇长候选人要败在民众党手下。塔克法官的太太患上了胸膜炎，现在病情有所好转。让我先和人说说这些无关的事，然后才摸清了我要了解的情况。镇上有家名叫林业信托农业储蓄所银行的。昨天关门时有现金23000，今天上午开门时却只剩下18000了，全是银元，因此我没有再多拿。瞧吧，你们这些做买卖的，搞投资的。现在认输了吧？'

"举起双手的阿尔弗雷德说：'小伙子，你偷了银行的钱？哎呀呀，一哎呀呀！'

"'你可不要这样说。'巴西特说，'偷太难听。这家银行在哪一条街，我只不过是找到了这个。镇上静得很，站在角落里，我能听到保险柜号码盘的转动声：往右到45，左两圈到80，再往右到60，往左到15，耶鲁大学橄榄球队队长用球队的行话发号施令也是这样。伙计们，'巴西特说，'这镇上的人起床很早。他们对我说，天不亮就起来了。我问他们这是因为什么，他们说因为早饭在天不亮时就做好了。两位好汉，怎么办呢？时间不早了！叮叮当当拿着钱开路吧。本钱我给你们。要多少？说吧，投资的！'

"'小兄弟，在丹佛我有朋友帮忙。'里克斯说。这时候他变成了一只地松鼠，后腿立着，前爪在捧着个果壳玩，'有个百把元我……'

"打开一包钞票，巴西特扔给里克斯5张20元的。

"'做买卖的，你呢？'他问我。

"'收起你的钱来吧，你这卖苦力的。'我说，'我从来不要老实人辛辛苦苦挣来的几个小钱。我要的钱都是那些傻瓜和太幼稚的家伙口袋里装不下的多余钱。我站在十字路口收他 3 块卖给没有良心的家伙一只带钻石的金戒指，只赚 2 块 6 角。不用说，他马上就送给了一位姑娘，得到的好处本来要用 125 块的戒指才能换到。他的利润是 122 块。你说说，他占的便宜多不多?’

“巴西特说：‘你要人家 5 角钱把一调羹沙卖给穷苦女人，说是防止灯发生爆炸，可是 4 角钱一吨沙，你来算算吧，这女人可以赚多少?’

“‘你听着吧。’我说，‘我命令她把灯擦干净，装满油。如果她照我的办，灯就不会炸。她以为灯里有了沙不会炸，不用提心吊胆。这是工业基础科学。洛克菲勒与埃迪太太[①]两人的光她出 5 角钱就沾到了。叫这两个大阔佬来一起为你效劳不是人人能办到的事。’

“阿尔弗雷德·伊·里克斯对比尔·巴西特十分感激。

“‘小兄弟，’他说，‘你的恩德我永远忘不了。上天会给你好报的。但是我请求你以后不要暴力、犯罪。’

“‘你真是胆小如鼠!’比尔说，‘你去钻板壁里的那耗子洞吧。你那套道德经我听来屁也不是。所谓正人君子的你们抢钱办法造成了什么结果? 贫穷困苦! 彼得斯大哥总爱把做买卖那一套拉扯到抢钱术，最后被驳得黔驴技穷。你们俩抱着金科玉律不肯放。彼得斯大哥，’比尔说，‘你也把这香喷喷的钱拿些去吧，不用客气。’

“我还是叫比尔·巴西特把钱放进自己口袋里去。有的人能够接受偷盗，我从来就不。我总要给人家一点东西才得人家的钱，哪怕只是个叫他们牢记别再上当的纪念品也好。

“后来，阿尔弗雷德·伊·里克斯对比尔再次感激涕零，与我们分了手。他说他计划租辆庄稼人的马车坐到车站。然后乘火车去丹佛。这可怜的垃圾离开以后，屋子里的空气都变新鲜了。全国所有不劳而获的行当人的脸面都被他丢尽了。尽管他干过大事业，坐过漂亮的办公室，到头来体体面面吃上一顿饭都不能够，还是多亏了一个素昧平生也许还寡廉鲜耻的小偷的施舍。我非常高兴他走，尽管也为他从此永远完蛋感到惋惜。如果得不到再度起家用的一大笔本钱，他什么都做不了。你看吧，阿尔弗雷德·伊·里克斯分手时已经成了背顶地、四脚朝

① 埃迪太太，基督教科学疗法的创立人，著有《科学与健康》一书。

天的乌龟，一点指望都没有。你叫他去骗一个毛丫头手里的石笔他都没办法骗到。

“当只有我和比尔·巴西特在房子里后，我在脑子里打起了算盘，最后想到一个做交易的诀窍。我决心让这位梁上君子看看，做买卖的人与卖苦力的人的不同之处是什么。他把做买卖的人说得一文不值，我的职业自尊心被他伤害了。

“‘巴西特先生，我不会要你送给我钱。’我对他说，‘可是你今天晚上用非正当手段捞走了这地方的钱，我们留在这一带有危险。如果我能跟你一道走，离开危险地带在路上花你一点钱，我会感谢万分的。’

“比尔·巴西特同意这样做。我们朝西方走，赶早搭上一辆火车，平安无事了。

“当火车开到叫洛斯佩雷斯的亚利桑那州小城后，我对比尔说我们不妨再碰碰运气。这地方是我师父蒙塔古·西尔弗的老家，现在师父已金盆洗手。我知道，如果我能指给他看一点在附近嗡嗡叫着飞来飞去的苍蝇，让我利用这只苍蝇捞到钱，师父都有办法。比尔·巴西特说，他的工作时间主要夜里，对他来说哪个城镇都一样。于是在洛斯佩雷斯我们下了车。这小城很漂亮，在产银区。

“我想到一条小小的好方法，是买卖人的暗器，一扔就能打中巴西特的耳根。我不打算趁他熟睡时拿走他的钱，而是准备留给他一张 4755 元的教训的彩票，使他永远都忘不了，估计我们下火车时他的钱是这个数目。然而，我一开口让他出钱赚钱，他几句话就叫我碰了壁。

“‘彼得斯大哥，’他说，‘到哪个企业去闯闯的主意不错。我想我也愿意，不过呢，即使我去，不要怪我苛刻，那企业的董事会别人都不能来，只能由罗伯特·伊·皮尔里和查理·费尔班克斯[①]当董事。’

“‘我认为你会拿钱周转。’我说。

“‘我常会转？我晚上不能老侧在一边睡。’他说，‘彼得斯大哥，告诉你吧，我计划开个扑克赌场。骗人钱财得费口舌，比方说卖打蛋器，或者推销只能给马戏团当锯木铺地用的麦片之类早餐吃的东西巴纳姆和贝利[②]的马戏场，都要叫得口干舌燥。如果开赌场，’他说，‘虽然利润不比偷银调羹，但是比到

① 罗伯特·伊·皮尔里，美国探险家，1909 年到达北极；查理·费尔班克斯，1905 至 1909 年美国副总统。

② 美国马戏团老板。

沃尔多夫——阿斯特利亚义卖场卖批兵器强。'

"我说：'这么看来，巴西特先生，我有个小小的妙计你会愿意听吧？'

"他说：'你就算开个巴斯德研究所，也得离开我住的地方 50 英里。我上不了钩'。

"于是，在一家酒店的楼上巴西特租了间房，置办了些家具和用具。当天晚上，我到蒙塔古。西尔弗家，从他家借了 200 元起本后出来，我去洛斯佩雷斯镇唯一的一家卖纸牌的商店，买下了店里所有的牌。第二天上午这家店开门时，我到那里把牌都拿走，说本要跟我合伙的人变了主意，我想再卖掉牌。店主用半价收了回去。

"的确，这次我亏了 75 元。但是前一天晚上拿到牌后我在每一张上都做了暗号。这要花费大力气的。然而做买卖是先出后进的事，泼出去的水变成油又到我手里了。

"当然，到比尔·巴西特的赌场头一批买筹码的人就有我。全镇只有那么多扑克，我全买了来，我都一清二楚每张牌背面的秘密。理发师给我理过发后用两面镜子把后脑勺照给我看，但我对纸牌背面的底细比对自己后脑勺还清楚。

"赌场关闭时，我手中有 5000 多的钱，比尔·巴西特输得只剩他的流浪癖和买来作吉祥物的黑猫。比尔在我走时和我握了手。

"'彼得斯大哥，'他说，'我生来没有做买卖的本领，注定了要卖苦力。凭着根小钢钎第一流的小偷想称王简直是不知天高地厚。你玩牌老练，高明。'他说，'祝你万事如意。'从那以后比尔·巴西特再没出现过。

听这位好汉没有停顿地讲完了他的事迹，我说道："杰夫，这笔钱你得好好守着。等有一天你金盆洗手，找个正经行当时，这笔钱是可观——是数额巨大的本钱。"

"我吗？你放心，这 5000 块跑不了。"杰夫自信地说道。

他春风得意，拍拍上衣的胸口。

"全部换成金矿股票。"他说，"每股一元。一年之内肯定翻 5 番。又没任何其他开销。布卢戈弗金矿。发现于一个月前。你手头如果有余钱最好也去买。"

我说："这些矿石有时候……"

"这个矿非常可靠。"杰夫说，"价值 5 万的原矿到了手，每月保证有 10% 的盈利。"

他抽出一个长信封，扔到桌上。

“我随身带着。”他说，“这一来，小偷偷不了，投机倒把的人也无法插手。”

那些印得漂漂亮亮的股票被我看在眼里。

“哦，是在科罗拉多的那个。”我说，“我问你，杰夫，到多佛的那个矮个子，就是在车站你和比尔遇到的人，他叫什么名字？”

“这王八蛋叫阿尔弗雷德·伊·里克斯。”杰夫说。

我说：“这家矿产公司总裁的名字是阿·尔·弗雷德里克斯。恐怕……”

“让我看着股票。”杰夫忙说，他一把从我手上抢过去。

为多少缓和一下这尴尬局面，我叫服务员再送瓶巴伯拉酒来。我觉得只能这样做了。

多情女的面包

马萨·米查姆小姐在路口开小面包店，就是你得上三级台阶，门开后会响铃的那一家。

马萨小姐 40 岁，有 2000 元存款，有两颗假牙，生来一副好心肠。那些先结婚的人条件大不如马萨小姐。

有位顾客一星期来两三次，他使马萨小姐产生了兴趣。这人是中年人，戴副眼镜，下巴上有修得溜尖棕色的长胡须。

这人有着浓重的德国口音，衣服好几处穿破了，打了补丁，没破的地方也是皱或鼓，但一身收拾得倒干净，并且很有礼貌。

他每次只买两块陈面包，5 分钱一块新鲜的，而陈面包 5 分钱可以买两块。除了陈面包，他从不买别的东西。

有一次，马萨小姐看到一点棕红色颜料沾在他手指上，便断定他是位画家，而且很穷。不用说，他住在小阁楼，在阁楼里作画，啃陈面包，马萨小姐店里好吃的东西想都别想。

马萨小姐到吃排骨、面包卷、果酱和喝茶时，会叹气，惦念着那位在小阁楼里啃硬面包的文质彬彬的画家，可惜他不能来分享美食。前面已经说过，马萨小妇是个善良的人。

为了证实自己对他的身份猜得是否正确，马萨小姐从房里把她拍卖时买来的画取了出来，挂到柜台后的架子上。

这是一幅威尼斯风景画，描绘一座富丽堂皇的大理石宫殿（画上是这样标明的）。建在水边。水上有几只船，一位女郎用手轻轻拨着水。还有云和天空，明暗对比法被大量使用。如果是画家，绝不会注意不到。

这位顾客两天后来了。

“请拿两块陈面包。”

马萨小姐包面包时，他说话了：“小姐，你借（这）画很裱（漂）亮嘛！”

“当真?”马萨小姐说，暗自得意巧计有效，“我喜欢美术，喜欢画。”（现在说“喜欢画家”为时过早。）她换话题问，“你觉得这画画得好吗?”

“宫殿画得不好。运用透戏（视）法得不合戏（适）。介（再）见，小姐!”顾客道。

他拿起面包，一鞠躬，就走了。

没错，他肯定是画家。马萨小姐把画又拿回她房里。

他戴着眼镜的两只眼多温和多善良啊！前额长得真宽！一眼能看出透视法运用不当，却只能吃面包生活！然而，往往天才在得到承认之前不得不艰苦奋斗。

假如天才有2000元的存款，一个面包店，一个满心同情他的人来……那么艺术与透视法定会有辉煌的成就！然而，马萨小姐，别想入非非了。

自那次以后，隔着货柜的他常会跟她闲聊几句。他似乎爱听马萨小姐的热心话。

他依然只买陈面包，从没买过一块蛋糕，一块肉馅饼，一块可口的莎伦饼。

他看上去更瘦、更没精神了。马萨小姐过意不去，想加点好吃的在他买的便宜货里，却又鼓不起勇气动手。她不敢唐突。她理解艺术家的自尊。

她换了件带蓝圆点的丝绸衣服站柜台。她还在后房里将榅桲子和硼砂放在一起熬，这汁功效神奇，现在仍有许多人用此来美容：

有一天，那位顾客又来了，往柜台上放一个5分的镍币，照旧买陈面包。当马萨小姐伸手拿面包时，街上响起了哨声和叮叮当当的铃声，开过一辆消防车。

谁看到这种事都会站到门口瞧瞧，那位顾客也不例外。马萨小姐灵机一动，抓住良机。

一磅新鲜奶油放在柜台后的底层货架上，刚送来10分钟。马萨小姐把两块陈面包深深划了一刀，塞进好些奶油后紧紧捏拢。

当那位顾客走回来时，她已经在包面包了。

他闲谈了几句，话显得格外动听，然后走了。马萨小姐暗自高兴，但有一点忐忑不安。

她是否太鲁莽？他会生气吗？当然不会。她没说什么，况且送点奶油也不算有失姑娘体统。

这天她心上老牵挂着这件事。她想象着他接奶油时的情形。

他会放下笔和调色板。他在画的一张画搁在画架上，当然透视法用得是无可挑剔。

午饭开始了，还是干面包和开水。等他切开面包——哟！

马萨小姐脸红了。他在吃面包时他会惦念起在面包里加了奶油的人吗？他会……

前门铃声大作，有人进来了，哇哇乱叫着。

马萨小姐赶忙到店堂里。进来了两个人。一个是年轻人，叼着根烟斗，她从没见过。另一个是她关心的画家。

他涨得通红的脸，帽子罩在后脑勺上，头发像一堆乱草。两只拳头紧紧握着，向着马萨小姐恶狠狠地挥着。竟然向马萨小姐挥着！

“Dummkop！①”他叫声很大，然后又是“Taussendonfer②”之类的话，像是德语。

年轻人用力拉住他。

“我不走，”他生气地说，“要找她算将（账）！”

他像敲鼓一样敲马萨小姐的柜台。

“你把我委（毁）啦！”他大叫着，蓝眼睛在眼镜后冒火，“你定脚（听着），谁叫你多官（管）闲戏（事）来脚（着）！”

斜靠在货架上的马萨小姐有气无力，一只手按在蓝圆点丝绸衣上。年轻人拽着另一个人的衣领。

“算了，你够了。”他把大发雷霆的人拖到门外，然后自己又走回来。

“小姐，我应该告诉你他为什么发怒。”他说，“这人姓布卢姆伯格，是建筑设计师。我和他是同事。”

“他辛辛苦苦干了3个月，画新市政大楼的图纸，是要参加比赛夺奖的，用墨水描线条昨天才描完。你不知道，设计师画图打草稿要用铅笔，定稿以后用陈面包屑擦去铅笔印，比用橡皮擦的效果好。”

“布卢姆伯格老来这儿买面包。嗯——今天，嗯，今天，你知道，小姐，那奶油不——嗯，布卢姆伯格的图纸被完全毁了。”

马萨小姐回到后房，换下有蓝圆点的丝绸衣，把榀桲子和硼砂熬的汁倒进了窗外的垃圾箱。

---

① 德语，意为“笨蛋”。

② 德语，意为“千雷轰顶的”。

命运之路

命运之路

我探寻着多条道路
未来将是如何？诚挚和坚韧的心，还有爱的光芒……
难道这些路不能承载我的拼搏
使我安排、回避或控制、重塑
我的命运？

——大卫·米尼奥未发表的诗

歌曲结束。大卫作的词；乡土味的旋律。小酒店桌边聚着的人开心地鼓掌，因为这位诗人给大家付了酒钱。只有公证人帕皮诺先生听着歌词摇头，因为他有学问，且没同别人喝酒。

大卫走出门，来到街道上，晚风吹散了头上的酒气。白天和伊冯吵了架，他想起下定了决心当晚就离家出走，为了声名和荣耀去外面的大世界。

“当我的诗句脍炙人口，”陶醉中他告诉自己，“也许，她会想起今天说的那些难听话。”

除了小酒店里还热闹非凡，村里的人都就寝了。大卫悄悄回到父亲的农舍，摸进自己在棚屋内的房间，把自己那点衣物捆成一卷，用根棍往肩后一挑，便掉头朝外，走上了通往外乡的维尔诺依村大路。

他路过父亲的羊群，它们蜷在羊圈里过夜——他每天放养这些羊，随它们遍地跑，诗句被他在小纸片上。他看见伊冯的窗户还闪着灯光，便微微动摇了一下他那突如其来的计划。也许那道灯光说明她在后悔，她气的睡不着，第二天早上说不定——但是，不！他下定决心了。维尔诺依村不是他待的地方，在这一个知音也没有。他的命运和未来在那条出村的大路上。

月光下的黯黯原野上大路延伸了三里格，路像耕出的犁沟一样直。村里人都说，走这条路能到巴黎；而巴黎这两个字是路人一边走路一边常常轻声念叨的。大卫从没走出村过。

左岔道

沿着这条路走出三里格，便是谜一般的岔路口。一条更宽阔的大路和脚下这条路直角相会。大卫站在路口，有些犹豫，左转沿着大路走去。

这条更宽阔的大路上有车轮印，表明最近有大车驶过。一个半小时后，陡峭的山脚下果然有一辆庞大的马车陷在小溪的污泥里动不了。车夫和马座骑手们大声喊叫着，使劲拽着马笼头。一个身形庞大、全身黑衣的男子在大路一侧站着，还有一个身材苗条、披着轻便长斗篷的女子。

大卫看出这些仆人在白费力。他立刻自任指挥，不让这些驾车的人再大声吆喝马，而用力气去推车轮。由马车夫一个人用牲口听惯了的声音喊；大卫用结实有力的肩膀抵住马车后部。大家一起用劲，笨重的马车回到了结实的路面。驾车的人走到各自的座位。

大卫单脚支着看了一阵。那位身材魁梧的绅士挥手，说："你到车厢里去。"他的嗓音粗重，与大卫一样。不过圆熟和教养使它变得稍稍中听了一点。一般听到这类声音就要服从。年轻诗人的犹豫尽管短暂，第二次命令使他没时间犹豫。大卫的脚踏上了车厢台阶。他分辨出女子在黑暗中的后座上。他正要坐在女子对面，那个声音又传来命令："你坐在她身边。"

庞大的绅士坐在前座上。马车开始上山了。女子安静地坐在一角。大卫猜不出她是老是少；可是她衣服的香气使诗人无端地相信，女子神秘的外表下定然是一番可爱。这不就是他常常梦寐以求的探险故事吗？不过现在他无法解开这个谜，因为他与这两个神秘的旅伴一起坐的时候，始终无人开口。

一小时后，从车窗大卫看到马车穿行在一个小城中，然后停在一座紧闭的黑糊糊的大宅前。一个马座骑手走下车，不耐烦地"冬冬"敲门。楼上有人猛地推开一扇格子窗，探出一个带睡帽的脑袋。

"谁这么晚打扰我们？我们锁门了。这种时候有钱的旅客不会还找不到住处。别敲，走吧。"

“开门!”马座骑手着急地喊:“开门!这是蒙塞尼尔‘德波倍兑侯爵。”

“噢!”楼上的声音叫起来,“爵爷您恕罪,我事先不知道——这么晚——马上开门,全宅都等爵爷吩咐。”

宅门里铁链和门闩响动都可以听见,宅门大开。西弗·福拉贡宅的房东手持蜡烛站在门口,他没穿好衣服,又冷又怕,直打哆嗦。

大卫跟随侯爵走下马车。一道命令给了他:“扶住这位女士。”诗人照办了。他扶她下车时,发现她正颤抖着手。第二道命令是:“进屋。”

他们来到旅店里长长的餐厅。大橡木桌从这头一直延伸到那头。在桌子较近的一端是庞大的绅士。女子坐在靠墙的另一张椅子上,非常疲倦。大卫站着,想着如何告别,继续上路。

“爵爷,”房东快鞠躬到地上,一边说道,“要——要是知道爵爷驾临,肯定早备好一切招待您。有——有葡萄酒和冷禽肉,也——也许——”

“蜡烛。”侯爵说道,一只肥白的手习惯性地伸出,摊开五指。

“是——是,爵爷。”半打蜡烛被拿来,点燃了,放在桌上。

“爵爷您是否肯赏脸尝尝一种勃艮第葡萄酒——有一桶——”

“蜡烛。”爵爷说着,摊开五指。

“好——马上——我这就跑去,爵爷。”

又点燃一打蜡烛,照亮了大厅。侯爵庞大的身躯椅子几乎容不下。他从头到脚都是华贵的黑衣,白色绉边只在手腕和喉部。连剑柄和剑鞘都是黑色的。他带着一种透着轻蔑的骄傲的表情。上翘的胡子几乎碰到了满是嘲弄的眼睛边上。

女子一动不动地坐着。大卫看出她很年轻,模样楚楚动人。她这一番可爱何等地遭受冷落,大卫正出神地想着,猛然被侯爵隆隆的声音吓了一跳。

“你叫什么,做什么工作?”

“大卫·米尼奥,我是诗人。”

胡子翘得几乎接近了眼角。

“你靠什么生活?”

“牧羊;我看管父亲的羊群。”大卫答道,头昂得高高的,脸上却红了。

“那么,羊倌兼诗人先生,你今晚撞上大运了。这女子是我的侄女,露西·德瓦兰娜小姐。她是个贵族,每年有一万法郎归她支配。至于她的容貌,你自已看得见。如果你这羊倌对这些条件满意,只要一句话,你就可以娶她。别打断我说话。今晚我把她带到孔特·维勒默庄园,本打算让她嫁给早已允诺要嫁的新郎。宾客聚齐了；神甫在等待；一个地位和财富都般配的人将与她成婚。可是在祭坛前，这个原本温顺驯良的小姐，突然对我发作像只母豹子一样，指责我犯有种种酷行和罪恶，在呆住的神甫前，毁弃了我为她立的婚约。我当时当地就以众恶魔之名发誓，她必须同我们离开庄园后见到的第一个男子结婚，不论他是王子、烧炭工还是贼。你，羊倌，是第一个。她必须今晚嫁给你。如果你不答应，就是下一个。你有十分钟做决定。别拿废话或问题来烦我。只有十分钟，羊倌，时间快着呢。”

侯爵白白的五指重重地落在桌上。他借着等待之名陷入沉默。大卫感觉侯爵仿佛一座大宅，门窗全都紧闭，拒绝客人。大卫本想说话，可他的嘴被这庞大身躯的气势堵住了。他转而站在女子的椅边，对她一鞠躬。

“小姐，”他说着，自己在如此优雅美丽的女子面前言辞如此流畅使自己都惊讶了，“您已听到了，我是个牧羊人。我自认也是个诗人。”

“如果检验诗人的标准是对美的仰慕和珍惜，那么我更有理由自认为诗人了。我如何为您效劳，小姐?”

年轻女子用无泪而哀伤的眼神看着他。他脸庞因为冒险而显得严肃的坦率热切，他身材强壮娇健，蓝眼睛里的一汪同情，还有她久久渴求的关心和善意，一下子让她的泪水夺眶而出。

“先生，”她低声说道。“你看起来真诚善良。他是我的叔父，我父亲的兄弟，他是我唯一的亲戚。他爱上了我母亲，他恨我，因为我和母亲长得很像。他使我的生活只有恐惧。我害怕看见他的面容，以前也从不敢有任何违逆。但原本今天晚上他要让我嫁给一个年龄是我三倍的男人。先生，原谅我带给你这桩麻烦。他强加给你的疯狂要求你当然可以拒绝。但至少让我谢谢你的关爱仁慈之言：这些年来没人这样对我说过。”

诗人眼中包含的已不仅仅是怜悯和关爱了。他定是诗人无疑了，因为伊冯已被忘却；如此清新可爱，蕴涵着生机活力和眷顾，牢牢抓住了他的心。他因她身上微微的香味而产生了一种奇妙的感情。他温柔的目光暖暖地落在她身上。她，也因为渴望而委身其中。

“仅仅十分钟，”大卫说，“就要让我决定一件需要很多年才能完成的事情。我不会说我怜悯你——这并不真切；我要说我爱你。我不敢期望你现在爱我，但是我要把你从这个残酷之人手中解救出来，请允许我这么做。也许渐渐地，你会爱上我。我相信自己有前途；我不会永远是个放羊的。目前我会全心珍爱着你，让你生命中的忧伤减少，你愿意把你的命运托付给我吗?”

“你要因为怜悯而牺牲自己吗?”

“是为爱。时间要到了，小姐。”

“你会因后悔而鄙弃我的。”

“我唯愿自己活着所做的一切能让你幸福，能让我配得上你。”

斗篷下她纤小的手悄然滑入他的手心。

“我托付给你我的生命，”她细声说道，“而——而爱也不像你想的那么遥远。告诉他，我一旦从他的目光中解脱就会忘记这一切。”

大卫走过去，站在侯爵面前。侯爵动了一下，充满嘲弄的眼睛瞟了瞟客厅的大钟。

“富余两分钟。一个羊倌盘算要不要娶一个有钱的美人居然要花八分钟！说吧，羊倌，你愿意成为这位小姐的丈夫吗?”

“这位小姐，”大卫笔挺地站着说道，“已经惠准了我的求婚，愿意嫁给我。”

“说得漂亮！”侯爵道，“求婚者的伶牙俐齿你倒有几分，羊倌大爷。不管怎样，也许小姐的下场更坏呢。行了，让神甫和魔鬼赶紧！”

他用剑柄狠狠地敲着桌子。房东双膝哆嗦着，捧来了更多的蜡烛，认为侯爵老爷又想要了。“带个神甫来，”侯爵说，“一个神甫，明白吗?找个神甫来，十分钟内，否则——”

房东扔下蜡烛，飞奔而去。

神甫睡眼惺忪全身蓬乱地来了。他宣告大卫·米尼奥和露西·德瓦兰娜结成夫妻，把侯爵扔给他的金币揣进衣袋，又拖着步子消失在夜色中。

“葡萄酒。”侯爵又向房东摊开不祥的五指，命令道。

有葡萄酒了，他说道：“斟满杯子。”他起身站立，烛光立在桌子一端，恶毒而自负，像一座黑色的山，当年旧情变作眼前新恨的记忆充满了他的眼睛，而这眼光就落在侄女身上。

“米尼奥先生，”他举起酒杯，说道，“我的祝词是，你的一生会因与你成婚的这个女子将变得污秽悲惨。她的血液里承载着乌黑的谎言和殷红的毁灭，耻辱和忧虑是她唯一能带给你的东西。降临在她身上的妖魔盘踞在她的眼睛、她的肌肤、她的嘴里，邪恶到连农夫都要欺骗。你的幸福未来就是这样的，诗人先生。喝下你的酒。小姐，我总算摆脱掉你了。”

侯爵喝干了酒。轻声的悲伤啜泣从女子的双唇发出，仿佛突然间受了伤。大卫手持酒杯，向前迈了三步，直视侯爵。完全不像个羊倌的姿态。

“刚才，”他平静地说，“我有幸被你称作‘先生’。因此，我希望我因这门亲事与你更接近——这么说吧，从等级上讲——能否让我在处理一桩个人小事时与蒙塞尼尔家的人站在接近对等的位置上?”

“就算是吧，羊倌。”侯爵藐视地说道。

“那么，”大卫一下子将酒举到那双满是藐视、正在嘲笑他的眼睛面前，“也许你肯屈尊与我决斗?”

伴随着一声咒骂侯爵的怒火爆发，仿佛号角突然刺耳作响。他把剑从剑鞘拔出来，对着惊慌失措的房东喊道：“拿把剑，给这乡巴佬!”他转头看那姑娘，笑声令她寒彻心肺：“夫人，你给我添麻烦了。看来我得在同一天夜里让你嫁人再把你变成寡妇。”

“我不会剑术。”大卫说。与妻子说这话，他脸都红了。

“‘我不会剑术。”’侯爵戏弄地学舌。“我们不会拿着橡木棒打架像农夫一样吧？行啦！弗朗索瓦，我的枪!”

两把大手枪被一个马座骑手拿来，从枪套里抽出来，枪上饰有银雕，闪闪发光。一把被侯爵拿出，扔在大卫手边的桌上。“站到桌子另一端去，”他叫道，“扣扳机羊倌也会吧。难得一个羊倌能有死在蒙塞尼尔枪下的这份荣幸。”

长桌的两端分站着牧羊人和侯爵。房东像发疟疾一样战栗不停，大口呼吸着，结结巴巴地说：“蒙——蒙——蒙塞尼尔先生，看在上帝的分上！别在我家动手！——别在这儿出人命——我这儿的规矩会坏了的——”侯爵的目光，威胁着他，他不再说话了。

“懦夫，”蒙塞尼尔侯爵叫道，“牙停一会儿打战，给我们发令就行。”

房东扑通一下跪在地板上。他什么都说不出来了。声音也发不出。但从他的手势来看他还是在以他的房子和规矩的名义祈求停战。

“我来发令。”女子清楚地说。她走到大卫身边深情地一吻。她双眼闪着光，双颊有了血色。两个男人端平了枪，等靠墙站立的她发令。

“一——二——三!”

两声枪响分不出先后，连蜡烛都似乎只闪了一次。侯爵带着笑容站着，左手五指松松的，摊开放在长桌一端。大卫依然站着，极慢地扭过头，用目光找寻妻子。然后，像衣架上滑落的衣服一样，他倒了下去蜷缩在地上。

随着轻轻一声充满恐惧和绝望的哭叫，这个还是处女的寡妇跑过去，俯下身来。她找到了他的伤口，抬起头，刚才的苍白和忧郁又恢复在她脸上。“打穿了他的心脏，”她悄声道，“啊，他的心！”

“过来，”嗡嗡响起侯爵的声音，“上车去！天亮前我必须把你打发了。今晚，你一定要再结婚，丈夫还得是活的。下一个遇到什么人都好，管他是拦路强盗还是农夫。要是一路上碰不上任何人，就嫁给替我开门的粗汉。上车去！”

强横庞大的侯爵，重新被神秘斗篷裹住的女子，拿着武器的马座骑手——一行人走向等待着的马车。沉重的车轮隆隆远去的声音回荡在熟睡的村庄。在西弗·福拉贡宅子的大厅里，吓坏的房东在诗人的尸体前不知所措，二十四支烛光在桌上跳动闪耀。

右岔道

谜一般的岔路口出现在这条路走出三里格的地方。脚下这条路与一条更宽阔的大路直角相会。大卫站在路口，停顿了一下，右转沿着大路走去。

他不知道这条路通向哪里，但那天晚上他下定决心将维尔诺依村远远留在身后。走了一里格，他经过一个庄园，很明显庄园刚刚接待过客人。每个窗口都映出灯光；在庄园门口宽宽的通道上，窗花格似的布满了车轮留下的尘土印，显然一车车客人来过。

大卫又走出三里格，累了。在路边的松树枝上，他睡了一会儿，然后起来接着走这条未知的路。

就这样，在这条宽阔的路上走了五天，松树是他的床，有时睡在农家的草垛上，有时吃好客的农家给的黑面包，有时喝溪水，有时会有乐于分给他一杯喝的牧羊人。

最后他走过一座大桥，来到这座梦中的城市，这座城市毁灭或成就的诗人比世界上任何地方都多。巴黎唱起欢迎曲——那人声、脚步声和车轮声的合奏曲，他的呼吸都变得急促。

在一幢康蒂大街的老房子顶层屋檐下的一个房间里，大卫付了房钱，坐在一张木头椅子上开始写诗。这条权贵显要住过的大街，如今渐退荣光，也住进了接踵而来的各色人等。

这些高高的房子衰败中仍见气派，不过多数空荡荡的，常驻着灰尘和蜘蛛。晚上，此起彼伏的是各处小酒馆金属酒杯相碰、狂欢喧哗之声，不绝于耳。原本士绅雅居之地，现在粗俗放纵，污浊不堪。不过，大卫瘪瘪的钱袋正好与这种房子匹配。日光里，烛光下，他的笔都在纸上涂来抹去。

一天下午他下楼买吃的，拿着面包、凝乳和一瓶酸葡萄酒正往回走。在黑洞洞的楼梯上走到一半，他遇见——不如说撞见，因为这女子在楼梯上歇着——一个漂亮的年轻女郎，美得连诗人的才思都不足以曲尽其妙。在一袭宽松的黑斗篷下，露出里面华丽的长裙。随着脑中的丝丝念头她的眼神飞速变幻。这双眼睛一会圆圆的，单纯天真得像个孩子。一会儿又狭长狡狯如吉卜赛女郎。她一手提起长裙，露出一只高跟小鞋，带子松了，没系上。她如此圣洁而不适宜弯腰，多么富有魅力，多么让人想听其召唤！也许她已经看见大卫走过来了，正在等他帮忙。

啊，请原谅她挡在楼梯上，还不是那只鞋！——那不听话的鞋！哎呀！怎么就松了呢？啊，先生不知可否屈尊！

两根鞋带被诗人打上结，他的手指一直在颤抖。他本可以从她面前逃走，躲过随之而来的种种不测，可是，那双眼睛变得狭长狡狯如吉卜赛女郎，慑住了他。他倚靠在楼梯扶手上，手里攥着那瓶酸葡萄酒。

“您真好，”她笑着说，“请问先生是否住在这里呢?”

“是，夫人。我——我想是的，夫人。”

“难道是住在三层?”

“不，在高处。”

女郎抖动着手指，悠然的样子一点也没有急于走开的意思。

“请原谅，我问了个太冒失的问题。先生能原谅我吗？我问先生的住址肯定是不合适的。”

“夫人，别这样说，我住在——”

“不，不，不；别告诉我，我说了不该说的话，我知道。可我忍不住对这房子和房子中的一切感兴趣。我的家曾在这里。我常常来这儿，只是来回忆从前的快乐时光。您允许这个成为我的您能接受这个理由吗?”

“你不需要说出理由，我来告诉你，”诗人结结巴巴地说，“我住在顶层——楼梯拐角处的小房间。”

“前边那间吗?”女郎头歪向一侧问道。

“后面那间，夫人。”

女郎松了口气。

“不耽误您的时间了，先生，”她说着，眼睛又变成圆圆的，如孩童般单纯天真，“请照管好我的房子。哎呀，我只有对房子的回忆罢了。再会，请容我多谢您的关照。”

她离去了，只留下微笑和一丝甜甜的香味。大卫像做梦一样登上楼梯。不过他醒过神来之后，身边仍萦绕着微笑和香味，而且似乎最终也未曾远离。这个他一无所知的女郎令他飞笔写下眼眸颂、爱慕之歌、鬈发颂，还有十四行诗献给纤足轻履的十四行诗。

他无疑是个诗人，因为伊冯已被忘却；如此清新的可爱，蕴涵着生机活力和眷顾，他的心被牢牢抓住了。她身上微微的香味使他充满了一种奇妙的感情。

某天夜晚，这幢楼三层某个房间的桌旁有三个人围坐。三把椅子、一张桌子和一支点燃的蜡烛便是房间里的全部家当。三人中的一个身形庞大，全身黑衣。他带着一种透着轻蔑的骄傲的表情。上翘的胡子几乎碰到了满是嘲弄的眼睛边上。还有一个女子，年轻美貌，她的眼睛既可以变得圆圆的，像孩子一样单纯天真，又可以变得狭长狡狯像吉卜赛女郎。不过这双眼睛现在是热切而雄心勃勃，像天下任何密谋者一样。另一人是说干就干的人，一个大胆的毫无耐心的任务执行者，一个喷火的钢铁斗士。另二人称他为德罗勒上尉。

这人的拳头捶着桌子，疯狂又理智地说：

“今晚。在他去午夜弥撒的路上。我受够了拖而不决的策划。我烦透了暗号、密码、秘会和类似这种蹩脚戏。我光明磊落地叛乱吧。如果法兰西需要除掉他，我们来公开干掉他，别再布圈套设陷阱了。我说了就是今晚。言必果。我可以自己动手。今晚，就在他去做弥撒的路上。”

女子热情地看了他一眼。女人，无论天生如何执著于密谋，也一定会对一往无前的勇气佩服。身形庞大的男子捋着他上翘的胡须。

“亲爱的上尉，”他说道，由于教养粗重的嗓门才变得稍稍中听一点，“这一次我同意你的计划。一直等下去不会有好处：王宫里忠于我们的卫兵不少，这次行动的安全足够保证。”

“今晚，”德罗勒上尉又说了一次，又捶桌子，“话我已经说了，侯爵，我亲自动手。”“但是现在，”庞大的侯爵温言道，“有一个难题。必须给王宫里我们的人传信，约定信号。我们之中的顶尖勇士才能随从国王马车。这个时候谁又能一路深入到王宫南入口去送信呢？里博值班在那里；一旦消息传到他那儿，一切都会妥当。”

“我来送信。”女子说。

“你，子爵夫人?”侯爵扬了扬眉毛说着，“我们知道，你固然有伟大的奉献精神，但是——”

“听着!”女子喊道。她双手抬起站起身来，搁在桌上，“这幢房子的阁楼上住着一个外省来的年轻人，如同他羊群一样单纯温顺。我和他在楼梯上遇见过两三次。我们会面之处离他太近，问过他住哪儿。只要我乐意，他肯定任我摆布。他住在阁楼里写诗，而我猜他准是对我想入非非。他会照我说的做的。他将把消息带进王宫。”

侯爵站起身来，鞠了一躬。“我被你打断了，子爵夫人，”他说，“我本来该说：‘你的奉献精神虽然伟大，你的机智和魅力更是无人能比。’”

当密谋者正忙着商议时，大卫正对着献给楼梯上的爱人的几行诗精雕细琢。忽然怯怯的敲门声传来，大卫开门一看，是她，心猛地一跳。她大口地喘着气，好像有什么危难，眼睛圆睁，像个孩子一样单纯天真。

“先生，”她说，“我在困境中求您。我相信您真诚而善良，并且我找不到别人。我好不容易从街上飞奔过来，经过多少咋咋呼呼怪吓人的汉子。先生，我的母亲快死了。我舅舅做王宫里的卫兵上尉。必须捎信飞速把他请来。我希望——”

“小姐，”大卫打断了她，眼睛闪烁着帮助的渴望，“您的希望就是我的翅膀。请告诉我怎么找到他。”

女子把信封好塞到他手中。

“去王宫南门——记住，是南门——对那儿的卫兵说：‘猎鹰已经离巢。’他们会让您通过，这样您会来到宫殿的南门口。把这句话再说一遍，把信交给回答说‘让他在愿意的时候出击’的人。先生，这是舅舅告诉我的暗号，由于国内局势不稳，针对国王的密谋不断，如果没有暗号，谁也不能在夜幕降临之后进入王宫。假如您愿意，先生，请把这封信交给我舅舅，好让我母亲闭眼之前见他一面。”

“把它给我，”大卫热切地说，“不过这么晚您一个人穿过这些街道回家可以吗？我——”

“别，别——快去呀。每一秒都像珍珠一样宝贵。有一天。”女子说着，眼睛又变得像吉卜赛女郎一样狭长狡狯，“我要答谢您的好心。”

诗人把信塞进胸前口袋里，直奔楼下。女子呢，等他离开以后，就回到了自己楼下的房间。

显然，侯爵那富于表情的眉毛在询问她。

“他去了，”她说，“送信去了，像他羊群里一只快腿的蠢绵羊一样。”

德罗勒上尉的拳头捶得桌子又一震。

“天啊！”他叫道，“我忘带手枪了！别人谁动手我都信不过！”

“拿这个，”侯爵说着，一把大手枪从斗篷下抽出，枪上饰有银雕，闪闪发光，“确实没有更可靠的人了。但是要保管好这把枪，因为上面有我的纹章和顶饰，他们早就怀疑我了。我嘛，今晚必须跑出巴黎以外好多里格，我明天必须出现在自己的庄园里。请先出门，亲爱的子爵夫人。”

蜡烛被侯爵吹灭了。女子紧紧地裹在斗篷里，和另外两人一起轻轻下了楼，汇入康蒂大街窄窄的人行道上涌动的人流。

大卫匆忙地走着。在王宫南门一支戟拦在了他胸前，但他一说‘猎鹰已经离巢’，卫兵就让开了戟尖。

“请过，兄弟，”卫兵说，“快走。”

在宫殿南入口的台阶上卫兵们要来抓他，但这句暗号又一次咒语般地让卫兵们住手。有一个人走上前说：“让他在愿意——”但卫兵中的一阵骚动表明出意外了。一个目光敏锐、迈着军人式大步的人突然挤过人群，大卫手中的信被他抢过去。“随我来，”他说着，把大卫领进宫门内的大厅。他撕开信封读起来，接着向路过的一个火枪手军官模样的人招了招手，“特罗上尉，逮捕宫殿南大门和南入口的卫兵，把他们监禁起来。这些位置要换上忠诚可靠的人。”对大卫他说道：“随我来。”

大卫被他带着走过一条走廊和候见厅，来到一个宽敞的大房间，看到一个面色忧郁的人，衣着素净，坐在一张宽大的皮椅上沉思。他对那人说：

“陛下，宫里满是叛贼和奸细，我说过，就像下水道满是老鼠一样。您觉得我是无故乱想。这就是在他们的合谋下深入到了您的宫殿入口的人。他捎了封信，给我截获了。我把他带到您的面前，也许陛下不再认为我的担心是多余的。”

“我来问他。”国王说着，在椅子上动了动。他疲倦地看着大卫，好像蒙了一层雾。大卫单腿跪下。

“你来自哪里？”国王问。

“从厄尔·卢瓦尔省来的，陛下。”

“在巴黎做什么工作？”

“我——我会成为诗人，陛下。”

“在维尔诺依村你是干什么的?”

“我替父亲照管羊群。”

国王又动了动，那层眼中的薄雾消失了。

“啊！在田野上!”

“是，陛下。”

“你活在田野里；你在凉爽的早晨出门，躺在绿茵茵的树篱边。羊群散布在山坡；你喝潺潺的溪水；在树阴下吃着香甜的黑面包，你听到树丛里啾啾的鸟鸣。是这样吗，牧羊人?”

“陛下，是这样，”大卫答道，叹了口气，“我还听着在花丛中嗡嗡飞舞的蜜蜂，也许，还听着收葡萄的人在山上唱歌。”

“对，对，”国王带着一点焦急说，“也许还听他们唱，但肯定听着乌鸦唱歌。它们总是在树丛里歌唱，不是吗?”

“没有哪儿的鸟儿，陛下，比厄尔·卢瓦尔省的乌鸦歌声更甜美了。我曾尝试在诗里描绘它们的歌声。”

“你能背几行吗?”国王激动地问道，“很久以前我听过乌鸦唱歌。如果能用诗句再现乌鸦的歌声，这简直胜过拥有一个王国。那么，在暮色里你把羊儿赶回羊圈，然后在宁静之中享用你的面包? 你可以重复这些诗句吗，牧羊人?”

“诗句是这样的，陛下。”大卫充满了令人钦佩的激情，念道：

> 慵懒的牧人，快看你的小羊羔，
> 草地上狂欢、嬉戏
> 看着被微风吹起的羊毛
> 听听潘神吹他的苇笛
> 听听在树梢鸣叫的我们
> 看看我们在羊群头上盘旋
> 做个温暖的巢给我们羊毛
> 就在树枝——

“请陛下原谅，”一个粗哑的声音打断说，“我有一两个问题要问这写诗的。时间紧急。如果我出于对陛下安全的担忧冒犯了陛下，希望陛下恕罪。”

“杜马尔公爵忠心耿耿，决无冒犯的意思。”国王说着，坐到椅子里，眼睛又像蒙上了一层薄雾。

“首先，我给您读他捎的信：“今晚是王储去世周年纪念。如果他在午夜弥撒中按惯例为儿子的亡灵祷告，猎鹰将会出击，就在埃斯普拉纳德大街拐角处。如果他确有此意，点上红色的灯在王宫西南角屋顶的房间里，猎鹰就知道了。”

“农夫，”公爵严厉地说，“你知道信的内容了，谁把这封信交给你的？”

“公爵大人，”大卫诚恳地说，“我会说的。一位女士把信交给我。她说她母亲生病了，这封信能让她舅舅来到母亲的床边。我不懂这封信的意思，但我发誓这是位美丽善良的女子。”

“描述这女人长什么样儿。”公爵命令道，“说说你是怎么受骗的？”

“描述她！”大卫温柔地笑着，“这等于说能用语言创造奇迹！哦，阳光和暗影构成了她。她苗条得像柳树，举止优雅像柳树。你看着她的眼睛时会发现那双眼睛能变：一会儿是圆的，一会儿半合着，好像从两片云彩后面窥视的阳光。她来的时候，仿佛天国降临。她离开时，只有一团混沌和荆条花的香味。她是在康蒂大街二十九号找到我的。”

“这房子正是我们一直在监视的。”公爵说着，转向国王，“多亏了诗人的巧舌，给我们描绘出了臭名远扬的卡白多子爵夫人。”

“陛下，公爵大人，”大卫热诚地说，“我希望我的笨嘴拙舌说得很像她。我仔细观察过她的眼睛；不管是不是有这封信，我以生命担保她是个天使。”

公爵稳重地看着他，“我会检验你的，”他缓缓说道，“你会穿戴得像国王一样，午夜乘坐他的马车去做弥撒。你接受这个考验吗？”

大卫笑了。“我仔细对她的眼睛观察过，”他说，“那双眼睛已经通过了我的检验。您尽管检验我吧。”

还差半小时十二点的时候，杜马尔公爵亲自在宫殿西南角的窗前点亮一盏红灯。差十分十二点，大卫从头到脚穿得同国王一模一样，把脑袋缩进斗篷里，在杜马尔公爵的搀扶下，从王宫缓步走向等待着的马车。’

公爵把他扶进车厢，关上门。向着教堂国王的马车飞驰而去。

在埃斯普拉纳德大街拐角处的一所房子里，特罗上尉带领二十个人，高度警惕着，准备着叛贼一旦出现便扑上去。

但是看来出于某种原因，密谋者略略改变了一下方案。当国王的马车来到离埃斯普拉纳德大街还有一个街区的克里斯托弗大街的时候，德罗勒上尉猛冲过来，带着一队满心要刺杀国王的人，向马车队伍突袭。尽管马车上的卫兵对这次提前偷袭很吃惊，还是下车英勇地还击。特罗上尉注意到交战的声响，他们沿街冲过来救援。但就在同时，孤注一掷的德罗勒上尉已经撞开了车门，猛地用手枪抵住里面的黑衣人，开了一枪。

忠于国王的援军现在赶来了，街上到处是叫喊声和刀剑撞击声，可是受惊的马拉着车跑远了。车座上躺着可怜的冒牌国王兼诗人的尸体，射杀他的是来自蒙塞尼尔·德波倍兑侯爵的手枪的弹丸。

坦　途

这条路走出三里格，就是谜一般的岔路口。脚下这条路与一条更宽阔的大路直角相会。站在路口的大卫，犹豫了一会儿：便坐在路边休息。他不知道这些路通向哪儿。哪条路都似乎通向一个充满了机遇和危险的大世界。坐在路边，他看到一颗明亮的星星，他和伊冯把它选为自己的星星。他开始思念伊冯了，又在想自己是否太轻率了。为什么几句口角就让自己离开伊冯和家呢？难道爱如此脆弱，妒忌——这爱情存在的明证——就能把它打碎？隔夜的小小痛心事总是能在第二天早上弥合的。现在还来得及回家，维尔诺依村还在甜美的睡梦之中，没人可能发现他。他的心属于伊冯；他总能在他从小生长的地方写诗，总能找到快乐。

大卫站起身，一直撩得他躁动不安的情绪被抖落了。他坚定地掉转头，顺着来时的路走回去。回到维尔诺依村时，他出外漫游的念头已经没有了。他走过羊圈，绵羊被他深夜的脚步惊动，羊圈里一阵慌乱的声响，嗒嗒作响，这平常的声音让他的心感到温暖。他悄悄地走回自己的小屋躺下来，庆幸这双脚不用在新的路途上遭受跋涉之苦了。

他多么了解姑娘的心！第二天晚上伊冯就在年轻人常常聚集的路边水井旁待着，因为怪家伙可能上这儿来。她的眼角在寻找着大卫，虽然紧闭的嘴唇一副铁了心的样子。她的神情大卫瞧在眼里；他勇敢地凑到她跟前，让那紧闭的嘴中说出了回心转意，又在回家的路上赢得它的一个亲吻。三个月之后他俩结婚了。大卫的父亲能干又有钱，他为新人操办的隆重婚事，三里格外的人都能听到。夫妇俩在村里都挺招人喜欢。新婚游行在街上举行，青草地上举办了舞会，还从德罗请来了一个杂耍演员和一个木偶戏班子来款待客人。

一年以后大卫的父亲去世了。大卫继承了绵羊和农舍。大卫早就拥有村里最像样的妻子了。伊冯的牛奶桶和铜水壶在闪着光——啊！阳光下它们能让你的眼睛都花了。不过你要睁眼好好看看她的院子，因为花圃整洁又鲜艳，你的眼睛会明亮。你可能听见她唱歌，哎呀，直到格鲁诺大叔铁匠铺上方的栗树都能听见。

但是有一天，从久久未动的抽屉里大卫拿出纸来，开始咬铅笔杆了。春天又来了，大卫的心被撩拨着。他定是诗人无疑了，因为几乎忘却了伊冯；可爱的大地，美丽而新鲜，他的心被它的魔力和眷顾抓住。树木和草地的香味奇妙地触动着他。本来白天她放牧羊群，晚上再把它们安全地带回羊圈。但是现在他躺在树篱下，自然往纸片上拼词成句。羊儿满地乱跑，狼却明白诗句难得等于羊肉白吃，窜出树林大胆出击，一只又一只羊羔被叼走。

大卫的诗句越积越多，绵羊却越来越少。伊冯鼻子变尖，脾气变大了，话也越来越硬了。她的锅盘和水壶颜色变暗了，她的眼睛倒是闪着怒火。她对诗人指出，是他不干正事，才把绵羊弄得越变越少，全家跟着遭殃。大卫雇了一个男孩来放羊，自己就关在屋顶的小房间里，更疯狂地写诗了。男孩本是个诗人坯子，只是没有把诗句写出来的才华，于是成天睡大觉。狼立刻就明白作诗和做梦的实际后果一样：结果绵羊的数量稳步下降；而伊冯的坏脾气也因此而增长。有时她会站在院子里冲着大卫的窗口高声责骂，直到格鲁诺大叔铁匠铺上方的栗树那儿你都能听见。

帕皮诺先生这个公证人是个仁慈、智慧、爱管闲事的老人，他的鼻子所及之处，他洞晓万事，自然大卫的家事也看在眼里。他找到大卫，捏了一大撮鼻烟给自己打气，说道：

“我的朋友米尼奥，我在你父亲的结婚证书上盖过章。要是非得连他儿子破产的文书上连署盖印，那就太让我伤心了。可是这正是你将面对的。我是作为一个老朋友来说话的。现在，来听听我的意见。我看得出，你一心迷上了诗歌。在德罗我有一位朋友，布里先生——乔治·布里。他住的房子里除了小小的容身之处全是书。他是个有学问的人；他每年去巴黎；他自己出过书。他能告诉你地下墓地是什么时候建的；群星被如何命名；鹬为什么有长长的喙。对他来说诗歌意义和形式就像你对羊的‘咩咩’叫声一样了如指掌。我将写封信让你带去，带给他你自己的诗，请他看看。这样以后你就会知道是该继续写诗呢，还是去花精力照管你的妻子和生计。”

“快写信吧，”大卫说，“您怎么不早说？”

大卫在第二天早晨日出时分已经在去往德罗的路上了，胳膊下夹着一卷宝贝诗作。中午他便到达布里先生门口，蹭掉脚上的土。这位有学问的先生拆开了帕皮诺先生信上的封蜡，透过闪光的眼镜片阅读来信内容，好似阳光在汲取水分。大卫被他领进书房，他让大卫坐下，他的坐席就像书籍的海水拍打着的小岛。

布里先生很有良心。他对着卷得难以抚平的一指厚的手稿，没皱一下眉头。他在膝头把手稿展开，开始阅读。他没有忽略任何细微的部分；他阅读这堆手稿，就像一条虫钻进坚果壳，四处寻找果仁。

这时，大卫坐在孤独无援的岛上，书的海洋里浪花飞溅，他的心在颤。涛声在他耳中轰鸣。没有航海图也没有罗盘来为他导航。他想，恐怕半个世界的人都在写书吧。

钻研到诗稿的最后一页，布里先生摘下眼镜，用手帕擦着。

“我的老朋友帕皮诺身体好吗？”他问。

“好极了。”大卫说。

“米尼奥先生你有多少只绵羊？”

“三百零九只，昨天数的。羊群总遇到倒霉的事。从开始的八百五十只减到现在的数了。”

“你有妻子，有家业，生活富足。牧羊给你带来客观的收入。你每天早晨赶着羊来到原野上，清新的空气供你呼吸，心满意足就是你香甜的面包。你可以尽情地靠在大自然的怀抱，听着树丛中乌鸦的鸣唱，只需要给羊群放哨就行了。我描述得对吗？”

“从前的确是这样的。”大卫说。

“我阅读了你所有的诗，”布里先生接着说，他扫过书的海洋，仿佛要从视线所及之处调出一艘帆船。“请向那边窗外看，米尼奥先生；请告诉我你在那棵树上看到什么？”

“我看见一只乌鸦。”大卫看了看说。

“这只鸟，”布里先生说，“能帮我尽一点我原本要逃避的责任。你是知道乌鸦的，米尼奥先生；它是飞翔的哲学家。它因顺应命运而拥有快乐。它的头脑里满是奇思异想，欢快地蹦蹦跳跳，谁也没有它吃得饱、玩得快乐。田野的物产足够满足它的欲望。它从不因为自己的羽毛比不上金黄鹂漂亮而发愁。你想必听见了，米尼奥先生，大自然给它的歌喉？你觉得夜莺有任何一点比它更快乐吗，米尼奥先生？”

大卫站起来。他听到乌鸦在树上“哑哑”地嘶声叫着。

“我谢谢您了，布里先生。”他慢慢说道，“难道满耳的乌鸦叫声里，没有一声夜莺的歌喉吗？”

“我没理由听不见，”布里先生说着，叹了口气，“我一字字读过。过你诗中描绘的那种生活吧，小伙子，别再写诗了。”

“我谢谢您了，”大卫又说了一遍，“现在我必须动身回家照看羊群了。”

“如果你愿意和我一起吃饭，”这位有学问的人说，“并且忽视它带来的伤痛，我会详细讲讲个中缘由。”

“不必了，”大卫说，“我得回家对着羊群‘哑哑’去了。”

胳膊下夹着那卷诗作，大卫拖着沉重的脚步走在返回维尔诺依村的路上。进村以后他拐进了一个名叫齐格勒的从亚美尼亚来的犹太人开的商店，这家伙，只要弄到手的东西他都卖。

“朋友，”大卫说，“我放牧在山上的羊群受到森林里的狼骚扰。我得买枪来保护它们。你这儿有什么枪？”

“今天生意真赔钱，米尼奥我的朋友，”齐格勒说着，摊开双手，“因为看来我只能卖给你一支连原价十分之一都不到的枪。上个星期我刚从一个小贩手里买了一车他从王宫看门人那儿买的廉价品。是一位爵爷的庄园和他的所有物品在减价卖——我不知道这爵爷的封号——他因为密谋背叛皇上给放逐了。有一些做工精良的武器在这堆东西里。这把手枪——噢，配得上王子！——我赔上十法郎，只需要四十法郎就卖给你。米尼奥我的朋友。不过如果买一把火绳枪——”

“就买这个了，”大卫一边说一边把钱扔在柜台上，“装弹药了吗？”

“我这就装上，”齐格勒说，“你如果再付十法郎，就给你备用弹药。”

把枪放在大衣里，大卫走回了他的木屋——伊冯不在家。最近她总是去邻居家转悠。不过厨房的炉子上还有火。打开炉门，大卫把诗篇塞到炉火上。火光腾起，诗篇在烟道里发出类似吟唱的嘶哑声音。

“乌鸦的叫声！”诗人说。

他爬上阁楼上他的房间，关上门。村里真是安静，有二十个人能听到手枪的巨响。他们聚拢来，爬上了那个引起他们注意的冒烟楼梯。

诗人的尸体被男人们放在他的床上，笨手笨脚地要遮盖这可怜的黑乌鸦身上破碎的羽毛。女人们七嘴八舌，尽情怜悯他人是她们的一种享受。有些女人则去通知伊冯。

帕皮诺先生的鼻子真尖，第一批到这儿的人就包括他。他拾起那把枪，眼睛打量着它的银质支架，神色既像鉴赏家的模样，又带着悲伤。

“纹章和顶饰表明，”他转向一边，和那个怪家伙说道，“是蒙塞尼尔·德波倍兑侯爵的手枪。”

迷人的侧影

世上没有几个女哈里发。女人生来就是当山鲁佐德的，她们的偏好、直觉，以至声带的构造也都决定了她们的命运。每天，成千上万的维其尔的女儿们都在向自己的苏丹讲述着一千零一夜的故事：但是她们假如稍有不慎，也会招来杀身之祸。

我曾听说过一个故事。主人公是一个女哈里发，但故事却不属于《天方夜谭》，因为故事里有一个灰姑娘，她在另一个时代、另一个国度里挥舞洗碗布。所以假如你不在乎年代上的混淆（毕竟，这还似乎给这个故事添了点东方风味），那么咱们来听一听。

纽约有一家很老的饭店。很多杂志都登载过它的木版画。它建于——让我想想——建于这样一个年代，那时，第十四大街再往前，除了通往波士顿和哈默斯坦办公室的老印第安小道什么都没有。不久，这个古老的旅店就会被拆掉了。当它那厚厚的围墙被劈开，随着滑道墙砖咆哮而下的时候，成群的人们将会聚集在邻近的街角，哭泣亲爱的古老的标志性建筑的倒塌。新巴格达的市民们对自己的城市有着强烈的自豪感；而对破坏圣像的暴行，哭得最声嘶力竭最肝肠寸断的要数这样一个人（来自库不廷），对这个饭店最美好的记忆就是在一八七三年他被踢出饭店的“免费午餐”的柜台的时候。

玛吉·布朗夫人在这家饭店落脚。玛吉·布朗夫人是一位六十多岁的干瘦女人，款式老得不能再老的黑衣服穿在她身上，拎个手提包，所用的皮革，明显是来自于被亚当取名为短尾鳄的那只动物。每次她都住饭店顶层一室一厅的套房，付每天两个美元的租金。只要她住那儿，许多看上去精明又焦虑的男士们每天都匆匆忙忙地进来见她，又都待不了几秒钟就离开了。据说玛吉·布朗夫人的财富世界第三；这些面色焦虑的绅士们只不过是城里最富有的经纪人和商人，这个拎着史前手提包的邋遢的老太太给他们的不过是五六百万的小额贷款。

卫城饭店（瞧！我泄露了它的名字）里的速记员兼打字员是艾达·贝茨小

姐。她颇有古希腊风情。她的外貌完美无瑕，有一位老伯在恭维一位贵妇的时候说：‘爱她的过程如同受人文教育。’嗨，即便只看一眼贝茨小姐的背影，只看到她的头发和她洁白的衬衫连衣裙，就相当于修完国内任何一所函授学校的课程。她有时给我打点字，从她拒绝预收费用来看，她是把我当作朋友，对我有特殊优惠。她天性善良；在她面前，就连铅白颜料推销员和皮毛进口商都不敢在言行上犯错。谁要是敢冒犯她，卫城的上上下下，无论是居住在维也纳的老板还是业已卧床十六载的行李工头，都会立即飞身扑来保护她。

有一天，我路过贝茨小姐的神圣的雷明顿打字机，看到她的位置上坐着一个黑头发的东西——毋庸置疑，那是个正使劲用食指敲打键盘的人。我思忖着人世间的变幻无常，继续向前走。第二天，我离开饭店，过了两周的假期。回来时，我慢步走过卫城大堂，看到贝茨小姐和从前一样，带着古希腊遗风，善良、无瑕，正为她的打字机盖，我感到一丝暖暖的‘回到往昔’的味道。到了下班的时间，但她还是请我进去在听写椅上小坐片刻。贝茨小姐开始解释为什么她要离开卫城，后又重返卫城。即使用的话与下面所引不完全一致，至少也是八九不离十的：

“嗯，小伙子，你的小说写得如何?”

“还算有条不紊，”我说，“基本是正常速度。”

“很抱歉，”她说，“打字在写小说时举足轻重。我不在时，让你感到不便了，是吧?”

“在我认识的人里面，”我说，“没有一个人，比你更懂得该如何扣带扣，加分号，招呼宾馆客人和佩戴发卡。可是你也一段时间不在。那天我看到在你的位置上坐着个煞风景的家伙心里不免一阵酸楚。”

“我正要跟你说这个，”贝茨小姐说，“如果你刚才没有打断我。”

“你肯定知道玛吉·布朗，她经常住这儿。嗯，她的资产有四千万。她住在新泽西州一间房租十块钱，既没热水也没暖气的小公寓里。她身上带的钱比半打副总裁竞选人带的都多。我不知道她是不是把钱搁在袜筒里，但是我知道她在那些视金钱为神灵的人中间极具影响力。

“嗯，似乎两星期前，玛吉·布朗夫人在大门口停下来伸长着脖子看了我十分钟。我当时坐着，侧对着她，正在给一位来自汤诺帕的可爱的老头赶打一份铜矿计划，一打好几份。但我总会随时留意周围的一切。埋头干活时，我通过头侧转观察周围；我也可以故意不扣衬衫裙后背的一颗纽扣，这样我就可以看到站在我身后的人。我不东张西望因为我每周挣十八到二十美金，并且我也确实用不着那样。

“那天傍晚下班时，我被叫去她的房间。我当时想这一去恐怕得打近两千字的本票、留置文件和合同，可以想到小费大概也就一毛钱；但我还是去了。嗯，小伙子，我绝对没想到。老玛吉·布朗夫人竟然有人情味了。

“‘孩子，’她对我说，‘你是这么多年见过的最美丽的人。我想让你辞职，过来跟我一起生活。我没有任何亲人，除了一个丈夫和一两个儿子，但是我跟他们没有联系。他们对于任何苦干的女人来说都是奢侈的负担。我希望你做我的女儿。他们都说我小气吝啬，媒体还造谣说我自已洗衣做饭。这全是谎言，’她继续说，‘我的衣服全部是拿到外面洗的，除了手帕、袜子、内衣、衣领和其他像这样的小东西。我的现金、股票和债券加起来值四千万，我手中债券的可流通性不比美国联合石油公司债券的差，在教会义卖会上都受人家的追捧。我是一个孤独的老妇人，我需要人陪伴。你是我见过的最美的姑娘，你愿不愿意过来跟我一起生活？我要让他们知道我究竟是不是会花钱。’她说。

“嗯，小伙子，如果是你会怎么做呢？当然，我相信了。而且，说实话，我已经开始喜欢老玛吉了，倒不全是看在四千万和她能为我做什么的分上。在这世上我也挺孤独的。每个人都得有可以倾诉的对象。抱怨肩膀疼了，聊聊漆革鞋一旦裂了条缝就会很快彻底坏掉。你不可能跟饭店里遇到的男人们谈这些——他们正巴不得有这种机会呢。

“因此我就放弃了饭店的工作，跟了布朗夫人。我肯定我对她有某种吸引力。我坐着读书或看杂志的时候，她能盯着我看上半小时。

“有一天我对她说：‘布朗夫人，是不是您因为我想起了某个童年时故去的亲戚或朋友？我注意到您不时地用目光打量我。’

“‘你的脸，’她说，‘像极了我的一个亲爱的朋友——我最好的朋友。可是我喜欢你也是因为你自己，孩子。’

“接下来，小伙子，你猜她做了什么？她慷慨得像科尼岛上的巨浪。她领着我去见了一位顶尖的裁缝，给了她一大笔钱为我量身定做——钱没有问题。这些都是加急订单，裁缝锁上前门，整个制衣间都全力制作我的服装。

“然后我们去——你猜我去哪儿了？——不，再猜——对了——邦顿饭店。我们住在一个带六个房间的套房；每晚一百元，我看到账单。我开始喜欢那老妇人了。

“之后，小伙子，为我制定的衣服一件件送来——哦，衣服，我真没办法给你形容！你无法理解。我开始叫她玛吉姨妈。你一定读过灰姑娘。记得王子把那双玻璃鞋套到灰姑娘脚上？灰姑娘的际遇和她感受的喜悦，在我看来实在不值一提。

“然后玛吉姨妈说她想为我在邦顿饭店举办一场初次进入社交界的宴会。届时第五大街上所有有名望的荷兰家族都会到场。

“‘我的玛吉姨妈，我已经正式进入社交界了，’我说，‘可是我可以再来一次。然而您知道，’我说，‘这可是这座城市的顶级饭店。而您知道——原谅我说这点——要聚集一群显赫的人物是很难的，除非您有什么好办法。”

“‘别烦恼，孩子，’玛吉姨妈说，‘我发给他们的并不是邀请函——我发出的是命令。我这儿已经计划了五十位客人。除非是爱德华国王或威廉·查韦斯·杰罗姆开晚会，另外的人根本别想把他们都请齐了。客人，当然都是男人，并且他们都欠我钱或是想借钱。有些人不带夫人，但很多会带。’

“噢，那天你如果在场就好了。宴席上的餐具全部是金的或雕花玻璃。除了玛吉姨妈和我还有大概四十位男士和八位女士出席。你绝不可能了解这个世界上排名第三的富婆。她穿着一袭金银镶边的黑色真丝长裙，那声音听起来像一天晚上我跟一个女孩在楼顶小屋子里听到的冰雹声一样。

“看我的衣服！——哎呀，小伙子，我不该在你这儿多费口舌。所有的蕾丝花边都是手工做的——没有一个例外——花了三百元。我看过账单。所有的男士不是秃顶就是花白胡须，谈到三厘公债，他们都妙语连珠，滔滔不绝，还谈到布赖恩的棉花作物。

“坐在我左侧的说话像个银行家，坐在右侧的是一个年轻人，他说自己是艺术家，在一家报社工作。他是唯一一个——哦，我本来没打算跟你说这个。

“晚宴结束后，我和布朗夫人回到了套间。当时大厅有一群记者，我们好不容易才从他们中间挤出来。钱能为人做许多事，这不过是其中一件。哦，你是否认识一位名叫拉斯若普的报纸美编——高高的个头，眼睛非常漂亮，说话很随和？噢，我记不起来他在哪家报社工作了。好吧。

“我们一上楼，布朗夫人就马上打电话要账单。账单送过来了，是六百元。玛吉姨妈马上就晕了过去。我把她搀扶到一张躺椅上，给她摘下了珠饰。

‘孩子，她醒过来后说，‘那是什么？是租金涨价了还是加了所得税？’

“那只不过是一顿晚饭，’我说，‘没什么需要担心的——不过是九牛一毛。

坐起来，写个书面的付款通知，如果不用什么别的办法。’

“‘但是，小伙子，你知道后来玛吉姨妈干了什么吗？她害怕了！第二天早上九点，她要求我搬出了邦顿饭店。我们在落后的西区租了间寄宿房。她租的那间房子，既没水又没电。我们搬进去之后，房间里所能看到的东西就只有那价值一千五百元的新时装和只有一个火的燃气灶。’

“玛吉姨妈忽然缩回到她的保守状态。我琢磨着每个人一生中总有那么一次会放纵自己。男人们费钱喝酒，女人们则为服饰疯狂。但是有了四千万——天哪！我真想想象一下——但是，说起想象，你是不是遇见过一个报社的美编，叫作拉斯若普——高个儿——哦，那个问题我已经问过了，是吧？在晚宴餐桌上，他对我好得不得了。他的声音正对我的胃口。我猜他准是觉得我能多少继承点玛吉姨妈的钱。

“噢，小伙子，三天的家务活已经是我的极限了。玛吉姨妈疼爱我一如既往，她几乎不让我离开她的视线。但我要告诉你。她是一个从财奴县财奴镇出来的十足的守财奴。她一天的开销在七毛五封顶。我们在屋子里自己做饭。我就在那儿，守着价值一千五百元的最新款式的时装，在只有一个火的燃气灶上展示我的厨艺。

“我说了，第三天我就从笼子里逃了出来。这种日子我再也过不下去了，在火上做着一毛五的腰子时，身上却穿着价值一百五十元的家居服，衣服上还有瓦朗西安花边。所以我从衣橱里布朗夫人给我买的衣服中选了件最便宜的穿上——也就是我如今穿着的，——七十五元，挺好，是吧？我原来的衣服都留在布鲁克林我姐姐的公寓里面。

“我对布朗夫人，即以前的‘玛吉姨妈’说，‘我现在想要去伸伸腿，这种伸法，一前一后，让这个小房间以最快的速度消失在我生活中。我不崇拜金钱，但是有些事我没办法容忍。我能够忍受寓言中的猛兽，哪怕他会一口气喷出炙热的火鸟和冰凉的瓶子。但我不能容忍一个半途而废的懦夫，’我说，‘他们说你有四千万的话，你的资产将永远不会少于这个数。当时我竟然开始喜欢你了。’

“噢，过去的玛吉姨妈强烈抗议，最后眼泪都流下来了。她主动提出来搬到一间有两个炉灶和自来水的漂亮房间去。

“‘我已经花费了巨额的钱，孩子，’她说，‘咱们这阵子需要省着点。你是我见过的最美的人儿，’她说，‘我不想让你分开我。’

“嗯，你看见我了，是吧？我径直走回了卫城，把工作要了回来。你刚刚说你的写作进展如何来着？我知道因为没有我给你打字，一定很不顺利。你有没有用插图？对了，顺便问你一下，你是否刚巧认识一位报纸美编——哦，闭嘴！我想我已经问过你了。我不知道他在哪家报社干？好吧，但我就是忍不住老想他当时也许并没有想过那些钱，也许他的想法跟我的一样，就是我也许能从老玛吉·布朗夫人那儿得到点钱。假如我认识几个报社编辑，我就——”

从门口传来轻盈的脚步声。艾达·贝茨小姐从她的脑后梳看到了是谁。我看她脸都红了，她成了一尊完美的雕像——唯有皮格马利翁能与我共享这个奇迹。

“对不起，能离开一下吗？”她对我说——她立即变成了一个非常可爱的恳求者。“来的是——来的是拉斯若普先生。我不知道他对我好是否真的不为钱——我不知道，是否毕竟，他——”

当然，我应邀出席了他们俩的婚礼。仪式结束后，我把拉斯若普先生拉到一旁。

“你是位搞艺术的，”我说，“你还没有想明白为什么玛吉·布朗会这么痴迷贝茨小姐——为什么？让我来告诉你吧。”

新娘的白色裙子式样简单，优美地垂下，就像古希腊的服装。我从客厅一个装饰花环上摘了几片叶子，做成一个小花冠，把它放在娘家姓贝茨的闪亮的栗色头发上，接着让她转过去，使侧影正对她丈夫。

“天哪！”他说，“艾达不正是活生生的印在银币上的妇人头像吗？”

公主与美洲狮

当然，这篇故事里少不了皇帝与皇后。“国王”是一个可怕的老头，身上佩着好几支六响手枪，靴子上安着踢马刺，嗓门是那么洪亮，连草原上的响尾蛇都会吓得往霸王树下的蛇洞里直钻。在皇室建立起来之前，人们称他“细嗓儿本”。当他拥有五万英亩土地和数不清的牛群时，大家便叫他“牛国王”奥唐奈了。

“王后”本是拉雷多来的一个墨西哥姑娘。后来她变成了一个善良、温柔的地道的科罗拉多家庭主妇，本思在家里尽量压低嗓门，以免震破碗盏。本尚未当国王时，她坐在刺头牧场正宅的回廊上编织草席。当财富滚滚而来不能阻挡的时候，软垫椅和大圆桌便都从圣安东尼用四轮马车运来了，她也就只能低下她那长着亮泽的黑发的头，开始分担达那厄[①]的命运了。

为了避免大逆不道起见，首先向诸位介绍了国王和王后。在这篇故事里，他们并不出场；其实这个故事的题目就可以叫作”公主、妙想和大煞风景的狮子”。

约瑟法·奥唐奈就是那位“公主”，是国王和王后唯一的女儿。她从母亲那里继承了热情的性格和亚热带的那种皮肤微黑的美。她又从本·奥唐纳这位国王身上得到了大量的魄力、常识和统治才能。要瞻仰这样结合起来的人物，即使跑上许多路都值得。约瑟法跑马射击，六枪就有五枪能打中一只吊在细绳上摇来晃去的番茄罐头盒。她还可以和自己的小白猫一连玩耍几个小时，给它穿各式各样可爱的衣服。她不用铅笔，光凭心算，很快就能告诉你：一千五百四十五头两岁的小牛，每头八块五毛，总共可以卖多少钱。大概来讲，埃斯皮诺萨牧场有四十英里长，三十英里宽——不过大部分土地都是租用的。约瑟法骑着她的小马踏勘了牧场的每一寸土地。牧场上的没有一个牛仔不认识她，他们都是她忠实的奴仆。里普利·吉文斯是埃斯皮诺萨一个放牧队的头目，有一天见到了她，便打定

① 希腊神话中阿尔戈斯王的女儿，被幽禁在高塔内。

主意要同皇室联姻。狂妄吗？不见得。在那个年月里，纽西斯一带的每一个男人都称得上一条好汉。并且说到头，牛国王的称号并不代表皇室的血统。通常，这只不过表明不拥有这个头衔的人占有牛的手段高超夺了锦标而已。

一天，里普利·吉文斯骑马到双榆树牧场去打听有关一群走失的小牛的消息。他回程时动身晚了些，当他到达纽西斯河的白马渡口时，太阳已经落山了。从那儿到他自己的营地还有十六英里。到埃斯皮诺萨牧场场院有十二英里远。他疲惫不堪，便决定在渡口过夜。

河床上有个水坑，水很清洁。两岸长满了茂密的大树和灌木。离水塘五十码，是一片茎叶卷曲的牧豆草地——这就是马儿的草料和自己的床。吉文斯控好马，摊开鞍毯，让它晾晾干。他背靠一棵树坐下来，卷了一支烟。忽然，河边密林深处传来一声震耳的怒吼。那匹小马一下子跳跃起来，惊恐地打着响鼻发出嘶鸣。吉文斯抽着烟，不慌不忙地伸手去拿放在草地上的枪套皮带，拔出枪，转转弹膛试试。一条大雀鳝跃出水面，扑通一声又跌进了池塘。一只褐色的野兔绕过一丛猫爪相思树跑过来，坐下玩弄着胡须，滑稽地看着吉文斯。马儿继续吃着草。

黄昏时分，当一头墨西哥狮子在干涸的河道旁边唱起女高音的时候，你最好留点神。它的歌词大意是：小牛和肥羊不好找，光吃荤食的它很想同你打打交道。

草地上放着一个空水果罐头盒，是以前过路人扔在那儿的。吉文斯看到它，满意地笑了一声。在他那件缚在马鞍后面的上衣口袋里，有一些碾碎的咖啡豆。黑咖啡白纸烟！牧牛人有了这两样东西，还指望别的什么呢？

不出两分钟，他就点起了一小堆篝火，火苗很旺。他拿起那个罐头盒向水塘走去。离水塘还有十五码时，他从灌木枝叶的空隙中看到左边不远处有一匹备了鞍的小马，耷拉着缰绳在啃草。水塘边，约瑟法·奥唐奈跪着喝完水后正站起身来。起身后，她搓着手掌上的泥沙。在她的右侧，十码开外，吉文斯看见荆棘丛中半隐半现地蹲坐着一头墨西哥狮子。它那琥珀色的眼睛射出饥饿的光芒；眼睛后面六英尺的地方是像猎狗猛扑前那样伸得笔直的尾巴。它挪动后腿，那是猫科动物跳跃前的常态。

吉文斯做了他力所能及的事。他的六响左轮手枪还在三十五码以外的草地上。他暴喊一声，窜到狮子和公主中间。

吉文斯事后所说的这场“格斗”是短暂而有点混乱的。当他冲到战线上时，他看见空中掠过一道模糊的影子，还隐约听到两声枪响。随后，一只上百磅重的美洲狮突然落了下来，重重地落在他的头上，把他压倒在地。他记得自己当时叫了一声："让我起来——这种打法不公平！"然后，他像毛虫似地从狮子身下爬出来，满嘴的青草和污泥，后脑勺在水榆树根上撞起了一个大包。狮子躺在地上一动不动了。吉文斯很不满意，觉得自己受了捉弄。他对狮子晃晃拳头，嚷道："我要再摔你二十——"随即他就清醒过来了。

约瑟法在原地站着，若无其事地给她那把镶银的三八口径手枪重新添装子弹。这样射击并不困难。狮子脑袋同悬在绳子上的番茄罐头相比，目标要大多了。她的嘴角和眼睛里流露出一丝挑逗、嘲弄和叫人恼火的笑意。那位救人未遂的骑侠，感到惨败后的羞臊之火一直烧到了他的心底。这本来是他的一次机会，一次梦寐以求的好机会；然而，成全他的不是爱神丘比特，而是嘲弄之神摩斯。树林中的精灵们一定在捧腹窃笑。这就好像一出滑稽戏——一出吉文斯老先生和道具狮子上演的滑稽闹剧。

"是你么，吉文斯先生？"约瑟法说，她的声调徐缓低沉，象糖一般甜。"你那一声喊几乎害得我脱靶。摔倒时没有伤着头吧？"

"啊，没有，"吉文斯冷静地说，"摔得不重。"他屈辱地弯下腰，把他那顶最好的斯特森帽子从狮子身下抽出来。帽子被压得皱皱的，看上去颇具喜剧效果。随后他跪下去，轻轻地抚摸着死狮子那张着大嘴、好不吓人的脑袋。

"可怜的老比尔！"他伤心地说。

"那是怎么回事？"约瑟法尖声问道：

"你当然不会明白，约瑟法小姐，"吉文斯说，同时露出让宽恕胜过悲哀的神情。"谁也不能怪你。我想救它，但我没办法及时告诉你。"

"救谁？"

"哦，就是这个比尔。我找了它一整天。你知道，它两年来一直是我们营地里的宠物。可怜的老家伙，它连一只白尾野兔都不会伤害：营地里的弟兄们要是知道了会伤透心的。当然，比尔只是想和你逗着玩。"

约瑟法的黑眼睛炯炯有神地盯着他。里普利·吉文斯顺利地混过了这一关。他郁郁地站在那里，胡乱揉搓着一头乱蓬蓬的黄褐色卷发。他眼睛里露出懊丧的样子，还掺杂着一些温和的责怪。他那张英俊的脸上挂上了一缕无可置疑的忧伤。约瑟法倒有点拿不准了。

"你们的宠物跑到这里来做什么？"她问道，作最后一次抗辩。"白马渡口附近又没有营地。”

“这个老淘气鬼昨天从营地逃出去了，”吉文胸有成竹地说。“丛林狼没把它吓坏可真奇怪。你知道，我们营地的看马人吉姆。韦伯斯特上周弄来一只小猎狗崽。这头小狗真叫比尔受罪——它一连好几个小时钉在比尔背后，咬它的后腿。每天晚上睡觉的时候，比尔都要悄悄钻到一个弟兄的毯子下面去，不让小狗找到它。我断定它一定是被逼得无路可走了，否则它一定不会逃走的。它一向是离开了营地就害怕。”

约瑟法看着这只猛兽的尸体。古文斯轻轻拍了拍狮子的一只可怕的脚爪，这只脚爪几乎一下子就可能送掉一条小牛的命。渐渐地，姑娘那深橄榄色的脸上泛起红晕。这是不是真正的猎人打到不应该打的猎物时，感到羞愧的表示呢？她眼皮一垂，眼光柔和下来，讽刺的神色一扫而光。

“我很抱歉，”她低声下气地说，“可是，她看上去这么大，又跳得那么高，所以——”

“可怜的老比尔肚子饿啦，”吉文斯立即替死去的狮子辩护说，“我们在营地里总是叫它跳起来，才给它吃的。为了得到一块肉，它还可以躺下来打滚。它看到你时，是想从你那里获得一些吃的东西。”

约瑟法的眼睛突然睁得大大的。

“刚才我可能会打着你！”她嚷道，“你恰好跑到了中间。你为了救你那心爱的狮子，甚至冒了生命危险！真是太善良了，吉文斯先生。我爱爱护动物的男人。”

不错，现在她的眼神之中甚至有了佩服之情。从一败涂地的废墟上竟然站起来一个英雄。吉文斯脸上的表情足以使他在反虐待动物协会里坐第一把交椅。

“我一向喜欢动物，”他说，“像马呀，狗呀，牛呀，墨西哥狮子呀，美洲鳄鱼呀——”

“我不喜欢鳄鱼，”约瑟法立即反驳说，“拖泥带水的，叫人看了起鸡皮疙瘩的东西！”

“我说鳄鱼了吗？”吉文斯说，“我想说的准是羚羊。”

约瑟法的良心促使她再想出一些补救的办法。她伸出忏悔的手，眼里噙着两颗晶莹的泪珠。

“请原谅我，吉文斯先生，好吗？你知道，我只不过是一个小姑娘一开头我很害怕。我打死了比尔，感到非常难过。你不知道我有多难为情。我如果不那么做就好了。”

吉文斯握住这只送过来的手。他握了好大一会儿，让他的宽恕去克制因比尔的死而引起的悲伤。最后，他显然宽恕了她。

“约瑟法小姐，这件事请不要再提了。比尔的模样叫哪一位年轻小姐见了都会害怕的。我会对弟兄们解释清楚的。”

“你真的不恨我吗？”约瑟法冲动地向他挨近了些。她的眼波是那样甜蜜——啊，甜蜜和恳求中还带着诚挚的忏悔。“谁要是杀了我的小猫，我真会恨死他呢。你冒了中流弹的危险去救它，又是多么勇敢，多么仁慈啊！可没有几个人敢于这样做呀！”真是反败为胜了！闹剧演成了正剧！好样的，里普利·吉文斯！

现在天色已经黑了。当然不能让约瑟法小姐独个儿骑马回家。尽管音文斯的坐骑露出不情愿的样子，他还是重新上鞍，陪她一同回去。一位公主与一个爱护动物的男人在平展的草原上并辔驰骋。周围弥漫着草原上丰饶的泥土气息和美妙的花香。草原狼在远处的山峦上嗥叫！不用害怕。可是——

约瑟法策马靠拢一些。一只小手似乎在摸索。吉文斯的手握住了它。两匹小马齐步走着。两只手握住不放，一只手的主人说：

“以前我从来没有害怕过，但是你想想看！如果碰上一头真正的野狮子，那怎么得了！可怜的比尔！你陪我回家我实在太高兴啦！”

奥唐奈正在场院的走廊上坐下。

“喂，里普！”他嚷道，“是你吗？”

“他骑马陪我来的，”约瑟法说，“我迷了路，耽误了很久。”

“多谢您，”牛王喊道。“在这儿住下吧，里普，明天早晨再回营地。”

可是吉文斯不肯，他要赶回营地。一清早有批阉牛要上路。他道了晚安，策马走了。

一个小时后，熄了灯，约瑟法穿着睡衣，走到她卧室门口，隔着砖铺的过道，向屋里的牛皇帝招呼说：

“喂，爸爸，你一定听说过那只叫作‘尖耳魔鬼’的墨西哥老狮子吧？——就是咬死马丁先生的牧羊者冈萨雷斯，还在萨拉达牧场吃了五十来头小牛的那只。哈，今天下午，我在白马渡口那边结果了它的性命。它扑上来时，我用我的三八口径向它脑袋打了两枪。它的左耳朵被老冈萨勒斯用砍刀削去一片，所以我一看到就认识。爸爸，即使换了你，也不见得能打这么准。”

“好极了！”细嗓儿本在熄了灯的寝宫里打雷似的说道。

慈善数学讲座

“我注意到了，有人为教育事业捐了五千多万美元。”我说。我在翻阅晚报上的花边新闻，杰夫·彼得斯正在向那根欧石南根烟斗里装烟丝。

“都一样，”杰夫说，“这可不是新鲜事，我原原本本地给你讲一讲慈善数学的事吧。”

“你是不是有别的意思?”我问道。

“当然，”杰夫说，“我以前没告诉过你，我和安迪·塔克还当过慈善家呢！八年前，我和安迪在亚利桑那州开着一辆货车到基拉①河流域的山中去勘探银矿。我们发现了矿苗，以二万五千美元的价钱卖给了塔克森②人。我们在银行里把支票换成了银币——每袋一千元。我们把银币装上货车向东进入了一百英里后才感到我们这样做有点蠢。当你看到宾夕法尼亚铁路公司的业务年报表时，或者听到某位演员说他的工资时，两万五千元好像并不多，但是当你掀开货车篷布，用靴跟踢一踢钱袋，听到每块银币叮当作响的时候，你会觉得自己好像是通宵营业的银行，钟的时针敲了十二下。

“第三天，我们到达了一个美丽整洁的小镇，这个小镇像是自然界和兰德——麦克内莱③的神来之笔。小镇位于山脚下，四周有些花木，约有两千居民，都和蔼可亲，慢条斯理。小镇的名字似乎是百花村，那里没有铁路，没有跳蚤，东部的游客都不去那儿。

“我和安迪把钱以彼得斯和塔克的名义存进了当地的希望储蓄银行，然后住进天景旅馆。吃饭后，我们点上烟，坐在走廊上抽了起来。那时，我突然想到要办慈善事业，我想每个当过骗子的人都曾经有过这种想法。

---

① 亚利桑那州南部的河流。

② 亚利桑那州南部的城市。

③ 19 世纪美国一家旅行指南和画片的出版公司。

“当某个骗子从大伙那儿骗来的钱太多时，他会觉得胆怯，想吐出一些来。你仔细观察后，会发现他那种行善的方法是，他试图把骗来的钱再还给他坑害过的人。举例说明吧，某甲通过把油卖给熬夜苦读政治经济学和研究托拉斯管理方法的穷学生而发了大财。于是他就想方设法把赚来的昧心钱捐给大学和学院。

“再说某乙吧，他搜刮普通老百姓用手和工具挣来的血汗钱。他用什么办法把这些昧心钱还回一部分去呢？

“‘啊哈，’某乙说，‘就用教育的名义捐出去吧。这是我扒劳动人民的皮而得来的。’他自语道，‘还是俗话说得好，一好遮百坏。’

“于是他捐了八千万来建图书馆；那些带着饭盒来建图书馆的苦力也可以有碗饭吃。

“‘书在哪里呢？’读者纷纷发问。

“‘我才不管呢。’某乙说。‘我只管建图书馆；图书馆不是已经在那儿了吗？如果我捐赠的是钢铁托拉斯的优先股票，就不要指望我会把股票水分[①]盛在刻花玻璃瓶里一起送给你。去你的吧！’

“但是，正如我所说过的，我已经有这么多钱，我也想当一回慈善家。我和安迪生平第一次赚了这么多钱，这让我们不得不停下来考虑考虑怎么赚来的这些钱。

“‘安迪，’我说，‘我们富有了——尽管我们拥有的钱并未超过常人的想象；但是如果要求不高的话，也可说是与格里塞斯[②]一样富有了。我感到有必要为人类做些事情。’

“‘我也这么想，杰夫，’他说，‘我们一直在推销自燃的赛璐珞硬领，在乔治亚州倾销霍克·史密斯[③]竞选总统的纪念章，玩些小把戏来骗小孩子点钱。只要不亲自到救世军[④]里敲钹打铙，或者用伯蒂雄[⑤]的体系来教育圣经班，我非常乐意在慈善事业上赌一赌。’

---

① 西方国家企业发行的股票金额超过实际投入企业的资本额，为骗取更多利润，往往高估资产，按夸大了的资本总额发行股票，是为“掺水股票”。

② 北美人对拉丁美洲尤其是对墨西哥人的蔑称。彼得斯想说的是克里赛斯，为公元前六世纪小亚细亚利地亚的豪富。

③ 美国律师、参议员，曾任佐治亚州州长。

④ 基督教新教的一个社会活动组织，着重在下层群众中举办慈善事业。

⑤ 法国人类学家。

“‘我们该如何办呢?’安迪说,‘给穷人施舍粥呢,还是给乔治·科特柳[①]寄来几千块钱?’

“‘两个都不行,’我说,‘我们的钱太多,不能做一般的慈善事业,想要补偿以往的骗局,钱又不够。所以我们只好找一个折中的、两全其美的办法。’

“第二天,我们沿百花村绕了一圈,看到小山上建造了一座红砖砌成的房子,好像没人住。居民们说,那是一位矿主几年前修建的一处住宅。建成之后,发现只剩下二点八美元来装修了,一气之下,他用这笔钱买来威士忌,从房顶上跳了下来,他的尸体就埋葬在他跳下来的地方。

“我和安迪一看到那楼,我们就不约而同地都认为这是办慈善事业的最佳地方。我们准备安上电灯,买了一些擦笔布,聘请几名教授,在草坪上放一只铸铁的狗、赫拉克勒斯和约翰教父的塑像,就在那儿开办一所世界上最好的免费大学。

“于是我们把这个主意告诉了百花村的知名人士,他们举双手赞成。他们在消防队为我们举办了一个宴会,我们有生以来第一次以文明和进步事业的施主身份出现。安迪就下埃及的灌溉问题发表了一个半小时的演讲,就连留声机和菠萝汁都沾上了我们的道德气息。

“我和安迪马上着手来办慈善事业。镇上男人,只要是能分清锤子和梯子的人,都被请来干活,将楼房隔成教室和演讲厅。我们向旧金山打电报订购了一车皮桌椅、足球、代数书、钢笔杆、字典、教授讲桌、石板、人体模型、海绵、几套高年级学生穿的防雨学士服和学士帽等等,还订购了办一流大学所需的其他零星杂物。我自作主张在订单上填上了‘校园’和‘课程表’,不学无术的电报员肯定搞错了,因为货物运到时,我们发现出现了一桶青豆和一把马梳[②]。

“当周报登出我和安迪的铜版照片时,我们给芝加哥的一家职业介绍中心打电报,马上用特快为我们运送六名教授来——英国文学一名、现代废弃语言学一名、化学一名、政治经济学一名(民主党党员优先)、逻辑学一名,还有一名,必须精通绘画、意大利语、音乐,而且还必须有工会证,希望银行担保发薪,薪

---

① 美国律师,曾任财政部长。

② 校园、课程表的原文是 campus 和 curriculum,与青豆(canofpeas)、马梳(curry – comb)读音相近。

水在八百到八百零五角之间。

“好的，先生，我们终于一切准备好了。大门上刻着这样的字：‘世界大学；赞助人及校长——彼得斯和塔克。’从九月一日开始，求学者络绎不绝。第一批到达的是教师，他们是乘从塔克森方面开来的每周三班的快车赶到的。他们大多数是年轻人，留着红发，戴着眼镜，既想有所发展，又想混一碗饭吃。我和安迪把他们安顿到百花村的居民家里，然后等待着学生们上钩。

“他们蜂拥而至。我们在各州的报纸上都刊登了免费大学招生的广告，看到全国的反应如此迅速，我们十分高兴。二百一十九名壮小伙，从十八岁到下颏上长胡子的人，都响应了免费教育的号召。他们无孔不入，彻底改变了小镇的面貌，让你分不清它是哈佛，还是在三月里开庭的戈德菲尔兹①。

“他们在大街上来来往往，挥舞着世界大学的小旗——深蓝和浅蓝相间——他们把百花村弄得热闹非凡。安迪在天景旅馆的凉台上为他们做了一次演讲，全镇的人都跑出来庆贺。

“两周后，教授们解除了学生们的武装，将他们赶进了课堂。我相信没有比当慈善家更令人高兴的事情啦。我和安迪买了高筒丝织大礼帽，假装着逃避百花村公报两名记者的采访。报纸派了专人，只要我们一在街上露面，就给我们拍照。每周的‘教育专栏’里都刊有我们的照片。安迪每周在大学做两次演讲；等他说完，我就站起来讲一个笑话。有一次，公报居然把我的照片刊登在了亚伯·林肯和马歇尔·怀尔德②的中间。

“我和安迪对慈善事业非常感兴趣。我们时常在半夜醒来，交流如何办好大学的新想法。

“‘安迪，’有一天我对他说，‘我们忘记了一件事。学生们一定要有宿舍。’

“‘什么？’安迪问。

“‘哦，当然是能在里面睡觉的物件了，’我说，‘各大学里都有。’

“‘呃，你说的是睡衣吧。’安迪答道。

“‘不是，’我说，‘我说的是宿舍。’可安迪依然没明白我的意思；因此我们未能订购。我指的当然是大学里的宿舍，学生们可以一排排地睡在那儿。

“是的，先生，世界大学办得非常成功。我们的学生来自五个州和其他一些

---

① 内华达州西南部的矿镇，时有罢工。

② 美国商人，马萨诸塞州工艺学院的创始人之一。

地区，百花村也由此兴旺发达起来。新开办了一家射击游乐场，一家当铺，还有两家酒店开张营业；学生们编了一支校歌，歌词如下：

劳、劳、劳，
顿、顿、顿，
彼得斯和塔克，
真有意思。
波——喔——波，
霍——嘻——霍，
世界大学，
稀里哗啦！

“学生们都是些出色的青年，我和安迪感到很自豪，仿佛他们和我们是一家人似的。

“但是一天，大概是十月底的最后一天，安迪跑来问我，是否知道我们银行里的钱还有多少。我想大约有一万六。‘只有八百二十一元六角二分了。’安迪说。

“‘什么，’我惊叫起来。‘你的意思是说，那些该死的土里土气，无法无天，傻了吧唧，狗头脸，偷门板，长着兔子耳的盗马贼的兔崽子，竟让我们花了那么多钱？’

“‘正是。”安迪说。

“‘这么说，去他的慈善事业吧。’我说。

“‘不用这样，’安迪说，‘慈善事业，’他说，‘是最能骗人的做法，只要我们经营得法。我去办这事，看看能否扭转过来。

“下一个星期，我查看教师工资单时，偶然发现了一个新名字——詹姆斯·达恩利·麦科克尔教授，数学教授；周薪一百元。我惊叫了一声，安迪马上跑进屋来。

“‘这是怎么回事?’我问安迪，‘数学教授的年薪有五千多元? 怎么搞的? 他是从窗户里自己爬进来的吧?’

“‘一周前我给旧金山打电报邀请他来的，’安迪说，‘在订购教师时，我们

忘了订购数学教授。'

"'忘得好，'我说，'我们的钱只够给他两周工资，到那时，我们的慈善事业就会如同斯基波高尔夫球场的第九洞那样该收场了。'

"'再挺一挺，'安迪说，'看看情况有没有转机我们从事的是如此崇高的事业，怎么能现在草草收场。而且，我看零售慈善事业非常有前途。以前我从未好好研究过。现在要好好想想这事，'安迪继续说，'我所知道的慈善家都非常有钱。很久以前，我就应该着手调查调查这事，弄清楚原因和结果。'

"安迪在财政问题上很有计谋，让他掌握大局，我非常放心。大学蒸蒸日上，我和安迪的丝织礼帽仍然锃亮，百花村给予了我们成堆的荣誉，仿佛我们是百万富翁，而不把我们看成是要破产的慈善家。

"学生们让小镇变得生气勃勃，繁荣昌盛。一位陌生人来到小镇，在红墙马房楼上开了一家法罗赌场①，赢了大量的钱。一天晚上，我和安迪走到那儿，出于社交礼貌，下了一两美元的赌注。有五十多个学生一边喝五味酒，一边用一沓沓的红蓝筹码下注，等庄家亮出底牌。

"'哎，实在太不像话了，安迪，'我说，'这些敲诈勒索、笨头笨脑的纨绔子弟在这里找免费教育的便宜，他们比我和安迪还有钱。看，他们成卷成卷地往外掏钱！'

"'是的，'安迪说，'好多人都是富裕的矿主和牧场主的少爷。看着他们这样荒废学业真让人伤心。'

"圣诞节到了，学生们要回家过节。我们在大学里举行了一个告别会，安迪做了题为'爱琴群岛的现代音乐和史前文学'的演讲。每位教师都应邀出席了，把我和安迪比作了洛克菲勒和马库斯·奥托里格斯皇帝。我用力地拍了拍桌子，喊着麦科克尔教授的名字；看来，他并没有出席这次聚会。在我们的慈善事业即将倒闭的时刻，我很想看看安迪用一百元高薪聘来的这位人物。

"所有的学生都坐夜车离开了，小镇又恢复了往日的平静，学校变得如同午夜时的函授学院的校园。我回到旅馆，看到安迪屋里灯还亮着，便推门进去。

"屋子里面坐着安迪和法罗庄家，他们在桌前分配一叠两英尺高的一千元一捆的钞票。

① 法罗，一种同中国牌九相似的赌博，与庄家赌输赢，用纸牌。

“‘好吧，’安迪说，‘每人三万一千元。进来吧，杰夫，’他说，‘这是我们合伙组织的慈善机构——世界大学，你现在该相信上学期应得的利润了吧，’安迪说，‘经营慈善事业是一门艺术，如果经营得法，只会赚钱，不会赔钱的。’

“‘太棒啦！’我说，我感到非常高兴。‘我承认你这次做得很漂亮。’

“‘我们坐早车走，’安迪说，‘你最好赶紧收拾一下你的硬领、硬袖和剪报。’

“‘好吧！’我说，‘马上就收拾好。可是，安迪，’我说，‘临走前，我想见见詹姆斯·达恩利·麦科克尔教授。我觉得很好奇，想认识认识这位教授。’

“‘这好说。’安迪转过身去向法罗庄家说。

“‘吉姆，’安迪说，‘和彼得斯先生握个手吧。’”

精确的婚姻学

"从前我跟你说过，"杰夫·彼得斯说，"对女人的骗术我一直就没有多大信心。跟他们做搭档一块儿去骗人，即使搞的是光明正大的骗局，她们也不值得信任。"

"可以这么说，"我说，"我认为她们女性有资格叫作诚实的性别。"

"为什么不诚实呢?"杰夫说，"自然有另外一个性别的人替她们去招摇撞骗或拼命干力气活儿。她们干事原本也说得过去，可就怕她们感情冲动头脑发热。这个时候你就得找个男人来代替。而那个男人一定是个扁平足，沙黄色胡子，拖着五个儿女，住着一幢已做了抵押的房子的家伙。有一次我和安迪·塔克在凯罗经营了一家婚姻介绍所，聘了一位寡妇太太来帮忙玩儿点小骗术。我就以她为例讲讲吧。

"只要你登广告的资金足够——也就是车辕杆细头儿那么粗的一卷钞票吧——你就可以开一家婚姻介绍所赚一大笔钱。我们大约有六千块钱，想在两个月内让它翻一番儿。我们没有办新泽西州的营业执照，所以最多只能干两个月。

"我们拟了一条广告，内容是这样的：

某女新寡，三十二岁，貌美恋家，有体己三千及乡间规模产业，有意再醮。欲觅一男性佳偶，无论贫富，只求性情温和纯良，因美德多出自贫寒之士。应征者若果诚恳忠厚，善于持家理财，年龄、相貌并不苛限。来信务请详尽。

寂寞人启

伊利诺斯州，凯罗市

彼得斯一塔克事务所收转

"'这已经很不错了，'我们杜撰出这篇佳作之后，我说，'可是这位新寡的

夫人在那儿呢?'

“安迪冷冷地瞟了我一眼。

“‘杰夫,’他不耐烦地说,‘我还以为你早就把那套现实主义事业观扔掉了呢。一定要一位夫人么?华尔街大量出售掺水分的股票,难道你还期望能从里面找出一条美人鱼来吗?征婚广告跟一位夫人有什么关系?'

“‘你听好,’我说,‘你知道我的原则,安迪,无论做什么非法的买卖,我都必须拿出实实在在的东西,让人看得见、摸得着。靠着这个原则,还有对市政法令和火车时刻表的透彻研究,我才能够避免从警察那儿招致不是一张五元钞票或一只雪茄烟所能解决的麻烦。现在要实现这个计划,我们必须拿出一个有血有肉的漂亮寡妇来,最起码也得有这样的一个活人,貌美不貌美、有没有清单上列出的不动产和附属品都不重要,不然的话治安官可就要跟你过不去了。'

“‘也好,’安迪重新考虑了一番之后说,‘也许这样做更保险,万一邮局或治安机关来调查我们的事务所呢。说回来,’他说,‘你上哪儿去找这么一个寡妇,愿意消磨时间来玩这种没有婚姻的征婚把戏?'

“我对安迪说,‘我认识的一个人倒是个相当合适的人选。我有个叫齐克·特罗特的老朋友,原本在杂耍园子起瓶塞卖汽水,兼职给人拔牙。一年前他喝了一位老郎中给他的泻药,而没有灌那种平时总能让他酩酊成仙的神汤,结果就让他的老婆当了寡妇。以前我经常在他们家落脚,我觉得我可以说服她来入伙。'

“她居住的那个小镇离我们只有六十英里,我坐上火车就赶到了那里。她仍旧住在那幢小房子里,洗衣盆里仍旧栽着向日葵,站着公鸡。特罗特太太相当符合我们在广告中列出的条件,只是在相貌、年龄和财产方面可能有些偏差。她不无可人之处,但总算说得过去,而且让她干这份工作,也算是对齐克有个交代。

“‘你们要做的这桩生意不会有什么不正当的吧,彼得斯先生?’我向她说明来意后,她问道。‘特罗特夫人,’我说,‘安迪·塔克我俩考虑过了,在我们这个幅员辽阔、公平盛行的国度,看了我们的广告后,至少有三千个男人想得到你的青睐和你那空有其名的钱财。假如你把你的芳心交出去,那么就会有三千个心存侥幸之徒要把他们那些臭皮囊负担给你,那些人不是游手好闲、唯利是图之辈,就是生活的失败者、骗子和卑鄙阴险的淘金者。'

“‘我和安迪,’我说,‘打算教训教训这群社会垃圾恶徒。我和安迪按捺不住,几乎要去成立一个“扬善惩恶上当活该婚介所”。我解释清楚了吗?'

“‘清楚了,彼得斯先生。’她说,‘我就知道你不会干那些令人鄙夷的勾当。

可是我能做些什么呢？对你所说的这三千个无赖，是要我一个一个亲口拒绝他们呢，还是成批成批地把他们撵走呢？'

"'你的工作嘛，特罗特夫人，'我说，'其实就是一个幌子。你只要待在一家清静的客店里，什么事都不用做。往来信件和业务上的事都由安迪和我包办处理。'

"'当然喽，'我接着说，'难免有几个情急或性子急的，或许舍得凑钱买车票，死皮赖脸地跑到凯罗来当面向你求婚。若出现这种情况，那还得劳驾你亲自出马，费些口舌打发他们了。我们每周付给你二十五美元，旅馆费也替你支付。'

"'给我五分钟，'特罗特太太说，'让我拿上扑粉，把大门钥匙寄放到邻居那儿，你现在就可以开始给我计工资了。'

"我就这样带特罗特太太到了凯罗，安排她住进一家旅馆。那旅馆离我和安迪的住处不远也不近，既不至于引起人们的怀疑，又方便来往。随后我向安迪讲了事情的经过。

"'好极了，'安迪说，'现在我们搞到了有血有肉的鱼饵，你总可以把心放到肚子里，腾出手来钓鱼了吧？'

"于是我们在全国各地的报纸上刊登广告。但我们只登一次就罢手。其实一次登的数量也不能太多，不然我们就得雇佣好多职员和女秘书，而她们嚼口香糖的声音能惊动邮政局长。

"我们以特罗特太太的名义在银行里存了两千块钱，并把存折交给了她，以备有人对我们事务所的可靠性和动机产生疑问时，可以随时出示给他看。我了解特罗特太太是个守信之人，所以把钱存在她的名下不会有什么闪失。

"仅仅这么一则广告，安迪和我就要每天工作十二个小时来回复应征信件。

"每天都有百十封来信。以前我根本想不到，这个国家竟有如此多热心肠的贫寒男士愿意娶一位美貌的寡妇，并勇挑重担，帮她理财。

"应征者大都声称自己年纪大了却下了岗，怀才却不遇，然后又信誓旦旦地说自己有一肚子的柔情蜜意和一腔的男子汉热血，寡妇如能以身相许，保证她一辈子称心如意。

"彼得斯—塔克事务所给每一位应征者都回了一封信，信中称，寡妇对他们真挚热情的来信大为感动，请他们继续来信交流，若方便请随信附照片一张。彼得斯—塔克同时告知应征者，把第二封信转交给美丽的女当事人需花费两美元，也请随信寄来。

“现在你可以理解我们这个计划的妙处所在了。各地的情种、骑士们百分之九十都想方设法筹钱给我们寄过来了。事情就这么简单。唯一让我和安迪头痛的是，拆信取钱的事做起来太麻烦。

“少数应征者亲自登门拜访。我们只把他往特罗特太太那儿一领，剩下的事就交由她来处理；只有三四个又回来，向我们索要回家的路费。等乡村便邮的信件纷纷送到后，安迪和我每天都有两百块进账。

“一天下午，我们忙得不可开交。我忙着往雪茄烟盒里塞进一美元、两美元的零钱，安迪则一个劲地用口哨吹他的《她才不举行婚礼呢》。这时，一个小个子男人机警地闪了进来，两眼滴溜溜地打量周围的墙壁，好像在追寻丢失的盖恩斯巴勒①的油画似的。我盯着他，一股成就感油然而生，觉得我们的生意顺顺当当，一切都做得毫无破绽。

“‘我说你们今天的邮件可真够多的哇。’那人说。

“我伸手去拿帽子。

“‘来吧，’我说，‘我们一直在等着你呢。我领你去看货。你从华盛顿出发的那阵子，泰迪②还好吗？’

“我领他来到濒河旅馆，向特罗特太太介绍了他。接着，我拿出在她名下存入银行的两千块钱的存折给那人看了看。

“‘看起来一切都没问题嘛，’那个侦探说。

“‘没错，’我说。‘你若是单身未娶，我可以安排你留下来同这位女士交流一下。那两块钱的费用我们就不收了。’

“‘谢谢了，’他说，‘我若是个单身汉我会接受你的好意的。请多保重，彼得斯先生。’

“不到三个月，我们赚了五千多块，心想也该收场了。已有很多人不满我们的行为；特罗特太太似乎也对这份工作有所厌倦了。不断有求婚者要求同她见面，这不免让她心烦意乱。

“我们决定罢手抽身。我前往特罗特太太住的旅馆，给她支付最后一周的薪水，向她道别，还有就是取回那两千块钱的存折。

“我到那儿一看，她哭成了个泪人儿，就像一个不愿上学去的孩子。

“‘哎，哎，’我说，‘你这是怎么啦？是不是谁欺侮了你，还是你想家啦？’

---

① 著名英国画家。

② 指美国第二十六届总统西奥多·罗斯福，泰迪是他的昵称。

“‘不，彼得斯先生，’她说，‘我想和你谈一谈。你跟齐克是老朋友，我就直说了。彼得斯先生，我爱上了一个男人，我的生活里不能没有他。他正是我心目中理想的男人。’

“‘那就嫁给他吧，’我说，‘我是说，如果他也有这个意思。他对你是不是也这么一往情深呢？’

“‘他是的，’她说，‘不过他也是看了广告之后才来找我的，他说若不把那两千块钱给他，他就不同我在一起。他叫威廉·威尔金森。’说完，她又无法自已地放声痛哭。

“‘特罗特夫人，’我说，‘没有人比我更理解女人的想法了。何况你还是我一个最要好的朋友的妻子。这件事如果只由我一个人做主，我肯定会说，带上这两千块钱，跟你的意中人结婚去吧，愿你们得到幸福。

“‘我们拿得出这笔钱，因为我们已经从向你求婚的那些蠢货身上赚了五千多块。但是，’我说，‘我得跟安迪·塔克商量商量。’

“‘他也是个好人，只是做生意时太精明。他跟我一样也是这宗买卖的股东。我去找安迪谈谈，’我说，‘再给你答复吧。’

“我返回客店，和安迪讲了这件事。

“‘这是我意料中的事，’安迪说，‘只要女人动了感情，那么不管共同做什么事，你都不能指望和她同舟共济坚持到底。’

“‘安迪’我说，‘想想吧，一个女人因为我们而错过了真爱，这真叫人心里过意不去。’

“‘不错，’安迪说，‘想听听我的想法么，杰夫。你这个人心慈手软，慷慨大方。我为人严苛，心肠硬，也太多疑。这次我依着你。去告诉特罗特太太，让她从银行里把那两千块钱取出来，交给她的心上人，幸福的过日子去吧。’

“我跳了起来，握住安迪的手足有五分钟。

“然后，我来到特罗特太太的住处，把结果告诉了她。她一听就又号啕大哭起来，不过这次是出于高兴，而不是因为伤心。

“两天后，我和安迪打点行装，准备上路。

“‘临走之前，你不想去见见特罗特太太吗？’我问安迪，‘她倒是很想见到你，好当面向你致谢。’

“‘哦，我想不必了，’安迪说，‘我们还是快点去火车站吧。’

我像往常一样开始把我们挣得的钱塞进腰包。这时，安迪从口袋里掏出一卷大额钞票，要我一并收起来。

“‘你这钱从哪来？我问道。

“‘特罗特太太的那两千美元。安迪说。

“‘怎么在你这？我问。

“‘是她给我的，安迪说，一个多月来我每星期都去她那儿三次。

“‘难道你就是那个威廉·威尔金森？我说。

“‘是的。安迪答道。”

牵线木偶

一名警官站在二十四街和离高架铁路穿过街道处不远的一条奇黑无比的胡同交叉的街角处。已经是凌晨两点钟了；看上去这个寒气逼人、阴雨连绵、令人厌恶的墨墨黑夜会一直持续到拂晓时分。

一个男人，身着一件大风衣，帽子前沿压得低低的，一只手提着件东西，轻手轻脚但步履迅速地从那黑胡同里走出来。警官颇有礼貌地拦住他询问，但那坚定的语气中透着有意流露出的权威。在这种时间，这个有着令人不安印象的胡同，这位行人的匆匆神色，他手中所携之物——所有这些特征都可以很容易地被联系为所谓的"疑点"，而需要这位警官询问清楚。

这位"嫌疑人"很配合地停了下来，把帽子向后推了推，借着电灯光的闪烁，露出一张毫无表情，但平滑光洁的脸，一个相当长的鼻子和一对发直的黑眼睛。他那戴着手套的手插进大衣侧面的兜里，抽出一张名片来递给警官。警官接过名片，借着摇曳不定的灯光，念出上面的名字："查尔斯·斯宾塞·詹姆斯，医学博士。"下面地址所标出的街道名和门牌号码显示的街区极体面尊贵，使人连产生好奇心的冲动都会受到压抑。警官向医生手里提的物件瞥了一眼——一个精致的黑皮药箱配以小小的银底座——更进一步证实了名片对此人身份的保证。

"很好，医生。"警官说着，边闪开道，动作中显露出一股迟笨而亲善的味道。"上面要求我们加倍小心。最近入室盗窃和拦路抢劫的很多。今晚上出诊可真不舒服的。虽然不那么冷，可湿乎乎的。"

詹姆斯医生例行公事地点点头，就警官对天气的评价应付的回应了一两句，继续迅速地前行。当晚他遇到三名巡警，每个巡警都接受了他的职业名片和完美的药箱外观作为他人格和所从事行为的具有说服力的保证。假如其中任何一位警官还不放心，第二天按着名片上的地址去查证，他会发现确如名片所示，在一块精美的门牌上镌刻着医生的名字，医生本人气定神闲、西服笔挺地在他装备齐全的诊所工作着——不过不会太早，因为詹姆斯医生起床很晚——他还会发现周围的邻居对这位居住此处两年来的医生作为一名好市民、作为一名热爱自己家庭的人士以及作为一名成功的职业医生都赞誉有加。

所以，假设任何一位过分热衷于自己工作的平安守护人向那看似精致尊贵的药箱里偷窥一眼的话，他一定会大吃一惊。只要一打开箱子，首先映入眼帘的就是一套最新发明的精致的工具，工具的使用者就是这位天才的保险箱盗窃者——“箱子侠”。这些工具都是经过特别的设计和制造的——短小但强有力的撬棍，一堆形状各异的钥匙，经过最佳回火处理的蓝钢钻头和冲头——可以像耗子吃奶酪一样将淬火钢啃透——还有可以像蚂蟥一样吸附在光滑的保险柜门上，像牙医拔牙一样将号码锁盘、手柄一并拔出的各种夹钳。在“药”箱内侧面的一个小兜里，放着一个四盎司小瓶，瓶里装着硝酸甘油，也只剩下一半。在工具底下是一大堆揉皱了的钞票和几把金币。一共有八百三十美元。

在一个非常小的朋友圈子里，詹姆斯医生被称为“摩登的‘希腊人’”。这个神秘称号的一半显示了他的气定神闲和绅士风度；另一半则是表示，用兄弟会的黑话来说，就是领袖、计划者，那个借着自己的住址和社会地位的声誉和力量来获取情报从而使他们可以实现自己的计划并建立自己铤而走险的事业的人。

这个精选的小圈子里还有其他成员：铁嘴摩根和牙胶戴克，两位也都是专业级的“箱子侠”，还有利奥波德·普莱茨费尔德，他是下城的珠宝商，专门负责改制那三人帮搞来的珠宝和其他装饰物。这几个全都是既能干又忠实，像门农那样饶舌，又如北极星一样无常。

看来他们是没能从那天晚上的活儿为他们付出的辛苦劳动挣得足够的回报。周六晚上，从一个非常富有的老派纺织品公司脏乱的办公室里的一个老式的双层侧栓保险箱里本来应该能搞出比两千五百美元更多的钱。但他们的收获只有这么一点，于是，按照他们的惯例，当场平分了这笔钱。他们本来指望能弄到一万到一万两千块钱的。可是那公司的一位业主却有一点点过分的老派，竟然在天刚刚黑时用一个衬衫盒子装了大部分钱然后拎回家去了。

詹姆斯医生沿着二十四街往北走。无论怎么看这条街，都显得人烟稀少。即使那些戏剧爱好者们——他们喜欢在这一带扎堆儿——也早已入睡。蒙蒙细雨已浸透整条街道；铺路石之间一汪汪的雨水承接着弧光灯射出的火焰，再反射回去，粉碎成无数闪烁发光的液体金属片。一股夹带着雨水的强词夺理的冷风，从一幢幢房子间的喉管里咳嗽而过。

当医生的脚刚刚踏过一幢看上去比周围的房屋更显得气派雍容的高大住宅的

拐角时，那幢房子的前门砰的一声被打开，一个大呼小叫着的黑人妇女笃笃地冲了下来，从台阶上直奔人行道。她嘴里嚷嚷着一些杂乱无章的词语，像是自言自语，又像是在对着别人说——她的种族在孤身一人被恶魔缠身时求助的方式。看上去她仍像是南方那种老式的奴仆——喋喋不休、毫无拘束、忠厚纯良、不受压抑；她的样子生动地展现出这种人的特点来：肥胖、整洁，腰里围着围裙，头上包着头巾。

这个突然出现的怪人，从那静谧的大屋中喷出，与詹姆斯医生台阶底层撞了个满怀。她的脑子将其能量从声音转化为影像，她停止了喊叫，外突的眼睛盯住医生手里提着的箱子。"赞美上帝！"是她看到詹姆斯医生后首先发出的祝福"你是医生吗？先生。"

"是的，我是内科医生。"詹姆斯医生答道，顿了下来。

"那么看在上帝的分上请你快给钱德勒先生看一下。不知他是昏过去还是怎么着了。他躺在那儿就像是死了一样。艾美小姐让我去找医生。老天爷才知道老辛迪一个人会被吓成什么样，如果您，先生，没来到这儿。如果这里千分之一的事被老马尔斯知道了，那可就会发生枪战了，老爷——用手枪互射——在地上划出各人脚站的地方，就开始决斗。还有艾美小姐——那可怜的小羊羔"

"给我带路，"詹姆斯医生说着，脚踏上台阶，"如果你要我做医生的话。如果当听众，可别打搅我。"

黑人妇女领着他走进了那房子，爬上一层铺着厚地毯的楼梯来到楼上。他们穿过了两条灯光昏暗的分岔走廊。在第二个走廊的尽头，已经气喘吁吁的带路人拐进一个大厅，停在一扇门前，打开了门。

"医生我领来了，艾美小姐。"

詹姆斯医生进了屋，微微地向站在床边的一位年轻女子鞠躬示意。他将药箱放在一个椅子上，脱去大衣，搭在椅背上，然后安静沉着地走到床前。

床上躺着一个男人，四肢伸开，和倒下时一样——一个穿着华丽入时的男人，只有鞋被脱掉了；放松地躺着，一动不动，如同死了一样。

詹姆斯医生身上散发出一种镇定自若和坚定有力的气息，对他的老顾客来说这就像在沙漠中彷徨的那些羸弱孤独的古以色列人看到神赐的食品一样。尤其是妇女，总是被他在病房里举止言行中的某种东西所吸引、感染。这并不是那些时髦的医生们所故意做出的刻意讨好病人的行为，而是一种沉着、一种自信、一种战胜命运的能力，一种尊敬、保证和奉献的风度。在他那褐色眼睛所发出的坚定、闪亮的目光中有着一种寻根究底的魔力；他那了无表情，甚至如神甫般宁静的、光滑的脸庞上透着一种藏而不露的权威，使他从外表看上去极适合扮演可予倾心的知己和抚痛排难的安慰者的角色。有时，在他首次出诊某个病人时，女人们就会告诉他她们晚上为防窃贼而藏匿自己珠宝首饰的地方。

根据反复操练获得的经验，詹姆斯医生眼珠不转就已估计出了这间屋子里所有家具、陈设的等级和质量。这些家具豪华而昂贵。这一瞥也已同时将那女士的外表看得清清楚楚。她身材瘦小，最多二十岁。她的脸蛋足可称得上是迷人的漂亮，但此时却（你可能会这么说）被一种凝固了的抑郁而不是那种由于突发的悲恸而留下的更为激烈的印记所遮掩。在她的前额，一边眉毛的上面，有一块青紫的伤。他那内科医生的判断告诉他，这伤是在过去六小时内造成的。

詹姆斯医生的手伸向那男人的手腕。他那双几乎会说话的眼睛向女士提出质询。

“我是钱德勒太太，”她回答道，带着那种哀怨的南方人的含糊不清和口音，“我丈夫在您来之前十分钟突然病倒了。他的心脏病发作过几次——有几次还挺严重。”他的衣冠楚楚和这半夜三更的时间似乎提示她需要再做进一步的解释，“他晚上外出了，回来很晚。他去——吃晚饭了，我想。”

詹姆斯医生现在把注意力集中到了病人的身上。不论在他恰好正在从事的哪一种“职业”中，他都习惯于用他的全部身心投之于那“病例”，或那“活儿”的工作中。

这个病人看上去大约三十岁。他脸上带有一股暴躁和不羁的神色，但却不失端正，而且那种对幽默的兴趣并沉溺于其间所形成的微细皱纹弥补了其他方面的缺憾。他的衣服上弥漫着一股洒了酒的气味。

詹姆斯医生把他的外衣摊开，然后用一把袖珍折刀把衬衣前面从领口到腰部拉开。解除了障碍物以后，他把耳朵贴到心脏上仔细地倾听。

“二尖瓣口反流?”他一边轻轻地说道，一边站了起来。句尾音调升起，因为心中并不确定。他长长的又听了一会儿；这次他说，“二尖瓣机能不全。”音调中透出确定的结论。

“夫人，”他开始说话，用他那种经常能缓解人们焦虑情绪的、让人安心的语调，“有一种可能性——”当他慢慢地转脸去看那女士时，却看到她软软地倒下去，脸色苍白，昏厥到老黑人女仆的双臂里。

“可怜的小羊！可怜的小羊！他们把辛迪大婶的那受到祝福的孩子杀死了吗?

快让上帝用他那愤怒来惩罚那掠走了她的人；那伤透了这个可爱天使的心的人；那留了……”

“抬起她的双脚，”詹姆斯医生说，同时帮助她扶住那向下滑落的身体，“她的房间在哪儿？让她躺在床上。”

“来这边，先生。”那女人围着头巾的脑袋朝着一扇门的方向点头示意，“那是艾美小姐的房间。”

他们把她抬进那个房间，让她躺在床上。她的脉搏有些微弱，但却还算规律。看来她还未从昏厥中苏醒，就直接进入了酣睡状态。

“她已经是相当疲劳了，”内科医生说，“睡眠是很好的疗法。等她醒来，给她一杯棕榈酒——里面再加一只鸡蛋，如果她能喝得了的话。她前额上的伤是怎么来的？”

“她自己撞了一下，老爷。那可怜的小羊摔倒——不，老爷，”老妇人骨子里种族脾气的易变性突然让她火冒三丈，“老辛迪不能为那个魔鬼撒谎。是他打的，老爷。快让上帝毁掉那魔鬼的手——糟糕！辛迪答应那美丽的小羊羔不告诉任何人的。艾美小姐受伤了，老爷，是伤在头上。”

詹姆斯医生走到放有一盏漂亮油灯的柜子前面，把那油灯焰的捻子拧小。

“你待在这儿好好陪着你们家女主人，”他命令道，“别说话，让她休息。如果她醒来，就让她喝杯棕榈酒。如果她感觉更虚弱了，就来告诉我。这事儿有点儿蹊跷。”

“这地方有很多比那个更蹊跷的事儿。”那黑女人又开始絮叨，但医生用他极少发出的命令式的浓缩的语调嘘她闭嘴，他过去常用这种语调使情绪激动病人平静下来。他回到另一间屋里，轻轻地关上身后的门。床上躺的那个男人仍旧一动不动，但眼睛却睁开了。他的嘴唇似乎在说着什么。詹姆斯医生低下头去听。“那钱！那钱！”那声音告诉他的就是这两个字。

“你能明白我说什么吗？”医生问道，声音很低，但十分清晰。

那男人轻轻地点了点头。

“我是内科医生，是你太太找我来给你看病的。钱德勒先生你是，他们告诉我。你病得很厉害。所以你千万不能兴奋或是焦虑。”

病人的眼神似乎在示意他。医生弯下腰努力听他那同样微弱的句子。

“那钱——那两万块钱。”

“那钱在哪儿？银行里么？”

那眼神的示意是否定的。“告诉她，”那低语声更加细微了，“那两万块钱——她的钱。”他的眼神在屋里各处游移。

“你把那钱放到哪里了吗?”詹姆斯医生的声调就像女海妖塞壬般，艰难地想从那男人逐渐失灵的脑子里呼唤出那秘密来，“是在这间屋里吗?”

他觉得他从那逐渐消逝下去的眼光里读到一点颤颤巍巍的同意的意思。他手指下面的脉搏已是细若游丝了。

他另一职业的直觉在詹姆斯医生的脑子里和心里逐渐升起了。他迅即果断地做出决定，正如他做任何其他事情一样，要搞清楚这笔钱的所在，而且是以经过计算的一个人确定的生命为代价来完成。

他从衣袋里掏出一小本空白处方笺，在其中一张上面组合出一套，按照医疗界最佳做法，适合于那病人病情的药物处方来。他来到内室门口，轻轻地唤出那老妇人，把药方交给她。让她去药店把药买回来。

当她喃喃自语地走后，医生来到那女士的床前。她还在熟睡；她的脉搏已经恢复一点了；她的前额不热，除了伤口周围发炎的地方，一层水分微微地覆盖了在上面。只要不受打扰，她还会睡几个小时。他找到门上的钥匙，出去时把门锁上。

詹姆斯医生看看自己的表。留给他的时间有半小时，在此之前那老妇人不大可能完成任务回来。然后他找到一个装着水的罐壶和一个玻璃杯。他打开药箱，拿出那个装着硝酸甘油——“油”，他那些溜门撬锁的弟兄们是这么称呼它的——的小瓶。

他将一滴那稍带微黄色黏稠液体滴进玻璃杯中，拿出他那银色的皮下注射器盒子，拧上针头。他小心翼翼地用那注射器有刻度的玻璃管测度着每一管水，几乎倒了半杯水来稀释那一滴油。

当晚两小时以前，詹姆斯医生曾用那个注射器将未稀释的油注进一个在保险箱锁头上钻出的洞里，只一声发闷，那个控制锁簧运动的机件就被毁掉了。现在他试图，用相同的手段，把一个活人最重要的机器炸碎——撕碎这人的心脏——每一下打击都是为了他口中的那笔钱。

相同的手段，但却用了不同的伪装。就是说，那一个是充满暴躁、原始、强悍的金刚巨人，而这一个则是将自己同样致命的臂膀藏在天鹅绒和花边饰带下面的宫廷侍臣。那存在于杯子中和那内科医生小心倒入的注射器中的液体，现在已成为格鲁诺因溶剂，这是迄今为止医学界所知的最为猛烈有力的强心剂。两盎司就把那钢铁保险柜的实心钢门劈开；现在他准备用五十分之一滴量让一个人复杂精细的生命机器崩溃爆裂。

但不是立即停止。他本来就没打算那么做。首先将会出现生命力的迅速提升；每一个器官和官能都会变得极其强劲。心脏将会勇敢地应对这一致命的刺激；静脉里的血液将会更快地流回它的本源。

但是，詹姆斯医生清楚地知道，对这种心脏病而言，过分的刺激意味着死亡，这就像用步枪瞄准他射击一样的确定。一旦动脉由于那盗贼的“油”的力量而血液增加流量而形成堵塞时，它们会迅速地成为“死胡同”，这时生命的源泉就会因积血过量而爆裂了。

医生将不省人事的钱德勒衣服扒开，露出胸膛。他细致熟练地把针筒中的药液注射到了覆盖在心脏一带皮下的肌肉里。按着他在两个不同职业里的共同习惯，他小心地将针头弄干净，然后把那个在不用时穿进针头的细铜丝重新插进去。

三分钟之内钱德勒就睁开了眼睛，用微弱可闻的声音问是谁在照顾他。詹姆斯医生又一次解释了他在那儿的原因。

“我太太呢?”病人问道：

“她在睡觉——很虚弱由于精疲力竭和焦虑过度。”医生说道，“我不建议把她叫醒，除非——”

“不——不必了。”钱德勒说话时一字一顿，因为某个恶魔正在把他追得喘不过气来，“她不会——因为你——为我的事情——把她叫醒——而感激你的，”

詹姆斯医生拉了把椅子到床前。绝不能错过交谈的机会。

“几分钟以前，”他开始问道，以他另一职业阴沉严峻、毫无掩饰的语调，“你曾想告诉我一些有关一笔钱的事情。我并不打算得到你的信任，但是我有责任告知你，焦虑和烦忧会对你的康复不利。如果关于这件事你有什么要说出来的——以便让你的心里轻松一点——两万块钱，这是你提到的钱数——你最好说出来。”

钱德勒没法转动他的脑袋，但他的眼珠转向了说话者。

“我说了——那钱——在哪儿了吗?”

“没有。”那内科医生答道，“我只是根据你含糊不清的话语推测，你对它的安全性感到忧虑。如果它是在这间屋里——”

詹姆斯医生停顿了下来。他似乎从他的病人那具有讽刺意味的五官上观察到了会意的一眨，或者是怀疑的一闪呢？他是否显得太急了点？他是否说得太多了点？钱德勒接下来的话让他安下心来。

“还能——在哪儿，”他上气不接下气地说，“除了——那边那个——保险箱？”。他用眼睛指向屋子一角，这时医生才注意到那个小的铁保险柜，被那落地窗帘遮掩了一半。

他一跃而起，握住病人的手腕。他的脉搏跳动激烈，中间夹有危险的停顿。

“抬起你的胳膊。”詹姆斯医生说。

“你知道的——我动不了，医生。”

内科医生迅速地走到厅门口，打开门，侧耳静听。安静如此。他不再绕弯子，直接走到保险箱前，查看起来。这是一种原始的构造和简单的设计样式的柜子，它所能防的最多只是家中手脚不干净的佣人而已。对他来说这只不过是个玩具——用草棍和硬纸板搭起的东西罢了。那钱似乎已经落入了他的掌心。只需两分钟他就可以用他的夹具把那把手抽出，在锁芯上打孔，然后就能打开箱门。也许，用另一种方法，他一分钟就可以打开它。

他跪在地板上，把耳朵贴靠在密码盘上，慢慢地转动把手。正如他所料，这锁只用一个“一日码”——一个号码锁上。他灵敏的耳朵听到锁芯被拨动时那轻微的咔嗒一声；他对上那个号码了，手柄转动了。他把保险箱门一把拉开。

保险箱里空空如也——在那空的铁方格子里面连一张小纸片也没有。

詹姆斯医生站起身来走回床前。

那濒死病人的眉毛上已形成一层厚厚的汗珠，但他的嘴唇和眼睛却显出一脸嘲讽和恐怖的狞笑。

“我可从来——没见过，”他吃力地说着，“医学和盗窃合二而一！你——靠这结合——能赚着钱吗——亲爱的医生？”詹姆斯医生的高傲的人格从未经历过像眼前的情景所给予的更为严峻的考验。他被他的受害者那恶魔般的幽默拖进了一种既滑稽可笑又甚不安全的境地，只能尽力维持自己的尊严和清醒的头脑。他掏出手表来，等着这个人死去。

“你——对那钱——就是——稍微地——太——急了一点。可是那钱——从来就没有——被你偷走的——危险，亲爱的医生。他很安全。完全的安全。它们全部——都在——赌场经纪人——的手里。两万块——那是艾美的钱。我把它押在马赛上，全部——一分不剩地输进去了。我一直是个坏人，盗贼——对不起——医生，可我一直是个光明磊落的玩家。我想——在我所有的赌局里——我从没见到过——你这样一位——十足的恶棍，医生——对不起——盗贼。给一个受害人——对不起——病人倒一杯水，是不是——违反了你那行人的——行为准则，盗贼?”

詹姆斯医生给他倒了一杯水。他几乎无法咽下。那强力的药剂所带来的反应正以规则的，逐渐增强的力量袭来。但他那垂死的想象力却还必须再发出一次不堪入耳的嘲弄。

“赌徒——醉鬼——败家子——这些我都是，可是——你——一个医生盗贼?!”

对于对方尖酸的辱骂，内科医生只用一句话的回答来满足自己。他将身子俯得低低的，凝视钱德勒那迅速失神的目光，以一种极其严肃且充满深意的姿态指向那正在熟睡的女士房间的门，使得那个俯卧着的男人不得不用上自己仅剩的一点力气稍稍抬起头来向那边看去。

他什么也没能看见；但是他听到了医生那句冷酷的话——他今生所能听到的最后的一句话：

“我还从来没有——殴打过一个女人。”

要对这类人做出剖析无异于缘木求鱼。没有任何学术课程的知识范围可以将对他们的研究包含进去。他们属于那么一种人的分支，当人们说起这种人时就会说“他会做这种事”，或说“他会做那种事”。我们只知道他们是存在的；而且我们也可以留意到他们，并把他们那些露骨的行为相互转告，就像孩子们观看并谈论牵线木偶那样。

然而，考虑一下这两位的处境会是对自我中心主义者的一项离奇却有趣的研究——一位是谋杀者和强盗，高高站在他的受害人之上；另一位罪行更为不齿，尽管所犯的法不那么严重，却充满怨恨地躺在受到自己虐待、剥削和折磨的妻子的房子里；一个是老虎，另一个是豺狼——考虑一下两人各自都对对方的卑劣充满厌恶；各自都从自己明显的罪行的泥淖中挖掘着自己那纯洁无瑕的行为准则，如果不是荣誉准则的话。

詹姆斯医生最后那一句反唇相讥定是深深地刺痛了另一方仅存的羞耻心和男子气概，因为它完成了那“慈悲的最后一击”。他被羞得满脸通红——一种耻辱的死亡的玫瑰红色；呼吸停止了，钱德勒微微地战栗了一下，命赴黄泉。

他刚刚咽下最后一口气，那黑女仆就带着药回来了。詹姆斯医生一边用一只手轻轻地压揉着闭着的上眼皮，一边将那结果告诉了她。并非悲恸，而是一种与生俱来的对于死亡的抽象的和睦关系和怜悯，使得她黯然神伤，感慨颇多，伴随而来的就是她的哀诉。

“这就对了！上帝终于管这事了。他是那罪人的裁判者，也是受苦人的靠山。他现在总算要帮我们的忙了。辛迪为这瓶药付出了最后一毛钱，却也用不上了。”

“你的意思是——，”詹姆斯医生问道，“钱德勒太太没有钱?”

“钱？先生，你知道艾美小姐为什么摔倒，为什么如此虚弱吗？是饥饿，先生。这栋房子里除了一点饼干碎片外已经没有任何能吃的东西了，都三天了。那个可怜的小天使几个月前就卖掉了她的戒指和手表。这幢漂亮的房子，先生，还有里面的红地毯、发亮的大桌子，全是租来的；那男人说这租金高得吓人。那个恶魔——对不起，上帝——他已经交给您来裁判了，如今——他抢走了一切。”

内科医生的沉默鼓励她继续讲下去。他从辛迪莫可名序的自言自语中弄清了这故事中一段挺长的历史，其中有错觉，有任性，有祸患，有凶残，也有自尊。从她叽里咕噜的语句所展示的模糊的全景图中清楚地显现出一些破碎的画面来——在遥远的南方的一个理想的家；一场很快就后悔了的婚姻；一个充满了委屈和残暴的令人痛苦的季节；最近，一笔继承来的本可用来解救苦难的钱；钱被那狼狗抢走并在两个月不露面的期间挥霍一空，然后在一场荒淫无耻的闹宴后回到家中。在这整个故事模糊不清的经线中，有一条虽不引人注目，但却清晰地可见夹杂于每条线之间的纯白的细线——这位年老的黑女人那简单纯净、忍辱负重、高尚美丽的爱心，坚定不移地追随着她的女主人，克服一切磨难，陪伴她直至最后。

当她终于停下来时，医生开始说话，问她这栋房子里是否有威士忌酒或其他任何种类的酒精。有的，老妇人指给他，边柜里有那狼狗留下的半瓶白兰地。

“照我说的配制一杯棕榈酒，”詹姆斯医生说，“叫醒你的主人，给她喝下去，然后告诉她这里发生的事。”

大约十分钟以后，老辛迪搀着钱德勒太太进到屋里来。由于睡眠和她刚刚喝过的兴奋剂，她看上去稍稍精神了一点。詹姆斯医生已经将床上的那个躯体用床单盖上了。

那女士哀伤的眼光，和那半受惊吓的脸庞，还是向那床榻转过去了一次，然后向她忠实的保护者身上靠得更紧了。她的眼睛干干，神情明亮。悲伤似乎已对她无计可施了。泪水之泉已干涸；感觉本身也已麻木。

詹姆斯医生站在桌子近旁，已将大衣穿在身上，手里拿着帽子和药箱。他的面容平静而冷漠——他的职业已使他对人类受难司空见惯。只有他那发出柔和目光的棕色眼睛才隐约地透露出一点职业性的同情。

他和蔼但简短地说道，由于时间已晚，外请援手，会十分困难，所以他会自己安排合适的人手过来，帮着处理后事。

“最后，还有一件事。”医生指着仍大开着的保险箱说道，“你丈夫，钱德勒太太，在最后时刻，知道自己快要走了，给了我那保险箱的密码，让我去打开那保险箱。如果您什么时候需要它的时候，记着它的号码是四十一。朝右边转几次；再向左边转一次；停在四十一上。他不希望我叫醒您，尽管他知道大限已近。”

“他说他在那个保险箱里放了一笔钱——并不多——是足够让您用来实现他临终的愿望。那请求就是希望您回到您的老家去。然后，待时过境迁，雨过天晴之时，原谅他对您犯下的诸多罪责。”

他指指桌子，上面整整齐齐地码放着一沓钞票和两摞金币。

“钱在那边——正如他说的那样——八百三十元。请允许我留下我的名片，或许今后有些事我还可以帮您。”

就是说，他还是想到了她——挂念着她——尽管如此地姗姗来迟！然而这一谎言仍是将她以为早泯灭殆尽了的似水柔情煽起了一点最后的火光。她大声哭叫着：“罗勃！罗勃！”她转过身去，扑在她真正的侍从随时为她准备好的胸膛上，洒下一捧解悲释怀的泪。也很可以这么想：从此以后，那谋杀凶犯的面具像一个小恒星一样闪耀在爱的坟墓之上，慰藉着她，获得自有其内在价值的宽恕，不管是否被祈求这样做。

她趴在那黑胸脯上，如同孩子一样，被那哼哼唧唧的轻吟和嗯嗯呜呜的安慰语所慰藉，所平静；她终于抬起头来——那医生也已悄然离去。

华而不实

托尔斯·钱德勒先生在他那间在过道上隔成的卧室里熨晚礼服。一只熨斗烧在小煤气炉上，另一只熨斗握在手里，使劲地来回推动，以便压出一道合意的褶子，待会儿从钱德勒先生的漆皮鞋到低领坎肩的下摆就可以看到两条笔挺的裤线了。关于这位主角的修饰，我们所能了解的只以此为限。其余的事情让那些既落魄又讲究气派，不得不想些寒酸的变通办法的人去猜测吧。我们再看到他的时候，他已经打扮得整整齐齐，一丝不苟，安详、大方、潇洒地走下寄宿舍台阶，正如典型的纽约公子哥儿那样，略带厌烦的神情，出去寻求晚间的消遣。

钱德勒的酬劳是每周十八块钱。他在一位建筑师的事务所里工作。他只有二十二岁；他认为建筑是一门真正的艺术；并且确实相信——虽然不敢在纽约这样说——钢筋水泥的弗拉特艾荣大厦的设计要比米兰大教堂[①]的差劲。

钱德勒从每星期的收入中留出一块钱。凑满十星期以后，他用这笔累积起来的额外资金，在吝啬的时间老人的廉价物品部购买一个绅士排场的夜晚。他把自己打扮成百万富翁或总经理的样子，到生活十分绚丽辉煌的场所去一次，在那儿吃一顿精致豪华的晚饭。一个人有了十块钱，就可以周周全全地充当几小时的富裕有闲阶级。这笔钱足够应付一顿经过仔细斟酌的饭菜，一瓶不错的酒，适当的小费，一根雪茄，车费，以及一般杂费。

从每七十个沉闷的夜晚换取一个愉快的晚上，对钱德勒来说，是终古常新的幸福的源泉。名门闺秀首次进入社交界，一辈子也只有刚成年时的那一次；即使到了满头白发的年纪，她们仍旧把第一次的旖旎风光当做唯一值得回忆的往事。但是对于钱德勒来说，每十星期带来一次的欢愉仍旧如第一次那样激烈、兴奋和新鲜。同饮食讲究的人坐在一起，在有棕榈掩映、音乐飘荡的环境里，望着这样

① 米兰是意大利北部伦巴第区的首府，14 世纪时建立的哥特式大教堂闻名于世。

一个人间天堂的老主顾们，同时让自己成为他们观看的对象，相比之下，一个少女的初次跳舞和短袖的薄纱衣服又算得上什么呢？

走在百老汇路上，钱德勒仿佛加入了晚间穿正式礼服的阅兵式。今晚，他不仅是观看者，还是供人观看的对象。即使在以后的六十九个晚上，他又要穿着粗呢裤和毛线衫，去小饭馆里吃便宜的饭，或是在小饭摊上叫份快餐，或是在卧室里吃三明治、喝啤酒。但是他愿意这样做，因为他是这个夜夜灯红酒绿的繁华都市的真正的儿子。对于他，出一夜风头就足以弥补许多暗淡的日子。

钱德勒慢慢走着，一直走到第四十几号街开始和那条灯火通明的欢乐大街[①]相衔接的地方。时间还早呢，每七十天只在上流社会里待上一天的人，总爱延长他的欢乐。各种眼光，明亮的，阴险的，好奇的，欣羡的，挑逗的和迷人的，纷纷向他投来，因为他的衣着打扮和气派说明他是拥护及时行乐的信徒。

他在一个拐弯处站住，心里想着，是不是要折回到他在这个奢华的夜晚经常要照顾的豪华高档的饭馆去。那当儿，一个姑娘轻盈地跑过拐角，在一块坚硬的雪上滑了一下，"咕咚"一声摔倒在人行道上。

钱德勒连忙地把她扶起来，关切而彬彬有礼。姑娘一瘸一拐地走向一幢房屋，靠在墙上，端庄地向他道了谢。

"我的脚踝可能扭伤了。"她说，"摔倒时崴了一下。"

"疼得厉害吗？"钱德勒问道。

"用力的时候才疼。我想过会儿就好了，能走路了。"

"假如还有什么需要我帮忙的，"年轻人建议道，"比如说，雇个车，或者……"

"谢谢你。"姑娘诚恳地小声说，"您千万别再费心啦。是我自己不小心。我的鞋子很实用，不能怪我的鞋跟。"

钱德勒上下打量了那姑娘一眼，发觉自己很快就对她有了好感。她有一种娴雅的美，她的眼光又愉快又温和。她身穿朴素的黑衣服，像是一般女营业员的打扮。她那顶便宜的黑草帽底下露出了亮丽的深褐色发卷，草帽上没有其他装饰，只有一条丝绒带打成的蝴蝶结。她完全可以成为自力更生的职业妇女中最优秀的典型。

年轻的建筑师突然冒出了一个念头：他要请这个姑娘一起去吃饭。他的周期性的潇洒固然痛快，但因为缺少一个因素，总是令人感到无聊了一些。如今这个

---

① 指百老汇路。

因素就在眼前。如果能有一位有教养的小姐一起，他那短暂的豪兴就加倍有劲了。他觉得这个姑娘肯定是有教养的，她的言谈举止已经说明了这一点。尽管她的穿着很朴素，钱德勒觉得能跟她一起吃饭还是高兴的。

这些想法在钱德勒脑海飞快闪过，他决定邀请她。是的，这种做法不是很礼貌，但是职业妇女在这事上往往并不拘泥于形式。在观看男人方面，她们一般都很聪明，并且把自己的判断能力看的比那些无聊的习俗更重要。他的十块钱，如果用得恰当，也够两人美美的吃一顿。无疑，在这个姑娘沉闷刻板的生活中，这顿饭准能成为一个出其不意的经历，她因这顿饭而发出的感激也准能增加他的得意和快乐。

“我认为，”他坦率而郑重其事地对她说，“你的脚需要休息，比你想的要长些。现在我提出一个两全其美的办法，既可以让它休息一下，又可以给我个面子。你刚才跑过拐角的时候，我正要一个人去吃饭，你同我一起去吧，让我们舒舒服服地吃顿饭，好好地聊聊。吃完饭后，我想你那伤痛的脚踝也能愉快地带你回家了。”

姑娘飞快地抬起头，看了清秀和蔼的钱德勒。她明亮的眼睛地闪了一下，天真地笑了。

“可是我们互相并不认识呀——这样不太合适吧？”她犹豫地说。

“没有什么不合适。”年轻人直率地说，“请允许我自我介绍一下——托尔斯·钱德勒。我一定尽量使我们这顿饭吃得满意，之后我就跟你分手告别，或者送你回家，你爱怎么办就怎么办。”

“哎呀！”姑娘朝钱德勒那身精致的衣服瞟了一眼，说道，“我穿着这套旧衣服，戴着这顶旧帽子去吃饭吗？”

“那有什么关系。”钱德勒爽快地说，“你即使这样打扮，也要比我们将看到的任何一个穿最讲究的晚礼服的人更优雅。”

“我的脚踝是还有点疼。”姑娘试着走了一步，承认说。“我愿意接受你的邀请，钱德勒先生。你可以称我玛丽安小姐。”

“那请，玛丽安小姐，”年轻的建筑师高兴而有礼貌地说，“你不用走很长的路。再过个街口就有一家还不错的饭馆。恐怕你要扶着我的胳臂——对啦——慢慢地走。独自一个人吃饭太无聊了。你在冰上滑了一跤，倒像是有点成全我呢。”

他们在一张摆设齐全的桌子旁坐下，一个勤劳的侍者在旁边殷勤伺候。这时，钱德勒才真正感到他的定期潇洒经常会带给他的满足和欢愉。

这家饭馆的华丽程度不及他一向喜欢的，在百老汇路上再向前一点的那家，但是也差不多。饭馆里都是衣着光鲜的顾客，还有一个不错的乐队，演奏着曼妙的音乐，足以使谈话更为尽兴，此外，饭菜和服务也都无可挑剔。他的同伴，尽管穿戴得并不讲究，但自有一种气质，衬托得她的容颜和身材格外出色。无疑，在她望着钱德勒那兴奋而沉稳的态度，还有那灼热而又诚恳的蓝眼睛时，她秀丽的脸上也流露出一种近似爱慕的神情。

然后，曼哈顿的疯狂，庸人自扰和沾沾自喜的骚乱，吹嘘夸口的病毒，装模作样的病菌感染了托尔斯·钱德勒。此时此刻，他在百老汇路边的一个饭店里，周围一派繁华，何况还有那么多双眼睛在注视着他。在这个喜剧舞台上，他假想自己这时是一个漂亮的纨绔子弟和家拥巨资、优雅高贵的有闲阶级。他穿着这个角色的服装，就非演出不可了，所有守护天使都拦不住他了。

自然，他开始向玛丽安小姐夸说俱乐部、茶会、高尔夫球、骑马、狩猎、交谊舞，国外旅游等等，同时还隐隐约约地提到停在拉奇蒙特港口的私家游艇。他觉得这种没边没际的谈话深深地打动了她，所以又信口诌了一些暗示巨富的话，熟悉地提出几个无产阶级听了就头痛的姓名，来加强演出效果。这是钱德勒难得的炫富机会，虽然很短暂。他抓紧时间，尽量获得最大限度的欢愉。他的自我陶醉在他与一切之间挡上了一层迷雾，然而有一两次，他还是看到了这位姑娘的纯真从雾网中透射出来。

"你说的这种生活方式，"她说，"听来是多么空虚，多么没有意义啊。难道你在世上就没有别的工作可做，使你更感兴趣吗？"

"亲爱的玛丽安小姐，"他嚷了起来，"工作！你想想看，每天吃饭都要换上礼服，一个下午到五六家串门——每个街角上的警察都注意着你，只要你的汽车开的比驴车快一点儿，他就跳上车来，把你带到警察局。我们这种闲人是世界上工作得最辛苦的人了。"

晚饭后，慷慨地打发了侍者，两人走回到刚才见面的拐角处。这时，玛丽安小姐已经走得很好了，简直看不出步履有什么不便。

"谢谢你的款待"她诚恳地说，"现在我得赶快回家了。我很喜欢这顿饭，钱德勒先生。"

他微笑着，亲切地跟她握手道别，提到他在俱乐部里还有一场桥牌戏。他留恋得朝她的背影望了一会儿，然后快步向东走去，雇了一辆马车，缓缓回家。

在冰冷的卧室里，钱德勒收藏好晚礼服，让它休息六十九天。他边想边做这件事。

“了不起的姑娘。”他自言自语地说，“即使她为了生活非干活不可，我敢打赌说，她还是够格的。假如我不那样胡言乱语，把真相告诉她，我们也许……但是，去它的！我讲的话总得和我的礼服相配呀。”

这是在灯火辉煌的曼哈顿的一个小屋里即将成长起来的勇士所说的一番话。

而那位姑娘同请她吃饭的人分开后，迅疾地穿过市区，来到一座漂亮而宁静的宅院前面。

这座宅院离东区有两个广场远，面临那条财神和其余副神时常出没的马路①。她急忙进去，跑到楼上一间屋里，有一个衣着雅致的年轻美丽女郎正焦急地向窗外望着。

“呀，你这疯丫头！”她进去时，那个比她稍大的女人嚷道。“你总是这样让我们担惊受怕，什么时候才能改呀？你穿着那身又破又旧的衣服，戴着玛丽的帽子，到处乱跑，都已经有两个小时啦。妈妈吓坏了。她吩咐路易斯开着车去找你。你真是个傻乎乎的小丫头！”

年纪较大的姑娘按了一下电钮，一个侍女立刻来了。

“玛丽，告诉太太，玛丽安小姐回来了。”

“不要老说我的不是了，姐姐。我只不过到西奥夫人的店里跑了一趟，通知她不要粉红色的嵌饰，要用紫红色的。我那套旧衣服和玛丽的帽子很合适。大家都以为我是个女店员呢。”

“亲爱的，我们已经吃过晚饭了，你在外面待得太久啦。”

“知道了，我在人行道上摔了一跤，扭伤了脚踝。我不能走了，便到一家饭馆坐坐，等到好一些才回来，所以才耽搁了那么久。”

两个姑娘坐在窗口前，望着外面灯火辉煌，车水马龙的大街。年轻的那个把头靠在姐姐膝上。

“总有一天我们都得结婚，”她浮想联翩地说，“我们这么富裕，社会上的人都在看着我们，我们不能让大家失望。要我告诉你，我会爱上哪一种人吗，姐姐？”

“说吧，你这傻丫头，”另一个微笑着说。

“我会爱上一个深蓝色眼睛的人，他目光和善，体贴和尊重穷苦的姑娘，人

---

① 指五马路。

帅气又温柔，又不卖弄风情。但他一定得有志向，有目标，有自己的工作，我才能爱他。如果我能帮助他建立他自己的事业，我不在乎他有多么穷。可是，亲爱的姐姐，我们老是碰到那种把时间都浪费在交际和俱乐部里的人，他们庸庸碌碌地混日子——我不能爱上那种人，即使他的眼睛是深蓝色的，即使他对在街上碰到的穷姑娘很和气。”

朋　友

打猎归来，我在新墨西哥州一个叫洛斯比尼奥斯的小镇等向南行驶的列车。火车晚点了一个小时。于是，我坐在“顶峰”客店的阳台上，与店主泰勒马科斯·希克斯聊起了人生的意义。

我发现他性格并不怪僻，不致惹是生非，便问他的左耳是被什么野兽咬伤的。作为一个猎人，我认为追捕野兽时这类凶险的发生很难避免。

“那只耳朵，”希克斯说，“是真挚友情的纪念。”

“是一次意外吗？”我追问。

“怎能把友谊当成意外呢？”泰勒马科斯答道。我一时无言。

“真正够义气的友谊事例，”我的房东接着说，“我知道的只有一件。那是一个康涅狄克人和一只猴子之间的友谊。这只猴子爬上巴兰基利亚[①]的椰子树，摘下椰子扔给那个人。这个人把椰子劈成两半，做成瓢，每只卖两个里亚尔[②]，再拿换来的钱买朗姆酒。椰子汁则送给猴子喝。他们分工合作，各得其所，相处和睦得像一对亲兄弟。

“但是换成人和人，就不一样了；友谊随时可以破裂，不可修复。

“我曾经有一个朋友，名叫培斯雷·费什。我满以为我们之间的友谊会天长地久。我们肩并肩共事七年。七年来，不论是开矿，办农场，推销专利搅奶器，牧羊，摄影，还是其他杂活，像架铁丝网、摘水果等，我们都是一起做。我那时想，无论是凶杀、挑拨、诱惑、诡辩还是惹是生非的酒，都不能破坏我们之间的友谊。我们之间的感情的深度你是很难想象得到的。干事业的时候我们是朋友；平时，我们也让我们的友谊越来越淳厚，从而给我们的休息和娱乐增添乐趣。无论何时何地，我们都是达蒙和派西斯[③]。

---

① 哥伦比亚北部马格达来纳河口的港口城市。

② 旧时西班牙和拉丁美洲某些国家用的辅币。

③ 公元前4世纪锡拉丘兹的两个朋友。友情深厚，愿意替对方受死。

“一年夏天，我和培斯雷收拾妥当，骑马进了圣安德烈斯山，打算修整一个月，放松放松。我们来到了这个洛斯比尼奥斯镇。这个地方简直是世界屋顶花园，是流炼乳和蜂蜜的福地①。这儿只有一两条街道，空气清新，有鸡可吃，有客店可住；这些正是我们渴望的东西。

“我们到达这个小镇时已经晚了，于是决定在铁路边上这家客店住下，有什么就吃点什么。我们坐下来，用小刀把粘在红油布的盘子翘起来。这时，寡妇杰苏普端着热面包和炸鸡肝走了进来。

“瞧瞧吧，一条鱼鳀也会为这个女人动心。她身材不胖不瘦，高矮适度。态度随和，模样可人。红润的肤色是她厨艺精熟和热情性格的标志，她笑起来感染的寒冬腊月里的山茱萸也会开花。

“寡妇杰苏普很健谈地跟我们聊起来，一会儿天气，一会儿历史，一会儿又是丁尼生②，一会儿梅干，一会儿羊肉难买，聊个不停。最后，她问我们从哪儿来。

“‘春谷。’我回答说。

“‘大春谷。’培斯雷插嘴道，嘴里塞满了土豆和火腿骨头。

“我发现势头不对，这预示着我和培斯雷·费什之间的真挚友谊就要破裂了。他明明知道我最讨厌多嘴多舌随意打断别人的人，但他偏偏插嘴，张口就对人家的回答进行纠正和补充。在地图上它固然是叫大春谷，但培斯雷自己也管它叫春谷，我一直是这样听到的。

“我们再没多说什么，吃完晚饭就一起走出去坐在铁轨上。我们共事的时间太长了，不可能不了解对方的想法。

“‘我知道你一定看出来了，’培斯雷开口了，‘我已经决定了，要让这个寡妇成为我的一大宗不动产，在家庭、社会和法律等等方面全都如此，一直到老。’

“‘当然，’我说，‘虽然你只说了一句话，但我已经听出弦外之音来了。不过你心里也肯定明白，’我说，‘我也有我的计划，要着手让这个寡妇改姓希克斯，更会为你腾出时间，好写信给报社的社会栏目，求教一个男傧相在婚礼上是不是要在纽扣眼里插山茶花或者穿无缝丝袜。’

“‘你不应该这样计划的。’培斯雷说，嘴里咬着一片枕木屑。‘如果是其他的俗事，’他说，‘十有八九我都会让你，但这次不同了。女人的微笑，’他接着

① 《旧约》记载，上帝遣摩西率领以色列人出埃及，前往丰饶的迦南，即流奶与蜜之地。

② 英国桂冠诗人。

说，‘就像海葱与含铁矿泉的漩涡[①]，身处这个漩涡中，再结实的友谊之舟也会撞破沉没。一如从前，’培斯雷继续说，‘我愿意同一头想伤害你的熊拼命，愿意为你做借贷担保，甚至仍旧愿意用肥皂樟脑擦剂给你擦背；但在这件事情上我就不能再讲交情了。在处理杰苏普太太这件事情上，让我们各自展开攻势吧。我想这话得事先跟你说清楚。’

“听了他的话，我想了想，也得出了如下的结论和附则。

“‘男人之间的友谊，’我说，‘是一种古老的具有历史意义的美德。那时为了打到尾长八十英尺的蜥蜴和会飞的龟，人们不得不团结互助。他们把这个美德延续到了今天，一直相互支持，直到有一天一个客店伙计跑来告诉他们说，这些动物已经不存在了。’我接着说。‘我听说男人之间的友谊常常因为女人而结束。为什么会这样？我告诉你吧，培斯雷，当我们看到杰苏普太太和她的热面包，我们俩的心里就都在打鼓。我们更强的一个火会赢得她。我将与你公平竞争，决不背后出招。我每次追求她，都会有你在场，这样你我就会有同等的机会了。有了这样的安排，不论我们之间谁赢了，我想我们的友谊大船都不至于在你所说的混合物的漩涡中沉没。’

“‘好极了！’培斯雷说着握住了我的手。‘就这么定了。’他说。‘我们齐头并进追求这位女士，不让通常那种诡计和流血的事件发生。而且不论谁输谁赢，我们仍然是朋友。’

“杰苏普太太客店旁边有几棵树，树下有一条长凳。南行的旅客用完餐离开以后，她就坐在那里乘凉。晚饭后我和培斯雷就约在那，分头去追求我们的意中人。我们的追求光明磊落，严守规矩，无论我们哪一个先到，都要等另一个来了之后才开始同她谈情说爱。

“杰苏普太太有一天终于知道了我们的安排。那天晚上，我先来到了长凳那儿。晚饭刚过，杰苏普太太已经坐在那了，她新换了一套干净的粉红色衣服，那副让人爱惜的模样暗示出我们非常有可能成功。

“我在她旁边坐下，说了些这里外部的风光如何秀丽，内部的环境如何好之类的话。那晚说那种话题刚好，皓月当空，树影婆娑，夜莺与黄鹂唱歌在枝头，野兔和有翅昆虫在树丛中喧闹。山风吹过铁道旁边堆着的旧番茄罐头筒，发出了风铃似的声音。

---

① 意为危险之地。

“忽然，我的左边有了某种温热的气息——仿佛火炉旁瓦罐里的面团在发酵。原来是杰苏普太太靠近了我。

“‘唉，希克斯先生，’她说，‘在如此一个美丽的夜晚，一个孤独无依的人心里会觉得更寂寞，你说对吗?’

“我立即从长凳上站起身。

“‘对不起，夫人，’我说，‘得等培斯雷来了之后，我才能回答您的这么一个饱含深意的问题。’

“然后，我解释道，说我和培斯雷·费什是形影不离的好朋友，多年来四处漂泊，患难与共，同舟共济，从而结下了坚不可摧的友谊；当下我们的生活中遇到了棘手的缠绵事件，我们约定谁也不能因感情冲动伤害对方，或凭近水楼台抢占先机。杰苏普太太似乎把这件事考虑了一会儿，而后突然大笑了一阵，笑得树林里都有了回声。

“几分钟后，培斯雷来了，头上抹了香柠檬油，坐在杰苏普太太的另一侧，讲了一些他的辛酸的冒险经历。说到了一八九五年，经过九个月的大旱，圣利塔山谷的牛群一批批死去，他和扁脸鲁姆雷比赛剥死牛皮，以一付镶银马鞍做赌注。

“那场竞争一开始我就占了上风。我们两个人各显其能，都拿出了一套打动女人柔弱心灵的办法。培斯雷的手法是用他亲身经历的或从通俗读物上看来的惊险故事吓唬她。我看过一出莎士比亚的戏，叫《奥赛罗》，剧中有个黑人，他把赖特·哈格德、卢·多克斯塔德和帕克赫斯特博士①的话混合到一块儿来讲，用这种方法把一位公爵的女儿搞到了手。我想，他那种惊吓女人的办法一定是从这出戏中学到的。但那种追求方式离开舞台应该就不会管用了。

“现在我告诉你一个诀窍，这个诀窍可以把一个女人哄骗到愿意改姓的地步。只要学会怎么抓起她的手，紧握着不放，那她就归你了。这件事并不那么容易做。有些男人抓起女人的手时就像要给脱臼的肩膀复位那样，叫你都可以闻到山金车花酊剂的味，听到撕绷带的声响。有些人抓手像抓烧烫的马蹄铁，抓住以后却把胳膊又远远地伸出去握着，那样子又像一个药剂师在向瓶子里倒阿魏药酒。而大多数男人是在女人眼睁睁地看着的时候抓起手来，握着，并拉向怀里，就像小孩在草丛中拣到了一个棒球，不给她机会让她忘掉手还是在她的胳膊上长着

① 赖特·哈格德，英国小说家，作品多以南非蛮荒为背景；帕克赫斯特，美国长老会牧师，攻击纽约腐败的市政，促使市长改选。

的。他们这些方法全都是错的。

“我来告诉你正确的吧。你见过一个人从后院轻手轻脚地溜过去，拣起一块石头，要砸向一只雄猫吗？这只猫蹲坐在篱笆上，眼睛注视着他。他假装手里没有东西，假装猫没有看见他，他也没有注意到猫。就是这个样子。千万不要在她能看见的时候握她的手。她知道你在握着她的手，但你要装成什么都没发生似的。这就是我的秘诀。而培斯雷那些由冒险和辛酸的经历构成的交响曲，就好像在给她念星期天连新泽西州欧申格罗夫①这样的小站也会停靠的列车时刻表。

“一天晚上，我比培斯雷早到了一袋烟的功夫。我的义气一时间失去了感觉，竟向杰苏普太太问起她是否觉得字母 H 不如字母 J 好写。她一听就把头低下来要想——但我没有。

“‘如果你不介意，’我站起来说，‘我们需要等培斯雷来了以后再解决这个问题。在此之前我从未做过妨碍友情的不光彩的事，而这件事就好像不那么光明正大。’

“‘希克斯先生，’杰苏普太太在黑暗中神情有点惊异地看着我说，‘要不是为着一件事情，我早就叫你滚下山谷去，永远不要再登我的门啦。’

“‘是什么事呢，夫人？我问。

“‘你是一个如此忠诚的朋友，肯定也能做一个忠诚的丈夫。’她说。

“还没过五分钟，培斯雷就来到了杰苏普太太的旁边。

“‘一八九八的夏天，’他开始说，‘我在银城的蓝光酒店遇见一个叫吉姆·巴塞洛缪的人把一个中国人的耳朵咬掉了，就为着一件横条平纹布衬衫——那是什么声音?’

“我和杰苏普太太做起了我们刚才罢手的事。

“‘杰苏普太太已经答应了要改姓希克斯了，’我说。‘她这只不过是再次证实一下而已。’

“培斯雷两脚钩住长凳腿叹起气来。

“‘勒姆，’他说，‘我们已经有七年的交情了。你跟杰苏普太太不要吻得这么大声好吗？以后我也保证一个样子。’‘好吧，’我说，‘可以不这么响。’

“‘这个中国人，’培斯雷接着讲他的小故事，‘在一八九七年春天开枪打死了一个叫马林斯的人，而——’

---

① 欧申格罗夫，新泽西州海滨小镇，当时人口只有三千左右。

“培斯雷又停止了自己的讲述。

“‘勒姆，’他说，‘你要是真够朋友，就不该用这么大的劲儿搂杰苏普太太。刚才我觉得长凳被弄得直摇晃。你曾有言在先的，只要还有一线希望，我们的机会就是均等的。’

“‘你这家伙，’杰苏普太太转过身去冲着培斯雷说，‘二十五年后，如果你适逢了我和希克斯先生的银婚庆典，你这个南瓜脑壳难道还会认为你有一线希望吗？我之所以这么一忍再忍，就是看在你和希克斯先生有交情的分上。不过我看现在时候到了，你该死了这条心下山去吧。’

“‘杰苏普太太，’我说，并未放弃以未婚夫自居的权利，‘培斯雷先生是我的朋友，只要还有一线希望，我们就是公平竞争，机会均等。’

“‘一线希望！’她说，‘他可以认为他有一线希望；有了今天晚上近在身边的事，但愿他别再那么顽固了。’

“一个月后，我和杰苏普太太在洛斯比尼奥斯的卫理公会教堂结了婚：全镇的人都来参加了结婚典礼。

“我们并排在前面站好，牧师随即惯例开始按规矩举行仪式。这时，我四下一望，没有见到培斯雷。我请牧师稍等一下。培斯雷还没来呢。我说。我们一定要等培斯雷。交朋友就要坚持到底——我泰勒马科斯·希克斯就是这样的人。我说。杰苏普太太眼睛瞪得冒火；但牧师听了我的话，也就没有马上诵读经文。

“几分钟后，培斯雷飞快地赶了回来，手里还在扣一只硬袖口。他解释说，镇上唯一的一个服装店关了门，他买不到他爱穿的上过浆的衬衣，只好砸开店铺的后窗自己取了一件。接着他站到新娘的另一边，婚礼继续进行。我一直在想，看来培斯雷的确还在抱着最后一线希望，眼巴巴地等着牧师出差错，好叫他与寡妇成为夫妇。

“仪式过后，我们喝茶，吃羚羊肉干和杏罐头。而后参加婚礼的居民纷纷离开。最后同我握手道别的是培斯雷，他说我对他很公平，光明坦诚，他为有我这个朋友而荣幸。

“牧师在街边有一所用于出租的小屋；他给我和希克斯太太用到第二天上午十点四十分，然后我们坐火车去埃尔帕索蜜月旅行。牧师太太用蜀葵和野葛把整个屋子装饰得漂漂亮亮，看上去又清凉又喜庆。

“那天晚上十点钟左右，我坐在屋前门口，把靴子脱掉透透气，希克斯太太

则在屋里忙着收拾。没多久，屋里的灯熄了；我又坐了一会儿，回想着过去的经历。只听希克斯太太呼唤道：‘你不进来吗，勒姆?’

“‘来啦，来啦!’我就如梦初醒似的答道。‘我是在等老培斯雷——’

“我还没说完，泰勒马科斯·希克斯最后结束道，‘就觉得好像有人用四五口径手枪打掉了我的左耳。后来才得知那只是希克斯太太用扫把打了我一下。’”

寻找巧遇的人

这个故事是经不起推敲的，如果你要推的话。你先得看看存在的理由。花不了多少时间，就像酝酿一篇短文花不了多少时间一样。我们要涉及的问题是：你会遇见什么？

幸运、机遇、碰巧是词典里的3个同义词。有学问的人知道三者的含义仍然有别。幸运指你所得的结果好，要想幸运你得去碰巧，在你去碰巧的时候就有预测不到的机遇等着你。幸运有副美丽动人的面孔，碰巧需要你有胆量和勇气，而机遇这位美人长得完美无瑕。正因为她是梦中仙子，形象缥缈不清，你也就无法挑剔。这就好像吃早饭时，我们嚼着面包，如果往茶杯里望望自己的尊容，也无可挑剔一样。

想碰巧的人在去幸运女神那里时，一路上眼睛时刻盯着路边的灌木树林、小树丛、草地。他们与冒险的人有所不同。吃到禁果是想碰巧的人的最好结果。而冒险的人最了不起的事是向人证明有能力吃到禁果。但这两种人都是在宇宙开创论里面捣蛋的。我们是有见识的。长期生活在城市里的人，让我们点着烟斗，赶走孩子和猫，坐到柳木摇椅上，在最凉爽的窗口边跳动的煤气灯下看看两个当代的人寻求机遇的这篇小故事。

“你听没听过从西部来的人的事？”你走进保厄坦俱乐部时，听见比林格在你左侧的小房间里问。

“当然听过。”约翰·雷金纳德·福斯特应付了一句，起身往外走。

福斯特从衣帽间服务员那儿接过草帽（不等这篇小说出版草帽会流行，然后也许刚流行过又不太流行），然后一阵风似的走了出去。这类碰壁的事比林格早已司空见惯，并不在意。福斯特正有了兴趣，哪儿也待不住。一个人假如对心中的事要有把握，就得有旁人证实他的想法，有旁人懂得他的心情。

福斯特的兴趣在于寻找机会。他生来爱碰巧。然而习俗、出身、成规和曼哈顿人的狭窄眼光使他不能如愿。他到过所有大马路，也到过很多应该有些生活的新发现的次要街道，但没有一条使他满意。它的原因是每条街有什么，从街头到街尾他都知道。凭着经验和推理他几乎能准确说出一条小路走到尽头会是什么样子。他那个范围的音乐是按生活的基调而定调的，他认为变来变去还是单调得腻味。他并不知道，世界是个圆球，但是一个圆总在同一平面上，世界的真正乐趣在于准确的预见。

出了保厄坦后福斯特信步走着，既没看到了什么地方，也没想要去哪里。如果能走得辨不清方向他反倒高兴，但他决不会。于纽约的市区和城郊，奇迹和幸运是受人使唤的，但机遇不同。它像一位坐在轿子里的蒙着面纱的东方女性，还有一帮随行人员护驾。任你踏遍东西南北、大街小巷，你都看不见她的真面目。

逛了一小时。福斯特来到了一条平坦的大马路的一个路口，马路对过有一家漂亮的琵式饭店，里面灯光柔和又明亮。他隔着马路看着泄了气。泄气是因为他明白现在非吃饭不可，但在这家饭店吃饭不是什么巧遇。这家店是他常光顾的一家饭店，服务人员说话不大声，动作迅速，饭菜讲究，他不大乐意在这种“死水一潭”的地方吃一顿，满足口腹之欲。甚至这里的音乐也是反复奏一个调。

他决心往闹市区再走走，到一家便宜甚至没有名目的餐馆吃饭，那种地方有世界各国来的各种各样的厨师，施展各国的手艺，满足各种口味的美国人的要求。也许不寻常的地方有不寻常的事。他可能会遇到没有谓语的主语，没有尽头的路，没有答案的问题，没有结果的原因，大洋里的湾流。他没穿晚礼服，穿了套普通黑色西服，不成问题。哪怕进服务员穿着衬衫端饭菜的地方都行。

越是到便宜饭店吃饭，你花的钱越多，所以约翰·雷金纳德·福斯特开始搜索身上带的钱。找遍了全身大大小小 13 个口袋，没发现一分一文。在奥恩赛兹信托公司的存折里，他的存款为 5 位数，但是……

福斯特发现左手边站了个人，在看着他暗暗发笑。他约莫 30 岁了。像个正路人，一身衣着整洁，似乎站立着在等电车。但这条路是没有电车的。所以，福斯特看他靠得这样近，又盯着他看，觉得这人爱管闲事。不过他自己就爱求意外，不但没有生气，反而对着那暗暗发笑的人不以为然地一笑。

“都找了吗?”陌生人问道，又靠近了些。

“大概是。”福斯特答道，“我原来想还有一元钱放在……”

“嗯，你不用说了。”那人说着笑出了声，“不会有钱。刚才在拐角的地方我也把身上搜遍了，在背心的上口袋找到了两分钱，也不知是如何放到那地方的。两分钱一餐的饭你能吃到什么！”

“你还没吃东西吗？”福斯特问。

“还没有，吃倒是想吃。我告诉你一个方法吧，看来你可能接受。你穿得很干净，体面。不是自夸，我觉得我的衣服在领班服务员眼里也看得过去。我们不妨到那家店去一道吃，点起菜来就像是百万富翁，或是像想偶尔大吃一顿的正派小康人。吃过以后，我们就拿我的两个一分的钱币赌输赢，决定谁该看看这家店的颜色和厉害。我姓艾夫斯。我看我们俩的日子原本过得差不多，不过我的钱已长上翅膀飞了。”

“就听你的吧。”福斯特高兴地说。

这样做要靠碰巧，至少是在机遇的未知范围内碰巧。比起闷着吃一餐客饭强。

两人马上坐在饭店餐厅里的一个偏僻的角落。艾夫斯笑呵呵拿出一个钱币放到桌上，对福斯特说：“赌赌看我们谁来点菜。”

福斯特输了。

艾夫斯边笑边开始点喝的、吃的。他不缺乏点菜的天才，从容不迫，专心致志，考虑周详，福斯特听到暗暗称赞。

艾夫斯在吃牡蛎时说道：“我这人素来就爱寻找巧遇。可是我并不像一般碰运气的人，要得点做梦都想要的东西。也不像赌棍那样，知道或者是赌赢，要不就赌输。我碰运气是想遇到有意想不到的结果的事。我觉得生活的气息就在于敢面对命运最盲目的作为。这世道变得太过于循规蹈矩，现在几乎无论你信步走到哪条羊肠小道，都会有块牌来告诉你，这条路上会有什么。我像公文旅行局的办事员那样，对来问讯的人个个没有好话。他会对同事发几句牢骚说：‘他想知道个明白！哼，我不想知道，不想分析，不想猜测，只听天由命。’”

“我理解。”福斯特兴奋地说。“我常不知道怎样表达自己的想法。你这番话说得很好。我就爱碰碰运气。下道菜我们再来瓶法国莫色尔葡萄酒如何？”

“行啊！”艾夫斯说，“我想的正好与你一样。再来一瓶，谁输了这家店更让他有得看！如果你愿听，我把刚才的话题再继续吧。我难得遇上一个单纯想碰巧的人，那就是一个在出发前不向命运索要时间表和地图的人。但现在的世道是文明越来越发达，人变得越来越聪明，不能预料结果的事也就越来越难寻。在伊丽莎白的时代，你干掉了守夜的，扭坏了门环，闹起纠纷顺手给人一刀，你都可以逃之夭夭。现在呢，如果你对警察说话不恭敬，那你就等着瞧吧，你只能猜测他会把你送到哪个警察局。"

"我知道，我知道。"福斯特说。点头同意。

艾夫斯又说道："我在全世界周游了3年，昨天回到纽约。国外和国内一样，情况好不了多少。整个世界似乎都是结论的天地。我感兴趣的只有前提。我在非洲打过野兽。数码以外快枪的效果我是知道的。当一头大象或是一头犀牛中弹倒下时，我的心情只与上学时留校，在黑板上算出了一道多位数除法时一样。"

"我知道，我知道。"福斯特说。

艾夫斯想了想又说："飞机也许还值得坐一坐。气球我坐过了，没意思，只不过是闷在舱里让风吹着跑。"

"女人呢?"福斯特笑着问道。

艾夫斯说："3个月前，我在君士坦丁堡的一个市场上游荡。我遇上一个女人。当然是戴着面纱，但一双眼睛还能见到，很漂亮。她站在一个摊上看玛瑙和珍珠。身边还有个仆人，是大个子努比亚人，黑得像煤炭一样。过了一会，那仆人慢慢走近我。在我手里塞了一张纸条。到了个方便地方，我打开看，见上面用铅笔草草写了几个字：'今夜9点夜莺花园拱形门下见。'福斯特先生，你觉得这是个有趣的前提吗?"

"你继续说。"福斯特催促说。

"我问后才知道夜莺花园是一个当大臣之类高官的土耳其贵人的家产。我找到了那座拱形门，到那里时整9点。门准时开了，开门的就是那个努比亚仆人。我走进门，见到一座喷泉边的椅上坐着那位戴面纱的女人。我们交谈了很久。她叫默特尔·汤普森，记者。在为一家芝加哥报纸写有关土耳其闺房的文章。她说在市场上她发现我的衣服是纽约式样，希望我为君士坦丁堡的报纸写篇介绍纽约服式的报道。"

"我明白，我明白。"福斯特说。

艾夫斯说："我在加拿大划独木舟经过许多激流和瀑布，可是也很失望，因为知道无非会出现两种可能的后果：或者是翻身沉到水底，或是到达平地。我玩过各种纸牌，然而数学家把各种百分比都推算出来，游戏便不成其为游戏。我在火车上交过朋友，应征过广告。按过陌生人家的铃，没放过任何一次出现的机会，但这一切的结局都很平常，都是前提所决定的必然后果。"

"我知道。"福斯特又说，"我也有过同样的体验。但我很少有尝试机遇的机遇。纽约的生活中不存在不可预见的事情，数这地方最糟，是吗？你以为结局不可逆料的事似乎多如牛毛，但一千件里难得有一件出现你意想不到的结局。我不晓得地铁里和电车里如何。”

艾夫斯说：“太阳出来，天方夜谭的故事说不下去。回教国王再没有。渔夫的瓶变成了真空瓶，能把妖怪在滚水里闷着或者冻成冰，48 小时里温度不会有变化。如今的生活循规蹈矩。科学扼杀了偶然性。哥伦布和第一个吃牡蛎的人的那种机遇再也没有。唯一可以肯定的一点是没有了不可肯定的事。”

福斯特说：“我的经历仅仅局限在城市中。我没有像你一样周游过世界，但看来我们的见解一样。老实说吧。我们打的这个小小的赌甚至还值得庆幸，因为结果纯属偶合。至少，账单拿来时会紧张片刻。也许，既没有小袋也无钱包的香客生活还多乐趣，那些圆桌武士出门有随从，钢盔的衬里中有亚瑟王的保付支票，还不及香客。现在你喝完了咖啡，我们拿出你的零钱出来赌赌，看命运会跟谁过不去。钱的哪一面在上？”

“人头。”艾夫斯说。

“是人头在上。”福斯特拿开手说道，“我输了。我们忘了想个让赢家脱身的方法。我看这样吧：服务员来时你说给朋友打个电话，我拿着账单故意拖时间，让你戴上帽子出了店门就可以了。谢谢你陪我过了这不平常的一夜，艾夫斯先生。希望以后我们还有这种事情。”

艾夫斯笑着道：“如果我没记错的话，最近的警察局是在麦克杜格尔街。你放心吧，我已经酒足饭饱了。”

福斯特用手指打了个手势叫服务员过来，一位叫维克托的服务员脚上像揩了油一样，快步走到桌边，将一张卡片背面朝上放在输家的杯子边。福斯特拿起卡片，故意慢吞吞算着加法。艾夫斯懒洋洋地往椅上一靠。

“你这是怎么了？”福斯特说，“星期四晚上看戏，我以为你会先给格兰姆斯打个电话。难道你忘了？”

“没忘，电话可以等一会再打呀。”艾夫斯说，在椅上坐得更加稳当了，“服务员，请给我一杯水。”

“你是在等着看热闹吗？”福斯特问。

“希望你不要反对。”艾夫斯并不隐瞒，“堂堂的正人君子跑到饭店里混餐饭吃让警察抓起来的事我这辈子还没见过。”

“好吧。”福斯特不慌不忙地说，“你吃饱喝足了等着看老实的基督徒怎么殉难吧。”

维克托端来杯水后站着没有动。不讲情面的收款人都一样，钱不到手不走。

福斯特迟疑了 15 秒钟后，从口袋里掏出铅笔，在账单上写下了自己的名字。服务员一鞠躬，拿走了。

福斯特略显尴尬地笑着说：“其实呢，我是像人家说的，想闹着玩玩，也就是想寻开心。我得告诉你底细。每星期我都来这家店吃两三次饭，已经吃了一年多。每次我只在账单上签字就可以。”接着他心怀感激地说，“你明知道我没有钱，你自己难免跟着倒霉，可是你陪着我没有离开，这很不简单。”

艾夫斯咧开嘴笑着说：“看来我也只好说出底细。我是这家店的主人呀。当然我不管经营，但在三楼我留着一套房间，每次溜达到纽约时就住在这里面。”

他叫来一位服务员，说：“吉尔摩先生还当班吗？那好，你去告诉他，艾夫斯先生来了，请他将我的房间整理好，通通风。”

“这真是偶然中的必然啊。”福斯特说，“难道说哑谜到时还会不揭底吗？不过刚才的话题我们再谈一会，可以吗？我发现生活中有所不足，难得遇上一个人能够理解我的发现。我已经订了婚，从今天算起还有一个月就结婚了。”

“你的这事我不想谈什么见解。”艾夫斯说。

“那行，这件事我还有话想说。我一心一意爱着这女人，但是拿不定主意时该上教堂举行婚礼好，还是悄悄地去阿拉斯加州好。这事与我们刚才谈的话题一样，就是说一个人会遇上什么可能性。夫妻生活人人都知道：吃过早饭，太太给你一个吻，满嘴是锡兰茶味；然后你去办公室；下班回家，换衣服吃饭；一星期去两次剧院；付各种开销；大多数夜晚是无话找话说；有时拌拌嘴，也许还会吵得凶；两人分手；要不就相安无事一直到中年，其实这才是最糟的。”

“我知道了。”艾夫斯说，赞同地点头。

福斯特又说道：“使我迟疑不决的正是这件事已确定无疑了。以后再也别想出现什么变化了。”

“上教堂以后就不会有，这我知道。”艾夫斯说。

“你别忘了我对这女人的感情是没有怀疑的。可以说，我真心地、深深地爱她。可是在我的内心深处却存在一种对可算计出的事物的极度的反感。我不知道我想要什么，但知道我的确想要。恐怕我现在是在说傻话，但是肯定说的是正经话。”

艾夫斯慢慢一笑，说：“我理解你。现在我要回房去了。福斯特先生。欢迎你过几天晚上再来这里跟我一起吃饭。”

“星期四行吗?”福斯特说出了日期。

“方便的话就在7点吧。”艾夫斯答道。

“那就7点吧。”福斯特表示赞同。

8点半，艾夫斯坐上了一辆马车，到了西城。马车停在70号门前，就是他要找的70号。他递上一张名片，被带到一栋老式房子的客厅，这地方是命运、机遇、碰巧都没胆量进的。在客厅的墙上有惠斯勒的雕刻，无名氏的钢刀雕刻，格乐兹的头像，画着葡萄和蔬菜水果的静物画，那撒在桌上的西瓜子画得跟真的一般。这是一户普通的人家。甚至有铜壁炉柴架。桌上放着一本簿子，一半蒙着摩洛哥山羊皮，封面的四角上镶着银护角，银已经氧化。壁炉上方的架子上摆着架钟，滴答滴答地响，时针指着9点差5分。艾夫斯看着钟心里觉得很奇怪，因为记得在他奶奶家里，也看见架钟指着9点差5分。

这时楼上走下一个人，叫作玛丽·马斯登，年24岁，仪态我想让你自己去想象。但是她的特点我告诉你：年轻、健康、朴实，有勇气，有一双淡蓝色的漂亮眼睛。她像老朋友般向艾夫斯伸出一只热情的手。

“每3年左右能请你光临一次真是太令人兴奋了。”她说。

两人说了半小时。不瞒你说，他们的话我不便复述，自己在巡回图书摊的书里去找吧。那些我不复述的话谈完后，玛丽问:

“你在国外达到了预期的目标吗?”

“什么目的?”艾夫斯反问。

“你忘了。你说过你一直爱追求新奇的东西。连小时候玩石弹子、棒球和别的什么，你都不肯守老规矩。你爱跳进水里，就因为你想要知道水有10英寸深还是10英尺深。长大以后你仍然这样。我们经常谈起你的古怪行为。”

“我恐怕本性难移。”艾夫斯说，“我是反对宿命论的，比例法，万有引力论，税收，以及一切诸如此类的事。我总是认为，生活像连载小说，每登一篇都会有后篇的内容提要。”

玛丽哈哈大笑起来。

“鲍勃·艾姆斯有次向我们说过一件你的怪事。你和他在南方同乘一列火车，你在一个你没想要下车的站下了车，不为别的，就因为列车员在车尾挂出了一块牌，牌上写着下一个站的站名。”

“我还记得。”艾夫斯说，“那‘下一个站’正是我一贯忌讳的事情。”

“我知道。”玛丽说，“你这人傻得可以。你外出这么 3 年，想找的东西该不是没找见吧？该没在什么名堂也没有的地方下火车吧？你遇上的事不会都是你预料中的事吧？”

“在我出去之前我就想得到一样东西。”艾夫斯说。

玛丽睁大眼盯着他，微微露出动人的微笑。

“是这样的。”她说，“你想得到我。你自己很明白，本来你早就能得到我。”

艾夫斯没有回答，慢慢打量着整个客厅。3 年前他曾来过一次，与上次来相比，没有任何变化。他清楚地记得当时他脑子里的想法。客厅里摆设依然如旧，好似山永远不会移动。除了时间和衰败不可避免地留下的痕迹，没有任何不同。镶银的簿子放在桌子上的同一个角落里，画仍然挂在墙上，每天早中晚一家人相聚时椅子摆的位置也没变。那些铜器与铁器是为秩序和稳定建的纪念碑。100 多年前的古董这一件，那一件，现在是完好的纪念品，许多年以后也会一样。每一个离开又重返这所房子的人永远用不着预测或怀疑，他再看到的一切还是走时的一切，再走后的一切又会是看到的一切。无论是谁敲大门，机遇这位带着面纱的贵妇是不会动手开门的。

他面前坐的小姐是客厅之内见到的人。她美丽动人，也会保持不变，是不会叫你见了吃一惊的。谁如果一辈子守着她，尽管她头发会发白，皮肤会起皱，他也不会觉得这是变化。艾夫斯离开她已经 3 年，她仍在等他，就像这所房子一样守恒、如一。他很明白，她曾经对他产生过好感。正因为知道她的好感不会变，他才离开了她。他的想法就是这个样。

“我不久将结婚。”玛丽说。

在第二个星期的星期四下午，福斯特匆匆赶到艾夫斯的饭店。

“老兄，”他说，“那顿饭我们一年左右后再吃吧，我马上要出国。船 4 点起航。上次我们夜里谈论的话很有意义，使我下了决心。我要去周游世界，摆脱压在我身上的重负，就是一切都在意料之中的枯燥感。只有一件事使我感情上有些过不去了，不过我认为这样做对我们双方都再好不过。我已经写信给我的未婚妻，向她作了清楚的解释，坦率地告诉了我要走的原因，婚后的生活千篇一律，我受不了。你认为我做得对吗？”

“这我就不宜说了。”艾夫斯答道，“你就去打大象吧，如果你认为这能带来生活的机遇。这类事情我们都要自己判断。然而，有一件事我想告诉你，福斯特：我已经有收获。我发现了世界上最大的偶然事，一场没结局的靠运气的游戏，一种既可以使你上九天也可以使你下深渊的机缘。它一直让你捉摸不定，除非泥土落到了你的棺材上。因为他一辈子也不会知道结局，不到断气那天决不会，到死才知道。它像大海航行没有舵，没有指南针，你必须又当船长又当水手又当瞭望，日日夜夜自己干，没有人换你。我找到了真正的巧合。福斯特，你走了就用不着挂心玛丽·马斯登。昨天中午我与她结了婚。”

托尼娅的红玫瑰

国际铁路公司的一座小木桥被烧毁了，从圣安东尼奥来的往南的车得停开48小时，托尼亚·威弗过复活节戴的帽子正好在那列车上。

墨西哥人埃斯皮里申原来特地赶着马车从埃斯皮诺萨牧场远行40英里到诺珀尔的小车站拿帽子，可是回来一耸肩，手里只有根香烟。他听说车停开了，事先又没人说过叫他等，于是赶着马车回了牧场。

谁要是以为只有五马路上从教堂出来的人才把复活节当一回事，而在得克萨斯州的卡克特斯礼拜堂里对春之神忠心耿耿的一群群信民便相形见绌，那就错了。弗里奥河一带牧场上的太太小姐与其他地方的一样，到复活节一个个穿戴得花团锦簇，西南部在这一天变成了霸王树林，巴黎，乐园。耶稣受难节已经来临，但由于烧焦了托尼娅·威弗过复活节戴的帽子还在开不动的火车厢里见不了天日。星期六中午好多人会到埃斯皮诺萨邀托尼亚，有休斯特林牧场罗杰斯家的姑娘，由安乔欧牧场的埃拉·里夫斯，格林瓦利牧场的贝内特太太和艾达。这一群小姐太太们全把衣服帽子精心地包好，不让沾半点灰，快活坐着马车又到10英里路外的卡克特斯。第二天上午在那里她们打扮得漂漂亮亮，来纪念复活节，也让男人们倾倒，野地里的百合花看着都眼红。

托尼娅坐在家门口的台阶上发愁，在用马鞭抽打着一丛牧豆树的卷须。她不管三七二十一，把嘴巴噘得很高，让人一看就知道她有不顺心的倒霉事。

“铁路真是可恨。”她咒骂着，“男人也是一样。铁路是男人管着的。好好的一座桥怎么会烧掉呢？艾达·贝内特的帽子边上还要镶紫罗兰。没有新帽子我不会向卡克特斯走近一步。就怪我不是男人，是男人不怕买不到帽子的。”

有两个男人听到男性受到这种诋毁沉不住气。一个叫作威尔斯·皮尔逊，是穆立卡勒养牛场的领班。另一个叫作汤普森·伯罗斯，是昆塔纳谷本领高强的牧羊人。他们都喜欢托尼娅·威弗，特别是在她埋怨铁路可恨，男人没用时。谁都心甘情愿剥下自己的皮让她做顶帽子过复活节戴，就像鸵鸟献出它的尖嘴一样，白鹭献出它的生命一样，但谁都在复活节转眼即到时没办法，解这燃眉之急。皮尔逊的脸色深褐，头发浅褐色，一副幼稚相，现在根本就解不开年轻人常遇到的一道难题。托尼娅的倒霉事让他也难过透顶。汤普森·伯罗斯老练灵活些。他原本是东部某地人，系着领带，穿着鞋，在女人面前不至于弄得没话说。

“最近这一场雨把桑迪湾灌满了水。”皮尔逊说，他根本就没想要刺痛谁。

“哟，当真?”托尼娅不高兴地说，“多谢你的关照。皮尔逊先生，可能你一点也没把新帽子当一回事。你只当女人也跟你一样，一顶斯特森老货戴上5年都不用换。你们水湾里的水要是救得了桥上的火，那还值得说说。”

伯罗斯把皮尔逊的命运当做前车之鉴，说道：“威弗小姐，你的帽子没拿到我觉得非常可惜，非常可惜，真的。就不知我能不能……”

“不用费心!”托尼娅带着几分挖苦的语气打断他的话，“要是有什么办法你不早就去办了？已经不行了。”

托尼娅说到这里停住，眼里突然闪出希望的光芒，皱起的眉头舒展开。她有了主意。

“努埃西斯河的隆埃尔姆渡口有家卖帽子的商店，伊娃·罗杰斯的帽子就是在那地方买的，她说是刚出的样子。有可能还没卖完。但是去隆埃尔姆有28英里。”

两个男人连忙站起来，踢马刺叮当响了一下，托尼娅几乎笑开了。这两位男子汉还没有完全变成两个废物，踢马刺上的齿轮也没生锈。

托尼娅望着蔚蓝色天空中飘过的一朵白云，想了想说：“几个朋友明天路过这里会来叫我，去隆埃尔姆路很远，谁都赶不回。所以我看这个星期天过复活节我还是留在家里吧。”

说完她笑了。

皮尔逊单纯得像睡熟了的娃娃，伸手拿帽子，说：“哦，托尼娅小姐，我现在必须回穆立卡勒去。明天早上第一件事是德赖布朗奇的牛要分群，我必须骑着千里快到场不可。你的帽子没按时到真可惜。说不定他们会及时抢修的，赶上过复活节。”

“托尼娅小姐，我也必须走了。”伯罗斯看了看表说，“哟，快到5点了！我得去羊棚赶快帮着把疯癫的母羊关起来。”

两位追求托尼娅的人似乎都感到事不宜迟。他们向她行告别礼之后，按照西南部人的庄重而复杂的方式互相握手。

“皮尔逊先生，希望很快又能见到你。”伯罗斯说。

“我也是。”养牛场的人说，脸上的神态严肃，好像是送朋友去远洋捕鲸，“欢迎你来穆立卡勒，如果什么时候你顺路的话。”

皮尔逊骑着弗里奥河最好的牧马千里快，让马跳了几跳。这马每当主人骑上以后都要跳上几跳，即使赶一天后劳累了也不例外。

“托尼娅小姐，你从圣安通买的是一顶什么样子的帽？想起那顶帽我不能不感到惋惜。”

“草帽。”托尼亚说，“当然是最新式样的，还有红玫瑰边。我最喜爱红玫瑰。”

“红色与你的皮肤和头发最相配了。”伯罗斯奉承说。

“这是我的喜爱。”托尼娅说，“在所有的花里我最爱红玫瑰了。粉红的、蓝色的我不要。可是想有什么用处呢？桥烧了，你什么都完了。这个复活节我会过得一点味道都没有！”

皮尔逊取下帽子，骑着千里快飞奔进了埃斯皮诺萨牧场东面的荆棘林中。

当皮尔逊的马镫沙沙擦着树枝的时候，伯罗斯的长腿栗色马也往西南面草地上的一条小路快步而去了。

托尼娅挂起马鞭，进了客厅。

“孩子，你的帽子没拿到吧，真是太不凑巧。”

托尼娅的妈妈说。

“唉，妈妈，您别着急。没关系，明天我会有新帽子。”托尼娅有把握地说。

伯罗斯走到草地尽头之后，掉转马头，往右穿过一片沼泽地，沼泽地中有一条河流，已经干涸，河床已经坎坷不平。然后上了一座山，山上有许多碎石，又有矮树。马吃力地走着，爬上山顶后看见一片平地，有草，还有嫩绿的牧豆树，春天里长得很茂盛，这才轻松下来，喷了声鼻息。伯罗斯逢岔路就往右走，没过多久，就上了沿努埃西斯河一条印第安人走的往南的路。这条路直通东南方向的隆埃尔姆，要走 28 英里呢。

伯罗斯开始催马一路大步慢跑。就在他坐稳马鞍准备长途劳顿的时候，没想到听见有马蹄声和树枝擦过木马镫的沙沙声，印第安人叫唤的声音，紧接着威尔斯·皮尔逊从路右边的矮树丛中钻了出来，他就像见到复活节吃的深绿色蛋里钻出只毛茸茸的小鸡一样意外。

除了在女人面前胆怯外，皮尔逊心里从不知道什么叫害怕。见了托尼娅，他的声音轻柔得像夏天芦苇窝里的牛蛙一样。现在不同，他兴致上来只要高喊一声，一英里路外的野兔都得竖起耳朵，敏感的植物得战战兢兢卷起叶片。

“羊棚被搬走了，离房子很远吧，朋友?”等栗色马赶到千里快身边，皮尔逊问道。

“28 英里。”伯罗斯耷拉着脸说道。皮尔逊大笑起来，使半英里外河岸边榆树上的猫头鹰早醒了一个小时。

“你不会在乎，羊倌。我这人做事正大光明。我们俩也是发了疯，跑到这片没人烟的地方就为买顶帽子。伯罗斯，你得守住你的阵势。我们可是同时出发的，谁买到了帽子谁在埃斯皮诺萨占上风。”

“你的马好。”伯罗斯说着瞟了一眼千里快圆鼓鼓的马肚和上粗下细的、像发动机的活塞杆一样动得有规律的马腿，“当然要比本领了，但骑起马来你占便宜，不该现在就这样大喊大叫的。我们先一道走，等快到家再比比，怎么样?”

“我就陪着你吧，我看你也是个有头脑的人。”皮尔逊表示了赞同，“如果隆埃尔姆有帽子，明天托尼娅小姐不怕戴不上，但她戴上帽子时你还赶不到了。伯罗斯，不是我吹牛，只怪你的马前腿没有力气。”

“输了我的马就送给你。”伯罗斯说，“明天托尼娅小姐一定会戴上我的帽子去卡克特斯。”

“我就跟你赌吧。”皮尔逊大声说道，“不过，哼，人家要说我抢你的马勒!我就拿你的栗色马给女人骑，等到……等到有谁到穆立卡勒来的时候，就……”

突然伯罗斯的黑脸一沉，养牛人的话说到半截便停住了。但是，没一件不痛快的事在皮尔逊心里搁得长久。

“伯罗斯，复活节这么忙是为了什么?”皮尔逊又乐呵呵问，“她们女人怎么要看历书和买帽子，怎么跑断马腿也要把帽子弄到手呢?”

“这是根据《圣经》定下来的规矩。”伯罗斯解释说，“是罗马教皇或什么人的命令，还跟黄道带有关。我说不清楚，但我觉得是埃及人的发明。”

“即使是异教徒编出来的，高兴一番没有关系，要不然托尼娅不会理睬这个节日。大家在教堂里也要热闹一番。”皮尔逊说，“伯罗斯，要是隆埃尔姆只剩下一顶帽子要怎么办呢?”

“那我们谁强谁就拿到埃斯皮诺萨去。”伯罗斯毫不示弱地说。

“行，朋友!”皮尔逊说，他把帽子高高抛起又接住，“以前牧羊场还没见过你这样的好汉。你说得干脆。如果帽子不止一顶呢?”

伯罗斯说："我们自己挑自己的，看谁先赶回去。"

"我们两人简直是心意相通。"皮尔逊望着天上的星说，"你和我想的一样。"

午夜刚过一会，两匹马就跑到了隆埃尔姆。这个 50 来户人家的大村庄家家灭了灯。全村只有一条正路了，那座木头房的大商店关了门，关闭了百叶窗。

两人很快系好马。皮尔逊兴冲冲敲着门，叫店主萨顿快开。

一根长猎枪从结实的百叶窗窗缝中伸出来，紧接着听到一声喝问。

"我们两个是穆立卡勒的威尔斯·皮尔逊和格林谷的伯罗斯，到你店里买东西。半夜吵醒你。对不起。我们是有急事。汤米大叔你快开门吧，快点！"来人答道。

汤米大叔动作很缓慢，但总算点着煤油灯，站到柜台前。两人告诉了他想买什么。

"复活节的帽子吗？"汤米大叔说，仍然睡意蒙眬。"嗯，对，我记得还剩下两顶了。今年春天我只进了 12 顶。我给你们看吧。"

半睡半醒的汤米·萨顿大叔做起买卖来。柜台下两个落满灰的纸盒里放着两顶春天没有卖完的帽子。现在是星期六的清晨，他的商业良心还正糊涂呢！这两顶帽子是两年前春天进的货，女人一眼能看出好坏，但两位牛倌和羊倌不懂行，还以为是当年 4 月里出的新货呢。

两顶都是所谓的"车轮式"，用硬麦秆编成的，红色，帽边是平的形状一模一样，还有一圈扎的白玫瑰花。

"汤米大叔，你就只有这两顶吗？"皮尔逊问。

"两顶就两顶。伯罗斯，没有挑的了，你先拿一顶吧。"

"这是最新式的。"汤米大叔当面说谎，"你现在如果到纽约，在五马路上能看到。"

汤米大叔把两顶帽分开包扎好了，各用了两码深色花布。皮尔逊将一顶小心地系在牛皮鞍带上，另一顶让千里快驮着。两人向汤米大叔大声道谢后，又摸黑往回赶。

两位骑手各显其能骑马。在往回走的路上他们放慢了速度，没说什么话，但都不失为朋友间的话。伯罗斯右肩斜背着一根长猎枪，皮尔逊把一支六发手枪挂在腰上。弗里奥河一带男人骑马都会带枪。

早上 7 点半他们登上一座山的山顶，看见了埃斯皮诺萨牧场，只是 5 英里外橡树丛中的一个白点。

一见到埃斯皮诺萨牧场，皮尔逊在马鞍上挺直了身子。他知道千里快的厉害。栗色马冒着汗，脚步不稳，千里快却一直像机器一样不知疲倦。

皮尔逊转身对羊倌笑起来，手一挥，大声说："再见了，伯罗斯。现在要比胜负。看谁先到家了。"

他把马肚一夹，马头对着埃斯皮诺萨牧场的方向。千里快奔跑起来，昂头，喷着鼻息，好像是刚在牧场上闲了一个月一样。

才跑出 20 码，皮尔逊清楚地听到猎枪拉枪栓上子弹的声音。没等枪响，他伏到马背上。

可能伯罗斯的本意是只打伤马。他枪法好，能伤马不伤人。但皮尔逊身子一伏，子弹穿过他的肩，又穿过千里快的脖子。马倒了地，牛仔的头也撞到了坚硬的地上，人和马都没动弹。

伯罗斯一路马不停蹄。

过了两个小时，皮尔逊睁开眼睛，清醒过来了。他吃力地站起身，摇晃走到千里快躺着的地方。

千里快仍躺着，但似乎没感觉到痛。皮尔逊仔细看了看，发现子弹只擦破了皮。马当时倒了下去，其实伤得并不重。它是累了，躺着。压着托尼娅小姐的帽子，在吃路边垂下的牧豆树枝条上的叶。

皮尔逊叫马站起来。复活节戴的帽子从马鞍带上掉了下来，虽然还是用花布包着，可是让千里快已压得不成样子。这时皮尔逊又昏过去，一头又栽到了帽子上，受伤的肩正压着帽子，全压扁了。

夺去牛仔的生命不容易。半小时后，他醒过来。如果是女人，这段时间会昏迷两次的话，救醒得用冰块。他吃力地站了起来，找到千里快，这时马正在附近吃着草。他把倒霉的帽子又系到马鞍上，试了一次又一次才骑上了马。

中午，埃斯皮诺萨牧场的房子前等着一帮高高兴兴、喜气洋洋的人。罗杰斯家的姑娘坐在新四轮马车里面，另外还有安乔欧牧场的，格林谷牧场的，大多都是女人。虽然还在冷清清的草原，她们个个都把复活节的新帽子戴上，因为她们为即将举行的庆典增添光彩的心切。

托尼娅站在门口，忍不住两行热泪。她手里拿着伯罗斯从隆埃尔姆买来的帽子，流泪是因为帽上有她厌恶的白玫瑰。朋友们正兴冲冲，对她说，车轮帽可是 3 年前的旧货，再无人问津，戴不得。

"把你的旧帽子戴上吧，托尼娅。"她们给她出主意说。

“过复活节戴？我死也不戴。”她答道，又哭起来。

那些幸运儿的帽子蜷曲成最新的式样，不枉对春天。

突然一个人骑着马从树丛中闯进这些人中，勒住马，一副倦态，路边的石头和草叶把他一身挂得五劳七伤。

“哟，皮尔逊，看这模样你是不是刚制服了一匹野马?”达迪·威弗问，“你马鞍上挂着的是什么？是闭着眼买来的东西呀?”

“得啦，托尼娅，你要去就走吧。”贝蒂·罗杰斯说，“我们不能再等了。马车里给你留了座位。没新帽子戴也可以。你的薄棉布衣很漂亮，配什么旧帽子都没关系的。”

皮尔逊慢慢把挂在马鞍上的古怪东西解下来。托尼娅看他，顿时产生了希望。皮尔逊是给人带来希望的人。解下以后，他将东西交给了她。托尼娅手指灵巧，马上解开包扎的绳子。

“办法想尽了。”皮尔逊慢慢说地，“我和千里快费尽了力，也许可以。”

“哎哟哟，正是这种式样!”托尼娅尖声叫起来，“还有红玫瑰！等等，我马上试试!”

她飞跑进屋照了镜子。接着又飞跑出来了，喜形于色，笑开了花。

“看，她还真是要红的合适啊!”姑娘们异口同声地说，“快走吧，托尼娅!”

托尼娅走到千里快旁边站着不动。

“太感谢你了，威尔斯。”她兴奋地说，“正合我意。明天你到卡克特斯来，跟我一起去教堂，好吗?”

“能来一定来。”皮尔逊说。他看她的帽子，神色异样。接着，现出丝苦笑。

托尼娅小鸟一样飞进了马车，马车向卡克特斯飞奔而去。

“皮尔逊，你怎么啦?”达迪·威弗问，“你今天脸色不正常啊。”

“我吗?”皮尔逊说，“我给花上了色。在隆埃尔姆买的玫瑰本来是白色的，达迪·威弗，你扶我下马，我再也没有颜料给花上色了。”

生活的陀螺

司法员[1]贝纳哲·威达普坐在办公室的门口，嘴里叼着他那根接骨木烟斗。下午高耸云天的坎伯兰山有着薄雾，青山成了灰蒙蒙的山。一只花斑母鸡咯咯咯叫着。

一辆车嘎吱嘎吱慢慢由远而近，扬起一股灰尘，原来是兰西比尔布罗和他老婆坐的牛车。车停在司法员的门口，夫妻俩都下了车。兰西身高有6英尺，瘦，黄头发，浅褐色皮肤。群山是万古不变的，而兰西事事沉着。他老婆穿一件花布衣，长得瘦，头发扎得紧，不知有什么不称心的事，显得无精打采。从这些看起来，她似乎不知不觉中虚度了青春。

治安员怕失了体面，连忙穿上鞋，起身请他们进来了。

"我们俩要离婚。"女的说，声音像吹过松树林的风。她看了兰西一眼，认为自己没把与两人相关的事说好，有什么差错，含糊，是在推卸责任，袒护自己，做得不够好。

"要离婚。"兰西重复，庄重地点点头，"我们在一起没法过日子了。就算没有人感情好，守在山里也闷，更别说她在家里要不就像野猫瞎叫唤，要不就像闷葫芦一样不吭声。哪个男人凭什么就要死守着她?"

"他就不说自己是没本事的害人精。"那女的开口了，并没提高嗓门嚷，"跟着帮流氓无赖，偷贩私酒的家伙鬼混着，喝了烧酒就挺尸，还招来一群饿牢里放出的下流坯子，叫你招待饭菜!"

兰西并不示弱："她动不动摔锅盖，把滚开的水往狗身上泼去。那么好的猎狗坎伯兰山里都没见过第二条！还不给人做饭菜，吵得人夜里不能睡，骂骂咧咧没完!"

"他老跟缉私酒的人作对，又在山里有了个二流子的臭名声，害得人夜里哪

[1] 英美的地方官员，兼理司法事务，乡村琐细案件，并有权颁发证书等。

还睡得着?"

司法员平静地履行起公务来。他端过独有的一把椅子和一张木凳让两个上公堂的人坐下,又翻开桌上的法令全书,先看索引。过了一段时间,他擦擦眼镜,挪了挪墨水瓶,说道:"法律与法令没有提及我有处理离婚问题的权限。但根据对等精神、宪法、《圣经》的金科玉律,有来无往不是正确的。既然司法员能批准结婚,显然也就一定可以批准离婚。本官将发给离婚书,并根据最高法院决定坚持它的效力。"

兰西·比尔布罗从裤口袋里拿出个小烟叶袋,从袋里拿出张5元的钞票放在桌上,说:"这是一张熊皮两张狐皮卖的钱。我们只有这么点。"

"本官办理离婚案的定价是5元。"司法员说道,把钞票塞进家织布做的背心的口袋里,装出若无其事的样子。他又劳力又操心,先在半张大的纸上写了一份离婚书。又在另半张抄一份。兰西·比尔布罗和老婆听他把让他们得到解脱的公文念了一遍:

为周知事,兰西·比尔布罗与妻埃里娜·比尔布罗当本官面议决,从今往后恩断情绝,互不相干。两人均清醒,身体健全。为恪夺本州治安法规,维系本州司法员正要把一份离婚书给兰西时,埃里娜却节外生枝了。两个男人看着她。男人生性是迟钝,没料这女人会突然闹出点名堂来。

"法官大人,这张纸你先不要给,事情还没有了结清楚。我有个要求。得给我生活费。男人一个钱不给就和老婆离婚了,没这么便宜的事。我要去霍格巴克山我兄弟埃德那里,总得穿双鞋,带一点鼻烟,还有别的什么的。兰西既然拿得出离婚的钱,还拿不出我的生活费?"

兰西·比尔布罗听得目瞪口呆。生活费的事原来提也没提过。女人就是这样,总要无事生非,闹出你想都想不到的事情。

司法员觉得这个问题需要依法裁决。法律对生活费问题也没提及,但这女人赤着双脚,但去霍格巴克山的路又陡又多扎脚的石头。

"埃里娜·比尔布罗,我问你,本案生活费你认为以多少为宜?"司法员打着官腔问道。

女人答:"要买鞋,还要买别的东西,加起来我看得5元。这笔钱不多,但我拿了还能到我兄弟埃德那儿。"

"这个数目不能说是不合理。"司法员道,"兰西·比尔布罗,本官令你先如数付给原告5元钱,付后再领取离婚证书。"

“我已经没钱了。”兰西着急地说，“我的钱全都给大人了。”

“你不付就是藐视本官。”司法员说道，两只眼从眼镜上方严肃地瞧着兰西。

“如果大人宽限到明天的话，我也许有办法凑得起。”丈夫请求，“我想都没想到过还要付生活费。”

“本案暂停下来。”贝纳哲·威达普说，“明天你们再一起来见本官，听候吩咐。事完再发给离婚书。”他坐到门口，解开了鞋带。

“我们只好去齐阿大叔家过夜了。”兰西决定。他和埃里娜一人从牛车的一边爬上车。红毛小公牛看见绳一动，慢吞吞转了个向。车缓缓地往前走了，车轮扬起一股灰。

司法员贝纳哲·威达普继续抽着接骨木烟斗。将近黄昏，订的周报送到了，他直看到天色太晚辨不清字迹。然后点燃桌上的牛油烛，又看到月亮升起该吃晚饭的时候。他住在山坡上靠近一线白杨树的木屋子里面，前后两间房。回家吃饭的时候，他横过一条小路。小路黑糊糊的，路旁长着密密丛丛的月桂。冷不防月桂树丛中窜出一个黑影来，把一支长枪对准了司法员的胸膛。来人的帽子拉得非常低，脸蒙住了一大半。

“把钱拿来，不要乱叫。”那人说，“我神经很紧张。手指扣着枪栓还发抖哩!”

“我只有5……5……5块钱啊!”司法员说着从背心里掏出了钱。

“卷起来放进枪管里!”又发出一道命令。

这张钞票是崭新的呢，纸硬，哪怕你手笨，还发抖，卷成圆筒不难，塞进枪口里也不难。

“现在快滚你的吧!”抢劫犯说。

司法员一溜烟跑了。

第二天. 红毛小公牛把车又拉到了办公室的门口。司法员贝纳哲·威达普知道有人来，穿上鞋。兰西·威达普当着他的面把一张5元的钞票交给了老婆。司法员睁大眼看着，发觉钞票是卷的，好像有谁卷成小筒塞进枪口里过。但是他没有声张。卷成小筒的钞票当然还可能有了。离婚书他让两人各执一份，但两人都是站着发呆，只慢吞吞把自由保障书叠起来。女方偷偷看了兰西一眼，说：

“你是一定要赶着牛车回屋里去的吧。面包放在架上的铁盒里。我怕狗偷腊肉，把肉摆在烧水的锅里。今天晚上不要忘了给钟上发条。”

“你就去你兄弟埃德的家吗?”兰西问，带有八九分关心。

“不等天黑我得赶到那儿去，他们高不高兴我去还不好说，可是我又没别的地方好去。路很远呢，我这就得走。兰西，你要是还肯说一声再见，我也就说声再见。”

“再见都不肯说那不是变成猪狗了吗？”兰西说，听声气是受了大委屈，“就怕你急着要走，不让我说一声。”

埃里娜没答话。她把5元钱和离婚书慢慢叠好，放进了怀里。贝纳哲·威达普透过眼镜看到钱落进了别人怀里，一阵心酸呢。

但接着他说了一句话（确实是他心里想的），说明他或者具有世界上大多数人有的同情心，或具有为数不多的大富翁的那种大的气量。

“兰西。今天晚上你那老屋里会冷冷清清的。”他说。

兰西睁大眼望着坎伯兰山上，这时阳光下的坎伯兰山显得郁郁葱葱。他没看埃里娜。

“我也知道会冷冷清清，”他说，“可是人家气冲冲地非要离婚，你怎么能留住人家？”

“还不知是哪个要离的！”埃里娜说，是向着木头凳子说的话，“再说，也没谁要留谁。”

“没哪个说不留呀。”

“没哪个说留。我还是现在就去我兄弟埃德家里吧。”

“那架老钟没人给上发条。”

“要我坐你的牛车回去帮你上发条吗，兰西？”

从山里人的脸上看不出他内心的想法。然而，他伸出一只大手，抓住了埃里娜那双又瘦又黑的手。埃里娜一下掩饰不住自己的内心的情感，本来面无表情的脸有了神采。

“你别再怕那些狗了。”兰西说，“我真太不像样，不是人啊。你给钟上发条吧，埃里娜？”

“兰西，我的心老挂念着那屋子，”她小声说，“还想着你。以后我不发火了。兰西，我们走吧，现在走不到太阳落山也许还能赶到家。”

两人把司法员贝纳哲·威达普忘到了脑后，往门外走，司法员这时发话了。

“我代表田纳西州，禁止你们干出无视本州法律和法令的事来。”他说，“看到两个本来相亲相爱的人消除不和与误会，本官感到十分欣慰高兴，但本官也有责任维护本州的道德与风尚。本官提醒你们要注意，你们不再是夫妻，已经办理正式离婚手续，所以不能享有存在婚姻关系时的权益。”

埃里娜挽住兰西的胳膊。难道这些话意味着他们刚刚接受了生活的教训，她就离开他吗？

司法员又开口了：“不过，本官愿意撤回使你们失去那些权益的离婚书。本官抬手即可办理庄严的结婚手续，扭转局势，满足双方愿望，重新结婚。办理两位这项手续的费用是5元。”

埃里娜从话里看到希望的光芒，手赶紧往怀里伸，5元的钞票像鸽子一样又回到司法员的桌上。她与兰西手牵手听司法员说他们已破镜重圆时，她蜡黄的脸上出现了血色。

兰西扶她上车后爬进车里坐在她身边。红毛小公牛再一次将车掉转头，拉着手牵手的两人向山里走去了。

司法员贝纳哲·威达普坐到门口，脱下鞋。他又伸手摸摸背心口袋里的钞票，再一次点着接骨木烟斗。那花斑母鸡再一次招摇过市，咯咯咯不知叫些什么。

失忆症患者逍遥记

那天早上妻子和我分手时的情形很平常。她还没来得及喝第二杯茶便跟着我走到家门口。在家门口她为我拔去衣领上走了丝的纤维（所有女人都用这个动作表示夫妻关系），叮嘱我注意冷暖，但其实我并不冷。接着，用一吻与我告别，完全是家里人普普通通的一吻。反正她天天都这样吻，我也习以为常。接着用手轻轻一拍我的领带夹，只是弄巧成拙，反而把别得端端正正的领带夹拍歪了。我关上门，听到她拖着拖鞋啪嗒走回去喝那快凉的茶。

我离家时没想到，也没预感到之后会发生的事。病来得突然。

这几个月中，我几乎是夜以继日地忙于一件铁路大案，几天前刚赢了官司。事实上，好些年来我潜心法律工作几乎没休息过。

好心的沃尔尼大夫劝说过我一两次。他既是朋友又是我的医生，说："贝尔福德，你如果不放松一下，会说垮就垮，不是神经便是大脑就会受不了。你说说看，有哪个星期你没见到报纸上登载患失忆症的事情？没见到有人走失，自己的姓名、身份、往事完全忘光？还不是因为脑子过度疲劳或者心事太重造成的？"

"我看这些事实际上是报社的记者脑子里想出来的。"我答道。

沃尔尼大夫惋惜地摇摇头。

"这种病的确有。"他说。"你需要换个环境，或者去休息。法庭，事务所，家，你总离不开这三个地方。要说你还有什么消遣的方式，那就是看法律书。你不听劝告会后悔莫及的。"

我辩解道："每个星期四晚上，我太太都跟我玩纸牌。每个星期天晚上，她给我念她妈妈这周来的一封信。要说看法律书不算消遣，至今还没谁立下这条规矩呢。"

那天早上，我边走边回想沃尔尼大夫的话。我的心情与平日一样，也许还更好。

醒来时我发现自己原来躺在了普通客车上的狭小座位上，已睡了很久，一身肌肉痉挛，动弹不得。我将头靠在座位上，左思右想。过了好半天，这才想起来我该是有名有姓的人。我摸遍了所有的口袋，没有找到名片，也没有找到信，或者是字据，或者有姓名开头字母的物件。但是在上衣口袋里我找到了几张大面额钞票，共三千元。“我当然是有名有姓的人。”我还是这么想，又开始回忆。

车厢里人非常多，大家都没分彼此，且心情很好，所以我想一定是所有人原来就有过往来。有个人点头一招呼，坐到我旁边的空位子上，打开报纸。这人个子高大，戴一副眼镜，身上散发着肉桂与芦荟味。看过报纸后他和我攀谈起近来发生的事情，这也是旅途中常见的现象。我发现自己不错，谈起这类事能应付自如，至少还记得。后来坐在我旁边的人说：

“你肯定跟我们是一起的。这时候西部有大批的人来。幸好原来的集会都是在纽约。我还从来没到过东部。我叫阿·皮·博尔德，在密苏里州希科里格罗夫的博尔德父子公司。”

人在遇到该紧急应付的事情的时候，尽管无精神准备，也能应付。

现在我的生命得重新开始，再一次进行洗礼，而且我既是新生儿，又是牧师、父母。我脑子迟钝，但感觉的敏锐救了我一把。坐在旁边那一位的浑身药味使我受到了启发；再看他的报纸，见上面登了条醒目的广告，更加打定了主意。

我信口说道：“我叫爱德华·平克默。是开药房的，家在堪萨斯州的科纳波里斯。”

“我早就知道你是药剂师，”同座亲切地说，“我看到你右手的食指上有老茧，是药杵磨出来的。不用说了，你也是我们行业全国代表大会的代表。”

“这些人都是医药界的同仁吗？”我不禁问道。

“全都是。这趟车是从西部开来的。而且这些人是老派药剂师，不同于他们那些卖专利药片药粉的。他们卖药叫顾客往机器孔里投币，不用配方柜的。我们自己过滤药，自己滚药丸，春天还会经营一点花种，也卖糖果和鞋。告诉你，平克默，在这次会上我要提出一个建议，他们稀罕的就是新主意。你知道柜台上瓶装的吐酒石和洛瑟尔盐吧，一种有毒，一种对人体无害。它们的标签一个是 Ant. et. Pot. Tart，另一个则是 Sod. et. Pot. Tart，很容易混淆。大多数药房是怎么摆呢？办法是尽量隔开些，不放在一个货架。这就不对头。依我看，应该并排摆，这一来每次你拿药时都得把一个与另一个比较，避免拿错了。你理解了吗？”

“我觉得这建议很好。”我说。

“那就行！等开会时我提出来，你就支持。那些东部的老行家自以为市场上只有他们行，这一来就傻眼了。”

我热心起来，说：“要是我还能起什么作用，那两个瓶里装的——呃……”

“吐酒石和洛瑟尔盐。”

“从此以后都并排放在一起。”我毫不迟疑地说。

博尔德先生说：“还有一件事情。做药丸时的赋形剂你是用氧化镁、碳酸盐呢，还是用粉末状的甘草根呢？”

“这个——嗯——用氧化镁。”我答道。氧化镁比其他两种东西好说。

博尔德先生躲在眼镜后那双眼怀疑地看着我。

“我用碳酸镁。”

过了一会，他把报纸递过来，指着一篇文章，说：“又是一例假失忆症。这类事情我并不相信。我看十有八九是骗人的。有些家伙对什么都玩腻了，想轻松轻松，就偷偷溜走。等你找到他，他就假装失去了记忆，自己的名字忘了，甚至连老婆孩子也不认得。失忆症！狗屁！怎么在家里时他们就忘不了的？”

我接过报纸，看到十分醒目的标题下登着一篇报道：

丹佛六月十二日讯：一位名叫埃尔温·西·贝尔福德的杰出律师三天前离家未归，原因不明，多方寻找未果。贝尔福德先生名望极高，办案极多，屡屡胜诉。已婚，住宅宽敞，私人藏书在全州首屈一指。失踪的当天，他从银行提取了一大笔钱。离开银行之后无人见其去向。贝尔福德先生生性好静，爱家，以家和事业为乐。究其突然失踪原因，也许与其数月来潜心办理铁路公司一件大案有关。人们怀疑过度劳累对其大脑有所影响。为寻找失踪人下落现仍在努力。看过这篇报道后，我说道：“博尔德先生，你好像疑心太重了些。我觉得这件事情是真。这个人事业成功，婚姻美满，又受人尊敬，为什么会把一切都抛开不要呢？我知道确有这种丧失记忆力的事情，有些人的确把名字忘了，自己的往事也忘了，连家也忘了。”

“哼，没那么回事！”博尔德先生说道，“他们是想快活快活。现在有知识的人太多了。大家知道了失忆症，就拿这个当借口。女人也老练得很。等到事情过去，她们会一本正经盯着你，说：‘他把我弄糊涂了。’”

就这样博尔德使我消磨了时间，但他的高见与哲理对我并没有益处。

夜晚十点左右我们到了纽约。我乘马车到了一家旅店，登记用的名字是爱德华·平克默。写下这名字时，我感到一阵从未有过的痛快的感觉，一种如释重负的轻松，一种重获自由的喜悦。我刚降生到人世，原来套在手上和脚上的枷锁已经解脱了，且不论这些枷锁是什么。我像初生婴儿，站在这条坦荡的道路的起点，而我走上这条路时已经有了人生的知识与阅历。

我记得旅社的服务员看了我五秒钟。我没有带行李。

“来开医药界大会，”我说，“行李箱没有及时送到。”我拿出了一沓钞票。

“哟，西部来的代表住本店的有很多人。”他说，露出颗大金牙，摇铃叫来一名当差的。

我很想装得像个样，说：

“我们西部代表准备采取一个重要的行动，向大会提出建议，将吐酒石和洛瑟尔盐在货柜上放一起。”

“男客人住三一四。”服务员说。我被领进了房间。

第二天，我买了一口箱子和一些衣服，用爱德华·平克默的名字开始了新的人生。我懒得绞尽脑汁去思索过去的一些难题。这座滨海的大都会请我喝的是杯芳香、多泡的美酒，我痛痛快快饮了下去。只有那些能够适应曼哈顿生活的人才能在曼哈顿生活。你如果不做这座城市的客人，就会在这座城市消失。

接着几天的生活可谓多姿多彩。我这位爱德华·平克默虽然诞生才不久，却走进了一个光怪陆离、无拘无束的美好世界。享受到不寻常的快活。在剧院和屋顶花园里，我像是坐上了魔毯，进入了奇妙的佳境，听着轻快的音乐，看着美女，欣赏着表现人类千奇百怪的滑稽剧。我今天到这里，明天到那里，随心所欲，不用顾忌时间和地点，也无所谓该不该。我可以进那种有音乐助兴的餐馆吃饭，边吃边听匈牙利音乐和放荡的画家、雕刻家狂呼乱叫。到了晚上，去灯光像电影一样变幻无穷的地方，也就是珠光宝气的人和使人有珠光宝气的人在一道开心消遣大饱眼福的那种地方。就是在上述这些场所，我获得了一条新经验，就是自由不在于认可，而在于合群，你一定买票入伙，入了伙你就进入了自由王国。在那些灯红酒绿的地方，在喧闹的地方，繁华的地方，放纵的地方。我看到这条规律存在，尽管无人在强制执行，却不可违背。所以，在曼哈顿，你必须遵守这儿的不成文的法律，遵守了你就会成为自由人中最自由的人。如果你违抗，你就得桎梏加身。

有时候，我也会内心不安，会走进摆着棕榈树的餐馆吃饭。来这里的人都是出身高贵的，教养有素，他们举止很端庄，谈吐文雅。然而去过之后我会乘船在水上游，船上载满乱七八糟的人，他们吵嚷，穿得妖艳，纵欲无度，坐了船是去海滩上胡乱快活的。百老汇是每天必去的地方，这里阔气，灯火辉煌，变化多端，让人捉摸不定，最使人称心，我少不了百老汇就像有的人少不了鸦片。

一天下午，我进旅店后一个长着大鼻子和黑八字胡须的大个子在走廊里挡住了我。我想绕开他，他却亲热地先招呼起我来。

“你好，贝尔福德！”他大声说道，“奇怪，你怎么会来纽约？你不是说什么也不肯离开你那书房的吗？你带了太太来呢，还是一个人来办点事呢？”

“先生，你错了。”我甩开他，冷淡地说道：“我姓平克默，对不起。”

那个人让开路，惊得目瞪口呆。我走到服务台的时候，听到他叫来一个勤杂工，要他拿空白电报单过来。

我对服务员说：“我现在要结账，请你把我的行李过半小时叫人提下楼来。有骗子想骗人的地方我不想再住。”

当天下午我搬进另一家旅店，是在下五马路，是家幽静的老式旅店。

在离百老汇不远处有一家餐馆，你可以在露天进餐，餐馆有许多阴凉的热带植物。这儿幽静、豪华、服务周到，是非常理想的进餐和休息的地方。一天下午，我朝一张摆在羊齿植物丛中的餐桌走去的时候，有人扯住了我的衣袖。

“贝尔福德先生！”一个优美动听的嗓音说道。

我忙掉转头来，只见一个女人独自坐在张桌边，大概三十岁，两只眼分外美丽动人，望着我，好像我曾是她亲密的朋友。

“你从我身边过也不打个招呼，”她用责备的口吻说，“我不信你没认出我来。我们分别十五年了，不握握手吗？”

我马上与她握手，隔着桌子坐在她的对面。我使个眼色叫来服务员。她在喝冰橘水，我要了杯酒。她的头发黄里透着红。你不会去欣赏她那一头秀发，因为你离不开她的眼睛。然而你会知道她有一头秀发，就像临近黄昏的时候，尽管你望着森林的深处，你也能知道夕阳的美丽。

“你当真认识我吗？”我问。

“谈不上当真。”她笑着回答。

我有些迫不及待地说：“假如我对你说，我是堪萨斯州科纳波里斯人，名叫爱德华·平克默，你会怎么想呢？”

“我会怎样想呢？”她学着我的口气说道，看眼神内心在暗自发笑，“那还用说！自然会想你为什么没把你的贝尔福德太太一起带到纽约来。你要是带来了该多好，我想见见玛丽安。”她把声音放低了些又说，“埃尔温，你没变多少。”

我感觉她那双漂亮的眼睛直盯着我的眼，还仔细观察着我的脸。

“不对，你变了。”她又说，声音轻而带着高兴。“我看出来了。你并没有忘记。你哪年哪月，哪日哪时都没忘。我早就对你说过，你永远忘不了。”

我着急了，想在酒杯里找救命草。

她那双眼盯得我不大自在，说：“非常抱歉。可是麻烦就出在这里，我已经忘了，把一切都忘得精光。”

她根本不在乎我矢口否认。她似乎在我脸上看出了什么，开心地笑着。

“我常听人说你，”她又道，“你是西部很有名气的一个大律师。住在丹佛，对吗？要不就是洛杉矶。玛丽安嫁给了你很有福气。我猜你也知道，你结婚半年后我结婚了。你也许看了报纸。仅鲜花就花了两千元。”

她说的事在十五年前，而十五年很漫长。

我有些胆怯地问：“现在向你道贺是不是为时太晚了呢？”

“只要你有勇气，还不晚。”她无所顾忌地答道，这一来我反而说不出话，只是用拇指的指甲刮着桌布。

“有件事你要告诉我，”她说着把头向我靠了过来，显得很迫切，“是一件多年来我一直想知道的事。当然，是出于女性通常的心理。自从那个晚上以后，你有没有勇气再一次碰一碰，闻一闻，或者看一看白玫瑰，那些挂着雨滴或者露珠的白玫瑰呢？”

我抿了一口酒。

“你再说也没什么帮助，这些事情我都回忆不起来，”我叹了口气回答，“我的记忆已完全丧失。不用说我有多么惋惜。”

那女人双手支在桌上，听到我的话眼里又出现怀疑的神情，两道目光仿佛要直穿透我的心。她轻声笑，但笑里的表情非同寻常，既是高兴、满足，又是痛苦。我不敢再看她。

“你骗人，埃尔温·贝尔福德，”她得意洋洋地说道，“哼，我知道你说谎！”

我看着羊齿植物。

“我名叫爱德华·平克默，”我说，“我是来参加医药业全国代表大会的。准备提出一个建议，把吐酒石瓶与洛瑟尔盐瓶摆的位置变动，对这种事情你是不会有多大兴趣的。”

一辆闪亮的马车停到门口。那女人站起来。我拉起她的手，向她鞠了一躬。

“非常抱歉，我失去记忆了。”我对她说。“我也能解释，但是只怕你不会理解。你不信我姓平克默，但说实话我也完全想不起什么——玫瑰之类的事。”

“再见，贝尔福德先生。”说着她露出一丝又甜又苦的微笑，坐进了马车。

这天夜晚我去了剧院。回到旅社，一个穿黑色衣服的人突然出现在我身边。看来他有个习惯：喜欢用一条丝手帕揩食指的指甲。

“平克默先生，我想和您谈谈，不知您肯不肯赏光？这儿有间房。”他说，一边一直忙着擦指甲，表情自然。

“请吧。”我答。

他把我领进一个小房间里，里面有一男一女，那女的长得绝色，但脸上罩着层愁云。她的身材、肤色、脸在我看来都是无可挑剔的，身上穿着出门远行时的衣服，眼盯着我，显得忧心如焚，手按住胸口发抖。我猜她本来想起身扑过来，但那男的一挥手制止她。然后，他向我走过来。这人大概四十岁，两鬓斑白，看那脸像是一个很有主见和心计的人：

“贝尔福德，”他热情地说，“我总算又见着你了。我们完全有把握，知道没问题。我早劝过你，叫你不要太累。现在你跟我们回去，要不了多久你能够恢复正常。”

我冷冷地一笑。

“我总是让人叫作‘贝尔福德’，都已经习以为常了。再叫下去我要听烦了。我名叫爱德华·平克默，从没有见过你，你相不相信就只好悉听尊便了。”

没等男的答话，那女人哇的一声哭了起来，挣脱开他的手，喊了声“埃尔温”便扑到我身上，紧紧搂住我。“埃尔温！”她又喊，“别叫我伤透了心。我是你的妻子。叫我一声吧，叫一声都行。你变成这个样比死了都让我难受。”

我很有礼貌然而毫不犹豫地挣脱了她的身。

“太太，对不起，我看你是认错人了。”我严肃地说，接着我想起一件事，忍不住一笑，又道：“可惜这位贝尔福德和我不能像一瓶吐酒石，一瓶洛瑟尔盐，为了清楚地区分，得在货架上并排摆。你们如果想懂得这个比喻，得随时注意医药业全国代表大会的进程。”那女人转身抓住男人的胳膊。

“怎么回事，沃尔尼大夫？你说说，这是怎么了？”她着急地问。

那男的把女人带到房门口。

我听见他说：“你在自己房里先等一下，我留下与他谈谈。难道他的脑子不行了？我想不会，只是大脑出现一点故障。我相信他会康复。回到你自己房间去吧，让我来跟他谈。”

女人走出去。穿黑衣服的人也走了出去，还在聚精会神地擦指甲。我猜他其实是在走廊里等着。

“平克默先生，我想跟你再谈一会。”留在房间的那人说。

我答：“那行，想谈就谈好了。对不起，我不客气了。我有些累了：”我往靠床的一张榻上一躺，点根烟。他拿了张靠椅坐到我旁边：

“我们别拐着弯说。你不是姓平克默。”他用温和的语气说：

“这事我跟你一样，都很明白。”我冷冰冰说。“可是人总得有名有姓吧。老实说吧，并非我特别喜爱平克默这个姓氏。但是仓促之间给自己取一个名，也难想周全。就是叫一个别的名字又怎么样呢？我看，平克默这个姓我想得还是很不错的。”

那个人严肃地说：“你的名字是埃尔温·西·贝尔福德。你是丹佛第一流的大律师。由于得了失忆症，你已经忘记你是什么人了。疾病产生的原因是你操劳过度，可能再加上生活太单调、乏味。刚从房里出去的那位太太是你妻子。”

我想了一下，说道：“我觉得她是一个漂亮的女人，我特别欣赏她一头金发的颜色。”

“这样的妻子很难得啊。两个来星期前你失踪了，她几乎没合过眼。一位名叫伊西多·纽曼的人从丹佛到纽约，拍来一个电报，我们才知道你的下落。他说他在这儿的一家旅店遇到你，但你说不认识他。”

“我似乎记得有这事，”我说，“如果没记错的话，那个人是叫我‘贝尔福德’。现在请问你的尊姓大名。”

“我叫罗伯特·沃尔尼，就是沃尔尼大夫。我与你有二十年的深交，给你当医生当了十五年。一接到电报，我跟你太太就来找你了。埃尔温，你可得好好想想啊！”

我眉头一皱，问道：“想有什么用？你不是说你是医生吗？失忆症可不可以治？人要是失去了记忆，要慢慢恢复，还是会很快恢复？”'

“有的人需要经过一个过程，而且不能完全恢复；有的人突然丧失，也突然复原。”

“你愿不愿意医治我的病呢，沃尔尼大夫？”我问道。

他回答：“老朋友，我愿尽我所能，运用一切医学上已有的办法治疗你的病。”

“太好了。”我说，“那你就把我看作你的病人吧。从今以后请严守机密——医生的机密。”

“那当然。”沃尔尼大夫说。

我从榻上站了起来。不知是谁放了瓶白玫瑰在房子当中的桌上，是一束刚浇过水、散发着清香的白玫瑰。我把它远远扔到窗外，然后又躺回榻上。

我说：“博比，最好是让我一下就痊愈。说实在的，我也觉得厌烦了。你现在去把玛丽安带进来吧。可是，唉，大夫——”我叹了口气说道，接着飞起一脚踢到他胫骨上，“高明的老大夫，我算是过了几天神仙日子！”

艺术良心

“我始终没能使我的搭档安迪·塔克就范，让他遵守纯诈骗的职业道德。”杰夫·彼得斯有一天对我说。

“安迪总喜欢幻想，很不诚实。他老是想出许多不正当而又巧妙的敛钱的办法，那些办法甚至在铁路运费定制的章程里都不便列入。

“至于我自己呢，我一向不愿意拿了人家的钱而不给人家一点东西——如包金首饰、花籽、腰痛药水、股票证券、擦炉粉或者梳子之类。我想我的祖先中间准有几个新英格兰人，他们对警察的畏惧和戒心多少遗传了一些给我。

“但安迪的家世却不同。我认为他和股份有限公司一样，没有什么祖先可供追溯。

“一年夏天，我们在西部俄亥俄河流域推销家用相册、头痛粉和灭蟑螂的药片，安迪灵机一动，想到了一个巧妙而可受到控诉的生财之道。

“‘杰夫，’他说，‘我们应当抛开这些泥腿子，把注意力转移到更有油水，更有出息的事情上去。如果我们只从泥腿子身上骗些小钱，我们永远只能是初级骗子。我们应该进入高楼林立的地区，从大富翁的胸口咬下一块肉，你看怎么样？’

“‘好吧，’我说，‘你是知道我的脾气的。我宁愿干我们目前所干的规矩合法的买卖。我得人钱财，总要留一点实实在在的东西给人家，看得见的，摸得着的，哪怕那件东西只是一个握手时会咬手的机关戒指，或是会喷人一脸香水的香水瓶。如果你有什么新鲜主意的话，’我说，‘也不妨说出来听听。小骗局，小钱我愿意挣，做大骗局，挣大钱我也不会拒绝。’

“‘我想的是，’安迪说，‘不用号角、猎狗和照相机，在那一大群美国的迈达斯，或者通称为匹茨堡百万富翁的人中间打一次猎。’

“‘你说在纽约吗？’我问。

“‘不，先生，’安迪说，‘是在匹茨堡。那才是他们的栖息地。他们不喜欢

纽约。他们有偶尔去那儿，因为有人希望他们去。’

“匹茨堡的百万富翁来到纽约，就像落进滚烫的咖啡里的苍蝇——引起人们的注意和议论，自己却不好受。纽约人嘲笑他在那个满是鬼鬼祟祟势力小人的城市里花了那么多冤枉钱。他在那里的实际开销并不多。我见过一个拥有一千五百万美元的匹茨堡富翁在纽约住了十天的费用账，账目如下：

往返火车票	21.00 元
往返旅馆租车费	2.00 元
住宿费（每天 5 元）	50.00 元
其他费用	5750.00 元
合计	5823.00 元

“‘这就是纽约的情况，’安迪接着说。‘纽约市无非像一个侍者领班。你给的小费多出了格，他就跑到门口，和衣帽间的小厮取笑你。因此，当匹茨堡人想花钱找快活时，总是待在家里。我们去那儿找他。’

“闲话少说，说干就干，我和安迪将我们的巴黎绿、安替比林粉[①]和相册藏在一个朋友的地下室，便动身去匹茨堡。安迪并没有拟订出使用狡诈或暴力的计划书，他一向自信，在任何情况下，他的缺德天性都能应付自如。

“为了对我明哲保身和堂堂正正的观点做些让步，他就保证受害者花了钱能得到触觉、视觉、味觉和嗅觉所能感知的真实的东西，让我良心上也说得过去。他做了保证之后，我感到安心许多，便愉快地加入了骗局。

“我们在烟雾弥漫的被称作史密斯菲尔德大街的煤渣路上散步时，我说，‘安迪，你想过没有，我们怎么去结识那些焦炭大王和生铁小气鬼呢？我并不是瞧不起自己，瞧不起自己的客厅风度和餐桌气派，可是，和那些抽细长雪茄烟的人一起出入，恐怕水平还不够高。’‘如果有什么困难的话，安迪说，’那是由于我们的修养和文化要高他们一截。匹茨堡的百万富翁是些普通的、诚信待人的、没有架子和很讲民主的人。‘他们的态度粗鲁，表面上好像兴高采烈、大大咧咧的，实际上却是很不讲礼貌，很不客气。他们多半出身微贱暧昧，’安迪说道，

---

① 巴黎绿是乙酰亚钟酸铜的俗名，可作杀虫剂和颜料；安替比林粉是解热镇痛药物。

‘并且还将这样继续生活下去，除非这个城市采用燃烧装置，消灭烟雾。如果我们随和一些，不要装腔作势，不要离沙龙太远，经常像钢轨进口税那样引人注意，我们同百万富翁的接触是没有问题的。’

“于是我和安迪就在城里逛了三四天，摸摸情况。我慢慢盯上了几个百万富翁。

“有一个富翁老是把他的汽车停在我们下榻的旅馆门口，让人拿一夸脱香槟酒给他。侍者拔掉瓶塞之后，他便凑着瓶口喝。看来，他发达之前很可能是个吹玻璃瓶的。

“一晚，安迪没回旅馆吃饭。大约十一点钟的时候，他来到我的房间。

“‘找到一个啦，杰夫，’他说，‘他有一千二百万块。拥有油田、轧钢厂、房地产和天然气。他人不坏；没有一点架子。是最近五年发的财。他聘请了几位教授为他文学、艺术、服饰打扮之类的玩意儿。’

“‘我见到他的时候，他刚同一位钢铁公司的老板打赌说，阿勒格尼轧钢厂今天准有四个人自杀，他赢了一万元。在场的人都跟着他去酒吧，由他请客喝酒。他对我印象非常好，请我同他一起吃饭。我们到钻石胡同的一家饭店，坐在凳子上，喝了起泡的摩泽尔葡萄酒，吃了油炸苹果馅饼。’

“‘接着，他带我去看看他在自由街的单身公寓。那套公寓总共有十个房间，在鱼市场楼上，三楼还有洗澡的地方。他对我说他花了一万八千美元来装修，我相信这是实话。

“‘一个房间收藏着价值四万元的油画，另外一个房间收藏价值二万元的古董古玩。他叫斯卡德，四十五岁，正在学钢琴，他的油井每天出一万五千桶原油。’

“‘好的，’我说，‘初战告捷。可是有什么用呢？艺术品收藏同我们有什么关系？石油与我们又有什么关系？’

“‘呃，这个人，’安迪坐在床上沉思地说，‘不是个普通的附庸风雅的人。他带我去屋子里看他的艺术的时候，他的脸像炼焦炉门那样闪烁。只要他的几笔大买卖做成，他就能让约·皮·摩根①收藏的苦役船上的挂毯和缅因州奥古斯塔的念珠相形见绌，像幻灯机放映出来的牡蛎嘴巴那么难看。’

“‘然后他给我看了一件小雕刻，’安迪接着说，‘谁都能看出来那是件珍品。

① 美国财阀、美国钢铁公司的创办人，喜欢收藏艺术品和孤本书籍。

他说那是大约两千年前的文物。是用一整块象牙雕出来的莲花，莲花中间有一个女人的脸。'

"'斯卡德查阅了目录，考证一番。那是公元前埃及一位名叫卡夫拉的雕刻匠做了两个献给拉美西斯二世[①]的。另一个找不到了。旧货商和古玩商找遍了整个欧洲，也未能找到，现在这件是斯卡德花了两千块钱买来的。'

"'哦，够了'我说道，'我听这话像小河流水一样没有任何意义。我原以为我们来这儿是让那些百万富翁开开眼界，不是向他们领教艺术知识的。''忍耐些。'安迪得意洋洋地说，'要不了多久，我们也许能钻到空子。'

"第二天，安迪出去了整整一个上午。中午才回来。他刚回旅馆便把我叫进他的房间，他从口袋里掏出鹅蛋大小的圆包裹，打了开来。里面是一件象牙雕刻，同他讲给我听的百万富翁的那件收藏品一模一样。

"我刚才在一家旧货典当铺里，安迪说，'看见这东西压在一大堆古剑和旧货下面，只露出一点点。当铺老板说道，这玩意儿在店里存了好几年了，大概是住在河下游的阿拉伯人、土耳其人、或者什么外国人押当后到期未赎，成了死当。'

"我想出两美元把它买下来，准是露出了急于弄到手的神情，他说卖不到三百三十元，就等于夺他儿女嘴里的面包。最后以二十五元成交。

"'杰夫，'安迪继续说道，'这件象牙雕与斯卡德的那一只恰好是一对，一模一样。他准会把它收买下来，象吃饭时围上餐巾一般快。也许这件与老吉卜赛刻的那一只真是一对。'

"'确实如此，'我说，'现在我们怎么挤他一下，让他自觉自愿地来买呢？'

"安迪早已做好计划，我跟大家说说我们是怎样执行的。

"我戴上蓝眼镜，穿上黑色的大礼服，把头发揉得乱蓬蓬的，就成了皮克尔曼教授。我到另一家旅馆租了房间，发一个电报给斯卡德，请他立即来面谈有关艺术的事。不出一小时，他来到旅馆，坐电梯来到我住的房间。他是个懵懵懂懂的人，嗓门响亮，身上透出康涅狄格州雪茄烟和石脑油的气味。

"'你好啊，教授！'他喊着，'生意可好？'

"我把头发揉的更乱一些，从蓝镜片后瞪了他一眼。

"'先生，'我问，'你是不是宾夕法尼亚州匹茨堡的科尼利厄斯·蒂·斯

---

① 公元前1292年至前1225年在位的埃及法老。

卡德?’

“‘一点不错,’他说,‘出去喝杯酒吧。’

“‘我既没有时间,也没有胃口,’我说,‘我可不想为了消遣而伤了身体。我从纽约来同你谈谈有关艺术的事情。’

“我听说你有一个拉美西斯二世时代的象牙雕刻吧,在莲花里雕有一个伊西斯皇后的头像。这样的雕刻全世界只有两件。其中一件已失踪多年了。我近来在维也纳一家当——一个不知名的博物馆里发现了它,并买下来。我想买你收藏的那件。开个价吧。

“‘哎哟,真没想到啊,教授!’斯卡德说,‘你发现了另一件吗?你要买我的?不。我觉得科尼利厄斯·斯卡德的收藏品绝对不会出售。你那件带来了吗,教授?’

“我拿给斯卡德看了看。他仔细地翻来覆去地看了几遍。

“‘就是这一只,’他说道,‘与我那件一模一样,每一条线条都丝毫不差。我把我的打算告诉你,’他说,‘我不会卖的,但是我要买。我出两千五百块钱买你的。’

“‘你不卖,我卖。’我说,‘请给钱吧。我不喜欢啰唆。我今晚就得回纽约。明天我还要在水族馆讲课。’

“斯卡德马上开了张支票,从旅馆里兑付了现款。带着那件古董离开旅馆。我根据约定,赶紧回到安迪的旅馆。

“安迪在屋子里走来走去,不时看看表。

“‘怎么样了?’他问。

“‘两千五百块,’我说,‘都是现款。’

“‘还有十一分钟。”安迪说,‘我们得赶巴尔的摩—俄亥俄线的西行火车。快去拿你的行李来。’

“‘何必这么急?’我说,‘这桩买卖十分公平合理。即使是赝品,他也要过一段时间才会发现。何况他好像认为那是真东西。’

“‘是真的。’安迪说,‘就是他自己家里的那件。昨天我在他家看古董时,他到外面去了一会儿,我顺手牵羊把它装了回来。现在,你赶快去拿手提箱吧。’

“‘可是,’我说,‘你不是说在当铺里另外找到一个——’

“‘噢,’安迪说,‘是为了尊重你的艺术良心。快走吧!’”

醉翁之意

他从德斯布罗萨斯街的渡口出来的时候，我不由得对他发生了兴趣。看他那神气，是个见识渊博、四处漂泊的人；来到纽约的样子，又像是一个暌违多年，重新回到自己领地的领主。尽管他露出这种神情，我却断定他以前从未踏上过这个满是哈里发的城市的滑溜的圆石铺的街道。

他穿着一套宽大的、蓝中带褐、颜色古怪的衣服，戴一顶老式的、圆圆的巴拿马草帽，不像北方的时髦人物那样在帽帮上捏出花哨的凹塘，斜戴成一个角度。此外，他那出奇的丑陋不但使人厌恶，而且使人惊异，他那副林肯式的愁眉蹙额和不端正的五官，简直会使你诧异和害怕得目瞪口呆。渔夫捞到的瓶子里窜出的一股妖气变的怪物，恐怕也不过如此[①]。后来他告诉我，他名叫贾德森·塔特。为了方便，我们从现在起就用这个名字来称呼他。他贾德森·塔特的绿色绸领带是用黄玉环扣住，一根纱鱼脊骨做的手杖在手里握着。

贾德森·塔特接待了我，好像旧地重游记不清一些无关轻重的细节似的，大大咧咧地向我打听本市街道和旅馆的情况。我觉得没有理由来贬低我住宿的商业区那家清静的旅馆，于是，到了下半夜的时候，我们已经酒足饭饱（这个是我付的账），就打算在那家旅馆的休息室里找一个清静的角落坐下来抽烟了。

贾德森·塔特好像有什么话要告诉我。他已经把我看作朋友了，他每次说完一句话，便把那只被鼻烟染黄的、像轮船大副的手一样粗大的手在我鼻子前面不到六英寸的地方挥动着。我不由得想起，他把不认识的人当做敌人时是不是也如此突兀。

我发现贾德森·塔特说话时身上散发着一种力量。他用华彩出色的手法轻轻弹奏着他动人乐器般的声音。他并不想让你忽略他的丑陋，反而在你面前炫耀，并且使之成为他言语魅力的一部分。如果你闭上眼，至少会跟着这个捕鼠人的笛

---

① 这里指《天方夜谭》中的故事。

声走到哈默尔恩的城墙边。你不至于天真得再往前走。不过让他替他的言词谱上音乐吧，倘若不够味儿，那该由音乐负责。

“女人，是神秘的生物。”贾德森·塔特说。

我心一沉。我可不愿意听这种老生常谈，不想听这种迂腐浅薄、枯燥乏味、不符逻辑、不能自圆其说、早就被驳倒的诡辩，这是女人自己创造出来的古老、无聊、没有根据、不着边际、残缺又狡猾的谎话，这是她们为了证明、促进和加强她们自己的魅力和谋算而采取的卑劣、秘密和欺诈的手段，从而暗示、蒙混、灌输、传播和聪明地散布给人们听的话。

“哦，原来如此!”我说的可是大白话。

“你没有听说过奥拉塔马吗?”他问道。

“可能听说过。”我回答说道，“我印象中好像记得那是一个芭蕾舞演员，或许一个郊区，或许是一种香水的名字?”

“那是外国海岸上的一个小镇啊，”贾德森·塔特说，“那国家的情况，你什么都不知道，也不可能知道。它由一个独裁者统治着，经常发生革命和叛乱的事情。一出伟大的生活戏剧就是在那里演出的，主角是整个美国最丑陋的贾德森·塔特，还有无论在历史或小说中都算是最英俊的冒险家弗格斯·麦克马汉，还有奥拉塔马镇镇长的美貌女儿安娜贝拉·萨莫拉。还有一件事应该说一下：世界上除了乌拉圭三十二省之外任何别的地方都没有一种叫楚楚拉的植物。我刚提到的那个国家的出口产品有贵重木料、染料、黄金、橡胶、象牙和可可。”

“我一直认为南美洲是不生产象牙的。”我说。

“那你就错上加错了。”贾德森·塔特说。他那美妙动人的声音在耳边旋绕，至少有八个音度宽。“我没说我所谈的国家在南美洲，我必须小心，亲爱的朋友；要知道，我在那里搞过政治。虽然如此，我跟那个国家的总统一起下过棋，用貘的鼻骨雕刻成的棋子——貘是安第斯山区的一种角蹄类动物——那棋子看上去和上好的象牙一样。

“我想告诉你的不是动物，而是浪漫史和冒险，还有女人的气质。

“十五年来，我一直都是那个共和国至高无上的独裁者老桑乔·贝纳维德斯背后的统治力量。你在报上看过他的相片，一个窝囊的黑家伙，脸上的胡子宛如瑞士音乐盒圆筒上的钢丝，一卷像是记家谱的《圣经》扉页那样的纸头在他右手握着。这个巧克力色的统治者一向是种族分界线和纬线之间最活跃的人物。很难预料他的结局是登上群英殿呢，或者身败名裂。当时，如果不是格罗弗克利夫兰[①]在做总统的话，他必定会被称为南方大陆的罗斯福。他一直是当一两任总统，指定了暂时继任人选之后，再退休一段时间。

“可是替‘解放者’贝纳维德斯赢得这些声誉的并不是他自己。不是他，而是贾德森·塔特。贝纳维德斯不过是个傀儡。我总是告诉他，什么时候宣战，什么时候该提高进口税，什么时候穿大礼服。但是我要讲给你听的并不是这种事情。我怎么会成为有力人物的？我告诉你吧。自从亚当刚睁开眼睛，推开嗅盐瓶，问道‘我怎么啦’以来，人们中间能发出声音的，要数我最出色。

“你也看到了，除了新英格兰早期主张信仰疗法的基督徒的相片之外，我可以说是你平生碰见的最难看的人。因此，我在年轻时就知道必须要用口才来弥补容貌的不足。我做到了这一点。我要的东西总能得到。作为在老贝纳维德斯背后出谋划策的人，我将历史上所有伟大的幕后人物，例如塔利兰、庞巴杜夫人和洛布[②]，都比得像俄国杜马中少数派的提案。我用三寸不烂之舌可以说得国家负债或是不负债，让军队在战场上沉睡，用为数不多的话语来减少暴动、骚乱、税收、拨款或是盈余，用鸟鸣一般的呼哨唤来战争之犬或者和平之鸽。别人身上的俊美、肩章、蜷曲的胡须和希腊式的面容和我是不相干的。人家一看到我就要打冷战。可是我一开口说话了，不出十分钟，听的人就被我迷住了，除非他们患上了晚期心绞痛。不论男女，只要碰到我，没有不被我迷住的。呃，你不见得认为女人会爱上像我这种容貌的人吧？

“哦，不，先生。”我说，“迷住女人的丑男常常给历史增添光彩，使小说黯然失色。我认为……”

“对不起，”贾德森·塔特打断我的话说，“你还不了解我的意思。你来听我的故事吧。”

“弗格斯·麦克马汉是我在京都的一个朋友。拿俊美来讲，我承认他是名副其实的。他五官很端正，有着金黄色的鬈发和笑吟吟的蓝眼睛。人们说他很像那个叫作赫耳·墨斯[③]的塑像，就是摆在罗马博物馆里的语言与口才之神。我想那大概是一个德国的无政府主义者吧。那种人老是装模作样，没完没了。

---

① 美国第22届和第24届总统，民主党人。

② 美国商人，西奥多·罗斯福任纽约州长与总统时的私人秘书。

③ 赫耳墨斯希腊神话中商业、演说、竞技之神，作者在这里把原文拆开，成了德文中的“墨斯先生”，因此下文有“德国无政府主义者”之说。

“但是弗格斯没有口才。他从小就形成了一个思想，以为只要长得漂亮，一生就受用不尽。听他说话，就好比你想睡觉时听到了水滴落到床头的一个铁皮碟子上的声音一样。他和我却成了朋友。也许是因为我们这么不同吧，你不这么想吗？我刮胡子时，弗格斯看看我那张好像在万圣节前夜戴的面具的怪脸，似乎就觉得高兴。当我听到他那称之为谈话的微弱的嗓音的时候，我觉得作为一个银嗓子的丑八怪也心满意足了。

“有一次，我必须到一个海滨小镇奥拉塔马来解决一些政治动乱，在海关和军事部门砍掉几颗脑袋。弗格斯掌控着这个共和国的冰和硫磺火柴的专卖权，自称是愿意陪我跑一趟。

“我们在骡帮的铃铛声中长驱直入奥拉塔马，这个小镇便属于我们了，正如西奥多·罗斯福在奥伊斯特湾①的时候，长岛海峡不属于日本人一样。我虽然说的是‘我们’，实际上是指‘我’。只要是到过四个国家的，两个海洋，一个海湾和地峡，和五个群岛的人，都听到过贾德森塔特的大名。人们称我为绅士冒险家。黄色报纸用了五栏，一本月刊用了四万字（包括花边装饰），《纽约时报》用第十二版的全部篇幅来写关于我的报道消息。如果说我们在奥拉塔马受到欢迎的部分原因是由于弗格斯。麦克马汉的俊美，我就能把我那巴拿马草帽里的标签吃下去。他们张灯结彩是为了我。我不是爱妒忌别人的人，我说的是事实。镇上的人全部都是尼布甲尼撒②，他们在我面前拜倒草地。由于这个镇里没有尘埃可以拜倒。他们对贾德森。塔特万分感激。他们知道我是桑乔·贝纳维德斯背后的主宰。对于他们来说，我的一句话比任何人的话更像是东奥罗拉图书馆书架上的所有毛边书籍。竟然有人把时间花在美容上——抹冷霜，按摩面部（顺眼睛内角按摩），用安息香酊预防皮肤的松弛，用电疗来除黑痣，因为什么？要漂亮。哦，真是太错了！美容师应该注意的是喉咙。起作用的并非赘疣而是语言，不是爽身粉而是谈吐，不是香粉却是聊天，不是花容玉貌而是花言巧语，不是照片而是留声机。闲话少说，还是说正经的吧。

“我和弗格斯被当地头面人物安顿在蜈蚣俱乐部里，那是一座海边柱子上建筑的木房子。涨潮时海水和房子距离只有九英寸。镇里的大小官员们、各种人物等都来致敬。哦，并不是向赫耳·墨斯致敬。他们早听说贾德森·塔特的名声了。

---

① 美国长岛北部的村落，西奥多·罗斯福的家乡。

② 巴比伦王，见《旧约·但以理书》第4章第29—33节。

“一天下午，我和弗格斯·麦克马汉坐在蜈蚣旅馆朝海的回廊里面，一面喝冰甘蔗酒，一面聊着天。

“‘贾德森，’弗格斯说，‘奥拉塔马有一个天使。’

“‘这个天使又不是加百列，’我说，‘你谈话的神色怎么像是听到了最后宣判的号角声那么紧张?’

“‘是安娜贝拉·萨莫拉小姐。’弗格斯结巴说道，‘她……她……她美得……没治!’

“‘呵呵!’我哈哈大笑说道，‘听你谈到你情人的口吻倒真像是一个多情种子。你叫我想起了浮士德追求玛格丽特的故事，就是说，假如他进了舞台的活板底下之后仍旧追求她的话。’

“‘贾德森，’弗格斯说，‘你知道你自己像犀牛一样丑陋。你不可能对女人发生兴趣。我却着魔一样地迷上了安娜贝拉小姐。所以我才讲给你听。’

“‘哦，这是当然啦。’我说。‘我知道我自己的面孔就像尤卡坦杰斐逊县那个守着根本不存在的窖藏印第安阿兹特克偶像。不过有弥补的办法。比如，在这个国家里抬眼望到的地方，甚至更远的地方，我都是地位高尚的人物。此外，当我和人们用口音、声音、喉音争论时，我说的话并不是那种劣质的留声机式的胡言乱语。’

“‘哦，’弗格斯亲切地说道，‘我知道不论闲扯淡或者谈正经，我都不行。因此我才请教你。要你帮我的忙。’

“‘我应该怎么帮忙呢?’我问。

“‘我已经收买了安娜贝拉小姐的陪同，’弗格斯说，‘她名叫弗朗西斯卡贾德森，你在这个国家里已经博得了大人物和英雄的声誉。’

“‘正是，’我说，‘我当之无愧。’

“‘那么我呢，’弗格斯说，‘我就是北极和南极之间最漂亮的人。’

“‘假如只限于美貌和地理的话，’我说，‘我完全同意你。’

“‘你我两人，’弗格斯说道，‘我们应该能把安娜贝拉萨莫拉小姐弄到手。你知道的，这位小姐出身于一个古老的西班牙家族，除了她坐着马车在广场兜圈子是能看到，或是傍晚在栅栏窗外瞟见她一眼之外，她简直就像星星那样不可高攀。’

“‘替我们中间哪一个去弄呢?’我问道。

“‘当然是替我。’弗格斯说道，‘你从来没有见过她。我嘱咐弗朗西斯卡把我当成你指点给安娜贝拉看过好几次了。她在广场上看到我的时候，以为看到的是全国最伟大的英雄、政治家和浪漫人物堂贾德森·塔特呢。把你的声名和我的容貌结合在一个人身上，她是不可抗拒的。她当然听过你那惊人的经历，又见过我。一个女人还能有什么别的企图呢？'弗格斯·麦克马汉说。

"'她的要求不能降低吗？'我问道。'我们怎么各自显露身手呢，怎么分享成果呢？'

"弗格斯将他的计划告诉了我。

"他说，镇长堂路易斯·萨莫拉有一个院子——通向街道的院子。他女儿房间的窗口在院内一角，没有比那地方再黑的了。你猜他要我怎么做呢？他明白我口才流利，有魅力，有技巧，让我半夜溜到院子里去，那时候我这张鬼脸看不清了，接着代他向萨莫拉小姐告白，代她在广场上照过面的、认为是堂贾德森·塔特的美男子求爱。

"我为何不替他，替我的朋友弗格斯·麦克马汉效力呢？他来求我便是看得上我，就是承认了他自己的弱点。

"'你这个白百合一样的、金头发、精打细磨、不会开口的木头，'我说，'我可以帮你忙。你去安排好了，晚上带我到她窗外，我在月光颤音的伴奏下滔滔不绝的谈起来，她就是你的。'

"'把你的脸遮住，贾德。'弗格斯说道，'你的脸千万要遮严实。说到感情，你我是生死之交，但是这件事非同寻常。我自己能说话也不会劳驾你。如今看到我的面容，听到你的说话，我想她非给弄到手不可。'

"'到你的手？'我问道。

"'我的。'弗格斯说道。

"嗯，弗格斯和陪媪弗朗西斯卡安排好了细节的地方。一天晚上，他们给我准备好了一件高领子的黑色长披风，我在半夜被领到那座房子那里。我站在院子里窗口下，终于听到一种天使般又柔和又甜蜜的声音从栅栏那边传来。我模糊看到里面有一个穿着白衣服的人影。我把披风领子翻了上来，一是为了忠于弗格斯，一是因为那时正值七月潮湿的季节，夜晚非常寒冷。我想到支支吾吾的弗格斯，快要笑出声来，接着我开始说话了。

"嗯，先生，我对安娜贝拉小姐说了一小时的话。我说'对她'，因为根本不是'同她'说话。她只不过时而说一句'哦，先生'，或者'呀，你骗人吧？'或者'我知道你不是那个意思'，还有例如此类的、女人被追求得恰如其分时所说的话。我们俩都通晓英语和西班牙语。于是我运用这两种语言替我的朋友弗格斯去赢得这位小姐的心。假如窗口没有栅栏的话，我用一种语言就行了。一个小时之后，她打发我走，还给了我一朵大大的红玫瑰花。我回来后把它转交给了弗格斯。

“每隔三四个晚上，我就替我的朋友到安娜贝拉小姐的窗子下面去一次，这样延续了一个星期之久。最后，她承认她的心已经属于我了，还说每天下午驾车去广场的时候都会看到我。她见到的自然是弗格斯。但是俘获她心的可是我的谈话。试想，倘若弗格斯自己跑去待在黑暗里，他的俊美完全看不见，他一句话也不会说，那能有什么成就！

“最后一晚的时候，她答应同我结婚了，那也就是说，跟弗格斯。她把手从栅栏里伸出来让我亲吻。我给了她一吻，并把这消息告诉了弗格斯。

“‘那件事本该让我来做。’他说。

“‘那将是你以后的工作。’我说，‘一天到晚不说话，光是吻她。以后等她认为已经爱上你的时候，她也许就分辨不出真正的谈话和你发出的嗫嚅之间的区别了。’

“且说，我从来没有清晰地看见过安娜贝拉小姐。第二天，弗格斯邀我一起去广场，看看我不感兴趣的奥拉塔马交际界人物的行列。我去了，小孩和狗一看到我的脸都往香蕉林和红树沼地上逃去。

“‘她来啦，’弗格斯捻着胡子说道，‘穿白衣服，坐在黑马拉的敞篷车的那个。’

“我一看，感觉脚底下的地皮都在摇晃。因为对贾德森塔特来说，安娜贝拉·萨莫拉小姐是世界上最美丽的女人，并且从那一刻起，是唯一美丽的女人。我一眼就明白我必须永远属于她，而且她也必须永远属于我。我想起自己的脸，差点晕倒。但接着我想起我其他方面的才能，又站稳了。况且我曾经代替一个男人追求了她有三星期之久呢！

“安娜贝拉小姐缓缓经过的时候，她用那乌黑的眼睛温柔地、久久地看了弗格斯一下，那个眼神足以使贾德森·塔特魂魄飞扬，仿佛坐着胶轮车似的直上天堂。但是她没有看我。而那个美男子只不过在我身边拢拢他的鬈发，像浪子一样的嬉笑着昂首跨步。

“‘你觉得她怎么样，贾德森？’弗格斯神气地问。

“‘就是这样。’我说，‘她会成为贾德森·塔特夫人。我一向不做背叛朋友

的事。所以这么说。'

"我觉得弗格斯快要笑破肚皮了。

"'呵，呵，呵，'他说，'你这个丑八怪啊！你也给迷住了，是吗？好极啦！但是你太迟啦。弗朗西斯卡告诉我，安娜贝拉日夜不谈别的，光谈我。当然，你晚上和她聊天，我非常领你的情。但是你要明白，我认为我自己去的话也会成功的。'

"'她是贾德森·塔特夫人。'我说，'别忘记这个称呼。你利用我的舌头配合你的俊美，老弟。你却不能把你的俊美借给我，但是今后我的舌头是我自己的。记住"贾德森·塔特夫人"，这个称呼将被印在两英寸宽、三英寸半长的名片上。就是这样。'

"'好吧。'弗格斯说着又笑起来，'我跟她的镇长爸爸谈过，他同意了。明天晚上，他将举行招待舞会，在他的新仓库里。假如你会跳舞，贾德，我希望你来见见未来的麦克马汉夫人。'

"第二天傍晚，在萨莫拉镇长举行的舞会里，当音乐奏得最响亮的时候，贾德森·塔特走进去了。他身穿一套新麻布衣服，带着全国最伟大人物的神情，实际上也是如此。

"有几个乐师因为看见我的脸，演奏的乐曲马上走了调。一两个最胆小的小姐不禁尖叫起来。但是镇长急忙跑过来，鞠躬到几乎用他的额头擦去我鞋子上的尘埃。光靠面孔漂亮是不会引起这么多人注意的。

"'萨莫拉先生，'我说，'我久闻你女儿的面容娇美。我很希望有幸见见她。

"大概有六打粉红色布套的柳条椅依靠着墙摆放。安娜贝拉小姐坐在一张摇椅上，她身着白棉布衣服和红便鞋，头发上缀着珠子和萤火虫。弗格斯在屋子的另一边，正想摆脱两个咖啡色、一个巧克力色的女人的纠缠。

"我被镇长领到安娜贝拉面前，做了个介绍。她一眼看到我的容貌，大吃了一惊，手里的扇子掉了下来，摇椅几乎翻身。我倒是习惯于这种情形的。

"我坐在她身边，开始谈话。她听到我的声音不禁惊愕，眼睛睁得像鳄梨一般大。她简直无法把我的嗓音和我的面貌结合起来。不过我继续不断地用 C 调谈着话，那是对女人才用的语调，没多久她便安安静静地坐在椅子上，眼睛里露出恍惚的样子。她慢慢地入迷了。她听说过关于贾德森·塔特的事迹，听说过他是一个很伟大的人物，干过很多伟大的事业，那对我是有利的。可是，当她发现伟大的贾德森并不是人家指点给她看的那个美男子时，肯定难免有些震惊。接着，我改用西班牙语，在某种情况下，它比英语要好，我把它看做一个有千万根弦的竖琴一样运用自如，从降G调一直到F高半音。我用自己的声音来表现出诗歌、艺术、传奇、花朵和月光。我还把我晚上在她窗前念给她的诗背出几句，她的眼睛突然闪出柔和的光芒，我明白她已经辨出了半夜里向她求爱的那个神秘人的声音。

“总之，我把弗格斯·麦克马汉打败了。啊，口才是真材实料的艺术，那不容怀疑。言语漂亮，才是真漂亮。这句谚语应当改成这样。①

“我和安娜贝拉小姐在柠檬林子里散步，弗格斯正愁眉不展地同那个巧克力色的女人跳华尔兹。在我们回去之前，安娜贝拉同意我第二天半夜到院子里去，在她窗下再谈话。

“呃。过程十分顺利。不出两星期，安娜贝拉和我订婚了，弗格斯完了。作为一个漂亮的人，他很平静，并且对我说他并没有放弃。

“‘口才本身的确很有作用，贾德森，’他对我说，‘虽然我以前没有想要培养它。但是凭你的尊容，希望用一些花言巧语来博得女人的欢心，那简直是画饼充饥了。’

“我还没有讲到故事的高潮呢。

“一天，我在火热的阳光底下骑马骑了很久，没等到凉爽下来，就随便在镇边的礁湖里洗了一个冷水澡。

“天黑之后，我到镇长家看望安娜贝拉。那时候，我在每天傍晚都去看她，我和安娜贝拉打算一个月后结婚。她好像一只夜莺，一头羚羊，一朵香水月季，她的眼睛明亮又柔和，活像银河②上撇下来的两夸脱奶油。她看到我那丑陋的相貌的时候，并没有表现出害怕或厌恶的样子。说实话，我认为我看到的是无限的柔情蜜意，就像她在广场上望着弗格斯时那样。

“我坐下，开始讲一些安娜贝拉爱听的话。我说她就是一个托拉斯，把全世界的美丽都垄断了。我张开嘴，发出来的不是平时那种动人心弦的爱慕和奉承的话语，却是像害喉炎的娃娃发出的微弱的嘶嘶的声音。我说不出一个字，一个音节，一声清晰的声音。我洗澡不小心着凉冻坏了嗓子。

“我坐了两个小时，想给安娜贝拉提供一些欢乐。她也说了一些话，不过显得虚与委蛇，清淡乏味。我努力想达到的算是话语的声音，只是退潮时分蛤蜊所

① 英文有“行为漂亮才是漂亮”一成语。

② 原文是“牛奶路”(MilkyWay)。

唱的那种‘海洋中的生活’。安娜贝拉的眼睛好像也不像往常那样频频地望着我了。我没有办法来诱惑她的耳朵。我们看了画，她偶尔弹弹吉他，弹得很不好。我离去时，她的态度很冷淡，至少算是心不在焉。

“这种情况一直延续了五个晚上。

“第六天，她同弗格斯·麦克马汉走了。

“据说他们是乘游艇逃到贝利塞去的，他们离开了已有八小时了。我乘了税务署的一艘小汽艇赶去。

“在我上船之前，先到一个印第安混血药剂师老曼努埃尔·伊基托的药房里去了。我说不出话，只能指指喉咙，发出一种管子漏气一样的声音。他打起哈欠。根据当地的习俗，他要过一小时才会理睬我。我隔着柜台探过身去，一把抓住他的喉咙，再指指我自己的喉咙。他又打了个哈欠，我的手里被放入了一个盛着黑色药水的小瓶。

“‘每隔两小时吃一匙。’他说。

“我丢下一块钱，赶到汽艇上了。

“我在安娜贝拉和弗格斯的游艇后赶到贝利塞港口，只比他们迟了十三秒。我船上的舢板刚放下去的时候，他们的舢板刚向岸边划去。我想命令水手们划得再快些，可声音还没有发出就在喉头消失了。我想起了老伊基托的药水，赶紧拿出瓶子喝了一口。

“两条舢板同时到了岸。我笔直地走到安娜贝拉和弗格斯身前。她的眼光在我身上停顿了一下，接着便扭过头去，满是感情和自信地望向弗格斯。我知道自己说不出话，但是也顾不了。我的全部希望都寄托在言语上面。在面貌的方面，我是不能站在弗格斯身边同他相比的。我的喉咙和吞咽软骨纯粹是自动要发出我心里想说的话。

“让我感到吃惊、令人高兴的是，我的话语滔滔不绝地说出来了，十分清晰、洪亮、圆润，充满力量和压抑已久的感情。

“‘安娜贝拉小姐，’我说，‘我能够单独同你谈一会儿吗?’

“你不想听那件事的细节了吧？多谢。我原有的口才又恢复了。我带她来到一株椰子树下，把以前的言语魅力又加在她身上。

“‘贾德森，’安娜贝拉说道，‘你与我说话时，我什么都听不见了，都看不到，我的眼里容不下世界上任何事情、任何人。’

“‘嗯，故事到这里差不多该结束。安娜贝拉随我乘了汽艇回到奥拉塔马。

我再没有听到过弗格斯的消息，再也没有见到他。安娜贝拉成为如今的贾德森·塔特夫人。我的故事是不是使你厌恶?"'

"不。"我说，"我对心理研究一向非常感兴趣。人的心，特别是女人的心，真是值得研究的神奇东西。"

"没错。"贾德森·塔特说，"人的气管和支气管也是这样。还有喉咙。你有研究过气管吗?"

"从没有，你的故事使我很感兴趣。我是否可以问候塔特夫人，她现在身体可好，在什么地方呢?"

"哦，当然。"贾德森·塔特说道，"我们住在泽西城伯根路。奥拉塔马的天气对塔特太太并不太合适。想必你从来没有解剖过会吞咽状软骨，对吗?"

"没有，"我说，"我并不是外科医生。"

"对不起，"贾德森·塔特说，"但每个人都该知道足够的解剖学和治疗学，以便保护自己的健康。突然着凉会引起支气管炎或者肺气泡炎症，从而严重地影响发音器官。"

"或许是这样的，"我有点烦躁地说，"不过这话跟我们刚才谈的没多大联系。说到女人感情的奇特，我……"

"是啊，是啊，"贾德森·塔特插嘴说道，"她们确实特别。不过我想告诉你的是：我回到奥拉塔马以后，从老曼努埃尔·伊基托那里打听到他替我治疗失音的药水里的成分。我告诉过你，它的作用是多么快。他的药水是用楚楚拉植物做的。嗨，你看。"

贾德森·塔特从口袋里面拿出一个椭圆形的白色纸盒子。

"这是世界第一的良药，"他说，"专治咳嗽、感冒、失音或气管炎症。盒子上写有成分单。每片内含甘草 2 厘，妥鲁香胶 1/10 厘，大茴香油 1/20 量滴，松馏油 1/60 量滴，革澄茄油树脂 1/60 量滴，楚楚拉浸膏 1/10 量滴。"

"我到纽约，"贾德森·塔特接着说，"是想兴办一家公司，销售这种前所未有的喉症药品。现在我只小规模地推销。我这里有一盒四打装的喉片，只卖五毛。假如你害……"

我站起身来，一声不发地走开了。我慢慢逛到旅馆附近的小公园里，让贾德森·塔特心安理得地独自待着。我心里不爽快。他慢慢地向我叙述了一个可能被我利用的故事。那里面有一丝生活气息，还有一些结构，假如处理得当，是可以出笼的。结果证明它不过是一颗包着糖衣的商业药。最不幸的是我不能抛售它。

广告部和会计室会看不起我。并且它根本不具备文学作品的条件。所以，我同其他失意的人们一起坐在公园的椅子上，眼皮慢慢垂了下来。

我回到自己的房间里，依旧看了一小时我喜欢的杂志上的故事。这是为了让我的心思重新回到艺术上。

我看了一篇故事，就伤心地把杂志一本本扔在地上。每一位作家毫不例外地都不能安抚我的心灵，只不过轻松快活地写着某种特殊牌子的汽车的故事，仿佛因而抑制了自己的天才的火花塞。

当我打开最后一本杂志时，我恢复精神来了。

“如果读者受得了这许多汽车，”我在思忖着，“当然也受得了塔特的奇效楚楚拉气管炎复方含片。”

如果你看到这篇故事发表，你会清楚生意总是生意，如果艺术远远地跑在商业前，商业是会急起直追的。

为了善始善终，我不妨再加一句：药房里是买不到楚楚拉这种草药的。

我们选择的道路

夕照快车开到特克生[①]以西二十英里后在一座水塔边上停下来加水。可是除了这种液体之外，这列闻名遐迩的快车的火车头上还加入了一些对它不利的东西。

这边司炉正把水管往下放着，那边就有三个人爬上机车，把身边家伙的圆口子都对准司机。这三人不是别人，正是包布·铁宝、被称为鲨鱼多德生和身上有四分之一溪流地区印第安人血统的约翰大狗子。三个黑口子的不祥讯号让司机忙不迭地举起双手，这个动作总是跟“快说”这声喝令秤不离砣连在一块的。

小分队的头头鲨鱼多德生干脆利落地下了道命令，司机乖乖地跳下车，把机车、煤水车卸下列车。然后，蹲在煤堆上的约翰大狗子开玩笑似的把双枪对准了司机与司炉，建议他们把车头开到五十码外去静候下一步的指示。

在鲨鱼多德生和包布·铁宝的眼睛里，旅客都是成分不高的劣质矿石，根本不值多费手脚。他们直奔快车的“富矿”。他们发现解款员正沉浸在黄粱美梦之中，满以为快车还在添加清水这种好东西。包布用六连发手枪的枪柄把这个念头从他脑袋里敲了出去，这时，鲨鱼多德生已经在用炸药来对付快车的保险柜。

保险柜炸开了，里面共有三万块钱，全是金币与现钞：旅客们漫不经心地将头探出窗外，看看哪块云彩在打雷，列车员赶忙拉铃索，可是割断的绳索软绵绵的松脱下来。鲨鱼多德生和包布·铁宝把他们的战利品装进一只结实的帆布袋中，跳出邮车向机车跑去，高跟的长靴使他们奔跑时有些吃力。

司机虽然憋着一肚子气，却是识时务的俊杰。他按照命令迅速地把机车驶开那不能动弹的列车。可是还没等他开走了，那个解款员已经从包布·铁宝让他退居中立的一击中苏醒过来。他拿起一把温彻斯特步枪，跳出车厢，到这场游戏中显身手。坐在煤水车上的约翰大狗子先生出错牌，成了最理想的靶子，解款员赶

① 美国阿利桑纳州南部城市。

紧发出王牌。子弹恰恰打进大狗子两片肩胛骨之间的地方，这个溪流地区的“勤奋骑士”便一个跟斗栽到地上，让他的伙伴每人能多分六分之一赃款。

机车开到离水塔两里地时，好汉们让司机停车。

两个强徒狠狠地挥挥家伙，算是告别，然后便冲下陡坡，消失在路轨边的密林里。他们在矮槲树丛里横冲直撞五分钟后，来到一个稀疏的树林，那儿有三匹马拴在低垂的枝上。一匹是留待约翰大狗子的，可是不论白天黑夜，他是再也不会骑马的了。两个强盗把这头牲口的鞍辔全部卸除了，放了它。他们跨上另外两匹马，将帆布袋横搁在一匹马的鞍头，迅速而又审慎地穿过林子，驰进了一个原始、荒凉的峡口。在这里，包布·铁宝的坐骑在一块长满苔藓的圆石块上滑了一下，跌断前腿。他们立刻对牲口头部开了一枪，坐下来研究怎么远走高飞。由于他们走的是一条曲里拐弯的羊肠小道，暂时安全，时间问题并不那么大。在他们与最敏捷的搜索队之间，还有许多里路和许多个小时。鲨鱼多德生的马缰绳松了，拖在地上，正喘着气兴致勃勃地在峡口小溪边吃青草。包布·铁宝打开了帆布袋，双手捧出了一扎扎捆得整整齐齐的钞票和一小袋金币，像个孩子似的咧开嘴乐着。

“嗨，你这有勇有谋的老海盗啊，”他兴高采烈地对多德生嚷道，“你说咱们准能成功——你真会算计呀，要是做买卖，阿利桑那州谁也赶不上你。”

“你没有马骑怎么办呢，包布？咱们不能在这儿久等。早晨天不亮他们就会跟踪来。”

“啊，我想你那匹印第安种小马还能驮我们两人，”乐天的包布答道，“路上一碰到马了，咱们就征用一匹。我的妈呀，咱们发财了，是不是？看钱上的标签总共是三万块钱啊，一人一万五！”

“没我想象的多。”鲨鱼多德生说，一边用靴尖轻轻踢那捆钱。接着又若有所思地瞅了瞅他那匹跑累的马的身上汗水淋漓的两肋。

“老波利伐快要累垮了，”他慢吞吞地说道，“我真希望你那匹栗毛马没摔伤。”

“我也是，”包布无忧无虑地说，“不过那又有什么办法呢？好在波利伐后劲不错——他能驮咱们两个，直到找到新的坐骑。妈的，鲨鱼，我想起来就感觉奇怪，你这个东部人来到这儿，竟然还能在这没本钱的买卖上给我们西部佬出点子。对了，你是东部什么地方的人？”

“纽约州的，”鲨鱼多德生说道，在一块岩石上坐下，嘴里还嚼着一根小树枝，“我生在厄尔斯特县的一个农场上。十七岁从家里逃出来。我来到西部完全是出于偶然。我当时背了一个包袱沿着路一直走，是想去纽约市。我打算到那儿去挣些大钱。我总觉得我能行。有一天傍晚，我走到一个三岔路口，也不知道该走哪条路。我盘算了半点钟，选了左面的一条。就在那天晚上，我遇见了一个演西部戏的班子，是专门在小镇上巡回演出的。我就随着戏班子来到了西部。我常想，要是我选的是另一条道，不知会不会成为另外的一种人。”

“哦，我觉得你到头来还是这个结局，”包布·铁宝说，乐呵呵地还带着哲学意味，“不在于选哪一条道，是我们的本性决定我们成为什么人。”

鲨鱼多德生站起来了，靠在一棵树上。

“我真不愿意你那匹栗毛马摔伤，包布。”他又说了一遍，几乎有点儿伤感。

“可不是，”包布也同意说，“它确实是匹头等的好马。不过波利伐这牲口肯定能帮我们渡过难关。我想咱们还是走吧，怎么样，鲨鱼？我来把这些劳什子重新装进口袋里，咱们上路，去找树木高大些的地方吧。”

包布·铁宝把赃款放回口袋，用绳子把袋口扎紧了。等他抬起头时，最使他触目惊心的就是鲨鱼多德生那支零点四五口径手枪的枪口正地对准他。

“别打哈哈，”包布嘻嘻地笑着说道，“咱们得赶紧开溜啊。”

“不要动，”鲨鱼说，“你不用跑了，包布。我也不愿意这样子，不过咱们之中只有一个人有机会跑掉。波利伐已经很累了，它驮不动两个人。”

“鲨鱼多德生，咱们两人搭伙已有三年了，”包布平静地说，“咱们一起出生入死，捡回一条命。我一直和你公平交易，总以为你是条好汉。我也风闻过一些古怪的传闻，说你不正大光明，杀过一两个人，但我从不相信。现在，假如你只不过是跟我开个小玩笑，那快把枪收起来，咱们一起骑上波利伐，赶紧上路。要是你真的开枪——那你就开吧，你这条狼心狗肺的毒蛇啊！”

鲨鱼多德生的脸色显得十分悲哀。·

“你不明白，”他叹了一口气，“你那匹栗毛马摔断腿，我多么难过。”

一刹那间，多德生又换成一副杀气腾腾的凶相，还夹杂着一种铁了心的贪婪神情。这个人的本性显露一会儿，仿佛是正派人住宅的窗户里突然出现了一张狞恶的面庞。

的确，包布·铁宝再不用“开溜”了。不义的朋友那支包送终的零点四五口径手枪砰的一声，让山谷间充满了响声，使石壁发出了愤愤不平的回音。然后，波利伐这个不知情的帮凶，驮着拦劫夕照快车匪帮里的最后一个人，飞快地驰走，而没有勉为其难地驮着两个人。

跑着跑着，鲨鱼多德生眼前的树木好像逐渐消失；他右手握着的手枪变成红木椅子的弯扶手；他的马鞍竟然变成了有弹性的软垫。他睁开眼睛一看，发现他的脚并没套在马镫里，而是安安静静地搁在橡木办公桌的边上。

我刚才说道，多德生，多德生——德格公司的多德生，是华尔街的一位经纪人，睁开了眼睛。机要秘书皮保迪站在他椅子的旁边，有点踌躇，不知该不该开口说话。窗子外面是一片杂乱的车轮声，屋子里是电扇催人欲眠的声音。

“嗯哼！皮保迪，”多德生说道，一边眨眨眼睛，“我肯定是睡着了。我做了一个非常奇怪的梦。什么事，皮保迪？”

“屈雷西——威廉斯公司的威廉斯先生正等在外面。他是来结那笔 X. Y. Z. 股票账的。他抛空失风，您大概还记得，经理。”

“对，我记得。今天 X. Y. Z. 什么行情，皮保迪？”

“是一元八角五，经理。”

“就按这个数目结算。”

“对不起，有一句话不知道该不该说，”皮保迪局促不安地说。“我刚才和威廉斯谈过了。他是您的老朋友了，多德生先生，而您实际上是垄断了 X. Y. Z. 股票的。我想您可能——呃，我想您也许不记得他当初卖给你的价钱是九角八吧。要是让他按市场行情结账，那他肯定倾家荡产了。”

一刹那间，多德生换成一副杀气腾腾的凶相，还夹杂着一种铁了心的贪婪神情。这人的本性显露了一会儿，仿佛是正派人住宅的窗户里突然出现了一张狞恶的面庞。

“他必须照一元八角五结账，”多德生说，“波利伐可驮不动两个人。”

市政报告

骄傲的城市
面临着挑战
一方是高山
一方是海洋

——拉·吉卜林

想象有一本小说是写芝加哥或者布法罗的，或是写田纳西州的纳什维利的吧！美国只有三座大城市被称为故事城——当然有纽约，新奥尔良，最好的是旧金山。

——弗朗克·诺瑞斯

加利福尼亚人以为东边就是东边，而西边则是旧金山。加利福尼亚人不仅是一个州的居民，他们还是一个种族的代称。他们是住在西部的南方人。芝加哥人为自己的城市所感到的自豪也许并不比他们差，可当你问他们为什么的时候，他们只会喃喃地说因为有湖鱼和新盖的共济会大楼。而加利福尼亚人却可以讲到许多细节。

有关天气，他们就可以和你谈上半小时。当你在考虑煤炭开支和厚内衣的时候，他们会误以为你佩服他们，他们能将这个有金门的城市说成新世界的巴格达。当然，这只是个观点问题，不必予以反驳。不过，亲爱的兄弟姐妹们（都是亚当和夏娃的后裔），当一个鲁莽的家伙用手指着地图说："这个城市里不会有什么浪漫故事的——这儿能有什么事呢?"用这样一句话来向历史、浪漫主义、兰德和麦克纳利挑战时，那他就太草率无知了。

纳什维利——一个城市，港口，是田纳西州首府，位于坎伯兰河畔，它有两条铁路。被认为是南方最重要的教育中心。

晚上八点的时候，我走下了火车。找遍了词典，也无合适的形容词，我只能用配比来形容这里了。

百分之三十的伦敦的雾；百分之十的疟疾；百分之二十的泄漏煤气；百分之二十五的露水，在太阳升起时的砖地上收集得到；百分之十五的蜜制忍冬草。这些混合在一起。

这种混合物可以给你一个纳什维利的毛毛细雨的概念。它没有樟脑丸香，也不像豆汤那么味道浓郁，可已经够了——它随时恭候。

我坐上一辆死刑犯押运车去了旅馆。我费了好大劲儿，才控制住自己不像《双城记》里的西德尼·卡顿那样爬到车顶上去受死！拉车的是过了时的畜生，赶车的是刚解放了的黑人。

我又累又困，一到旅馆就赶紧给了赶车人所要的五毛钱（我向你保证，我给了小费）。我知道这里的习惯，我不想听关于老主人或者战前的什么事的唠叨。

旅馆是经过翻新的。也就是说花了两万块添了新的大理石柱、瓷砖、电灯以及摆在休息室里的铜痰盂，以及一张新的列车时刻表，在一张平版的“观山图”上面是一间特大房间。旅馆的管理非常好，服务也充满了南方特有的细致，不过动作却像蜗牛般迟缓、像瑞普·凡·温克尔那么幽默。这里的食物绝对值得远征千里专程来吃。世界上没有任何一家别的旅馆可以吃上如此的烤鸡肝美味儿。

吃晚饭的时候，我问一个黑人侍者，城里可有什么能玩的。他考虑了一会儿，然后回答：“啊，老板，太阳下山以后我真不知道还有什么可玩的地方了。”

太阳已经下山了，已经沉入毛毛细雨里了。我走进这毛毛细雨之中，想看看究竟有些什么景象。

此城地势起伏，街道均为路灯照亮——为此每年至少要花费三万二千四百七十元。

我离开旅馆就看到了一场种族暴乱。一群自由民迎面向我扑来，有阿拉伯人、祖鲁人，都拿着武器——还好，是马鞭不是来复枪。黑暗之中我还看到一片黑乎乎的马车，听到了令人放心的叫喊：“老板，去哪儿都行，都是五毛钱。”我这才知道我是一个“乘客”，而不是一个受害者。

我走过长长的街道，发现所有的路都是上坡。我有些疑惑，这些街道在什么地方下坡呢？也许永远都不会有下坡吧，除非把它们筑平。在这几条主街上，间或在一些商店里可以见到一些灯光；公共汽车载着可敬的自由民们来往。有一边走一边说话的人走过，有生动的笑声从卖苏打水和冰激凌的小铺里传过来。在那些算不上主街的街道两旁，集中了许多平和安静的屋子。很多窗户透过窗帘都泄出了些许灯光，还有几架钢琴奏出整齐而美妙的演奏声。确实没什么可玩的，我真希望自己是在日落前来到这里的。于是，我便回了我住的旅馆。

一八六四年的十一月，南部联邦的胡德将军进攻纳什维利，包围托马斯将军率领的国防军。在随后的战斗中，南军惨败。

在有嚼烟草习惯的地方，我听说过、目睹过也十分佩服南方人在和平时期的好枪法。我住的旅馆里面，正有一件让人吃惊的事等着我。在宽敞的休息室里，放着十二个崭新的、明光瓦亮、冠冕堂皇的铜痰盂，十分高大，足可称之为缸；口子也非常大，女子垒球队的投手在五步之外也能把球投进去！虽然经历了可怕的战斗，而且战斗依然在进行，敌人却并没有损失多少。它们依然明光瓦亮、冠冕堂皇地摆在那儿。杰弗逊·布瑞克的影子啊！那瓷砖地——漂亮的瓷砖地啊！我不禁又想到了纳什维利战役，按我愚蠢的习惯，试图得出有关射击技术遗传的结论。

我是在这儿第一次见到少校——这样称呼实在太没有礼貌了——温特沃斯·卡斯维尔少校。我一看见他就知道他是那一类人了，这种人很让人烦。老鼠没有择地而居的习惯。我的老朋友阿·丁尼逊论述任何事情都是一针见血：

先知啊，诅咒那喋喋不休的嘴巴，诅咒这不列颠的坏蛋——老鼠。

让我们随便把“不列颠”这个词置换一下吧。老鼠就是老鼠。

这个人在旅馆的休息室里逡巡着，仿佛是一条忘了把骨头埋在了什么地方的狗。他那一英亩大的脸上，又红又胖，还有一种佛似的睡意蒙眬的感觉。他也有一个优点——脸刮得很干净。人身上的动物特征是可以忽略不计的，除非他带着满脸的胡子碴儿到处乱跑。我想，他那天假如没刮胡子的话，我肯定不会搭理他。那么世界上就少了一个谋杀者。

当卡斯维尔少校向痰盂开火的时候，我正站在离痰盂五步之内的地方。我的观察力还是非常够用的，我发现进攻者用的不是来复枪而是老式的多管格林机关枪时，便赶紧向边上一闪。少校抓住这个机会向一个非战斗人员道了歉。他是个唠叨嘴，四分钟之内便和我交上了朋友，拉我到了酒吧。

在这儿我要插一句话，我是个南方人。当然，这并不是由于职业或贸易的原因。我不愿使用窄领带、垂边帽、礼服大衣，我不喜欢嚼烟草，也避而不谈谢尔曼毁掉多少棉花包。当乐队演奏歌颂南方的曲子《狄克西》的时候，我也不喝彩。我坐在皮椅子中，向下滑了滑，坐得低了一些，又要了一杯啤酒，真是希望南方的朗斯吹特曾经——可又有什么用呢？

卡斯维尔少校用拳头砸酒吧一下，响起了萨姆特尔要塞第一声炮的回响。当他开了在阿波马托克斯宣告南方失败的最后一炮之后，我心中有了希望。可他又说起他的家谱来，说亚当只是卡斯维尔家一支旁系的第三代堂侄。然后他又十分令人讨厌地说起了他家的私事。他说他的妻子的祖先是夏娃，还决然否认她在梦乡中可能和谁有亲戚关系的说法。

这时，我怀疑他这是在用胡说八道来遮掩他已经要了酒的事实，到时候好让我付账。可酒端上来之后，他立刻就抛出一枚银币，响亮地砸在吧台上面。这样，再来一巡酒也就成了再自然不过的事了。我付过钱了，离开了他，因为我已经不太讨厌他了。我离开他之前，他还在高声地说着他妻子的收入，还拿出一大把银币来让人看。

我从旅馆的前台取钥匙的时候，服务员殷勤地说："如果那个名叫卡斯维尔的家伙冒犯了你，你又准备起诉的话，我们可以把他赶出去的。他是个游手好闲的讨厌鬼，可他身上总是有钱，我们也找不到什么合适的理由把他赶走。"

"啊，不，"我稍加思索后说，"我不准备起诉他。不过我倒愿意记录在案，我不想成为他的朋友。你们的城市，"我接着说道，"看来十分安静。你们能给陌生客人提供一些什么样的娱乐、冒险和可资兴奋的事呢？"

"好吧，先生，"服务员说道，"下周四有一场演出——我来查一下，把海报和冰水一起送到你房间里。晚安！"

回到自己的房间后，我向窗外望去。才刚十点钟，可外面已是一片寂静了。毛毛雨还在下着，路灯昏暗而稀疏，仿佛妇女交换市场上出售蛋糕上的无核小葡萄干一般。

"一个很安静的地方，"我自言自语着说，第一只鞋已经脱下来了，砸在了楼下的顶棚上。"这里并没有西部和东部的色彩和花样，只是一个平凡的、尚好的、无聊的商业城市。"

纳什维尔是全国最为重要的制造业中心之一。鞋和靴的产量为美国的第五位，南部最大的糖果业和饼干业制造城市，谷物、食品杂货以及药品的贸易额也非常大。

我必须告诉你我为什么来纳什维尔了，因为上面这些不着边际的话不仅让你也让我烦了。为了个人的一些事务我要到其他地方去，可北方的一家文学杂志让我在纳什维尔停一下，为出版商与一个叫阿扎利亚·阿戴尔的建立联系。

阿戴尔（除了笔迹外，对他别无线索可知）寄来过几篇散文（失传的艺术！）和几首诗歌，曾经让编辑们在吃一点钟的午饭时赞叹了很久。所以他们让我来找上面说到的这个阿戴尔，在别的出版商跟她或他签每字一毛或两毛的合同之前，先跟她签两分钱一个字的合同。

第二天上午九点钟的时候，吃过烤鸡肝以后（如果你能找到这家旅馆，不妨来尝一口），我出去，走进毛毛雨中，那雨是无始无终的。就在第一个拐弯的地方，我碰上了凯撒大叔。他是一个高大健壮的黑人，比金字塔年纪还大，灰白的头发，一张使我想到布鲁塔斯的脸——仔细看又很像死去的塞提瓦约皇帝。他穿着一件很奇怪的大衣，我不仅从未见到过，也从来没有期望见到过。它长至脚踝，曾经是南军的灰军衣，多年的雨淋日晒使约瑟的彩衣和它相比，也简直成了灰白的单色。我必须讲一下这件大衣，因为它和我们的故事有关——这故事挺长时间还没开始，因为你很难期望纳什维尔会有什么新鲜事儿。

这以前一定是军官穿的大衣。大衣的披肩已经不见了，前襟上的漂亮的流苏和装饰也没了。取而代之的是细心地缝上去的是用普通麻线捻成的新的装饰（那肯定是出自一位黑妈妈之手）。这些新缀上去的装饰也已经磨烂了。还勉强地挂在那儿是为了显示其往的威风。最具喜剧意味也最让人感到悲哀的是，除掉一颗从上向下数第二颗处的扣子以外，其余的扣子全没有了。大衣是用麻绳穿过扣眼儿和对襟上粗糙地挖出的洞，连起来系在一起。如此稀奇古怪的破玩意儿确实少见，那仅有的一颗扣子有半美元硬币那么大，质地是黄牛角，也是用粗麻线缝缀着的。

这位黑人站在一辆旧马车的旁边，那马车可能是非洲人的祖先汉姆离开方舟以后，弄了两匹牲口跑出租时用。我走近他时，他打开门，用鸡毛掸子毫无实际意义地撞了几下，用深沉的粗声说道：

“先生请进；一尘不染——我刚送完葬回来，先生。”

我想遇到这样的盛典，马车是要特别清洗一番的。我向街两边看看，见排成一排的出租马车基本上都没有什么揽到雇主的机会。我在记事簿上查找阿扎利亚·阿戴尔的地址。

“我想去杰萨明街八百六十一号。”我一边说，一边向马车上走着。可那黑人用又长又粗、黑猩猩一般的胳膊拦住了我。他阴沉的脸上，一时间笼罩上了怀疑和敌视。不过，他很快又恢复了常态，讨好地说道：“老板，你干吗去那儿啊？”

“跟你有关系吗?”我厉声道。

“没什么，先生！真没什么。那儿是城市中一块很偏的地方，很少有人去那里，仅此而已。请上车。座位很干净——刚送葬回来，先生。”

到目的地的路途大约有一英里半，除了那辆古代马车碾过坑洼不平的砖地时发出的可怕的咔嗒声以外，什么声音都没有；除了毛毛雨的气息外，也闻不到别的气味儿。不过，现在的毛毛雨中掺上了点煤烟味，也许是烟草和夹竹桃花混合起来的味道。我透过淌着雨水的车窗，看见两排黑魆魆的房子。

此城占地有十平方英里；街道总长一百八十一英里，其中一百三十七英里都经过修筑；水网造价两百万元，主管道大概长七十七英里。

杰萨明街八百六十一号是一幢颓败的房子。它离马路三十码远，被一圈茂盛的树木和未经修剪的灌木丛围绕。一排枝繁叶茂的白杨树几乎把篱笆墙都遮住了。大门是用一条系在门柱上的绳子和第一根篱笆桩子拴在一起关住的。你一进去，就会发现八百六十一号原来是个空壳，是个影子，是旧日奢华的幽魂吗？不过照故事的发展我现在还没进去呢。

马车停止了咔嗒咔嗒的响声，马儿们也都得了空休息，我给车夫五毛钱，外加两毛五的小费。我觉着自己已经够大方了，可他说：

“先生，两块钱。”

“多少?”我问，“你在旅馆那儿的吆喝我可是听得清清楚楚，五毛钱到城里的任何地方!”

“先生，两块钱。”他顽固地重复，“从旅馆到这儿路很远啊!”

“这儿可是还在城里呢，在城里!”我争辩道，“不要以为你碰到了个生瓜蛋子北方佬。你看见那边的山了吗?”我指着东边说到（我自己也看不清，因为有毛毛雨），“我就是在那儿出生、长大的。你这个黑鬼，你这个老傻瓜，你看人也看得太不准了吧!”

塞替瓦约皇帝阴沉的脸缓过劲儿来。“你是南方人，先生？你的鞋把我弄糊涂了。南方绅士穿的鞋没这么尖。”

“那么，我想车费是五毛了吧?”我不妥协地说。

他脸上又显出原来那种贪婪的阴沉相，不过只持续了十秒钟就又消失了。

“老板，”他说道，“五毛是对的；可我需要两块钱，先生；我必须得有两块钱。我知道你是哪里人之后，我不再强要了，先生。我只想说一句，今天晚上生意不好，我又必须要有两块钱。”

他颜色很重的面相中，显出一种平和和自信。他的运气比他的希望还好，他遇到的不是一个不知道车费的生瓜蛋，而是一个遗产馈赠人。

“你这个该死的老流氓，”我把手伸进口袋时这样说道，“该送你去警察局。”

我第一次见到他笑。他早知如此。他早知如此！早知如此！

我给了他两张一块钱的钞票。在递钱给他时，我注意到其中一张钞票已经很旧。右上角已经没有了，中间也是撕破以后又粘起来。一张蓝纸条粘住了破的地方，维持了它的流通性。

至此，有关这个非洲土匪我们已经说得不少了。留下他一个人在那儿高兴，我拉动了绳子，打开那扇破门。

如我所言，那房子只不过是个空壳。油漆刷子有二十年没接触过它了。我真不明白为什么大风没有把它像一座纸牌搭的房子那样吹跑呢。在我再次注意到那把它团团围住的树木后，才明白其中的原理——这些目睹过纳什维尔战役的树用它们的枝干守护着这宅子免受风暴、敌人和寒冷的侵犯。

阿扎利亚·阿戴尔，五十岁，白发，出身望族，身体像她住的房子一样贫弱，穿着我从未见过的最便宜最干净的衣服，如同皇后一般简朴地接待了我。

客厅好像有一英里见方的，未上漆的白松木书架上放着几排书，一张裂开了纹的大理石面的桌子，一条破旧的地毯，一个没毛了的马鬃沙发，还有两三把椅子。除此以外，别无他物。不错，墙上还挂着一幅蜡笔画，画的是一束三色紫罗兰。我四下看看，没有总统安德鲁·杰克逊的画像，也没有看见挂起来的松果篮子。

阿扎利亚·阿戴尔和我见了面，其中的一小部分我转给你们听。她可是古老的南方的产物，在细心的呵护下成长起来。她的知识面不宽，但却十分深刻，在一些领域还颇有建树。她是在家中接受的教育，关于世界的知识源于她的推理和灵感。这就是她创作那一小批散文的资本。她和我谈话时，我不停地擦着我的手指头，不知怎么地要擦去从兰姆、乔叟、赫兹利特、马考斯·奥瑞留斯、蒙田和胡德的著作中掉下来的其实并不存在的灰尘。她很了不得，发掘出她来实在太有价值了：现在几乎每个人都对现实生活知道得太多了。

我可以非常明显地看出，阿扎利亚·阿戴尔很穷，除了一座房子和一身衣服以外，她一无所有。我既要向杂志社负责任，又要忠于在坎伯兰山谷与托马斯共同战斗过的诗人和散文家。我听着她那拨弦古钢琴一般的话语，很难启口去谈合同的事。在九位缪斯女神和三位格瑞斯女神的面前，一个人很难把话题扯到两分钱一个字这样低俗的问题上去。恐怕得再谈一次才能恢复我的商业习惯吧。不过我还是把我此行的目的说了出来，并约好在第二天下午三点讨论商业问题。

“你们的城市，”我准备离开时这样说道（这时候可以谈些轻松的话题了），“是一个安静、严肃的地方。一个能够安家的城市，可以说永远不会有什么意料之外的事发生。”

此城同西部和南部均有火炉与凹形器皿的交易，其面粉加工厂日生产量超过两千桶：

阿扎利亚·阿戴尔似乎在思索着。

“我从来没那么想过，”她以她自己所特有的诚恳态度说道，“安静的地方就不会有什么意外之事发生了吗？我想，当上帝在第一个星期一的早晨创世界的时候，你可以从窗口探出头去，听到他建设那永恒的山峰的时候，他的铁锹甩动泥浆的声音。世界上最喧嚣的工程——我指的是建设通天塔的工程——其结果怎么样呢？《北美评论》上一页半的世界语罢了！”

“当然，”我提出了陈词滥调，“任何地方人的自然属性都是一样的；不过有的城市比别的城市多些色彩罢了……多些戏剧性和行动意味……以及浪漫的情怀。”

“表面上是这样，”阿扎利亚·阿戴尔说，“我曾坐着展开双翼（印刷品和梦想）的金色飞船多次周游世界。我见过（在一次幻想的旅行中）土耳其的苏丹亲手勒死了他的妻子，因为她在公共场合没有遮住脸。我在纳什维利还看见一个男人撕碎了戏票，因为他的妻子出门时用脂粉遮住了脸。在圣弗兰西斯科的中国城里，我看见使女辛夷被一点一点地往杏仁油里浸，逼着她发誓再也不和她的美国情人见面。当油浸到她膝盖之上三英寸的地方时，她终于屈服了。在东纳什维利的一个晚间纸牌聚会上，我看见肯替·摩根的七个同学和保持了近乎一生友谊的朋友同她断交，因为她和一个油漆匠结了婚。她端在胸前的沸油在吱吱作响，可我希望你能看到她从一张桌子走向另一张桌子时那美妙的浅笑。噢，没错，这是一个很枯燥的城市，只有几英里长的红砖房、泥浆、商店以及木料场。”

这时有人在房子后面敲门。阿扎利亚·阿戴尔轻声地致歉以后，循声离去。三分钟以后，她眼睛放着光回来，两颊上有了一层红晕，好像年轻了十岁一样。

“临走之前请喝一杯茶，再吃块蛋糕吧！”她说。

她说着摸起一个小铁铃，摇了一下。一个光着脚的，不大整洁的，十二岁左右的黑人小姑娘拖着脚走进来。她咬着手指头，瞪着我看。

阿扎利亚·阿戴尔从一个破旧的小得可怜的钱包里掏出一张钞票出来。一张丢了右上角的一美元钞票，用蓝纸条粘住的一美元钞票啊！这是我给黑人海盗的那两张钞票中的一张——毫无疑问！

“去一趟贝克先生的商店，伊姆庇，”她将那一美元交给小姑娘，“拿回四分之一磅茶叶——就是他要送给我的那种茶——再要一毛钱的蛋糕。好了，快点。恰好家里的茶叶没了。”她这样对我解释说。

伊姆庇从后面向外走出去。在她那光脚踩在地上的啪哒声从后门廊里消失以前，突然响起了一声尖叫——我敢肯定那是伊姆庇在叫——叫声响彻了整个房间。接着是一个男人愤怒的叫喊，嗓音尖厉粗暴；与那女孩的叫声连成了一片。

阿扎利亚·阿戴尔没有吃惊，也没有激动，她站起身来，很快就消失了。那个男人粗野的喊声又继续了两分钟，然后是诅咒和扭打的声音，她平静地回到她的椅子里。

“这房子很大，”她说，“我将一部分租出去了。抱歉，我必须收回我邀请你喝茶的礼遇了。商店里没有我平时惯用的那种茶了。可能明天贝克先生会给我留着的。”

我肯定，伊姆庇根本没有离开这座房子。我打听了一下公共汽车的线路，便离开了。走在路上我才突然想起来，忘了问阿扎利亚·阿戴尔的姓了。好在明天还可以问她。

就是从这一天起，我被这个无事的城市强迫着加入了一场罪恶。我只在这儿待了两天时间，可就在这两天里我可耻地在电报里撒了谎，而且变成一个同案犯，杀人案事后的同案犯——假如“事后”这个法律名词被确认的话。

我走到接近旅馆的一个拐角时，那个穿着褴褛的破大衣的非洲马车夫一把抓住我，打开了他那棺材的门，舞动着鸡毛掸子开始说他的一套滥词儿：“请进，老板。很干净——刚送葬回来，五毛钱能到任何地……”

他认出了我，咧着嘴笑了一下，“对不起，老板，你就是今天早上坐我的马车出去的那位绅士。衷心地感谢你，先生。”

“明天下午三点我还要去一次八百六十一号，”我说，“你如果在这儿的话，我还想雇你的车。你认识阿戴尔吗?”由于想到了我的那一美元，所以我这样问了一句。

“我曾经是她父亲阿戴尔法官的奴仆，先生。”他回答。

“我看她一定很穷吧，”我说，“她没多少钱，对吗?”

在一瞬间里，我又一次看到塞替瓦约皇帝的阴沉样儿，马上又变成了那个多收钱的黑人老马车夫。

“她绝对不会饿死的，先生，”他缓缓地说道，“她有经济来源，先生，她有来源的。”

“再坐你的车我可只付五毛钱。”我说。

“非常正确，先生。”他恭顺地回答道，“今天早晨我必须得有两块钱，老板。”

我回到旅馆里，在电报里对杂志社撒了谎：“阿·阿戴尔坚持每个字要八分钱。”

回电是：“赶紧照办，你这个傻瓜。”

晚饭前，温特沃斯－卡斯维尔少校像多日不见的老朋友似的招呼我。我很少见到他这么既让人讨厌又难以甩掉的人。他过来的时候，我恰好站在吧台边上；所以不能对着他的脸挥舞白手绢说不喝酒。我很愿意出酒钱，只是不要喝第二轮就行；然而他却是一个闹哄哄的、不知耻的酒鬼，每花一分钱都要让铜管乐队和烟火为他做广告。

他以要掏出几百万元的架势从口袋里掏出了两张一美元的钞票，把其中的一张扔到吧台上。我再一次看到了那张掉了右上角，中间用蓝纸黏着的那张一美元的纸币。这还是我的那一美元！不可能是别人的。

我走上楼去，回到我的房间。这个无事的城市的毛毛细雨和安静乏味弄得我浑身疲惫、头脑混乱。我记得上床之前，我竭力想把那张神秘的钞票——那张钞票能成为一篇绝好的旧金山侦探故事的线索——从我脑子里排除出去，我睡意蒙眬地自言自语：“这儿的很多人似乎都拥有出租马车拖拉斯的股票，股息也付得非常快。真让人弄不明白……”后来我就睡着了。

第二天，塞替瓦约皇帝在老地方上载上我，把我的骨头在石子路上颠到了八百六十一号。他等我办完事以后再把我颠回去。

阿扎利亚·阿戴尔比昨天显得更苍白、更干净却也更虚弱了。

签完了每个字八分钱的合同之后，她更苍白了，并且从椅子上滑了下来。没费多大劲儿我就把她弄到了那把古老的马鬃沙发上，然后我跑出去屋子，奔到人行道上，喊那个咖啡色的海盗去叫医生来。我对他的智慧从未怀疑过，他扔下马车快步向街上跑去，他知道这样更快。不到十分钟他便领着一位勇敢的、灰白头发的、很能干的医生回来了。我用了几句话（远不值每个字八分钱）便说明了我出现在这个神秘的空荡荡房间里的原因。他表示理解地点了点头，又面容严肃地看着那个老黑人。

“凯撒大叔，”他平静地说道，“跑步去我家，向路丝小姐要一满罐鲜牛奶半杯葡萄酒来。赶紧回来。不要赶车——跑着去。这星期你得抽时间再来一次。”

我清楚梅瑞曼大夫也不相信这位陆上海盗的马的速度。凯撒大叔笨手笨脚地向街上跑去，速度很快；医生很礼貌也很仔细地打量了我一番后，认定我是可以信赖的。

“只不过是营养不良，”他说，“换句话说，是贫穷、自尊和饥饿的后果。卡斯维尔夫人有很多朋友，他们都想帮助她，可她除了她家的黑人老仆凯撒大叔以外，谁的帮助都不接受。”

“卡斯维尔夫人！”我惊讶地说道。看了看合同，才发现她签的名上是“阿扎利亚·阿戴尔·卡斯维尔”。

“我以为她是阿戴尔夫人呢！”我说。

“她嫁给了一个废物酒鬼，先生，”大夫说道，“据说他连那个老仆人给她的小钱也抢！”

牛奶和酒拿回来之后，医生很快就让阿扎利亚·阿戴尔苏醒了过来。她坐了起来，开始赞美秋天的树叶，她说树叶子正当时，颜色最浓。她轻描淡写地说这只不过是心脏的老毛病又犯了。她躺到沙发上，伊姆庇为她扇扇子。医生还要去别处出诊，我送他出门。我告诉他，我有权力代杂志向阿扎利亚·阿戴尔先预付一点钱，他听了好像挺高兴。

“顺便说一下，”他说，“你也许想知道一下，你可有一个皇家马车夫为你赶车呢！老凯撒的爷爷是刚果的皇帝。凯撒自己也像你看到的，很有皇族的气派。”

医生走了，我听到屋子里凯撒大叔说话的声音：“阿扎利亚小姐，他把那两块钱都抢走了吗？”

“是的，凯撒，”我听见阿扎利亚无力地回答。我回到屋子里，和我的撰稿人结束了业务洽谈。我自作主张，先给了她五十元，作为一种巩固我们之间合同的必要形式。然后凯撒大叔赶着车将我送回旅馆。

至此为止，我作为一个目击者，所见到的故事已经告一段落了。余下的只是一些事实。

六点钟，我出去遛了一圈。凯撒大叔还在他街角上的老地方等人。他打开车门，挥舞着掸子，开始了他那一成不变的套话：“请上车，先生。五毛钱可到城里的所有地方……马车非常干净，先生……刚刚送葬回来……”

他认出我。我想他的视力可能有点问题。他的大衣上又多了几块褪了色的地方，腰上的绳子也更破烂了，剩下的最后一枚扣子——黄牛角扣子——也不见了。凯撒大叔是国王的后代啊！

大约两小时以后，我见药房门前挤着一堆兴奋的人。在无事的沙漠中，这就是久旱的甘霖，于是我也挤了进去。在一张用箱子和椅子搭起来的临时床铺上面，躺着温特沃斯·卡斯维尔少校的濒死的肉体。一个医生正为他作临死前的诊断，其结论是此人已一命呜呼了。

有人发现这位昔日的少校死在一条黑暗的街道上，好奇而无聊的市民便把他抬到了药店门口。这位去世的人死前曾打过一架——种种细节均可证实这一点。尽管他是一个二流子加恶棍，亦堪称勇士，但他依然输了。他的手紧紧地攥着，分不开。站在周围的认识他的善良的市民们，竭力寻找着能够夸奖他的话。一个长相温和的人想了许久，终于说道："他十四岁时，在学校里拼读学得是最好的。"

我站到那儿的时候，这个躺在白松木箱子上的"曾经为人"的人的右手手指松开了，有一样东西掉到了我的脚边。我无声地用脚把它给踩住了，过了一会，我把它捡起来，装进兜里。我想这是他在最后的挣扎中，无意中抓到的东西。他抓着它踏上了死亡之旅。

这天晚上，旅馆里的人们在谈论政治和禁酒以外，主要话题便集中于卡斯维尔少校的死上了。

我听到有一个人对他的一小群听众说：

"我认为，各位，卡斯维尔是让那些黑鬼们谋财害命杀掉的。今天下午他还有五十美元，他向旅馆里的很多人展示过呢。他被发现时，身上已经没有这笔钱了。"

第二天早晨九点我离开了这座城市。当火车驶上坎伯兰河大桥的时候，我从兜里掏出了一枚大小与五毛钱硬币相仿的黄牛角的大衣扣，上面还挂着几根粗麻线头！我把它扔出了窗外，掉到了下面缓缓流动着的泥泞的河水里。

我真不知道我在布法罗该做些什么了。

菜单上的春天

那是三月里的一天。

你可千万不要这样开始一个故事。再也没有比这更蹩脚的开头了。毫无想象力，枯燥乏味，甚至很可能都是废话。但在这个故事里，这样的开头行得通。因为原本该作为开头的接下来的一段叙述实在太过荒唐，简直不能拿到读者面前去卖弄，只好稍稍加上点铺垫。萨拉正对着一份菜单哭泣着。

你能想象吗，一个纽约市的姑娘居然会对着一份菜单掉眼泪！

要想找到原因，你不妨猜猜看。是因为龙虾卖完了，还是她发了誓在大斋节期间绝不吃冰淇淋；或者她正好点了洋葱，要不然就是她刚从哈克特剧院看了日场回来。我告诉你吧，所有这些猜想都对不上号，就请你继续往下看这个故事吧。

有位先生曾经宣称世界是一个他用刀就能撬开的牡蛎，于是他因此名气大得有些过了头。用刀撬开牡蛎其实不难，但是你发现过有人企图用打字机来撬开地球上的双壳贝类吗？你愿意等着一打毕料蛎这样被撬开吗？

萨拉曾经用并不太灵活的工具拼命地想撬开那两片壳，最后终于可以稍微品味一下里面冷冰冰、黏糊糊的世界。她懂一点儿速记，程度也就和从商业学院里一路混过来的速记专业的毕业生差不多。因此，她没法成为事务所里那众多耀眼的天才中的一员。她只不过是一个自由职业打字员，时不时还得找点抄写的零活。

在和这个世界的斗争之中，萨拉取得的最杰出最圆满的功绩就数和舒伦伯格家庭饭馆成交的那笔交易了。她住在旧红砖房子走廊尽头的一间小房间里，而饭馆就在旧红砖房子的隔壁。有一天晚上，她在饭馆里吃四十美分、五道菜的客饭（上菜的速度快得就像你朝那黑人的头上连扔五个棒球一样），之后就顺手拿走了菜单。菜单上的字迹简直没法辨认，既不是英文，又不是德文，顺序也乱七八糟，一不留神，你也许就会先点一个牙签加米饭布丁，最后才来一份汤和当天的优惠小吃。

第二天萨拉让舒伦伯格看了一份整洁的新菜单，菜单打印得非常漂亮，各式菜肴都准确地归类，诱人地排好了队，从“正餐前的开胃菜”到“外衣雨伞请自行保管”，全部都有。

舒伦伯格当场就佩服了她。萨拉离开前，他还心悦诚服地和她订了个协议。她要负责为饭馆里的二十一张餐桌准备打印的菜单——每天晚餐的一份新式菜单，早餐和午餐则在菜式有变动或出于整洁的要求时才要求提供新的。

作为回报，舒伦伯格每天要叫一个服务生把三餐饭送到萨拉的小房间去——允许的话，会找一个毕恭毕敬的去。另外，每天下午都会送去一份铅笔写的菜单的草稿，命运为第二天舒伦伯格的顾客们都准备了些什么，全在上面写了。

这份协议让双方都非常满意。舒伦伯格的老主顾们现在终于弄清楚他们吃的都是些叫什么名的菜了，尽管偶尔还是会有些困惑但是也无关紧要了。而对萨拉来说，在这个阴冷沉闷的冬天吃的有了着落，没有什么比这更重要的了。‘日历上说春天已经到了，这真是谎言。春天不是说来就能来的。一月的冰雪仍然像坚硬的石头一样冻结在横贯城市的街道上。手摇风琴依然带着十二月的活泼的调子演奏着“在那美妙的夏日里”。人们开始筹划着买复活节穿的礼服。守门人关掉暖气。所有这些事情发生的时候，人们会意识到冬天仍然掌控着这个城市。

一天下午，萨拉在她走廊尽头的小卧室里冻得发抖，这是被称为“供应暖气，非常干净，装备齐全，物超所值”的房间。除了为舒伦伯格准备菜单之外，她并没有别的事可做。萨拉坐在吱吱作响的柳木摇椅上望向窗外。墙上的日历冲着她不停地嚷：“春天来了，萨拉——我要告诉你，春天来了。你看看我，萨拉，这儿的数字就是证明。你这么优雅的身材，萨拉，这么美好的春天的外形，为何还要这样忧伤地望着窗外呢?”

萨拉的房间在这座房子的后面。朝窗外看，她刚好能看到邻街的制箱厂后面那没有窗户的砖墙。砖墙非常干净，亮堂堂的。再往下面看，萨拉看到了樱桃树和榆树掩映下的绿茵茵的小道，道旁还种植着山莓丛和金樱子。

春天真正的序曲是如此微妙，难以捕捉的。有时你必须得等到番红花迎春绽放，山茱萸点缀满丛林，蓝知更鸟欢快地鸣唱；有时甚至还要等到有再明显不过的提醒——和即将退场的荞麦和牡蛎握手道别，阴沉的大地才会张开怀抱迎接春神的来到。而对于古老的大地最优秀的子孙，春的新娘已经发出了诚恳又甜美的信息：他们一定会得到关怀和呵护。

去年夏天萨拉去了一次乡下，爱上了一个农夫。（你写故事的时候可千万别像我这样一下子又跳回过去。这手法非常糟糕，会让读者觉得没趣。所以还是得让故事自己去发展）

萨拉在桑尼布鲁克农庄待了两个星期左右，在那儿她渐渐爱上了老农夫富兰克林的儿子沃尔特。农夫们往往在更短的时间里草草地恋爱、结婚然后埋头耕耘。而我们年轻的沃尔特可是一位新式的农业家。他在牛舍里装了电话，还能精确地计算出来年加拿大小麦产量会对一个月里看不见月亮时种下的马铃薯产生多么大的影响。

就是在这样绿树成荫、山莓丛环绕的小道上，沃尔特向她求婚了，赢得了她的芳心。他们俩坐在一起，沃尔特为她编了一个蒲公英花冠。他还热烈地赞美金黄色的花朵称上她棕色的长发是多么美丽；后来她把花冠留在那儿，手里轻摇着草帽走回家。

他们打算春天就举行婚礼——沃尔特许诺说过，只要稍微有那么点春天的影子就办。萨拉回到城里，忙着她的打字活儿。

一阵敲门声打断了萨拉对那个美好日子的回忆。服务生送来了老舒伦伯格生硬的铅笔草稿，是家庭饭馆第二天的菜单。

萨拉坐到打字机旁，把一张卡片卷进滚轴里面。她很灵活，通常只需要一个半小时，二十一张菜单就全打好了。

这一天菜单上变化不小。汤更清淡了，主菜里没了猪肉，只是在烤肉里加上了点俄国萝卜。菜单上充满了春天亲切的气息。刚刚还在青草坡上嬉戏的小羊羔，现在也配上了煮过的水果，让人忍不住记起它曾有的欢乐。牡蛎的歌声尽管还没有完全消失，也慢慢地削弱了。煎锅只能在仁慈的烤炉炉条后面安静地休息一下。馅饼的品种多了起来，油腻的甜食没有了，香肠裹在包装纸里，和荞麦、香甜的枫糖一道在菜单上，却也时日不多了。

萨拉的手指欢快地舞动，像夏日的溪流上翩翩起舞的小矮人。打了一道又一道的菜，她按照菜名的长短给它们每一个都安排在合适的位置。

甜食的上面是蔬菜，胡萝卜烧豌豆，烤面包片加芦笋，四季都有的西红柿加豆煮玉米，利马豆，卷心菜——还有——

萨拉面对着菜单哭了。发自心底深深的失望让泪水涌出了心房，都聚集在她的眼眶里。她的头伏到了打字机的架子上，键盘随着她的抽泣发出单调的嗒嗒的声音伴奏。

她已经有两星期没收到沃尔特的信了，而菜单上的下一道菜却正好是蒲公英——蒲公英和炒什么蛋——谁管是什么蛋呢！蒲公英啊，沃尔特就是用那金黄色的花冠为她加冕的，封她为爱的女王，未来的新娘——蒲公英啊，你是春天的信使，叫人伤心的花冠——使她想起了那最甜蜜的时光。

女士们，我敢保证，要是你们受到这样的考验，恐怕也会笑不出来的。在你把心给了珀西的那个晚上，他送给你玫瑰，要是这玫瑰变成了沙拉，配上法式的调味品，出现在舒伦伯格的客饭里，端到你的面前，你还能笑得出来吗？如果朱丽叶看到她的爱情信物蒙受这样的耻辱，她准会马上去找闻名的药剂师要能让人忘却的草药了。

但是春天真是一个恼人的女巫！她总该向这石块钢铁砌成的冰冷城市透露一点信息吧。而传送信息的没有别人，只是这田野里勤劳的小信使，披着毛糙的绿外衣，态度温和又谦逊。

他才是命运真正的斗士啊，这小蒲公英——难怪法国厨师都称他为狮子的牙齿。开花了，他会编成花环放在心上人栗色的头发上，成全别人的爱情；幼嫩还没有开花的时候，他会跳进沸腾的茶壶中，替他高贵的女主人传话。

萨拉渐渐止住了泪水。菜单必须得打完。但是，还沉浸在闪着淡淡的金黄色光芒的蒲公英梦里，她的指头心不在焉地敲打着打字机的键盘，有好一会儿，她的心好像还同她那年轻的农夫一起依偎在绿荫小道上。但是很快地她的思绪就又回到了曼哈顿的石头路上，打字机也像破坏罢工者的汽车似的，开始嗒嗒地跳个不停。

六点钟，服务生送来晚饭，带走了打印好的菜单。吃饭时她轻轻叹了口气，把配了蛋的蒲公英菜挪到一边。这鲜艳的代表爱情的花朵居然变成了一团黑糊糊的可恶的蔬菜，她夏日的憧憬也就随着枯萎了，消散了。莎士比亚说过：爱情可以从它自己身上得到滋养。但是萨拉却无论如何没法说服自己去吃那盘蒲公英，因为它曾经使她纯真感情的第一次心灵宴会变得这么美妙。

七点半的时候，隔壁房间的一对夫妇吵起架来；楼上的男人试着在笛子上吹出 A 调；煤气灯又暗了一些；三辆运煤车开始卸煤——连留声机都很羡慕这响动；屋后篱笆上的猫慢慢地朝夕阳退却。这种种迹象告诉萨拉，应该去看会儿书了。她抽出这个月最不畅销的书《修道院与家庭》，把脚搁在箱子上面，开始和杰勒德一道漫游起来。

前门的门铃这时响了，房东太太去开门。萨拉把被熊逼到树上的杰勒德和丹尼斯放到一边，听着门边的动静。哦，是的，要是你，也一定会这样的！

楼下的门厅里传来一个响亮的声音，萨拉跳了起来，冲到门口，书掉在地板上，第一个回合也顾不上熊会占上风了。

你猜着了吧。她跑到楼梯口后，她的农夫一步三级地跳了上来，像收割庄稼那样一把把她紧紧地搂在怀中，捡谷穗的人这下可什么都别想得到了。

“为什么不给我写信呢——哦，为什么？”萨拉叫着，“纽约可真是个大城市啊，”沃尔特·富兰克林说，“一星期前我去你的旧地址，才发现你星期四就搬走了。幸好不是在倒霉的星期五搬走的，我总算安心了些。那以后，我一直都在通过警察局什么的想尽法子到处找你。”

“可我给你写了信啊！”萨拉激动地说。

“从没收到过！”

“那么你是怎么找到这里的？”

年轻的农夫露出了春天般的笑容。

“晚上我碰巧走到隔壁的家庭饭馆里，”他说，“管它是家什么样的饭馆，这个季节我只想吃点绿色蔬菜之类。我在那张打印得很漂亮的菜单上扫来扫去，想要找点什么。当我看到卷心菜的下面，差点掀翻椅子，大声嚷着叫老板过来。是他告诉我你住在这儿的。”

“我想起来了，”萨拉非常高兴，“卷心菜下面是蒲公英。”

“我知道全世界也许只有你的打字机会打出那奇特的大写字母 W，总是跑到一行字的上面。”富兰克林说。

“但是蒲公英里并没有 W 这个字母呀。”萨拉惊奇地说。

年轻人从口袋里掏出菜单，指着那一行。

萨拉认出了那是下午她打的第一张卡片，右上角还残留着一点闪亮的泪痕。但在那原本该看到绿色植物名称的地方，却因为金黄色花朵的回忆总在她眼前飘来飘去，她的手指不知道怎么的就敲了些别的什么键。

于是在红卷心菜和带馅青椒之间便出现了这样一道菜：

“最亲爱的沃尔特，配水煮蛋。”

虎口拔牙

每次杰甫·彼得斯谈到他的职业道德问题的时候，就滔滔不绝，口若悬河。

杰甫说："我们在欺骗事业的道德问题上意见不统一，我和安岱·塔克的友好关系就出现了裂缝。安岱有他自己的标准，我有我的标准。我并不全部赞同安岱向大众敲诈勒索的做法，安岱却认为我的良心过于妨碍我们合作事业的经济利益。有的时候，我们争论得面红耳赤。还有一次，两个人越争越厉害，他竟然将洛克菲勒拿来与我相比。

"'我明白你的意思，安岱，'我说，'但是我们是多年的老友，你用这种话来侮辱我，我不生你的气。等你冷静下来之后，你自己会觉得后悔的。我到现在还没有和法院的传票送达吏打过照面呢。'①

"有那么一年夏天，我和安岱决定在肯塔基州一个名叫青草谷的山峦环抱、风景秀丽的小镇休憩一阵子。我们佯装成马贩子，善良正派，是到那里避暑的。青草谷的居民很喜欢我们，我和安岱决定不采取任何敌对的行动，既不在那里宣传橡胶种植园的计划书，也不出售巴西的金刚钻。

"有一天，青草谷的五金业巨商来到我和安岱暂住的旅馆里，客客气气地同我们一起在边廊上抽烟。有时候下午我们一起在县政府院子里玩掷绳环的游戏，已经跟他十分熟稔了。他是一个贫嘴，面色红润，呼吸急促的人，同时又特别肥胖和体面。

"我们把当天的大事都谈过后，这位默基森——这是他的尊姓——小心翼翼但又毫不在乎地从衣袋里掏出一封信，递给我们看。

"'呃，你们有什么看法吗?'他笑着说，'居然会把这样一封信寄给我!'

"我和安岱一看就知道是怎么回事了，但是我们还是装模作样地把它读了一遍。那是一种已经不流行的，卖假钞票的打字的信件，上面写着怎样花 1000 元

① 美国石油大王洛克菲勒因非法经济活动，常被控告，受到法庭传讯；但靠行贿屡次逃脱处分。

就可以换到5000元连专家也难辨真假的钞票；又说，那些钞票是华盛顿财政部的一个雇员把原版偷出来印成的。

“‘他们居然会寄这种信给我，简直是笑话！’默基森又说。

“‘有很多好人都收到过这种信的。’安岱说，‘如果你收到第一封信后置之不理，他们就算了。如果你回了信，他们就会再来信的，请你带了钱过去同他们做生意。’

“‘想不到他们竟会寄信给我！’默基森说。

“过了几天，他再次到访。

“‘朋友们，’墨基森说，‘我明白你们都是正当的人，不然我也不告诉你们了。我给那些流氓回了一封信，捉弄他们。他们又来信了，邀请我去芝加哥。他们请我动身前先给杰·史密斯打个电报。到了那里，要我等在某一个街角，自会有一个穿灰衣服的人走过来，故意掉落一份报纸在我的面前。我就可以问他：油水怎么样，然后我们彼此心照不宣，就接上了头。’

“‘啊，一点没错，’安岱伸个懒腰说道，‘还是那套老把戏。我经常在报纸上看到这些。后来他把你领到一家已布置好圈套的旅馆房间里，早有一位琼斯先生在哪里在恭候您了。他们取出许多崭新的真钞票，要按5作1的价钱卖给你，你要多少就卖多少。你亲眼看到他们帮你把钞票放进一个小包中，以为是在那里面了。但是当你出去以后再看，里面全都是些牛皮纸。’

“‘哦，他们想在我面前玩偷梁换柱的把戏是不可能的。’默基森说，‘我如果不精明，怎么能在青草谷创办了最有成就的事业呢？你说他们给你看的是真的钞票吗，塔克先生？’

“‘我自己一直用——不，我在报上看到总是用真的。’安岱回答。

‘朋友们，’默基森又说道，‘我有把握，那些家伙蒙不了我。我准备带上2000块钱，到那里去玩弄他们一下子。如果我比尔·默基森看到他们拿出钞票，我会一直盯着它。他们既然说是5块换1块，我就是咬住不放，他们别想反悔。比尔·默基森就是这样子的生意人。是啊，我确实打算去一趟芝加哥，试试杰·史密斯的5换1的把戏。我想油水是足够好的。’

“‘我和安岱用尽全力想打消默基森脑袋里那种妄想发横财的想法，但是无论怎么也不成，就犹如在劝一个无所不赌的浑小子别就布赖恩竞选的结果同人家打赌一样[①]。不行，先生，他一定要去完成一件对公众有益的事情，让那些卖钞票的骗子搬起石头砸上自己的脚。那样也许就能教训一下他们。

“默基森离开之后，我和安岱坐了会儿，思考着理性的异端邪说。我们空闲的时候，老是喜欢用思考和推断来提高自己。

“‘杰甫，’过了很久之后，安岱开口说，‘当你跟我谈你做买卖的正大光明的时候，我很少不同你抬杠的。也许我常常是不正确的。但在这件事情上，我想我们应该不会有分歧吧。我觉得我们不应该让默基森先生单独去芝加哥找那些卖假钞票的人。那只有一种结局。我们想办法干涉一下，避免出问题。你觉得这样我们心里是不是畅快些呢？’

“我站起身来，用力地同塔克握了好长时间手。

“‘安岱，’我说，‘从前我看你做事不留情面，总有些不以为然。现在我认错了。说到底，人不可貌相，你毕竟是有一副好心肠。真叫我十分敬佩。我们真是想到一块儿了。假入我们任凭默基森去实现他的计划，’我说道，‘我们未免丢人，不值得佩服。如果他坚决要去，那么我们就跟他一起去吧，阻止骗子阴谋得逞吧。’

“安岱同意我的话。他一心想破坏假钞票的骗局，这真让我感到高兴。

“‘我从来不说自己是个虔诚得人，’我说，‘也不觉得自己是遵守道德的狂热分子。但是，当我眼看一个自己动脑筋，艰苦奋斗，在困难中创业的人要受到一个有碍公众利益的不法骗子的欺诈的时候，我无法袖手旁观。’

“‘对的，杰甫。’安岱说道，‘如果默基森坚持要去，我们就跟他一起，阻止这件荒唐的事情。和你一样，我最不愿意别人蒙受这种钱财损失。’

“说完，我们便去找默基森。

“‘不，朋友们，’他说，‘我不能把这个芝加哥害人的歌声[②]当成耳边风。我一不做，二不休，就要在这鬼把戏中挤出一点油水。有你们和我同去，真令人高兴。在那 5 换 1 的交易兑现的时候，你们也许能够起些作用。好得很，如果你们两位愿意一起去，再好不过了，我真把它当做一件消遣逗乐的事情。’

“默基森先生在青草谷传出消息，说他要出门，和彼得斯先生和塔克先生一起去西弗吉尼亚寻找铁矿。他给杰·史密斯发了一封电报，告知杰·史密斯他准

① 布赖恩，美国律师，曾于 1896，1900，1908 年三次竞选总统，均失败。

② 原文 Siren，是希腊神话中半人半鸟的海妖，常用美妙的歌声引诱路过船员，使其徘徊在岛上不忍离去，卒至饿死。

备某天启程前去领教。于是，默基森、彼得斯和我就向芝加哥出发。

“路上，默基森自娱自乐地作了种种猜想，预先设想出很多愉快的回忆。

“‘有一个穿灰衣服的人，’默基森说，‘会等在沃巴什大道和莱克街的西南角上。他掉下报纸，我就去问油水怎么样。呵呵，哈哈！’然后默基森捧着肚子大笑了5分钟。

“有时候，默基森正经起来，不知他心里想着什么，总想用胡说八道来排遣它。

“‘朋友们，’默基森说，‘就算是把10000块钱给我，我也不愿意这件事在青草谷宣扬开来。不然我就被毁啦。我知道你们两位是正人君子。我认为惩罚那些社会上的笨贼是每个公民应尽的责任。我要给他们瞧瞧，油水到底是好还是不好。5块换1块那是杰·史密斯自己提出来的，他跟比尔默基森做买卖，就必须按照他的话来做。’

“下午7点钟左右，我们到达了芝加哥。默基森约好9点半同那个穿灰衣服的人接头。我们在旅馆里吃了晚饭，到楼上默基森的房间里等候。

“‘朋友们，’默基森说道，‘现在我们一起计算计算，想出一个整倒对手的方法吧。比方说，我同那个灰衣服的骗子正聊得起劲的时候，你们两位刚好走了进来，招呼道：“喂，默基！”带着他乡遇故知的神情来与我握手。我就把骗子叫到一边，我告诉他，你们是青草谷来的杂货食品商詹金斯和布朗，两个都是老实人，或许愿意在外乡冒冒险。’

“他自然会说：“假入他们俩愿意投资，那就带他们来好啦。’你们认为这个办法可行吗？’

“‘你觉得怎么样，杰甫？’安岱瞅着我说。

“‘喔，我不如把我的意见直接告诉你。’我说，‘我说我们当场解决这件事吧。不用再浪费时间。’我从口袋里掏出一支镀镍的三八口径的左轮手枪，转动了几下弹筒。

“‘你这个不老实得、造孽的、阴险的肥猪，’我对默基森说，‘乖乖地把那2000块钱拿出来，放在桌上。快照办，不然我要动手了。我本来是和平的人，不过偶尔也会比较极端。有了你这样的人，我等他掏出钱后接着说，‘法院和监狱存在着才有用处。你来这儿想夺那些人的钱。你认为他们想扒你的一层皮，你就有了理由吗？不，先生，你只不过是以暴制暴而已。其实你比那个卖假钞票的人更加坏。’我说，‘你在家乡上教堂里做礼拜，挺像一个正派公民，可是你到芝加哥来，想掠夺别人的钱，那些人和你今天想充当的这类卑鄙小人做着勾当，才会出现这种行业。你知道吗，那个卖假钞票的人也是上有老，下有小，要靠他养家糊口过日子的。就是因为你们这批假仁假义的公民专想不劳而获，才助长了我们国家里的彩票、空头矿山、股票买卖和投机倒把。如果失去你们，他们早就该停业下岗了。你想抢劫的那个卖假钞票的人，为了研究那门行业，或许用了好几年工夫。每做一笔买卖，他就会承担一次丧失自由、钱财、甚至性命的风险。你打着神圣不可侵犯的幌子，借着体面的掩护和响亮的通讯地址到这儿来骗他的钱。如果他拿到了你的钱，你可以去警察局报案。如果你弄到了他的钱，他只好一声不吭，典当掉他那套灰衣服去换晚饭吃吧。塔克先生和我看透了你，所以我们一起来给你这应得的教训。钱递过来，你个吃草长大的伪善人。'

"我把 2000 块钱——全部是 20 元一张的票子——放进内衣口袋。

"'现在把你的表掏出来吧。'我对默基森说，'不，我不要表。把表放在桌子上，你坐在那把椅子上去，一小时后才能离开。如果你大声嚷嚷，也许很快不就能离开，我们就在青草谷到处张贴去揭发你。我想你在那里的名声、地位对你来说大于 2000 块钱吧。'

"于是我和安岱离开了他。

"在火车上，很久安岱都不说话。最后他说：杰甫，我问你一句话行吗？"

"'多问几句都行，'我说，'问 40 句都行。'

"'我们和默基森一起动身时，'他说，'你就已经打算好了吗？'

"'嗯，那是当然。'我回答，'还能有什么别的办法？难道你不是这样想的吗？'

"约摸过了半小时，安岱才开口。我觉得有时安岱并不能完全明白我的伦理和道德的思想体系。

"'杰甫，'安岱开口说道，'以后如果你有空闲的时候，我希望你可以把你的良心画一张图解出来，加上注释说明。有时候我想参考参考。'"

钟 摆

“八十一号大街到了——让他们下去吧。”穿着蓝色制服的牧羊人大声嚷着。

一群市民的羊你推我挤地走了下去，又一群你推我挤地拥了上来。叮——叮！曼哈顿高架电车公司的牲口车咔嗒咔嗒开走了，而约翰·帕金斯则不由自主地随着重获自由的羊群走下车站的楼梯。

约翰慢悠悠地朝家中走去。这样慢悠悠地，是由于在他日常生活的词典里，压根就没有“或许”之类的词。对于一个住在公寓里面，结婚已经两年了的人来说，还能有什么出乎意料的事等着他呢。他一边走着，一边郁闷又自嘲地想着这将又会是单调乏味的一天，一如往常。

凯蒂一定会在门口迎接他，给他一个带着冷霜和奶油糖果味的吻。而他一定会脱掉外套，坐在一张简陋的长椅上看报纸，晚报上刊登着俄国人和日本人的屠杀，排版也像平常一样沉闷乏味。到了晚餐，准会有炖肉，有加了“保证不会损坏皮革”调味汁的沙拉，还有炖大黄和一瓶草莓果酱，瓶子由于标签上关于用料纯正的承诺都羞红了脸。吃完晚餐，凯蒂还会给他看用各色碎布缝成的被单上的新得补丁，那是送冰人从他的活结领带的一头上剪下来给她的。七点半钟，他们会在家具上铺上报纸，好接住天花板上掉下的石灰屑，住在楼上的胖子这会儿又开始锻炼身体了。八点整，住在走廊对面的希奇和穆尼，这对没人请的歌舞杂耍团里的搭档因为酒精的作用又开始精神错乱，幻想着哈默斯坦带着每周五百美元薪水的合约来找他们，兴奋得把椅子都踢翻了。接着，风井对面窗子里的先生又会拿出他的长笛；每晚都要漏的煤气也悄悄地溜了出去，在大街上嬉闹着；送饭菜的升降机也滑脱了轨道；看门人又会把赞诺维茨基太太的五个孩子赶过鸭绿江去了；穿着香槟色的鞋子，牵着一条斯凯狗的女士又轻快地下楼来，在她的门铃和信箱上贴上她星期四用的名字——于是，弗罗格摩尔公寓每晚的例行活动就这样开始了。

约翰·帕金斯知道这些事情会一桩桩地接着来。他也知道，到了八点一刻的时候，他会鼓足勇气伸手拿他的帽子，而他的妻子则会抱怨着说：

“我倒想知道，你这会儿想要去哪儿，约翰·帕金斯？”

“到麦克洛斯基那里去，”他准会这么回答，“跟那些家伙打一两盘台球。”

近来，约翰·帕金斯养成了这样的习惯。总要玩到十点或是十一点才会回家。有时凯蒂睡着了；有时却还在等着，准备将婚姻精心锻造的钢链在她怒火的熔炉里再熔掉一点镀金层。而将来等丘比特和他住在弗罗格摩尔公寓里的受害人一同站在法庭上的时候，他必须要为这些事情负责。

可今天晚上，当约翰·帕金斯回到家里时，他却遭遇到了平常生活的剧变。没有凯蒂那充满柔情，带着糖果味的吻等着他。三个房间里乱糟糟的，仿佛预示着大事不妙。她的东西堆得满地都是。地板中间扔着鞋子，梳妆台和椅子上横七竖八地堆着卷发钳、发结、睡衣和粉盒之类的东西——这可不像是凯蒂的风格。约翰的心突然一沉，因为他看到梳子齿上缠着一团她的棕色鬈发。她一定是碰上了非常紧急的事，平时她总会小心地把这些掉下来的头发收在壁炉架上的小蓝瓶子里，想要到时候凑在一起做成女人们格外钟爱的“发垫”。

煤气喷嘴上有一根绳子显眼地挂着一张折好的纸条。约翰一把扯下来。正是妻子留下的，上面写着：

亲爱的约翰：

我刚收到电报，说妈妈病得很厉害。我要搭四点半的火车，山姆会到车站接我。冰箱里有冻羊肉。希望她这次不会又是扁桃体发炎。记得给送奶人五角钱。去年春天她的病就犯得很严重呢。别忘了写信给煤气公司，告诉他们煤气表出了些问题。你的袜子放在最上面的抽屉里。明天我会写信给你的。

凯蒂

在他们婚姻生活的两个年头中，他从没和凯蒂分开过一个晚上。约翰呆呆地把字条一遍又一遍地看。一成不变的日常生活突然起了变化，他突然茫然了。

椅子背上是她做饭时总会穿着的红底黑点的睡衣，一副空荡荡的、可怜巴巴的样子。她平时穿的衣服也在匆忙之间扔得满地都是。一小袋她最爱吃的奶油糖果丢在那儿，连绳子都没来得及解开。一份日报懒洋洋地趴在地板上，火车时刻表被剪去了，留下了一个长方形的口子。房间里的每一样东西都在诉说着缺失，最重要的东西没了，灵魂和生活都离开了。约翰·帕·金斯站在这些遗留下来的死气沉沉的东西当中，心里感到一阵忧伤。

他开始尽力收拾房间。当他碰到凯蒂的衣服时，突然有了一阵好像恐惧的感觉。他从没想过，如果没有了凯蒂，生活会是什么样子。她已经完完全全融入了他的生活，就像他呼吸的空气一样——不能缺少，但却常常被他忽略。现在，她就这样离开了，消失了，事先没有丝毫迹象，彻彻底底地消失了，就好像从来就没存在过一样。当然，也许就只有几天，最多不超过一两个星期，但对他来说，死神仿佛已经朝他平静安宁的家伸出了一个手指头。

约翰从冰箱里拖出了冻羊肉，煮了些咖啡，面对着草莓果酱不知羞耻地承诺用料纯正的标签坐了下来，孤零零地吃晚餐。炖肉和加了像鞋油一样的褐色调味汁的沙拉的影子在他眼前晃动着，这时候也成了他失去的幸福中的亮点。他的家已经散了。扁桃体发炎的丈母娘把他的家庭守护神一脚踢飞了。孤独地吃完晚餐，约翰在靠近大街的窗边坐下来。

他不想抽烟。窗外，城市的喧闹在引诱着他，叫他加入纵情享乐的行列。这个晚上属于他自己。他大可以跑出去，像一个快活的单身汉那样无拘无束，寻欢作乐，没有人会盘问他要去哪儿。只要他愿意，他可以放肆地畅饮，四处游荡，尽情享乐直到天亮；没有气冲冲的凯蒂在等着他，让他感觉扫兴。只要他乐意，他大可以在麦克洛斯基那儿和他那帮吵闹的朋友打台球，一直玩到曙光女神让电灯泡失去了光彩。婚姻的绳索束缚着他，他已经厌倦了弗罗格摩尔公寓里的生活，现在绳索终于松开了。凯蒂走了。

约翰·帕金斯不习惯分析自己的感情。但是当他坐在没有了凯蒂，十英尺宽十英尺长的客厅里时，他却准确地找到了让他觉得忧伤的症结所在。他现在终于明白，凯蒂是他获得幸福生活所不可缺少的。日复一日枯燥的家庭生活让他对她的感情变得麻木，现在她走了，他却突然醒悟。总要等到歌声甜美的鸟儿已经飞走了，我们才能意识到它的歌声有多么美妙——或者类似的词语华丽寓意深远的谚语、说教和寓言难道不是反复地向我们强调过这些吗?

“我真是一个彻头彻尾的混蛋，”约翰·帕金斯这样想着，“居然一直这样对待凯蒂。每天晚上出去打台球，和那帮家伙胡闹，不肯待在家里陪她。可怜的凯蒂总是孤零零的一个人，没什么乐趣，我还这样对她！约翰·帕金斯，你真是个最差劲的人。我要好好补偿一下这个小姑娘。我要带她出去走走，让她见识消遣一下。从现在开始，我就要和麦克洛斯基那帮家伙一刀两断。”

是的，窗外城市的喧闹在引诱着约翰·帕金斯，叫他跟着莫墨斯一起纵情享乐。在麦克洛斯基那儿，那帮家伙正悠闲地将台球击进袋子里。消磨着每晚的时光。可是，无论是寻欢作乐还是球杆喀哒的声音，都不再能吸引怅然若失、懊恼不已的帕金斯。他失去了他曾经漫不经心，甚至还有一些轻视的东西，现在他想把它找回来。从前有那个叫亚当的人，被天使从果园里赶了出去，可能懊恼不已的帕金斯就是他的后裔吧。

靠约翰·帕金斯的右手边有一把椅子。椅背上搭着的是凯蒂的蓝色衬衫，多少还保留着她的轮廓。衣袖中间有些小的皱纹，那是她为了他的安逸享乐操劳时手臂运动造成的。衬衫上还散发着野风信子袭人的香气。约翰拿起衬衫，认真地盯着这件无动于衷的薄纱衣服看了半天。凯蒂从不会这样无动于衷。泪水——是的，是泪水——充满了约翰·帕金斯的眼睛。等她回来，一切都会不同。他要弥补他所有的过失。没有她，生活还有什么意义呢？

这时门突然开了。凯蒂拎着一个小提包走了进来。约翰愣愣地看着她。

“哎呀！真高兴回家来，”凯蒂说，“妈妈的病不太严重。山姆在车站接我，他说她只不过是稍微发作了一段时间，他们发完电报之后不久她就全好了。因此我就搭下一班火车回来了。我现在真想喝上一杯咖啡。”

弗罗格摩尔公寓三楼靠前的房间的生活机器又恢复了它正常的状态，只是没有人听到它的齿轮咔嗒咔嗒的运转声。皮带滑脱，弹簧碰到，但调整了一下齿轮，轮子又沿着原来的轨道重新转了起来。

约翰·帕金斯看了看钟。正好是八点一刻。他伸手拿起帽子，向门口走去。

“我倒很想知道，你这会儿想到哪儿去，约翰·帕金斯？”凯蒂抱怨地问。

“到麦克洛斯基那儿去，”约翰说道，“跟那些家伙打一两盘台球去。”

剪亮的灯盏

当然，我们可以从两个不同方面来看待这个问题。让我们从另一个方面看看问题吧。我们常常听人说起“商店女郎”。实际上根本不存在这种人。存在的只是在商店里工作的女店员，她们靠此维持生活。可为什么要把她们的职业用作形容词呢？这对她们不公平。我们可没有把住在第五大道上的那些姑娘们叫“结婚女郎”。

卢和南希是一对好朋友。因为在老家吃饭成问题，她们就结伴来到这个城市找工作。南希今年十九岁；卢二十岁。两个都是俏皮活泼的乡下姑娘，也都没有当演员的勃勃野心。

她们在高高在上的小天使的引导下找到了一所便宜而又体面的公寓。两人都找到了工作，开始拿薪水。她们依然是很好的朋友。这样过了六个月，我才请你走上前，把你向她们介绍。好管闲事的读者们：这两位是我的女朋友，南希小姐和卢小姐。你和她们握手时，请注意她们的打扮——不过可要谨慎点。是的，要谨慎点；不然她们也会像赛马场包厢里的女士一样，要是你老盯着她看，她肯定没什么好脸色的。

卢在一家手工洗衣房里当烫衣工，按件算薪水的。她身着一件很不合身的紫色衣服，帽子上的羽饰长了四英寸；可她的貂皮手笼和围巾是花了二十五美元买来的，而到了快换季时，这些在橱窗里的标价就改成了七美元九角八分了。她面色很红润，淡蓝色的眼睛闪闪发亮，因为满足生活所以她显得精神抖擞。

南希就是你所说的那种商店女郎，你总爱这样说。事实上根本就没有这一类人；但是有一些顽固的人总是要找出这类人，那么暂时就把南希算作这一类吧。她梳着蓬巴杜式的高耸的发型，刘海却整齐得过分。她用廉价布料做成裙子，不过式样倒还是时尚。她没有皮大衣来抵御早春的寒意，但是她得意洋洋地穿着她的呢料短大衣，好像那是用波斯羔羊皮做的。那些从不放弃地寻找典型的人啊，她的脸上和眼睛里流露出来的正是典型的商店女郎的表情。那是对虚度青春的沉默的、轻蔑的抗议；那是对即将到来的报复悲伤的预告。即便是在她纵声欢笑的时候，脸上也依然带着那样的神情。你也能在俄罗斯农夫的眼睛里看到同样的神情；当加百列吹响最终判决的号角的时候，我们中间那些还活着的人在加百列的脸上也能看到这样的神情。那本该让男人们觉得羞愧不安的神情；可他们却总是满脸堆笑地送上鲜花——背后总是别有用心。

现在你可以举着你的帽子离开了。你接受了卢愉快的“再见”，和南希甜蜜但却带有讽刺意味的微笑。不知怎么，那微笑似乎总会从你身边擦过，像一只白蛾那样扑打着翅膀飞过屋顶，飞上云端。

她们两人在街角里等着丹。丹一直是卢忠实的追求者。你是想问他可靠吗？这么来说吧，要是玛丽需要雇佣十来个人手帮她找回她的羔羊①，丹总是会毫不犹豫地帮忙。

“你觉得冷吗，南希？”卢说，“你可真是个大笨蛋，竟然还待在那家老店子里，每周只领那八美元的薪水！上个星期我挣了足足十八元五角钱。当然了，烫衣服没有站在柜台后面卖花边那样体面，但是能挣更多的钱啊。我们烫衣工每周最少能挣十元。我也不认为这活儿有什么不体面的。”

“那你就干呗，”南希动了动鼻子说道，“我还是要拿我每周八元的薪水，住走廊尽头的那个小房间。我就喜欢待在有美好东西和时髦人物的地方。还有很多机会在等着我呢！前几天我们那儿一个手套部的姑娘就嫁给了一个匹兹堡来的——炼钢的，或铁匠什么的家伙——身价有一百万美元。总有一天我也要找个有钱人。我这可不是在炫耀我的长相或是别的什么东西；可是只要有大奖提供，我都要试一下运气。待在洗衣店里能有什么机会？”

“嘿，我可就是在那儿遇到丹的。”卢得意地说，“他来拿他礼拜日要穿的衬衫和衣领，恰好看见我在第一张桌子上烫衣服。姑娘们争抢着在第一张桌子上干活。埃拉·马金尼斯那天刚巧病了，我就代替了她的位置。丹说他第一眼就发现我的胳膊是那么浑圆雪白。我把袖子卷起来了。也有些上等人会到洗衣店来。你轻而易举就能认出他们，他们总是把衣服放在手提箱里，一眨眼就走了进来。”

“你怎么能穿这样的背心，卢？”南希眯起眼睛，带着温和而又嘲弄的目光盯着那件让人讨厌的东西，“那只能说明你的品位实在是太糟糕了。”

“这件背心？”卢睁大眼睛，生气地说，“哎，它可花了我十六元呢。本来要

① 指英国童话中的玛丽和她忠诚的羔羊。

值二十五元。一个女人把它送过来洗，可再也没来拿。老板就把它卖给我了。这上面还有好多手工刺绣呢。你还是说说你自己身上的那件丑陋又平凡的东西吧。”

“这件丑陋又平凡的衣服，”南希平静地说，“那可是模仿范·阿尔斯丁·费希尔太太的一件衣服样式做的。店里的姑娘们说去年她在我们店里总共花了一万二千元。我这件是我自己做的，花了一元五角。你在十步以外的地方根本看不出我的这件和她的有任何区别。”

“哦，那好吧，”卢和气地说道，“要是你想饿着肚子装腔作势，那就随便你吧。我可还是要好好工作，多挣点钱；隔一段时间给自己添加点漂亮衣服，只要我买得起的话。”

就在这时候，丹来了——他打着活扣的领带，看上去很稳重，完全没有沾染上城市人的陋习——他是个每周挣三十美元的电工。他用像罗密欧忧伤的眼神望着卢，觉得她的刺绣背心看上去就像是一张蛛网，任何苍蝇都会欢乐地投入它的怀抱。

“这位是我的朋友，欧文斯先生——和丹福斯小姐握个手吧。”卢说。

“见到你很高兴，丹福斯小姐，”丹伸出手说道，“我经常听卢说到你。”

“谢谢，”南希冰冷的指尖碰了一下丹的手指，说道，“我也听她说起过你——有那么几次。”

卢呵呵地笑着。

“这种握手的姿势也是你从范·阿尔斯丁·费希尔太太那里学来的吗，南希？”她问。

“如果是这样，你也能放心地跟着学学。”南希说道。

“哦，这我可学不来的。这姿势实在太赶流行了。将手抬得那么高，还不是为了炫耀一下钻石戒指。等我有那么几枚再学也不晚。”

“还是先学吧，”南希精明地说，“这样你能有更多的机会弄到戒指。”

“好了，有关你们的争论，”丹保持着他一向的快活的笑容说，“我有个提议。虽然我不能带你们去蒂凡尼珠宝店尽尽我的本分①，但是去看看杂耍表演还是可以的，你们觉得怎么样？我已经买好了票。虽然无法与戴着真钻石戒指的人握手，那就去看看舞台上的钻石吧，你们觉得呢？”

这位忠实的仆人在人行道上紧挨着路边走；卢走在他的身边，穿着鲜艳的漂

---

① 指美国商人查尔斯·蒂凡尼开设的著名首饰店。

亮衣服，就像一只姿态骄傲的孔雀；走在最后面的则是南希，身材十分苗条，衣着像麻雀一样朴素，但是走路的模样却俨然是范·阿尔斯丁·费希尔太太的架势——他们三个人就这样出发去享受花销不大的晚间消遣了。我认为大概没有多少人会把一家大型的百货商店当作教育机构来看。可对南希来说，她工作的地方倒是让她学到了很多东西。她整天被那些散发高雅精致的气息的美丽东西包围着。假如你整天待在那样奢华的氛围里，不管你不是你来买单，你都可以尽情地享受那种奢华。她接待的顾客大多数是一些女士，她们的打扮、举止和在社交界的地位都具有代表性。南希开始从她们学习——按照她自己的想法去学习每个人身上最精华的东西。

她从一个人那儿学来了一种手势，并经常揣摩练习；又从另一个身上学到意味深长地扬一扬眉毛的神态；还从别的人那儿学来了走路、拎包、微笑、与朋友打招呼甚至和“地位低下的人”说话的姿态。在她最喜爱的典范范·阿尔斯丁·费希尔太太那里，她学来了如此精妙的东西——就是低沉悦耳的嗓音，宛如银铃一样清脆，又似画眉的啼声般婉转。她沉浸在这个充满上流社会的高雅和良好教养的氛围中，不可能没有受到深刻影响。人们常说好习惯要强过好原则，那么我们也可以说，好风度强过好习惯。父母的教诲或许不能使你坚持新英格兰[①]式的道德规范；但如果你坐在一把笔直的靠背椅上，将“棱镜和朝圣者”反反复复念上四十遍，魔鬼也会远远地避开你。每当南希用范·阿尔斯丁·费希尔的声调说话的时候，她就会因为“贵人理应品格高尚”而沉醉不已。

在大百货商店这所学校里还有一种学问的资源。假如你看到三四个商店女郎凑在一起，手镯晃得叮当直响，很明显是在聊一些无趣的小事，你可不要觉得她们是在评论埃塞尔脑后头发挽起的式样。这种碰头或许不像男人们的审议会那样庄重肃穆；可它的重要性也绝对不容轻视，就像夏娃和她的大女儿在第一次召开的会议上明确了亚当在家庭中的位置一样。这是女性为了对抗世界的共商防御和攻守策略的交流大会，世界如同一个舞台，而男人们就是观众，不停地朝台上扔花。女人是最无助的小动物——她们拥有小鹿般的优雅，却缺少它的矫捷；她们拥有小鸟的美丽，却缺少它展翅高飞的本领；她们拥有蜜蜂的甜蜜，但却缺少它的——哦，还是不把这个用来比喻为好——可能有人会被蜇着。

在这次战争的会议上，女人们相互传递着武器，交换她们在人生的战术中创

① 美国东北部六州的统称，在美洲殖民史上有“清教徒之地”之称。

造出来的应对方法。

“我对他说，”赛迪说道，“你这个混蛋！你当我是谁，竟然有胆量对我说这种话？你们知道他对我是怎么说的？”

各种颜色的脑袋都凑在一块儿，棕色的、黑色的、淡黄色的、红色的、黄色的，应有尽有；得出了答案，确定下了防守的计划，只等着以后和共同的敌人——男人——在交锋时大显身手。

南希就这样学会了防守艺术；而成功的防守对女人就等同于胜利。

大百货商店里的课程范围十分广泛。或许无法再找到比这更适合她的大学了，只有在这里她才能完成人生的梦想——抽中她婚姻的奖券。

她在店里的位置十分优越。音乐部离她很近，她有机会熟悉一流的作曲家的作品——至少也能让她在她一直跃跃欲试，想要跻身其中的社交界里佯装做音乐鉴赏的模样。她还从艺术品、昂贵讲究的纺织品和装饰品中吸收了潜移默化的影响，而这些几乎是女人所有的修养了。

其他的姑娘们很快就明白了南希的野心。“瞧，你的百万富翁来了，南希。”只要一有看上去有几分气派的男人一接近南希的柜台，她们就会冲着南希这样喊。男人陪女人来买东西，当他在一边等着的时候，总是会习惯性地溜达到手帕柜台旁边，看看亚麻手帕。南希那模仿的出身高贵的姿态以及她的天生丽质，非常吸引人。因此，很多男人都会在她面前故意显摆。有些人可能真的是百万富翁；而有些人显然只是假装的冒牌货。南希知道如何去分辨。在手帕柜台的尽头有一扇窗户；从那儿她总是可以看到成排的汽车停在下面的街道上。她渐渐发现汽车和它们的主人一样也有很大差别。

一次，一位讨人喜欢的绅士一下子买了四打手帕，并隔着柜台向她献殷勤，那神态简直就像科斐图亚国王①。当他走了之后，一个女店员对南希说：

“怎么了呀，南希，你怎么对那个家伙一点儿也不热情。我看他可能是个大人物呢。”

“他？”南希说着，又显出她那最冷漠、最甜美、完全没有感情可言的范·阿尔斯丁·费希尔式的微笑，“我可不这么认为。我看见他是坐车来的。是一辆司机是个爱尔兰人的十二匹马力的汽车！你看到他买的手帕了吧——是丝绸的！他还有指炎病。我要的可是名副其实的大人物，我可绝不委屈自己。”

---

① 传说中一个豪富的非洲国王。

商店里有两个最为“高雅”的女人——一个是女主管，另一个则是出纳员——她俩都有那么几个“有钱的男朋友”，偶尔请她们出去吃饭。一次，她们把南希也带过去了。他们去了一家十分奢华的餐馆，在那里，要提前一年订好除夕夜的餐桌。再看看那两位“男朋友”，一个是个秃顶——这都是奢侈的生活导致的；我们可以证明这点，另一个则总爱用两种方式向你表明他身份高贵，阅历丰富——他发誓所有的酒都带有木塞气味；而他用的是钻石袖扣。这个年轻人发现南希身上带有令人难以抵抗的好处。他一向青睐商店女郎；而这个姑娘不但具有她那个阶层的率真，还拥有了上流社会的举止谈吐。于是，第二天他便出现在商店里，买了一盒漂白的爱尔兰亚麻绣边手帕，并借着这个机会郑重地向她求婚了。南希却拒绝了他。十步远的地方，一个梳着蓬巴杜式的棕色头发的女店员一直看着。当那个失败的求婚者离开后，她便劈头盖脸地教训南希。

“你真是个十足的小笨蛋！那个男人可是个百万富翁——他是范·斯基特斯老头的侄子。看上去对你是真心诚意的。难道你疯了吗，南希？”

“是吗？”南希说，“我拒绝了他，不是吗？他可不是个你想象中的百万富翁。他家里每年只给他二万美元的零用钱。那天吃晚餐时，那个秃顶的家伙因为这个还嘲弄过他。”

女店员眯着眼睛又凑近了一些。

“嘿，那你究竟想要些什么？”她问，因为没嚼口香糖，声音略显嘶哑，“你觉得这样还不够吗？难不成你想做摩门教徒[①]，跟洛克菲勒、格拉德斯通·道威和西班牙国王这些人都结上一次婚？难不成一年二万元还不够你用的吗？”

在那双浅薄的黑眼珠的凝视下，南希的脸微红了一下。

“不光是钱的问题，卡丽，”她解释，“那天吃晚餐的时候，他的朋友拆穿了他的谎话。他说他没和任何姑娘一同去过剧院，可真相不是这样的。我就是无法接受爱说谎的人。总的来说——我很不喜欢他；就是这样。就算买卖，我也不会挑一个大甩卖的日子。无论如何，我需要的是真正的男人。没错，我是在寻觅目标；但是他总得有点本事，不能只像个储钱罐一样。”

“精神病院是特地为你这样的人创办的！”那个梳着蓬巴杜式的棕色头发的姑娘边说边走开了。

南希继续用她那八元一周的薪水培养着这些高尚的想法——假如还称不上是

① 摩门教为1830年约瑟夫·史密斯在美国创立的一个教派，初期的教徒实行一夫多妻制。

梦想的话。她啃干面包，勒紧腰带，这样往复循环。毫无疲惫的追寻着那个未知的大“猎物”。她的脸上总是带着胆怯又勇敢，甜美又冷酷的微笑，似乎命中注定要把男人作为猎物。商店是她的猎场；有许多次，她仿佛已经发现了真正的大猎物，举起来复枪瞄准；可总有一种深刻准确的本能——或许是猎人的，又或是女人的——阻止她开枪，让她继续追踪。

卢在洗衣店里做得非常棒。她从每周十八元五角的薪水里拿出六元交食宿费。剩下的大部分都用在衣服上。与南希相比，能让她提高品位和风度的机会少之又少。热气腾腾的洗衣房里除了工作还是工作，至多再加上对晚上消遣的一些幻想。许多昂贵漂亮的衣服经过她的熨斗；也许她日渐增多的对衣服的喜爱正是由这个导热金属传到她身上的。

一天的工作结束后，丹总会在外面等着她，无论她站在怎样的光下，他永远都是她忠实的影子。

有时他老实而困惑地盯着卢的衣服，它们在款式上没有太大的差异，倒是变得越来越花哨了；但是这并不意味不忠实；他只是不喜欢它们在街上过多的引人注目。

卢对她的好朋友也还和以前一样忠实。不管他们到哪去，总要带着南希，这已经成了习惯。丹愉快热情地接受了这个额外的负担。这么说吧，在这个寻找娱乐的三人组合里面，卢提供了色彩，南希渲染了氛围，而丹则承担了重任。这个护卫穿着整洁但是明显是做好的成衣，系着活结领带，带着可靠又亲切的智慧，从不大惊小怪，不发牢骚。有某种人，当他们出现在你面前的时候，你常常把他们忽略，但离开他们后你却能清楚地想念他们，丹就是这样的人。

从南希高雅的品位来说，这些现成的乐趣或多或少会有些苦涩；可是她还很年轻，年轻人虽然还成不了美食家，但多换换口味总是有用处的。

“丹总要我马上就嫁给他，”卢曾经对她说，“但是我为什么要这样做呢？我靠自己。我自己挣的钱爱怎么花就怎么花；结婚后他肯定不让我继续工作。南希，你为什么还要还待在那家商店里呢，吃饭穿衣服都解决不了。如果你愿意，我马上就能在洗衣店里给你找个工作。我想，假如你能多赚点钱，你就不会那么高傲了。”

“我可不觉得自己高傲，卢，”南希说，“我宁可待在那里，靠一点薪水养活自己。我觉得我已经习惯了。我想要的机会在哪里。我可从不期望总是待在柜台后面。我每天都能学到些新东西。都是一些高雅阔绰的人在同我打交道——就算我只是在给他们提供他们服务罢了；而且我不会让我眼前溜走任何一个机会。”

“找到你的百万富翁了吗？”卢嘲笑着问。

“还没选出来呢，”南希回答说，“我一直在挑选。”

“天哪！你还要挑选他们！可别错过了什么人，南希——就算他的钱离你的要求还差上一小部分。不过，你一定是在开玩笑——怎么会有百万富翁看上我们这样做工的姑娘。”

“他们应该好好看看，这样可对他们大有益处，”南希冷静地说道，“我们这样的姑娘能让他们知道如何管好自己的钱。”

“要是有个百万富翁同我说话，”卢笑着说，“我肯定吓得不知道该怎么办才好。”

“那是因为你和他们不熟悉。有钱人和一般人的差别就在于你得把他们牢牢的看紧。你那件外衣的红丝绸衬里是不是太艳丽了，卢？”

卢看了看她朋友的那件朴素的暗绿色短上衣。

“嗯，我倒不觉得——不过把它和你穿的那件像是褪了色的东西相比也许是鲜艳了点。”

“这件短上衣，”南希洋洋得意地说道，“和范·阿尔斯丁·费希尔太太前几天穿的那件的款式完全一样。料子花费了三元九角八分。我想她的那件最起码得多花一百多元。”

“哦，好吧，”卢轻松地说，“我可不觉得就凭这样的衣服能钓上一个百万富翁。假如我比你先抓住一个，你可别太吃惊啊。”

说实话，大概只有哲学家才能评判出这两个朋友各自理论的价值来。有些姑娘高傲尖刻，宁愿待在商店和写字间工作，勉强维持生计；但卢不属于这种类型，她在喧闹沉闷的洗衣店里快活地熨着衣服。她的薪水足以让她过得潇洒快活；她的衣服也因此越来越多，有时她还会烦躁地朝身边的丹瞟上一眼，那个衣着整洁却不够优雅的丹——那个坚定不移、永不改变的丹。

而南希的情况则和千千万万的人一模一样。丝绸、珠宝、花边、装饰品、香水和音乐——这些代表着上流社会的良好修养和品位的东西特地为女人准备；也是她应该具备的。如果对她来说，它们就是一部分的生活，假如她乐意的话，就让她接近这些东西吧。她可不会像以前那样对不起自己了；虽然她挣来的浓汤经常少得可怜，可她维护着自己与生俱来的权利。

这样的环境正适合南希；她过得很安逸，吃起节俭的食物坚定而满足，在便宜的衣服上精打细算着。她对女人已经十分了解；而现在她正在研究着她的猎物——男人，探究他们的习性以及符合要求的条件。总有一天，她能逮住她想要的猎物；但是她对自己承诺，她一定要得到对她来说最大最好的一个，哪怕是差一点都不行。

因此她剪亮了灯盏，等待那个时机一到就会出现的新郎。

不过，南希在毫无知觉中学到了另外的东西。她的价值标准开始改变了。有时，美元的符号在她的头脑里变得不清晰起来，变成了一些字母，拼成“真理”和“荣誉”的单词，有时甚至还会变成“善良”这两个字。让我们来举个例子，有一个人在大森林里猎捕大角鹿，他在一个小山谷里看到遍地青苔，绿树环绕，还有一条小溪潺潺流淌，柔声的向他诉说着平静和安逸。在这样的时刻，就连宁录的长矛也会变钝[①]。

因此，有时南希也会不解，那些穿着波斯羔羊皮大衣的人对它的估价是否总是和市价一样。

一个星期四晚上，南希下班后，穿过第六大道，向西边洗衣店的方向走去。她和卢还有丹约好了要一起去看音乐喜剧。

她到那儿时，刚好遇到丹从洗衣店里出来。他的脸上带着古怪而紧张的表情。

“我过来看看她得工友们有没有她的消息。”他说。

“谁的消息?”南希问，“卢不在?”

“我认为你已经知道了，”丹说，“从上周一开始她就不在这里了，她住的房子里也找不到她。她在这儿所有的东西全都被搬走了。她跟洗衣店里的一个姑娘说，她可能会到欧洲去。”

“有人在哪儿见过她吗?”南希问。

丹看着她，神情严肃，下巴紧绷，坚定的灰眼睛闪着钢铁般的光芒。

“洗衣店里的姑娘告诉我说，”他哑着嗓子说，“昨天她们见过她了——卢坐在一辆汽车里。我想也许是跟一个百万富翁在一起吧，就是你和卢总是惦记着的那种人。”

南希生平第一次在一个男人面前感到有些畏缩。她将微微抖动着的手放在丹的衣袖上。

---

① 见《旧约·创世纪》第10章第9节。

“你不能对我这么说，丹——好像我和这件事情有关联一样！”

“我不是那个意思。”丹的语气显得柔和了些。他在背心口袋里搜索着什么东西。

“我有今晚的戏票，”他故作轻松地说，“要是你——”

南希很欣赏这样的勇气。

“我跟你一起去，丹。”她说道。

三个月后，南希又见到卢了。

有一天傍晚，沿着一个安静的小公园南希急匆匆地向家里赶。这时，她听到有人叫她的名字，刚一转身，卢就扑进了她的怀里。

拥抱之后，她们便像蛇一样往后扬着头，似乎是预备好了要袭击或是引诱对方一样，无数的问题在她们的舌头上跳动。就在这个时候，南希观察到卢已经变得十分阔绰了，全身全都是昂贵的皮毛、亮闪闪的珠宝和裁缝艺术的杰作。

“你这个傻瓜！”卢用充满感情的声音大叫着，“我想，你一定还在那家商店里干活吧，穿的还和过去一样寒酸。你一直想要捕获的大猎物怎么样了啊——应该还没什么收获吧？”

然后卢看着南希的脸，发现她身上有一种比阔绰更好的东西——那东西在她的眼睛里闪着比珠宝更灿烂的光芒，在她的面颊上比玫瑰还要娇红，像电流一般跳动，迫切地想从她的舌头上绽放出来。

“是的，我依然在商店里工作呢，”南希说，“不过下个星期我就要辞掉这份工作了。我已经捕捉到了我的猎物——是世界上最棒的猎物。卢，现在你不会在乎了，是吗？我要和丹结婚了——跟丹！现在属于我了——你怎么了，卢！”

公园的拐角处悠闲地走来一个刚刚加入警局，面容光洁的年轻警察，这些新生力量让警队增色了不少——至少让人感觉看上去舒服了些。他看见一个穿着昂贵的皮大衣，手上戴着钻石戒指的女人爬在公园的铁栅栏上放声大哭，而另一个身材苗条的，穿着朴素的打工女郎紧挨在她身旁，用尽全力安慰着她。可这个新一代的吉布森式①的警察却假装没看见任何东西，径直走过去了。他很聪明，他明白就他所代表的权力来讲，这些事情超出了他能够帮助的范围，但他还是使劲的用警棍敲了敲人行道，直到那声音贯穿夜空。

① 美国插图画家，他笔下的人物形象是19世纪90年代美国时髦社会的代表。

活期贷款

在那年月，牧牛人都是天之骄子。牧牛人是草原的大公，牛群的帝王，牧地的君主，牛肉和牛骨的大王。只要高兴，他们能够乘坐镶金的马车。金钱从天而降地砸到牧牛人的身上，他好像觉得自己的钱多得邪门。但是，除了买一只表盖上镶着许多大宝石、硌得肋骨生疼的金表之外，买一具嵌着银钉、配着安哥拉皮垫的马鞍，还有请大家在酒吧喝威士忌，他还有什么地方可以花钱呢？

至于那些有女眷的牧场主们，他们减少超额财富的门路就不那么狭窄了。在情况不乐观时，夏娃后裔减轻钱包的本领也许会一直沉睡，但是，弟兄们哪，这种本领却永远没有丢掉的时候。

因此，被妻子所逼迫的“高个儿”比尔·朗利，离开了自己在弗里奥河畔栎树丛生的圆圈横杠牧场，到城里去享受成功的乐趣了。他的财产加起来有50来万元呢，并且还在不断增加。

“高个儿”比尔是在营地和草原里磨炼出来的。幸运而节俭，清醒的头脑，寻找无主小牛的锐利的目光，这些因素合起来，让他从牧牛人升级了牧场主。后来，牛的买卖突然兴旺，幸运女神小心翼翼地穿过仙人掌刺丛来降临他身边，把她的丰饶之角①倾泻在牧场庄屋的门口。

朗利盖了一幢豪华住宅在边疆小城查帕罗萨。他成了囚徒，被捆在社会生活的马车上。命中注定他将成为当地的头面人物。一开头，他像初次被关进栅栏里的野马那样，挣扎一阵子，接着也就把马鞭和马刺挂起，就安于现状了。他无事可做，日子不好过，便创办了查帕罗萨第一国民银行，被推举为总经理。

一天，有一个戴着镜片像放大镜那么厚的眼镜、患消化不良症的人，来到第一国民银行，从出纳员窗口递进一张豪华体面的名片。5分钟后，全体银行职工在查账稽核的指使下开始忙了。

---

① 希腊神话中的主神宙斯年幼时从亚马尔泰亚羊人的头上拗下一只角，使它具有了魔力，拿这只角的人想要什么，角里就立刻有什么。

这位稽核，杰·埃德加·托德先生，显然非常负责。

查完账目后，稽核戴上帽子，请总经理威廉·雷·朗利先生到小办公室去一趟。

“唔，你感觉如何?”朗利音调深沉缓慢地问，“牛群中是否你看不顺眼的标记?”

“账目都清楚明了，朗利先生，”托德说，“我发现您的贷款也都符合手续——不过有一笔例外。有一张借据很糟糕——糟到这种程度，我估计你肯定还不了解情况的严重程度。我指的是那笔贷给托马斯·默温的10000元活期贷款[①]。问题不只是数目超过了银行发放私人贷款的最高限额，并且每人做担保，又无抵押又没有东西做抵押。所以，你在两方面都与国民银行法不相符合，政府可以随时向你提起刑事诉讼。假如把这件事报告货币审计处——我有责任这样做——我相信一定会移交司法部执行。你现在知道情况是多么严重了吧。”

比尔·朗利坐在转椅上，修长的身躯慢慢靠向椅背。他双手合抱，托起后脑，稍稍转过头，看着稽核。稽核看到一丝笑容浮现在银行家果断的嘴角上，和善的光闪现在浅蓝色的眼睛里，不由有点奇怪。等到朗利清楚这件事的严重性的时候，他的脸色就不会这样了。

“当然，也不奇怪，你根本不认识汤姆·默温。”朗利亲切地说，“不错，我清楚这笔贷款。除了汤姆·默温一句话以外，没有任何抵押品。不过我一直觉得，一个人只要讲诚信，他的话就是最好的抵押品。哦，对呀，我知道政府不会这样认为。看来我还是为这笔贷款去找一次汤姆吧。”

托德先生的消化不良症似乎突然严重了。他从放大镜似的眼镜后面吃惊地看着这位牧牛人出身的银行家。

“你知道吗，”朗利轻松地解释说，想解决这件事情，“汤姆听说里奥格朗德岩石津那里有2000头两岁的小牛出售，每头8块钱就成交。我猜想那大概是老莱恩德罗·加尔西亚私运进来的牛队，急着脱手。到堪萨斯城那群牛可以卖15元一头。汤姆清楚，我也明白。他有6000元现款，我就把这笔交易的差额10000元借给他了。他弟弟埃德三星期前把牛赶去卖了。在这几天，随时他都可能把钱带回来。他回来，汤姆就会归还借款的。”

稽核被吓坏了。他也许有责任立即去电报局，给审计处说明这个情况。但他

① 亦称“通知贷款”，指商业银行未规定期限可随时索还贷款，借款人应在得到通知后24小时内归还。

没有这么做。他直截了当地和朗利谈了3分钟。终于他让这位银行家清楚到自己已站在灾难的边缘了。而后，他又提供了一线希望。

“我今晚要去希尔台尔，”他对朗利说道，“核对那里的一家银行的账目。回来的路上，我会路过经查帕罗萨。我明天12点再来这里。到时候，如果这笔贷款已经归还，我在报告里就不提及这件事。否则——我必须要完成我的职责。”

说罢，稽核鞠了一躬后就走了。

第一国民银行的总经理继续在椅子上坐了半小时，然后点燃一支醇和雪茄，到汤姆·默温家去了。默温，一个穿棕色粗布裤子，神情显得深思熟虑的牧场主，正把他的脚搁在桌子上，坐在那儿织一条生皮的马鞭。

“汤姆，”朗利靠在桌子上问道，“还没有埃德的消息吗？”

“还没有呢。”默温继续编着鞭子，回答，“我估计这几天里埃德应该回来了。”

“一个银行稽核，”朗利说，“今天去我们那里核对账目，发现了你的那张借据。你知道我认为没有问题，可是这样做不符合银行法。我本来断定在银行查账之前你能归还那笔借款的，但是那家伙出人意料地来了，汤姆。现在我自己手头缺少现款，不然我可以垫，替你兑付这张借据。他勒令我明天12点以前解决问题，那时候我必须拿出现款来抵账，不然——”

“不然怎么，比尔？”默温看到朗利欲言又止，便问道。

“唔，我猜想大概会被第一国民银行炒鱿鱼吧。”

“我试试，把你那笔款子及时筹集出来。”默温说，仍然认认真真地在编织马鞭。

“好吧，汤姆，”朗利转身向门口走去时说道，“我明白只要你有办法就一定会做到的。”

默温扔下鞭子，到城里仅有的第二家银行去，那是一家由库珀和克雷格合伙开的私营的银行。

“库珀，”他给那个姓库珀的合伙股东说道，“今天或者明天，我必须准备到10006元不可。我这儿有一幢房子和一些地皮，估计价值6000元，实际的担保品就这些。不过我正在做一笔牛交易，几天内，它给我带来的赚头就远远不止这个数目。”

库珀咳嗽起来。

“喂，看在老天分上，不要拒绝我的请求。”默温说，“我欠人一笔活期贷款，数目是10000元。现在要求还贷，债主是同我在牧牛营地和守林营地一起待过10年。他可以拿走我所有的东西。他要我脉管里的血，我一定也会给他的。他必须要凑齐那笔钱，十分十分紧迫——唔，他需要那笔钱，我有责任为他筹齐。你清楚我是有信用的，库珀。”

“那还用说，”库珀精于世故地同意说，“但你知道，我有一个合伙人。我不能单独定论，私自放款。就算你手头有最可靠的担保品，我们也无法在一星期之内贷给你。我们正要运15000元现款到罗克台尔去，委托迈尔兄弟公司收购棉花。今晚就由窄轨火车运走了。这一来，我们手头的现款也所剩无几。我们没有办法替你解决，非常抱歉。”默温回到家中，继续编织马鞭。下午4点钟，他到了第一国民银行，隔着朗利办公桌的栅栏他凑过去说：

“我会尽量在今晚——我是说明天——替你搞到那笔钱的，比尔。”

“好吧，汤姆。”朗利平静地说道。

当晚9点钟，汤姆·默温谨慎地从他住的木头房子里走出来。房子坐落在城郊，这时候附近行人非常稀少。两只六响手枪插在默温的裤袋里，头上戴一顶垂边的帽子。他快速地沿着一条冷落的小街走去，到了同窄轨铁路平行的沙路上面，最后距离城两英里的水塔旁。汤姆·默温在这儿停住了，用一条黑绸手帕蒙住面孔下部，拉下帽檐。

10分钟后，从查帕罗萨开往罗克台尔的夜班火车在水塔旁边停住。

默温双手各握住一支手枪，从一丛栎树后面站起身，向火车走过去。他还没走上三步，突然两条有力的长胳臂从背后把他拦腰抱起来，将他扑摔在草地上。一个有力的膝头抵住他的脊背，钢钳一般的手捉住了他的手腕。就这样他像小孩一样被制服了，直到机车加了水，重新起步，渐渐地增加了速度，开得看不见了为止。这个时候，来人才把他松开，站了起来，发现抓他的人竟然是比尔·朗利。

“这事绝不能这么解决，汤姆。”朗利说道，“今天下午我见到了库珀，他把你向他贷款的事告诉我了。晚上我去你找你，见你带枪出来，于是我一直跟踪你到这儿。我们快回去吧，汤姆。”

两人并肩走。

“这是我唯一的机会了。”过一会儿，默温开口说道，“你要求归还贷款，我必须想办法归还啊。比尔，如果他们为难你的话，你要怎么做呢？”

“如果他们为难你的话，你又要怎样做呢？”朗利反问：

“我从没想到自己会有埋伏起来拦劫火车的一天，”默温说道，“不过一笔活期贷款只能另当别论。我一向说一是一，说二是二。我们只有 12 个小时的时间了，比尔，过后那个稽查又要来找你麻烦了。我们总要想办法把这笔款子归还啊。我们或许能够——了不起的山姆·豪斯顿①啊！你听到了吗？”

默温突然奔跑起来，朗利跟上去，只听得黑夜中有一个好听的口哨声，吹起“牧童悲歌”的凄凉的调子。

“他可只会这一支歌。”默温一边跑，一边叫嚷道，“一定是——”

他们跑到了默温家中。默温一脚把门踹开，冲了进去，被屋子中间一只旧手提箱绊了一跤。一个风尘仆仆、皮肤黝黑、宽下巴的小伙子正躺在床上抽褐色的香烟。

“怎么样，埃德？”默温急急忙忙地问道。

“就那样还行吧。”那个干练的小伙子懒洋洋地说，“刚乘 9 点 30 分那班火车回来。那批牛卖了，15 元一头，一个钱也没少。喂，老哥，别踢那只手提箱啦，里面可装着 29000 元现款呢。”

① 美国军人、政治家，1859 至 1861 年任德克萨斯州州长。

比绵塔薄饼

当我们在弗里奥山麓上，骑着马把一群烙有圆圈三角印记的牛赶拢在一起时，枯死的牧豆树的枝丫钩住了我的木马镫，害得我扭伤了脚踝，在营地里躺了有一个星期。

被迫休息的第三天，我一拐一拐地挨到炊事车旁边，在营地厨师贾德森·奥多姆的连珠炮似的谈话下一筹莫展地躺着。贾德天生喜爱说话，说起来没完没了，可是造化却捉弄人，让他当了厨师，害他在大部分时间里无法找到听他说话的人。

因此，在贾德一声不吭的沙漠里面，我便成了他的灵食（《旧约·出埃及记》第16章第14—35节：摩西率领以色列人逃出了埃及，在荒野中漂泊了40年，饥饿时，上帝便撒下灵食）。

不多一会，我起了一阵病人的贪馋，想吃一些不在“伙食”项下的食物。我想起了母亲的食柜，不禁“情深如初恋，惆怅复黯然”①。于是我问道：

“贾德，你会不会做薄饼？”

贾德放下刚准备用来捣羚羊肉排的六响手枪，带着我觉得是威胁的态度，走到我面前。他那双浅蓝色的眼睛怀疑地瞪着我，更叫我感到了他的愤恨。

“喂，”他说，虽然很生气，但还没有出格，“你是真心问我的，还是想挖苦我？是不是有人把我和薄饼的底细告诉了你？”

“不，贾德，”我诚恳地说道，“绝没有别的用意。我只不过很想吃用黄油烙得黄黄的薄饼，上面还浇着新上市的、大铁皮桶装的新奥尔良的蜂蜜。我愿意拿我的小马和马鞍来换一叠这样的薄饼。说起薄饼来，难道还有什么故事吗？”

贾德明白了我并非含沙射影之后，神色马上和缓了许多。他从炊事车里取出一些神秘的袋子和铁皮盒子，放在我倚靠的那株树下。我看他不慌不忙地张罗了

① 引自英国诗人丁尼生的叙事诗《公主》中的歌曲。

起来，解开拴口袋的绳子。

“其实也算不上故事，”贾德一面干活，一面说，“只是我同仙罗山谷来的那个粉红眼睛的牧羊人以及威莱拉·利赖特小姐之间一桩事情的合乎逻辑的结局而已。告诉你也无妨。

“那时候，我还在圣米格尔牧场替老比尔·图米赶牛。有一天。我一心想吃些罐头食品，只要不哞、不咩、不哼或者不啄的东西都可以[①]。于是我跨上我那匹还未调教好的小野马，飞快地直奔纽西斯河比绵塔渡口那里埃姆斯利·特尔费尔大叔的店铺。

“大概下午 3 点钟，我把缰绳往一根牧豆树枝上一套，下马走了大概 20 码，来到埃姆斯利大叔的铺子。我登上了柜台，对埃姆斯利大叔说，看情况全世界的水果收成都会受灾了。不出一分钟，我拿起一袋饼干和一把长匙，身边摆着一个个打开的杏子、菠萝、樱桃和青梅罐头，埃姆斯利还在忙乱地用斧头砍开罐头的黄色铁皮箍。我快活得像是没闹苹果乱子以前的亚当。我把靴子上的踢马刺向柜台板壁里插，手里挥弄着那把 24 英寸的匙子；这个时候，我偶然抬头一望，从窗口里看到铺子隔壁埃姆斯利大叔家的后院子。

“有个姑娘站在那里——一个打扮得漂漂亮亮的外地来的姑娘——她一面玩着槌球棒，一面看着我那促进水果罐头工业的劲头，在那里暗自笑着。

“我从柜台上滑下来了，把手里的匙子交给埃姆斯利大叔。

“‘那是我的外甥女儿，’他说道，‘威莱拉·利赖特小姐，从巴勒斯坦[②]来做客的。要不要我替你们介绍介绍？’”

“‘圣地啊。’我暗忖道，我的思想与牛群一样，我要把它们赶进栅栏里去，它们却开始乱兜圈子。‘怎么不是呢？天使们当然在巴勒——当然啦，埃姆斯利大叔，’我高声说道，‘我非常高兴见见利赖特小姐。’

“于是，埃姆斯利大叔把我引到后院中，替我们介绍了一下。

“我在女人面前从来不腼腆。我一直弄不明白，有的男人没吃早饭都能制服住一匹野马，在漆黑的地方都能刮胡子，为什么一见到穿花衣裳的大姑娘却变得如此缩手缩脚，汗流浃背，连话都说不上来了。不出 8 分钟的时间，我同利赖特小姐已经在作弄槌球，混得像表兄妹一样亲热了。她取笑我，说我吃了那么多罐头的水果。我马上回敬她，说水果乱子是一位叫夏娃的太太在第一个天然牧场里

① 指牛、羊、猪和家禽。

② 在亚洲西南，原为《圣经》中的迦南古国，基督教的圣地，这里是美国德克萨斯州东部一城市。

闹出来的——‘在巴勒斯坦那面，对吗?’我随机应变地说道，正像用套索捕捉一头一岁的小马那样轻松。

“就这样，我获得了接近威莱拉·利赖特小姐的机会；日子久了，关系逐渐密切。她待在比绵塔渡口是为了她的健康和比绵塔的气候着想，其实她的健康状况非常好，而比绵塔的气候要比巴勒斯坦热百分之四十呢。开始时，我每星期骑马到她那里去一次；后来我算了一下，如果我把去的次数加一倍，我见到她的次数也会增加一倍。

“有一星期，我共去了3次；就在那第三次里，薄饼和淡红眼睛的牧羊人插进来。

“那晚，我坐在柜台上，嘴里是一只桃子和两只李子，一边问埃姆斯利大叔，威莱拉小姐可好。

“‘哟，’埃姆斯利大叔说道，‘她同仙罗山谷里的那个牧羊人杰克逊·伯德出去骑马了。’

“我把一颗桃核、两颗李子核一起吞了下去。我跳下柜台时，应该有人抓住了柜台，不然它早就翻了。接着，我两眼发直跑了出去，直到撞在我拴那匹杂毛马的牧豆树上才停住。

“‘她出去骑马了啊，’我凑在那头小野马耳朵旁边说，‘同伯德斯通·杰克，牧羊人山谷那头驮骡一起去的。知道了吗，你这个挨鞭子才跑的老家伙?’

“我那匹小马用它自己的方式哭了一通。它是从小就给驯养来牧牛的，它不关心牧羊人。

“我又回到埃姆斯利大叔那儿，问他：‘你是说牧羊人吗?’

“‘是牧羊人。’大叔又重复了一遍，‘你一定听人家谈起过杰克逊·伯德。他拥有8个牧场和4000头在北冰洋以南最好的美利奴绵羊。’

“我走进去，在店铺背阳的一边坐下来，往一株带刺的霸王树上一靠。我自言自语，说了许多有关这个名叫杰克逊的恶鸟[①]的话，两手不知不觉地抓起沙子往靴筒里灌。

“我一向不愿欺侮牧羊人。有一次，我看见一个牧羊人坐在马背上读拉丁文法，我连碰都没有碰他！我不像大多数牧牛人，看见他们就有气。牧羊人都在餐桌上吃饭，穿着小尺码的鞋子，和你有说有笑，难道你能跟他们动粗，整治他们

① 杰克逊·伯德的姓原文是Bird，有“鸟”的含义。

一下，害得他们破相吗？我总是抬抬手放他们过去了，正如放兔子过去那样；至多讲一两句客套话，寒暄寒暄，从不停下来同他们喝两杯。我认为根本犯不着同一个牧羊人过不去。正因为我这么宽大为怀，网开一面，现在居然有个牧羊人跑来和威莱拉·利赖特小姐骑马！

“太阳下山前一小时，他们骑着马缓缓归来，在埃姆斯利大叔家门口停住了。牧羊人扶她下马。他们站着，兴致勃勃，风趣横生地交谈一会儿。随后，这个有羽毛的杰克逊跃上马鞍，掀起他那顶小炖锅一般的帽子，朝他的羊肉牧场方向跑去。这个时候，我把靴子里的沙子抖搂了出来，摆脱了霸王树上的刺；在离比绵塔半英里光景的地方，我策马追上了他。

“我先前说过，牧羊人的眼睛是粉红的，其实不然。他那看东西的家什是灰色的，只不过睫毛泛红，头发是沙黄色，因此给人一种错觉。这个牧羊人——其实只能算是牧羔人——身材瘦小，脖子上还围着一条黄绸巾，鞋带打成蝴蝶。

“‘借光。’我对他说道，‘现在骑马同你一道走的是素有百发百中之称的贾德森，那是因为我打枪的路数。每当我要让一个陌生人知道我时，我拔枪之前总要自我介绍一下，因为我向来不喜欢同死鬼握手。’

“‘啊，’他说道，说话时就是那副神气——‘啊，真是幸会，贾德森先生。我是来自仙罗牧场那儿的杰克逊·伯德。’

“这时，我一眼见到一只槲鸡叼着一只毒蜘蛛从山上跳了下来。另一眼见到一只猎兔鹰栖息在水榆的枯枝上。我拔出自己四五口径的手枪，乒乒两响，把它们先后打倒，给杰克逊·伯德看看我的枪法。‘无论在哪儿，’我说，‘我见到鸟儿就想要打，三回当中有两回是这样。’

“‘枪法不坏。’牧羊人不动声色地说道，‘不过你第三回打的时候会不会偶尔失准呢？上星期的那场雨水对新草大有好处啊，是吗，贾德森先生？’他说。

“‘威利，’我靠近他那匹小马说道，‘宠你的爹妈也许管你叫杰克逊，但是你换了羽毛之后却成了一个喊喊喳喳的威利——我们不必研究雨水和气候，还是用鹦哥词汇以外的言语来说话吧。你同比绵塔的年轻姑娘一起骑马，这个习惯不好。我知道有些鸟儿，’我说道，‘还未坏到那个地步就给烤来吃了。威莱拉小姐，’我说道，‘并不需要鸟族杰克逊科的山雀替她用羊毛筑一个窝。现在，你打算放手呢，还是想试试我这包办丧事的百发百中的诨名？’。

“杰克逊·伯德脸有点红，然后却呵呵笑了。

“‘哎，贾德森先生’他说道，‘你误会啦。我的确去看过几次利赖特小姐；

但是绝没有你所说的那种动机。我的目的纯粹是胃口方面。'

"我伸手摸枪。

"'哪个浑蛋,'我说道,'胆敢无耻——'

"'慢着,'这个伯德赶忙说,'让我解释一下。我娶了老婆应该怎么办呢?你只要见过我的牧场就明白了!我给自己做饭,自己补衣服。我牧羊的唯一乐趣就是吃东西。贾德森先生,你有没有尝过利赖特小姐做的薄饼?'

"'我?这倒没有。'我对他说道,'我从没有听说,她在烹调方面还有一手。'

"'那些薄饼简直是金黄色的阳光,'他说,'是用伊壁鸠鲁①天厨神火烤出来的黄澄澄、甜蜜蜜的好东西。我如果能搞到那种薄饼的配方,即使少活两年也心甘情愿。我去看利赖特小姐就是因为这个原因,'杰克逊·伯德说,'可是直到现在还是搞不到。那个老配方在他们家里传了75年。他们世代相传的,从不透露给外人。假如我能搞到那个配方的话,在牧场上自己做薄饼吃,那我就幸福啦。'伯德说。

"'你敢担保,'我对他说道,'你追求的不是调制薄饼的手吗?'

"'当然。'杰克逊说道,'利赖特小姐是个极好的姑娘,但是我向你保证,我的目的只限于胃口——'他看到我的手又去摸枪套,立即改口说——'只限于设法弄一张调制配方。'

"'你这小子还不是很坏。'我装得很大方地说,'我本来打算让你的羊儿再也见不到爹娘的,这次姑且放你飞掉。可是你最多守住薄饼,千万别出格,并且别把感情错当成糖浆,否则你再也听不到你牧场里的歌声了。'

"'为了使你相信我的诚意,'牧羊人说,'我还要请你帮个忙。利赖特小姐同你是好朋友,她不愿意替我做的事,也许会愿意替你做。假如你能代我搞到那个配方,我向你保证,我以后再也不去找她了。'

"'这倒也合情合理。'我说罢同杰克逊·伯德握握手,'只要能办得到,我一定替你去搞来,我乐于替你效劳。'于是,他掉转马头走下皮德拉的大梨树平地,往仙罗山谷去了;我策马朝西北方向回到老比尔·图米的牧场里。

"5天之后,我才有机会又去比绵塔。威莱拉小姐和我在埃姆斯利大叔家过了一个愉快的傍晚。她唱了几首歌,砰砰嘭嘭地在钢琴上弹了许多歌剧的调子。我学响尾蛇的样子,告诉她'长虫'麦克菲剥牛皮的新法子,还告诉她有一次

① 古希腊哲学家,主张幸福是生活的至善,后人歪曲为享乐主义、美食主义。

我去圣路易斯的故事。我们两个处得很投机。我想，假如现在能叫杰克逊·伯德转移牧场，我就赢了。我记起他说搞到薄饼调制配方就离开的保证，便打算劝威莱拉小姐交出来拿给他；以后我再在仙罗山谷以外的地方见到他，一定要他的命。

“因此，10 点钟左右，我脸上满是哄人的笑容，对威莱拉小姐说：‘如果现在有什么东西比青草地上的红马更让我高兴的话，那就是涂着糖浆的好吃的薄饼了。’

“威莱利小姐在钢琴凳上微微一震，吃惊地看着我。

“‘是啊，’她说，‘薄饼的味道确实很好。奥多姆先生，刚才你说你在圣路易斯掉帽子的那条街叫什么？’

“‘薄饼街。’我眨眨眼睛说道，表示我拿定主意要搞到她的家传秘方，不会轻易给岔开的。‘喂，威莱拉小姐，’我说道，‘谈谈你怎么做薄饼的吧。薄饼像车轮一样在我脑袋里打转。说吧——1 磅面粉，8 打鸡蛋，等等。配料的成分是怎么样的呢？’

“‘对不起，我得出去一会儿。”威莱拉小姐说。她斜着眼睛飞快地瞟了我一眼，然后溜下凳子，慢慢地退到隔壁的房里去了。紧接着，埃姆斯利大叔拿了一罐水，连上衣也没穿就跑进来。他转过身去拿桌子上的玻璃杯时，我看见他裤袋里揣着一把四五口径的手枪。‘好家伙！’我想道，‘这人家把食谱配方看得如此重，竟然要用火器来保护它。有的人家即使有世仇宿怨也不至于这样吧。’

“‘喝下去。’埃姆斯利大叔递给我一杯水说道，‘你今天骑马赶路累了，贾德，太兴奋了。还是想些别的事情吧。’

“‘你知道如何做那种薄饼吗，埃姆斯利大叔？’我问道。

“‘嗯，在做薄饼方面，我不像某些人一样高明，’埃姆斯利大叔回答说，‘不过我觉得，你可以按照通常的办法，用一筛子石膏粉，一小点儿生面、小苏打和玉米面，用鸡蛋和全脂牛奶搅和起来就可以了。今年春天老比尔是不是又要把牛群赶到堪萨斯城去了，贾德？’

“那晚上，我所能打听到的有关薄饼的细节只有这么多了。难怪杰克逊·伯德觉得棘手。于是我撇开这个话题，和埃姆斯利大叔聊聊羊角风和旋风之类的事。没过多久，威莱拉小姐进来道了晚安，我就骑马回牧场去了。

“大概一个星期后，我骑马去比绵塔，正好遇到杰克逊·伯德从那里回来，我们便停在路上，随便聊聊天。

"'你搞到薄饼的详细说明了没有?'我问他。

"'没有哪。'杰克逊说道,'看样子,我没希望了。你试过没有?'

"'试过,'我说,'可是没有结果,正像要用花生壳把草原土拨鼠从洞里挖出来一样。看他们死抱住不放开的样子,那个薄饼配方准是好宝贝。'

"'我几乎要放弃啦,'杰克逊说,他的口气是如此失望,连我也替他难过,'可是我一心想知道那种薄饼的调制方法,以便在我那寂寞的牧场上自己做来吃。'他说道,'我晚上睡不着觉,光捉摸薄饼的好滋味了。'

"'你还是尽力想想办法,'我对他说道,'我也同时进行。用不了多长时间,我们中间总有一个能用套索将它兜住的。好吧,再见,杰克逊。'

"你瞧,这时候我们已经水乳交融,相得无间了。当我发现那个沙黄头发的牧羊人并非在追求威莱拉小姐时,我对他也就比较宽容了。为了帮助他达到满足口腹之欲的愿望,我一直在想办法把威莱拉小姐的配方弄到手。但是每当我提起'薄饼'的时候,她眼睛里总流露出疏远和不安的神色,并想方设法岔开话题。假如我坚持下去的话,她就走出去,换了手里拿着水壶、裤袋里揣着山炮的埃姆斯利大叔进来。

"一天,我在毒狗草原的野花丛中摘下一束美丽的蓝马鞭草,驰马来到那家铺子。埃姆斯利大叔眯起他的一只眼睛,看着马鞭草说:

"'你没有听到那个消息吗?'

"'牛价上涨了吗?'我问。

"'威莱拉和杰克逊·伯德昨天在巴勒斯坦已经结婚啦。'他说,'今天早晨刚收到信。'

"我把那束马鞭草扔进饼干桶里,让那个消息慢慢灌进我耳朵,流到左边衬衫的口袋[1]里,再流到脚底。

"'请你再说一遍好吗,埃姆斯利大叔?'我说,'可能我的耳朵出了毛病,你刚才说的只是活的甲级小母牛每头4块8毛钱,或者别的话。'

"'昨天结婚啦,'埃姆斯利大叔说,'现在到韦科和尼亚加拉大瀑布去度蜜月了。怎么,难道你一直没有看出苗头吗?杰克逊·伯德带威莱拉出去骑马那一天,就开始追求她了。'

"'那么,'我快要嚷了起来,'他对我讲的有关薄饼的那套话,究竟是什么

① 指心。

意思啊？你倒说说看。'

"我一提起薄饼来，埃姆斯利大叔立即闪开，后退了几步。

"'有人用薄饼欺骗了我，'我说，'我要弄清楚。我相信你是知道的。讲出来，'我说，'不然我和你没完。'

我翻过柜台去抓埃姆斯利大叔。他要去抓枪，可是枪在抽屉里，差两英寸没能够着。我揪住他的前襟，把他推到了角落里。

"'说说薄饼的事，'我说，'否则我就把你挤成薄饼。威莱拉小姐会不会做薄饼？'

"'她一辈子也没有做过一张薄饼，我也没有见她做过。'埃姆斯利大叔安慰我说道，'安静一些，贾德——安静一些。你太激动了，你头上的老伤使你神志不清。别去想薄饼了。'

"'埃姆斯利大叔，'我说，'我的头根本没有受过伤，最多只是天生的思考本能不太高明。杰克逊·伯德对我说，他来看威莱拉小姐的目的是要打听她做薄饼的法子，他还请我帮他弄一份配料的清单。我照做了，结果你也看到了。我是被一个粉红眼睛的牧羊人用约翰逊青草给骗了，还是怎么的？'

"'你先松开我的衬衫，'埃姆斯利大叔说，'我再来告诉你。哎，看情形杰克逊·伯德骗了你，自己跑掉了。他同威莱拉小姐出去骑马的第二天，又过来通知我和威莱拉，赶上你提起薄饼的时候，就要多加意提防。他说，有一次你们在营地里烙薄饼，有个人用平底锅砸破了你的头。杰克逊说道，你一激动或紧张，老伤就会复发，使你有点儿疯癫，胡言乱语念叨薄饼。他告诉我们，只要把你从这个话题岔开，让你安静下来，就没有危险了。因此我和威莱拉尽我们的力量帮助了你。哎，哎，'埃姆斯利大叔说道，'像杰克逊·伯德这样的牧羊人倒真是少见的。'"

贾德讲故事时，已经不慌不忙、十分熟练地把那些口袋和铁皮罐里的东西都调和起来了。快讲完时，他把完成的产品端到我的面前——两张搁在铁皮碟子上的、滚烫的、深黄色的薄饼。他又从某些秘密的贮藏处拿出一块上好的黄油和一瓶金黄色的糖浆。

"这是多久以前的事啦？"我问他。

"有 3 年了。"贾德答道，"如今他们住在仙罗山谷。可是从那以后我一直没有见过他们。据说，当杰克逊·伯德用薄饼计把我骗得无路可走的时候，他一直在布置他的牧场，摇椅啦，窗帘啦，装饰得漂漂亮亮。喔，过一阵子，我就把这件事抛开了，可是弟兄们还不依不饶。”

“这些薄饼，你是不是按照那个著名的配方制作的呢?”我问道。

“我不是早就说过，配方不是根本没有的吗?”贾德说，“弟兄们老是拿薄饼来取笑我，后来搞得我却想吃薄饼了，于是我从报上剪下了这个调制方法。这些的味道怎么样?”

“好吃得很，”我回答说，“你自己干吗不尝一尝，贾德?”我清晰地听到一声叹息。

“我吗?”贾德说，“我一直不吃薄饼。”

多情的五月

要是诗人在你面前赞美五月的话，就请你朝他的眼睛打上一拳。五月是爱搞恶作剧的、胡作非为的精灵们的天下。那些顽皮的，爱搬弄是非的小精灵们在春意盎然的树林间神出鬼没：喜欢恶作剧的小妖精和他的那些小矮人朋友们在城市和乡村里忙得不亦乐乎。

五月，大自然不满地伸出了她的指头吩咐我们，要我们牢牢地记住，我们并非神，而只不过是她的大家庭当中太过于骄傲的成员。她提醒我们，我们是命里注定要拿来作杂烩汤的蛤蜊和驴子的朋友；是三色堇和黑猩猩的直系子孙；只不过是咕咕叫的鸽子、嘎嘎叫的鸭子以及公园里的女仆和警察们的堂兄表弟。

五月，丘比特用他的爱神之箭胡乱放箭——于是百万富翁娶了个女速记员；知识渊博的教授向快餐店柜台后面系着白围裙、嚼着口香糖的女店员大献殷勤；女教师使那些坏男孩放学了还迟迟不肯回家；小伙子架起梯子偷偷地爬过草坪，朱丽叶收拾好了她的望远镜，在格子窗边耐心等待着；年轻的情侣们一起出去溜达一圈的工夫，回来时就已经成了夫妇；上了年纪的男人们穿上了白色的鞋罩，在师范学校的附近转悠；就连已婚的男人们也变得特别的温柔多情，冲着妻子们的背上拳脚想象，咆哮到："嘿，你到底是怎么搞的?"

可这个五月却并非什么女神，而是女巫喀耳刻，她在夏天为初涉社交圈的年轻姑娘们举办的舞会上戴着假面具，让所有的人都望而止步。

老库尔森先生呻吟了一下，随后在他的病人椅上直起身子。他有一只脚痛风得很厉害。他在格瑞梅西公园附近拥有一所房子，有五十万美元，还有一个女儿。另外他还有一个女管家，威德普太太。以上的基本事实和人物都需要交代清楚，于是我就这么做了。

五月戳了库尔森先生一下，于是他变成了斑鸠的大哥哥。他坐在窗旁，窗台上摆满了一盆盆的长寿花、风信子、天竺葵和三色堇。微风把它们的香味带到了房间里。于是房间里的花香和痛风擦剂散发出来的刺鼻的臭气随即展开了一场激烈的较量。擦剂的气味毫不费劲地占了上风；但不久之后，花香就冲着老库尔森先生的鼻子郑重地一记上钩拳。毋庸置疑，这是不安分的、伪装的五月女巫的杰作。

其他明显的、典型的春天的气息，那些地铁上面的大都市里特有的气息，也穿过公园钻进了库尔森先生的鼻子里面。那是热沥青、地下洞穴、汽油、广藿香、橘皮、阴沟中散发出的臭气、奥尔巴尼市的挖掘机、埃及卷烟、灰浆和报纸上还没干透的油墨的气味。吹进来的气息是香醇而温和的。窗外的麻雀在愉快地啁啾。但你可别轻易地就相信五月。

库尔森先生捻着他的白胡子的末梢，咒骂着他的痛风的脚，使劲地按了一下旁边桌子上的铃。

威德普太太这时走了进来。她才四十岁左右，肤色白皙，看起来非常迷人，不过好像有些紧张。

“希金斯出去了，先生。”她微笑着说，那笑容不禁使人联想起振动式的按摩，“他去寄信去了。要我为您做些什么，先生?”

“我该来点止痛药了，”老库尔森先生说，“给我倒一点儿吧。瓶子就在那里。往水里倒三滴。倒——该死的希金斯！竟然没有人在乎我，就算我死在这把椅子上面，这屋子里也没人会关心。”

威德普太太深深地叹了一口气。

“快别这么说，先生，”她说，“我们都非常关心您，比任何人所能想象的都还要关心。您说的是十三滴吗，先生?”

“是三滴。”老库尔森解释到。

他服下了药，又突然抓住了威德普太太的手。她的脸红了。哦，是的，你也可以那样做。只要屏住呼吸，紧缩你的横膈膜。

“威德普太太，”库尔森先生说，“我们的周围充满了春天的气息。”

“可不是嘛，”威德普太太说，“天气真的慢慢暖和起来了。在每一个街角都挂着博克啤酒的招牌。公园里盛开着五颜六色的鲜花；我的腿上、身上也疼得很厉害。”

“春天里，”库尔森先生摆弄起他的胡子，朗诵着，“一个年轻——或者说，一个男人的——脑袋里很容易产生爱情的念头。”

“天哪，快别说了！”威德普太太叫了起来，“可不是嘛，到处都溢满了春天的气息。”

“春天里，”老库尔森先生接着念到，“一道美丽的彩虹映照着雪白的鸽子。”

“他们确实很可爱，爱尔兰人。”威德普太太若有所思地叹了一口气。

“威德普太太，”库尔森先生感觉自己痛风的脚一阵剧痛，他调皮地做了个鬼脸，说道，“如果没有你，这屋子里该会有多寂寞。我是个——应该说，我已经是个老家伙了——但我拥有很大一笔钱。如果价值五十万美元的政府债券再加上一份内心真挚的感情——尽管我这颗心脏已经不再有年轻人的热情，却还能有力地跳动，因为真挚的——”

隔壁房间的门帘边突然砰的一响，好像是弄翻了椅子的声音。这两个值得尊敬的，几乎从不招流言的人也成了五月的牺牲品，他们的谈话就这样被中止了。

范·米克·康斯坦莎·库尔森小姐傲慢地走了进来，她身材瘦削，高个子，高鼻梁，神情冷淡，很有教养，三十五岁，是典型的住在格瑞梅西公园附近的居民。她戴上了长柄眼镜。威德普太太慌忙地弯下身去，假装整理着库尔森先生痛风的脚上缠着的绷带。

“我以为和你在一起的会是希金斯。”范·米克·康斯坦莎小姐说。

“希金斯刚才出去了，”她的父亲解释说，“威德普太太听到我按铃才进来的。现在好多了，威德普太太，谢谢你。不，这儿没什么别的需要做的了。”

在库尔森小姐冷冰冰的、责问的眼光的注视下，女管家红着脸离开了房间了。

“今年春天的天气可真好，不是吗，女儿?”老头儿故意问道。

“还算过得去，”范·米克·康斯坦莎·库尔森小姐回答得有点含糊，“威德普太太从什么时候开始休假，爸爸?”

“我想她说的是一星期之后。”库尔森先生说。

范·米克·康斯坦莎小姐在窗台边站了一会儿，注视着沐浴在午后和煦的阳光下的小花园。她用植物学家的视角审视着花园里的花儿——那是诱人的五月里最具杀伤力的武器。带着科隆少女特有的性情，她抵挡住了无形的柔情的攻势。温和的阳光射出的一道道金箭撞上了保护着她心如止水的内心的冰冷的盔甲，不得不败下阵来，凝固了。花朵的芳香也没能唤醒她沉睡的心灵深处一丝一毫的柔情。麻雀叽叽喳喳闹个没完，使她厌烦。她嘲笑五月。

可是，尽管库尔森小姐自己已经抵制住了这个季节的诱惑，凭着她的敏锐，她并没有低估它可能产生的巨大威力。她知道，上了年纪的男人们和腰身变得粗大的女人们就像荒谬的五月列车上受过教育的跳蚤一样内心躁动。她以前也曾听说过愚蠢的老绅士娶了女管家这类的荒唐事。不管怎么说，这该有多丢脸，居然也能把这种感情称之为爱情！

到了第二天早上八点钟，送冰人来了，厨子告诉他库尔森小姐会在地窖里等待他。

“嘿，就算我不是奥尔科特也不是迪普，也该称呼一下我的名字吧?”送冰人自我解嘲地说着。

他放下卷起来的袖子，把冰钩丢在了喷水器上，转身往回走。一直到范·米克·康斯坦莎·库尔森小姐喊出了他的名字，他才终于把帽子摘了下来。

“这间地窖里有个后门，”库尔森小姐说，“经过隔壁的空地就能看到了，他们正在挖地基准备修建房子。我要你在两个钟头之内从那个门搬一千磅冰进来。你或许得另找一两个人手帮忙。我会告诉你把冰放在哪儿的。接下来的四天里你也要每天按同样的方式搬一千磅冰到这儿来。你的公司可以把冰钱算在我们的账单上。这算是给你的辛苦费。”

库尔森小姐递给了一张十美元的钞票。送冰人双手拿着帽子放在身后，向她鞠了个躬。

“希望您可以原谅我，小姐。能为您效劳是我的荣幸，只要您满意就好了。”

哎哟，都是为了五月！

中午的时候，库尔森先生打翻了放在桌子上的两个玻璃杯，弄坏了门铃的弹簧，马上扯着嗓子喊希金斯。

“快去拿把斧子来，”库尔森先生用讽刺的口吻命令到，“要不就去找一瓶夸脱氢氰酸来，或者干脆叫个警察来一枪打死我。总比我一直待在这儿冻死的要好。”

“天气好像真的变冷了，先生，”希金斯说，“怎么我以前一直没发现。我这就去把窗子给关上，先生。”

“去吧，”库尔森先生说，“他们管这种天气叫春天，是吗?要是总是这样，我就回到棕榈滩去。这房子根本就像个停尸间。”

一会儿之后，库尔森小姐走进来了，关切地询问父亲的痛风有没有好些。

“康斯坦莎，”老头儿说，“外面的天气情况怎么样?”

“天气还算晴朗，”库尔森小姐回答说，“但是冷得要命。”

“我觉得简直像是个寒冬，”库尔森先生说。

“是个典型的例子，”康斯坦莎心不在焉地看着窗外说道，“就像他们所说的，‘冬天在春天的怀里徘徊’，即使这个比喻本身不太准确。”

一会儿之后，她沿着小公园的一边走了过去，向西朝百老汇大街走去，打算逛上一圈。

又过了一会儿，威德普太太走入病人的房间。

“您按铃了没，先生?”她笑容满面地问道，“我叫希金斯到药店去了，我好像听到您按铃了。”

“我没有按。”库尔森先生说。

“我是不是中断了您的话，先生，”威德普太太说，“昨天您打算要说些什么的时候。”

“这是怎么了，威德普太太，”库尔森老头儿严肃地说，“这房子里怎么会这么冷?”

“冷吗，先生?”女管家问，“怎么，是的，经您这么一说，这屋子里好像确实有点冷。可这会儿外面的天气就跟六月一样暖和舒适，先生。这样的天气简直叫人的心就像是要从衣服里跳出来似的，先生。房子侧边墙上的常春藤上长满了叶子，有人在弹奏着手风琴，孩子们则在人行道上跳舞——这真是把心里话讲出来的最美妙的时刻。您昨天说，先生——”

“愚蠢的女人!”库尔森先生大声吼道，“我付钱给你是要你看管好这间房子。我在自己的房间里就快要冻死了，而你却跑进来，对我说什么常春藤、手风琴之类的无聊的话。赶紧去给我拿件大衣来。看看楼下的门窗是不是都已经关好了。像你这种又老又胖，不负责任，见识狭隘的蠢货，竟然在大冬天里瞎扯什么春天和鲜花！等希金斯回来了，叫他给我带一杯加糖的热朗姆酒进来。现在给我出去!”

可是又有谁能使五月明媚的脸庞黯然失色呢？或许她是有点放肆，打搅了头脑清醒的男人内心的宁静，可就算是再狡黠的少女或是冰库都不能让她在众多耀眼的月份中低头服输。

哦，是的，故事还没完呢。

过了一晚，第二天早上，希金斯帮老库尔森坐到窗台边的椅子上。房间里的寒气已经消失了。奇妙的香味以及甜蜜的柔情涌了进来。

威德普太太匆匆忙忙地赶进来，站在他的椅子旁边。库尔森先生伸出了他瘦削的手，抓起她滚圆的手。

“威德普太太，”他说，“如果没有你，这房子根本就不像是个家。我有五十万美元。要是这些再加上一份内心真挚的感情——尽管它不再有年轻人的火一样的热情，却还未曾冷却——能够——”

“我终于发现了是什么让房子变冷的，”威德普太太依靠在他的椅子上说，“是冰——许多冰——在地窖和暖气炉间里面，每一个地方都是。我把已经把送冷气进你房间的风门给关了。库尔森先生，可怜的人儿！现在又来到了五月了。”

“一颗真挚的心，”老库尔森继续说，神情显得有些恍惚，“春天让它又苏醒了，还有——可我的女儿该会怎么说呢，威德普太太？”

“别担心，先生，”威德普太太激动地说，“库尔森小姐她，她昨晚已经跟送冰人一道私奔了，先生！”

催眠术家杰甫·彼得斯

杰甫·彼得斯挣钱的歪门邪道真是相当多，就像是南卡罗来纳州查尔斯顿煮米饭的方法一般。

我最爱听他讲述早年的事情，那时候他站在街头卖膏药和止咳药水，勉强可以糊口，并且跟各色人等打交道，拿最后的一枚钱币和命运打赌。

“我来到了阿肯色的费希尔山，”杰甫说道，“穿着鹿皮衣，脚踏鹿皮靴，头发留得长长的，手上戴着从特克萨卡纳一个演员那里换来的 30 克拉重的金刚钻戒指。我不知道他用戒指换了我的折刀去干些什么。

“我那时的身份可是有名的印第安巫医沃胡大夫。我只带了一样最好的赌本，那就是用延长寿命的草药和草药泡成的回春药酒。乔克陶族酋长的漂亮的妻子塔夸拉在炖狗肉时，想找一些蔬菜来搭配，竟然无意中发现了那种草药。

“我在前一站镇上的生意不太顺利，所以身上只剩下 5 块钱。我找到费希尔山的药剂师，向他赊了 6 打 8 盎司容量的玻璃瓶和软木塞。我的箱子里还有前一站用剩下的标签和原料。我住进旅馆之后，就立刻打开自来水龙头勾兑好回春药酒，一打一打地摆在桌子上面，这时候生活好像又很美好了。

“你说的是假药吗？不，先生。那 6 打药酒里面有价值两元的金鸡纳皮浸膏和一毛钱的阿尼林。多年以后，当我从那些小镇经过时，那里的人们还问我买呢。

“那一晚我就租了一辆大车，在大街上到处推销药酒。费希尔山是一个疟疾肆虐的偏远的小镇；根据我的诊断，镇上的居民需要的刚好是一种润肺强心、补血养气的十全大补药。药酒的销路好得就好像是吃素的人见到丁鱼翅海参。我以每瓶半元的价钱很快就卖了两打，这时突然感觉有人在拉我衣服的下摆。我清楚那是什么意思；于是我弯下腰，把一张 5 元的钞票悄悄地塞在一个胸襟上佩着星章的人的手里。

“‘警官，’我说道，‘今晚天气真不错。’

“‘你推销这种称之为药的非法假货，’警察问道，‘你可有本市的营业执照？’

“‘没有。’我说，‘我不知道你们这地方算是个城市。如果明天我发现确实是城市的意思，必要的话，我会领一张。’

“‘在你还没有领到之前，我必须禁止你营业。’警察说。

“我收起摊子，回到旅馆。告诉了旅馆老板事情的经过。

“‘哦，你这种买卖在费希尔山是做不了的。’旅馆老板说，‘霍斯金斯大夫是这里唯一的医生，又是镇长的小舅子，他们不允许江湖郎中在这个镇上行医。’

“‘我并没有行医啊，’我说，‘我有一张州颁发的小贩执照。如果有需要，我会领一张市里的执照。’

“第二天清晨，我来到镇长办公室，他们说镇长还没有到，什么时候来也不清楚。于是沃胡大夫只好重新回到旅馆，在椅子上蜷坐着，点起一支雪茄烟干等。

“不多时，一个打着蓝色领带的年轻人挨挨蹭蹭地坐到我旁边的椅子上，问我是几点钟了。

“‘10点半，’我回答说，‘你不就是安岱·塔克吗？我见过你玩的把戏。你不是一直在南方各州出售‘丘比特什锦大礼盒’吗？让我想想，那里面装有一枚智利钻石订婚戒指，一枚结婚戒指，还有一个土豆捣碎器，一大瓶镇静糖浆和一张多乐西·弗农的照片——总共就只卖5毛钱。’

“安岱听说我还记得他，自然觉得十分高兴。他可是一个优秀的街头推销员；不仅如此——他还很尊重自己的行业，赚到百分之三百的利润就已经心满意足了。人家一再拉拢他去干非法的贩卖假药的生意；可是怎么也不能使他告别康庄大道。

“我现在需要一个搭档，安岱同我便谈好了合伙。我把费希尔山的情况讲给他听，告诉他由于当地的政治与泻药交织在一起，买卖进行得不太顺利。安岱是坐当天早班火车到这里来的。他自己手头也没有很多钱，准备在镇上筹集一些钱，到尤里加喷泉[①]去造一艘新的兵舰。我们就出去了，坐在门廊上商量起来。

“第二天上午11点钟，当我单独一人坐着时，一个黑人慢慢地走进旅馆，请医生去班克斯法官看病，也就是那位镇长，据说他病得很厉害。

“‘我不是替人看病的。’我说，‘你干吗不去请那位医生？’

① 阿肯色州西北部的一旅游修养地。

"'先生，'黑人说，'霍斯金斯大夫现在到20英里外的乡下地方去替人治病啦。镇上也只有他一位大夫，班克斯老爷病得很厉害。他交代我来请你去给他看病，先生。'

"'出于同胞的友谊，'我说，'我还是去探望一下他。'我拿起一瓶回春药酒，往口袋里一装，到达了山上的镇长公馆，那是镇上最气派的房子，斜屋顶，门口的草坪上立着两只铁铸的狗。

"班克斯镇长除了胡子和脚尖之外，全身都摊平在床上。他肚子里发出的叫声，要是在旧金山的话。会让人错听成是地震，听了就要拼命往空旷的地方逃跑。一个年轻人手里拿着一杯水，站在床边。

"'医生，'镇长说，'我病得很严重。我就快死了。求求你想想法子救救我？'

"'镇长先生，'我说，'我没有福气做艾斯·库。拉比乌斯[①]的正式徒弟，我也从未在医科大学里读过书。'我说，'我只不过是以同胞的身份来看看有什么地方是我可以为您效劳的。'

"'非常感谢。'他说，'沃胡大夫，这一个是我的外甥，比德尔先生。他想减轻我的痛苦，但是行不通。哦，天哪！哦——哦——哦！'他呻吟起来。

"我招呼了比德尔先生，然后坐在床沿边，诊了诊镇长的脉搏。'让我瞧一瞧你的肝——我是说舌苔。我解释道。接着，我掀起他的眼皮，仔细检查瞳孔。'

"'你什么时候得的病？'我问。

"'我这病是——哦——哎呀——昨晚才发作的。'镇长说，'帮我开点儿药，大夫，可不可以？'

"'飞德尔先生，'我说道，'请你把窗帘拉开一点，好吗？'

"'比德尔。'年轻人更正我说，'难道你不想吃点火腿蛋吗，詹姆斯舅舅？'

"我将自己耳朵贴在他的右肩胛骨上，听了一会儿后说：'镇长先生，你患的病是十分凶险的喙突右锁骨的超急性炎症！'

"'老天爷！'他呻吟着说，'你能不能在上面擦点什么药膏，或者正一正骨，或者想点什么别的法子？'

"我拿起帽子，向门口走去。

"'你不会要走吧，大夫？'镇长哭喊着叫道，'你该不是要离开这儿，让我害着这种——喙突锁骨的超急性癌症，见死不救吧？'

---

① 希腊神话中日神之子和医药之神。

“‘你要是有怜悯之心，哇哈，大夫，’比德尔先生开口说，‘就不应该眼看一个同胞受苦受难而见死不救。’

“‘我的名字叫沃胡大夫，别像吆喝牲口那样哇哈哇哈的。’我说。然后我回到床边，把我的长头发向后一甩。

“‘镇长先生，’我说道，‘你只剩下希望。药物已经对你没有任何作用了。药物的效力尽管很大，不过倒是还有一种效力更大的东西。’我说。

“‘是什么呀？’镇长问道。

“‘科学的证明。’我说，‘意志战胜菝葜[①]”。你要相信痛苦和疾病是虚幻的，那只不过是我们难受时的感觉罢了。心诚则灵。试试看吧。’

“‘你说的是些什么，大夫？’镇长说，‘难道你是个社会主义者吧？’

“‘我讲的是，’我说，‘那种被叫作催眠术的精神筹资的伟大学说——以远距离、潜意识来治疗谵妄和脑膜炎的启蒙学派——奇妙的室内运动。’

“‘你可以进行那种法术吗，大夫？’镇长问道。

“‘我可是最高长老院的大祭司和内殿法师之一。’我说，‘只要我一施展催眠术，瘸子都能走路，瞎子都能重明。我是灵媒，是花腔催眠术家，是灵魂的主宰者。最近在安阿伯[②]的降神会上。全靠我的法力，死去的酒醋公司经理才能够得以生还，同他的妹妹简谈话。你看到我在街上卖药给穷苦人，’我说，‘我没有在他们身上行施催眠术。我不会降格以求，’我说，‘因为他们付不起银子。’

“‘那你愿不愿意给我做做呢？’镇长问道。

“‘听着，’我说，‘不论我到什么地方，医药学会总是会找麻烦。我并不行医。但是为了能救你一命，我愿意替你做精神治疗，只要你能镇长的身份保证不追究执照的事。’

“‘没有问题。’他说，‘请你赶快进行吧，医生，疼痛又开始发作了。’

“‘你的诊疗费是250块钱，治疗两次一定好。’我说。

“‘没问题，’镇长说，‘我付。我想我的生命当然不止值250块。’

“‘现在，’我说，‘你别把心思放在病痛上。你并没有生病。其实你没有心脏、锁骨、尺骨端、头脑，任何东西也没有。你没有任何疼痛。否定一切。现在你感觉原本就是虚幻的疼痛逐渐消失了，是吗？’

“‘我的却觉得好过了些，大夫，’镇长说，‘的确如此。现在请你继续说几

---

① 是百合科植物，根有清血、解毒和发汗的作用，可以制清凉饮料。

② 密执安州东南部的城市。

句谎，说我左面没有肿胀，我想我就能够跳起来吃些香肠以及荞麦饼了。'

“我用手给他按摩了几下。

“‘现在，’我说，‘炎症已经完全好了。近日点的右叶已经没有了。你觉得睡意袭来了。你的眼睛一点也睁不开了。现在毛病已经完全好了。现在你睡着了。'

“镇长缓缓闭上眼睛，打起鼾来。

“‘铁德尔先生，’我说，‘你亲眼见证了现代科学的奇迹。'

“‘比德尔，’他说，‘你什么时候替舅舅做剩下的治疗啊，波波大夫?'

“‘沃胡。’我纠正道，‘明天上午 11 点钟我会再来。他醒后，拜托给他吃 8 滴松节油和 3 磅肉排。明天见。'

“第二天上午我按时到达了那里。早上好啊，比德尔先生，比德尔打开卧室房门的时候，我说，‘你舅舅今早晨感觉怎么样?'

“‘他好像好了很多啦。’比德尔说。

“镇长的气色和脉搏都好了很多。我再帮他做了一次治疗，他说疼痛已经完全没有了。

“‘现在，’我说，‘你最好还是床上躺一两天，就会痊愈啦。我刚好去了费希尔山，也算是你的运气，镇长先生，’我说，‘因为正规医生所用的一切药都救不了你。既然现在毛病好了，疼痛也没有了，不妨让我们来讨论一个比较愉快的话题——也就是那 250 块钱的医疗费用。不要支票，不好意思，我不喜欢在背面签背书，就好像我不喜欢在正面签支票一样。'

“‘我这儿刚好有现钞。’镇长将枕头底下的皮包取出来，说道。

“他仔细地数出 5 张 50 元的钞票，捏在手里。

“‘把收据拿过来。”他对比德尔说。

“我在收据上签了名，镇长把钱拿给了我。我仔细地把它们放在贴身的口袋里面。

“‘现在你可以执行你的职务啦，警官。’镇长笑哈哈地说，一点不像是害了病的人。

“比德尔先生抓住我的胳臂。

“‘你被逮捕了，沃胡大夫，别名彼得斯，’比德尔说，‘罪名是触犯本州法律，没有执照就行医。'

“‘你到底是谁呀?’我问。

“‘我告诉过你他是谁。’镇长从床上坐起来说，‘他就是州医药学会雇用的侦探。他跟踪你，走遍了5个县。昨天他来找我商量，我们决定这个法子来抓捕你。我看你从此再也不能在这一带行医了，骗子先生。你说我患的是什么怪病呀，大夫？’镇长哈哈大笑说，‘喙突——无论如何我想你不是大脑软化吧。’

“‘侦探。’我说。

“‘不错，’比德尔说，‘我必须把你移交给司法官。’

“‘你敢。’我说着立马卡住比德尔的脖子，几乎就要把他从窗户扔下去：但是他拿出一把手枪，抵住我的下巴，我只好放老实了，一动也不敢动。他铐住我的手，拿出了我口袋里的那笔钱。

“‘我证明，’比德尔说，‘这就是你我曾标记过的钞票，班克斯法官。我把他押送到司法官的办公室时，把这钱交给司法官，由他出一张收据给你。审理本案时，它就是有力的物证。’

“‘没关系，比德尔先生。’镇长说，‘现在，沃胡大夫，’他接着说，‘你为什么不施展一下法力呀？你为什么不不施展出你的催眠术，好把手铐催开呀？’

“‘走吧，警官。’我毫不在乎地说道，‘我自认倒霉啦。’接着我咬牙切齿地转向老班克斯。

“‘镇长先生，’我说，‘不需要多久，你就会发现催眠术是多么成功的。你应当知道，在这件事上也会是相当成功的。’

“我想事情果然如此。

“我们走到大门口时，我说：‘现在我们估计会碰到什么人，安岱。我认为你还是把手铐打开好一些，——’呃？当然啦，比德尔就是安岱·塔克。那是他策划出计谋：我们就这样弄到了合伙做买卖的本钱。”

纪念品

利奥内·达曼德小姐背对着百老汇。这应该算是“礼尚往来”，因为百老汇常背对着达曼德小姐。不过，真正的往来倒还说不上，因为“活报应”剧团这位往日的台柱处处有求于百老汇，反过来的情况却还没有。

话说利奥内·达曼德小姐把椅背朝向百老汇的窗口，坐下缝补一只刚破口的黑丝袜。窗下喧嚣的百老汇的闹声和灯光对她根本没有吸引力，她一心只向往这条仙境般的大街的化妆室里闷人的空气和喜怒不定的剧院里观众的喝彩声。然而，袜子却也非应付不可。丝织品不及时缝补会不可收拾，但你不穿丝袜又能穿什么呢？

马拉松俯视着大海，塞莱娅旅社俯视着百老汇，位于两条通衢大道的相会处，正对着人流的漩涡，有如一段屹立着的峭壁。一帮又一帮游方演员不辞辛劳跑完了路便来这里歇脚打尖。旅社四周的街上有密密麻麻的售票房、剧院、事务所、学校和饭店。

塞莱娅旅社的走廊不同于一般的旅社，光线暗淡，还有股怪味，你走在里面就像是闷在什么还没起航、起程的船里、车里，不过这条船、这辆车大一些罢了。整个房屋给你的感觉是不安稳，多不测，是暂居之地，甚至会是你生出许多心事和忧虑来。这些走廊变成了迷宫，若是没有人领路，你会如坠五里雾中。

每转一个弯，你也许会遇上一个穿着睡衣的人，或者会发现走进了死胡同，都只好止步。你还会撞上穿浴衣的喜剧演员到处找不知哪里才有的浴室。客房大概有几百间，每一间房里不时传出说话声，便是听到有人欢乐地唱几句歌，新老歌都有，要不就是一些演员聚集在一起打哈哈。

夏天来了，各剧团都已经解散，演员一边进各自喜爱的旅社休息，一边找经理求聘，寻求秋季演出的门路。

这天下午时间已然晚了，该跑的代理人那儿都已经跑过了。你在潮湿的走廊里走着，分辨不清东南西北，却能见到很多天仙女从身边经过，戴着面纱，眼睛像是明星，丝绸衣瑟瑟，装饰带飘飘，给闷人的走廊带来活泼气氛，还有芳香。年轻的喜剧演员聚集在门口，谈论着当代的明星布思，他们的嗓子是多才多艺的。从远处不知什么地方飘来火腿香和红甘蓝香，还有杯盘响。

塞莱娅旅店的生活节奏本来并不分明，多亏了啤酒瓶塞一声声噼噼啪啪响得有规律而悦耳。这家热情好客的旅社的生活才得以分出个层次，像是句子有了标点，但逗号经常用，分号很少用，句号不用。

达曼德小姐的住所是个小房间，梳妆台与洗脸架之间的空隙只能容的下一张摇椅，而且还得竖着放。梳妆台上除了日常用品外，还摆放着这位往日的台柱保存的演出纪念品和同行最亲密要好的朋友的照片。

她一边缝补袜子，一边朝一张照片一连看了两三次，脸上呈现出亲切的微笑。

“就不知李现在在哪里？”她自言自语道。

如果你有幸能够见到这张受她如此喜爱的照片，瞧第一眼时，你会以为看到的是朵多瓣白花，在一阵劲风袭来时吹得花瓣全都张开了。然而错了，张开来的并非白色花瓣。

你看到的其实是罗莎莉娅·雷小姐的薄纱短裙，她正在舞台的最前方，将腿高抬过头旋转着，向台下的观众表演紫藤绕梁。你看得出来，照相机的表现力有限，没有能够完全反映她腿部动作的优美刚健。其实，每天晚上到了这个激动人心的时刻，她的腿一抬，黄色的丝袜带便随即飞了出来，飞得又高又远，从她灵巧的腿上凌空跃起，然后飘落到台下兴高采烈的观众中。

你还能看到，在穿黑衣服的观众群众（主要是爱看精彩杂艺的男观众），有上百个人举起了手，想抓住这根从天而降的彩带。

这个动作使罗莎莉娅·雷小姐在两年的时间里每年走红 40 个星期。在短短 12 分钟的表演里，她还有其他的节目：唱歌，跳舞，模仿两三个没人能模仿的男演员的表演秀，在高高的凳子上用鸡毛帚表演平衡技艺。但是，最精彩的那一刻莫过于罗莎莉娅小姐把像花一样张开的短裙一收，微笑着跳到座位上，那根金箍分明在她腿上，转眼间便飞了出去，变成人人想得到的奇货。就是在这一刻，观众一个个从座位上起立（这样说也许不算夸张），为她的绝技拍手叫好，而这一招数的确使她的名字在票房卖得了大价钱。

两年后雷小姐突然对她的闺中密友达曼德小姐说，她要到长岛北岸的一个古老的村镇过夏天，而且就此告别舞台。

利奥内·达曼德小姐说出想得知老朋友下落的心愿后 17 分钟，响起了一阵阵砰砰的敲门声。

来人无须明说正是罗莎莉娅·雷。她听到里面有一个尖嗓门叫进来，便一下子闯了进来，把一只沉甸甸的手提袋往地上一扔。果不其然是罗莎莉娅，没有汽车却套了件坐小汽车时穿的宽松上衣。风尘仆仆，棕色面罩的带子还紧紧系着，还垂下有一码长。足穿黄褐色浅帮鞋，脚裹着紫色绑腿，一套旅行装是灰色的。

她取下面罩和帽子后，现出了一张非常漂亮的脸，正发红，却因心绪不宁而阴沉沉，眼睛大，但不高兴的事使得眼显得黯然。一头浓密的赤褐色头发是匆忙梳理的，一些成波形起伏的散发、小发卷梳子和发夹却都没有能拢住。

这两位并不是在舞台上而是在生活中亲如姐妹的人见面本该又叫又跳，又亲吻又问好，可是她们没有。她们就只是抱了一抱，吻了两吻，然后各自站在以往站的地方。这两位久别重逢的人的见面礼就像士兵和荒野里行路人的见面礼一样，很简单。

“我租了一间过道边的房子，在你上面两层楼，但还没上去过，先来探望你。”罗莎莉娅说，“我以前不知道你住这里，是他们告诉我的。”

利奥内说：“我是 4 月末来这里的，马上就要跟个倒霉剧团巡回演出。下星期我们在伊丽莎白开场。我原以为你已经告别了舞台，李。你说说，你现在怎样了。”

罗莎莉娅灵巧地扭了一下身子，坐到了达曼德小姐的衣柜上。头依靠着糊了纸的墙。巡回剧团的台柱和她的姐妹们长期来养成了习惯，觉得这样坐着更舒服。不比别人。倒在围椅里才舒服，而且靠背和扶手越高越好。

“我会让你知道，琳。”她说。不知为何么，这年轻姑娘的脸上现出气愤然而无可奈何的神情，“明天我又得走百老汇这条老路，把代理人办公室椅上的漆磨掉一层。从今天下午 4 点起算，往前数 3 个月份，这 3 个月里无论什么时候谁要是对我说，我又要听代理人讲什么请留下大名和住址之类的屁话，我真会笑掉大牙。琳，快给我一块手帕。哟，长岛的火车真够呛！我脸上落满了煤粉。哦，对啦，你有什么酒吗，琳?”

达曼德小姐打开了洗脸架的门，拿出一只瓶。

“还有将近一品的脱曼哈顿鸡尾酒。酒杯里插了一束荷兰石竹，不过……”

“就用瓶子喝吧。酒杯留下，与你做伴。谢谢！这酒很不错。3 个月里我第一次喝到这么好的酒！”

“琳，你没有说错，春天过完时我告别了舞台。我想离开舞台是因为我厌倦了舞台生活，特别是因为打心眼里讨厌男人，就是我们吃舞台饭的人非得应付的男人。你应该知道这里面的名堂，上自想要我们乘坐他的新汽车的经理，下自想亲热地叫我们的贴广告的人，我们都得想法子应付。

“最糟的是那些演出完毕后我们不得应付的那帮子人。有到后台找我们的，也有经理的朋友，他们请我们到餐厅吃饭，炫耀手里的宝石，让我们去见这个人那个人，全是一群畜生，我恨死了这群家伙。

“琳，依我看，最值得同情的是我们这些舞台上的姑娘。正派人家的姑娘真心想干出一番事业，辛辛苦苦练就了本领想有出息，可是永无出头之日。你老是听到人唠叨什么合唱队里的人可怜，一星期只挣 15 块。呸！合唱队里的人有了烦心事吃一只龙虾就能又快活起来。

“谁要想流泪就应该为当演员的流，在没名气的戏里当主角，一星期挣 30 到 45 元不等。她明知道不可能会有大出息，可是照样年年干，企盼永远不会来的‘机遇’。

“可我们还得演那些瞎胡闹的名堂！就拿那‘双推磨’来说吧，你的腿让别人倒提着，手成了腿，满舞台走着，还算是什么歌舞喜剧。不过与我表演的那些乌七八糟的东西比起来，倒还称得上正经货。

“但我最痛恨的还是男人，那些坐在你桌子对面色迷迷说着胡话的家伙，一心把你买到手，出价的大小全在于他们对你的估计。还有坐在观众席上的男人，有抽巴掌的，有大喊大叫的，有放开声吼的，有手舞足蹈、乱蹦乱跳的，全都像一大群野兽，把眼睛死死盯住你，只等爪子够得着了便把你一口吞下去。哼，我恨死他们了！

“哦，我还没有对你说过我自己怎样了，对吗，琳？

“我已经积攒了两百元，一到夏天便与舞台一刀两断。我去了长岛，住在一个美丽的小镇上，小镇叫索德波特。紧临海。我打算在那里度过夏天。钻研讲演技巧，在秋天上一个班。靠近海滩的一所房子里居住着位死了丈夫的老太太。有时候老太太出租一两间房来，为的是能有个人做伴，于是让我住了进去。另外还有个房客——阿瑟莱尔大牧师。

“他的确是个与众不同的人。琳，你听我说吧。这件事一会儿就可以说完，只是个独幕剧。

“琳，第一次见到他时我的心就活动起来。他一开口说话，我就听入了迷。他与观众中的那些人完全不同。他个子高，但瘦。他进房来时你不是用耳朵听出来的，而是用心感觉出来的。他的脸就像画上的骑上，像圆桌边的一位武士。声音像独奏的大提琴。还有他的风度！

“琳，你想想大美男子约翰·德鲁在他最美丽的客厅的那派头吧，如果把这两人对比一下，你会觉得约翰让人看不上眼。

“细节就不对你说了。没过一个月，我与阿瑟订婚了。他在美轮美奂的教堂里讲道。结婚以后，我们可以住在一所小小的牧师住宅，养养鸡，种种金银花。阿瑟爱和我讲天堂，但他的话我每次都一个耳朵进一个耳朵出，老是想着养母鸡，种金银花。

“我没有对他讲我上过舞台，我痛恨舞台生活，凡是跟舞台有关的无论什么都恨。我已经与舞台一刀两断了，何必要提起往事呢？我是个规矩人，除了喜爱演讲，没有什么好忏悔，叫我良心上过不去的就只有那么一件事。

“琳，说实在的，我感到称心如意，我在教堂的唱诗班里唱过圣歌，参加过缝纫协会，朗诵安妮·劳里的作品，还能在朗诵时夹杂着口哨，镇上的周报说‘水平已接近行家’。我跟阿瑟去划船，到树林里散步，捡贝壳，这个偏僻小镇在我看来是世界上最好的地方。本来我会在那里无忧无虑度过一辈子。如果……

“但是有一天上午格利太太，就是那位单身老太太，多了一嘴。我在后门厅里帮她剥豆荚。出租房子的人知道了什么事肚里就藏不住，这位老太太也不例外。她把莱尔先生看成是世上的圣贤，我也这样认为。她说尽了莱尔先生的优点，但末了告诉我，阿瑟前不久前爱上了一个人，爱得发狂，可惜最后没有成功。她不了解详细经过，就知道受的打击很大。她说，他脸上失去了血色，也瘦了。他还保留着那姑娘的一件纪念品，放在一个小小的花梨木盒子里，小木盒就锁在书房的书桌抽屉里。

“她说：‘晚上我有好几次看见他对着木盒发呆。只要有人进房来，他一定会把盒子锁进书桌里。’

“哼，不问你也可以知道，我会不会很快就阿瑟私下里打听这件事。

“就在那天下午，我们悠悠划着船在水上看荷花。

“‘阿瑟，’我说，‘你从未对我说过你还爱过一个人，但格利太太告诉了我。’接着我让他了解已瞒不过我。我很讨厌别人撒谎。

“他看着多，神情很真诚，说：‘你来之前，我有过一段感情，而且是动了真情。既然这件事你已经知道，我就跟你实话实说。’

“我说：‘那么请说吧。’

“‘我的好艾达，’阿瑟说——在索德波特时当然我是真名实姓——‘其实这次动真情完全是精神上的。虽然这姑娘真的打动了我的心，我把她看成有追求的女人，但我并没有和她会过面，从没有跟她讲过话，只是心中爱慕。我对你一样有心目中的爱慕，但毕竟有所不同。这件事我想你不会介意，影响我们的关系。’

“‘她长得美丽吗？’我问。

“‘她长得十分漂亮。’阿瑟说。

“‘你常看到她吗？’我问。

“‘大约五六次。’他答道。

“‘每次都是从远处看到的吗？’我又问。

“‘每次都相隔一段距离。’他答道。

“‘你真的爱她？’我追问。

“‘对我来说她是外表、风度和心灵美的化身。’阿瑟说。

“‘你紧紧锁着，并且时常看得发呆的那件东西是她留下的吗？’

“‘我珍藏的一件纪念品。’阿瑟说。

“‘她送给你的吗？’

“‘是本来属于她的东西。’他说。

“‘但不是直接得来的吧？’我问。

“‘也能说不是直接，但说直接更妥当。’他答道。

“‘为什么你没有和她直接见过面呢？’我问，‘难道说你们在生活中相隔太远？’

“‘她是遥不可及。’阿瑟说，“艾达，得了吧，这件事已经过去。’他补充道，‘你不会吃醋，对吗？’

“‘吃醋！’我说，‘你瞧你说到哪里去啦！现在正因为我了解了这件事，我对你的好感增加了十倍。’

“琳，这话不假，就不知你可不可以理解我。心目中的爱对我来讲很新鲜，我觉得，在我听说过的故事中，这种爱最珍贵，最崇高。你想想吧，居然会有这样的男人，爱着一个连话也没讲过一句的女人，一直恋着心中想象的偶像！我觉得这很伟大。我以前认识的男人找上你不是拿宝石引诱，就是在酒里下迷魂药，或是承诺加工资，他们哪里有心肝！哼，就别提了吧。

“说真的，这一来我对阿瑟更加有好感。我不会妒忌他曾经崇拜的远在天边的偶像，因为我立刻就会得到他。有了这事我也把他看成了一个圣贤，就像格利老太太一样。

“这天下午四点，有人来找阿瑟，让他去看望他教堂里的一个病人。格利太太躺在榻上睡午觉，房子里只有我一个人。

“从阿瑟书房经过时我往里一看，看到他书桌的抽屉上挂着一串钥匙，忘了带走。要说嘛，我们时常都会干点偷偷摸摸的事，琳，你看是吧？我真想看看他那件从来不公开的纪念品。倒不是因为我关心到底是什么东西，而是单纯出于好奇。

“打开抽屉时我有一两种猜测。我想，或许是她从阳台上扔下的一朵玫瑰花蕾，被他捡到，早已干枯了。要不就是她的一张照片，从一本杂志上剪下的，因为她社会地位很高。

“打开抽屉，果然看到一个花梨木盒，大约有男人的衣领盒那样大。在一串钥匙中我找出那片开盒子的小钥匙，打开了盖。

“只对那纪念品瞧了一眼，我就进自己房间，收拾行李。我把几件东西丢进手提箱，拔下插在头发上的小梳子胡乱理了理头发，戴上帽子，走入老太太房里，在她脚上踢了一下。当时我想压住一腔怒火，说话礼貌文雅些，也为阿瑟留点面子，而且我也有此习惯，可根本不行。

“我说：‘别拉风箱啦。你起来好好听着，我现在就给你钱。我不住这里了。还有八元房租要付给你。车夫在等着提行李。’

“我把钱给了她。

“‘哎哟哟，是克罗斯比小姐！’她说，‘到底出了什么事？我一直认为你在这里住得很开心。我的天，年轻姑娘就是让人捉摸不透，你以为她们是这样，而她们偏偏又是那样。’

“我说：‘算你说对了，有的姑娘的确难以捉摸。不过男人就不是这样。你

了解了一个男人，便了解了所有男人！人类是怎么一回事完全可以这样一锤定音。’

“说完我赶上四点三十八分的火车走了，搞得满身是细煤灰，我一溜烟到了这里。”

达曼德小姐忍不住追问道：“李，那盒子里装的究竟是什么呢?”

“从前演杂艺时我一腿甩到观众中的一根黄色丝袜带。琳，你还有鸡尾酒吗?”

麦迪逊广场的天方夜谭

菲利普斯将晚班的邮件取回卡森·查默斯广场附近的家。除了普通信件外，其他两个信套上盖着外国邮戳，而且完全一样。

其中一个信套里是一个女人的照片，另一个装着一封长信，查默斯默默看了很久。信是另一个女人写的，辞藻漂亮，含义恶毒，还有对照片上那个女人的挖苦。

查默斯将信撕得粉碎，在高级地毯上来回踱着。山里的野兽关进了笼子会来回走，人满腹疑虑时在房子里也会来回走。

慢慢地他的心总算平静了下来。这方地毯不是魔毯，走十六英尺就到了头，不能延伸，让他走出三千里。

菲利普斯又来了。他的到来就像演员登场；如精怪一样，你想他来他准会来。

“老爷，你在家吃饭还是在外面吃?”他问。

“在家吃，再过半小时。”查默斯说。他听见正月的寒风一阵阵刮过空荡荡的大街，像大喇叭叫，心里很不是滋味。

“且慢!”他对转身要走的精怪说道，“我回家时看见广场边很多人站成好几排，此外有个人在说话，站得高些，脚下不知道垫了什么。他们为何要排成队伍站到那儿? 为什么?”

菲利普斯说：“那些人是群无家可归的可怜人，老爷。站在木箱上的那个在为他们募捐，好让他们有地儿过夜。路人听了他说的话会把钱给他，他拿了钱再为这些人找公寓过夜，能帮多少人要看钱的数目。因此他们要排好队，按来的先后次序安排住处。”

“到吃饭的时候你把那些人找一个来，叫他和我一块吃。”查默斯说。

“哪……哪……哪一个呢?”菲利普斯当差以来吞吞吐吐说话这还是头一回。

‘随你选一个。”查默斯说，“你最好挑个头脑清醒些的，不要管人家干净不干净，别的没什么。”

卡森·查默斯请陌生人来吃饭是件不普通的事。这天晚上他心情沉闷，用尽办法解不了愁。要排解心头的烦恼一定要放大胆用个奇方，一定得有《天方夜谭》中的能人。

菲利普斯执行命令分毫不差，半小时内交了差。楼下餐馆的服务员将美味佳肴端了上来。餐桌上乖乖摆着两人的晚餐，点着粉红色蜡烛。

然后，菲利普斯从无家可归的人中选出来的客人战战兢兢、轻手轻脚地走了进来，仿佛他不是一位要人，而是个被逮住的贼。

这种人常常被称作破船。假使这个比喻恰当的话，那么就能说这条船是因火而遇难的。甚至，这条破船还有余火未灭。

他的手和脸刚刚洗净，是菲利普斯让他别忘了规矩才洗的。烛光照着他，令他显得和房间有气派的摆设十分不协调。脸上是病态的苍白，一脸胡须，又长又乱，颜色与爱尔兰长毛红猎狗的毛色相近。头上戴顶破帽，长长的浅褐色头发乱七八糟，和破帽正相称，露了出来，用梳子都夹不住。他就像一条被人欺凌后无路可走的狗，眼神又绝望，又诡诈，还充满敌意。破上衣除了那 1/4 英寸高的衣领外，处处都扣得严严实实。看到查默斯在圆桌对面站了起来，他并未表现得受宠若惊。

“有请!”主人说，“能和你一起进晚餐十分高兴。”

“我姓普卢默。如果你是我，你一定想要知道同桌吃饭的人尊姓。”从外面请来的客人很不客气地说。

查默斯急忙答道：“我姓查默斯，刚才还没来得及说。请坐在对面吧。”

普卢默把腿微微一弯，等着菲利普斯给他送来椅子。看来，他从前吃饭也是有人侍候的。菲利普斯摆上了鱼和橄榄。

“很好，看起来很丰盛，不是吗?”普卢默大声道，“行呀，我的巴格达热心国王。这餐饭我来做你的鲁佐德吧，一直做到全都吃完。天冷之后遇上你这种具有东方情趣的国王还是头一次。真走运！我排在第四十三个。刚刚数到第四十三时，你的来使便邀我赴宴。我不指望当下一届的总统，也不指望在今天晚上找个地儿过夜。我的不幸经历你想怎么听呢?是每上一道菜听一章呢，还是等到抽烟喝咖啡时听全部?”

“看来今天的事你不是第一次碰到。”查默斯笑着说。

“实话跟你说吧。是这样!”客人答道，“巴格达的跳蚤多，纽约市里的山鲁亚式的人物多。让我好好地吃上一顿，说说自己的身世。这种事我遇到过二三十回！在纽约就有人愿自给！他们既行了善，又满足了好奇心。很多人给你几毛钱或是一盘杂炒，有的有回教王的气派，会请你吃牛腰上的肉，但不管是谁都会将你的身世刨根究底，看了你自传的正文不算，还要看脚注、附录，甚至未出版的番外。哼，我见到来请我吃东西的人知道该如何做，脑子一转我就想好了话赚顿饭吃。我的老祖宗就是会吃开口饭的人。”

“我并不想知道你的身世。”查默斯说，“老实跟你说吧，我就是一时心血来潮，想找个陌生人一起吃饭。放心吧，我不是因为好奇心才找你来刨根底。”

“哼，废话！”客人大口喝着汤，说，“我倒不介意。我是一本东方杂志，就是卖给人看的。其实，我们无家可归的人都有一套这样的本事。免不了有人走到你面前，想知道你为什么落到了这种地步。要是给我一块面包或是一杯啤酒，我就会说是好酒贪杯的恶果。要是给我吃腌牛肉、包心菜，喝杯咖啡，我就会说是房东太太歹毒，或者住了半年医院，没了工作。要是吃嫩牛肉，又给我一个地方住，就说是命运不济，在华尔街被整惨了，一步步落到了这般田地。像今天这样的场面我是头一次遇见，还没有想好该说什么合适。查默斯先生，就这样吧，如果你想听，我把实情告诉你，不辜负你的款待。说假话你会相信，说真话你或许还不信。”

一个钟头后菲利普斯端上了咖啡和烟，收拾了桌子，天方夜谭客心满意足，舒了口气，向后一靠。

“你有没有听说过谢拉德·普卢默？”他问道，露出一丝诡异的笑。

查默斯说：“这个名字我记得。他是画家，几年前还很出气。”

“是五年前。”客人说，“之后我一落千丈。我就是谢拉德·普卢默！我最后一幅画像卖了两千元。从那之后我不要钱给人白画像也没人愿意了。”

“为什么呢？”查默斯不禁问道。

“说来奇怪。连我自己都不大明白。”普卢默伤感地说，“有一段时间我十分吃香，成了一个了不起的人物，四处有人找我画像。报纸称我为受人欢迎的画家。后来发生了奇怪的事。每画完一幅画后，看到的人都议论纷纷，你瞧着我，我瞧着你，眼里是异样的神情。

“不多久我发现了原因何在。原来，在画人像时，我把人的内心世界也画了出来。我完全出于无意，看到什么画什么，但我知道这一来自己就完了。有些请我画像的人很愤怒，画了也不要。有一次我为一位十分漂亮的社交界明星画像，画完之后她丈夫看了脸上出现异样的神情，第二周便提出了离婚。

“我记得有一次一位大银行家请我画像。我把他的像摆在画室时，一位知道他的人看了问：‘他真的是这样吗?’我告诉他，我是按原样画的像。他就说：‘我以前从不知道他眼里有那种神情。我该去银行把款提走另找一家。他果然去了，但款没有取到，银行家却已远走高飞。

“这样，没过多久我就无人问津。谁也不想把内心的丑事在画像时透露出去。人能装出一副笑脸欺骗你，但画像不会装。再也没有人请我画像，我只好作罢。我为报纸作过一段时间画，后来又给石版印刷商作过画，但我的作品出现了一样的问题。即使我按照照片画像，照片上你看不见的特性和神情还是被我画了出来。但是，我猜那些东西照片上没有本人肯定有。客户大吵大闹，尤其是女人，因此每个地方的工作我都做不长。这一来我开始借酒消愁。很快我便无家可归，只好编出一套谎话混口饭吃。阁下是否听真话感到乏味呢?如果你只求动听，我能编造一段华尔街遭遇的厄运，但那种事要边讲边流泪，现在美餐了一顿，只怕我挤也挤不出一滴泪来了。”

“用不着，用不着!”查默斯诚恳地说，“我听得津津有味。你画的像难道每一张都揭了人的短处吗?你的神来之笔画出的画是否也有一些让人看得过去的呢?”

“有没有?当然有。”普卢默说，“小孩的全是，很多女人的和一些男人的也是。你也知道，并不是所有的人都坏。心术正的人的相就经得起看。我已经声明，我只对你讲述事实，并不能作任何解释。”

查默斯的书桌上放着当天收到的从国外寄回的照片。过十分钟，他请普卢默照着照片画一张蜡笔画。画家花了一小时，然后伸了个懒腰，打着哈欠说：“画完了。对不起，用的时间很长。我是聚精会神画的。哎哟，我累了!不瞒你说，昨晚我没地方睡。现在我告辞了，先生!”

查默斯送他到门口，塞给了他几张钞票。

“好，我收下了。”普卢默说，“够我这落魄的人用了。谢谢。还有这顿美餐。今天我可以好好睡上一觉，做个美梦。但愿明早醒来好梦成真。再见了，回教王!”

查默斯又郁闷起来。他在地毯上走来走去，但总远远地避开放着蜡笔画像的书桌。他一次又一次想走近书桌，但都没有。他看得见金贵的和深浅不同的褐色，但心里害怕，不敢靠近。他坐在椅上，仍静不下心，便又起身按铃，叫来菲利普斯。

“这栋房子里有个年轻画家，姓莱纳曼，你知道住在哪里吗？”他说。

“最上一层的前房。”菲利普斯说。

“你去把他请来，就说我有件小事想要他帮忙。”

莱纳曼立刻来了。查默斯作了自我介绍。

“莱纳曼先生，”他说，“那边桌上放着一张蜡笔画像，不知画得如何，行家觉得有什么优点，我想听听你的高见。”

年轻画家走到桌子面前拿起画像。查默斯转过半个身子，歪靠在椅背上。

“你——你——你觉得怎样？”他悠悠地问。

画家说：“这张画我怎么称赞都不过分。是一位高手的作品，富于创造性，又细腻，又真实。怎么有这么好的本领呢？这样的蜡笔画杰作好多年都没见过。”

“老弟，你说说这脸、这人怎么样？”

“这脸是天仙的脸。”莱纳曼说，“请问这人是谁？”

“我太太！”查默斯大声叫着，向莫名其妙的画家扑去，扭着他的手，用拳头在他背上狠狠锤，“她到欧洲去了。把这幅画像拿去，小子，学学这里面的技巧将你的生活画成一幅画。值多少钱我会告诉你。”

哈格雷夫斯的骗局

墨比尔市的彭德尔顿·塔尔博特少校先生和他的女儿莉迪亚·塔尔博特小姐来到华盛顿，在最宁静的一条大街后面五十码左右的一所公寓里住下。这是栋古老的砖房，高高的白色柱子撑起一道门廊。院子里，洋槐和榆树绿荫掩映，显得非常气派，还有一株正值开花时节的梓树，在草地上洒下无数粉红和白色的花瓣。篱笆和小路两边是成排的杨树丛。正是此地典型的南方风格让塔尔博特父女一眼就看中了它。

他们在这所舒适而僻静的公寓里租了几个房间，其中一间连成塔尔博特少校的书房，他正准备写完《阿拉巴马军队、法官和单师团的逸事与回忆录》一书的最后几章。

塔尔博特少校热爱古老的南方。在他眼中，现在的一切都很乏味，毫无可取之处。他的记忆一直停留在内战之前的那段时期，那时，塔尔博特家有数千英亩上等的棉花田，全都是奴隶们在耕种；庄园里经常举办奢华的宴会，客人们都是南方的贵族。他也因此怀念着那个时代的一切：昔日的骄傲、对荣誉的顾虑、陈旧冗杂的礼节以及（你能想到的）那个时代的服饰。

这些服装无疑是五十年前的款式。少校个子很高。但每当他行那种奇妙而古老的屈膝礼时（也就是他所说的鞠一个躬），他的长礼服的下摆就会擦到地上。虽然华盛顿的人们早已不再嘲笑南方议员的长礼服和宽边礼帽，可看到这样的服装也不免会感到吃惊。公寓里的一个房客把它叫作“笋瓜神父”，因为它确实腰部太高，下摆太宽。

可是，在瓦德曼太太挑剔的公寓里，尽管少校穿着奇装异服，衬衫胸部有大块的褶皱，黑色的小蝶形领结总是滑到一旁，大家仍然对他微笑，十分喜欢他。几个年轻的职员常常“戏弄他”，引他说起他最喜欢的话题——他热爱的南方传统和历史。在讲述时，他经常直接引用《轶事与回忆录》中的内容。但是，他们都非常小心，尽量不露出破绽，因为虽然少校已经六十八岁了，但要是他那双敏锐的灰眼睛一直死死地盯着你看。就算是最大胆的人也会感到浑身不自在。

莉迪亚小姐是个有点胖的小个子姑娘，今年三十五岁了，光滑的发髻紧紧地挽在脑后，让她显得十分老成。她也是个老式人物；但却不像她父亲那样经常流露出对往日荣耀的自豪。她很节俭；家里的花销都由她来管理，收账的人来了也是她负责接待。在少校眼里，食宿费和洗衣费的账单十分令人讨厌，因为它们好像总是没完没了。少校想知道，为什么就不能把它们存到一块，等到方便的时候一次付清？——比方说，等到《轶事与回忆录》出版了，拿到稿费的时候。莉迪亚小姐总是一面平静地做着缝纫，一面说："一有钱我们就把账付了，这样等没钱的时候，他们就能宽容些。"

白天，瓦德曼太太公寓里的很多房客都不在家，因为他们似乎都是些职员和商人；但有一个人却从早到晚地待在公寓里。这个年轻人叫作亨利·霍普金斯·哈格雷夫斯——公寓里的每一个人都以全名称呼他——他在一家很受欢迎的歌舞剧院里工作。近几年来，随着轻歌舞剧的地位日渐上升，备受关注，而哈格雷夫斯先生又是这样谦逊有礼，因此瓦德曼太太自然没有理由拒绝他加入房客的名单。

在剧院里，哈格雷夫斯是以能说各种方言而出名的喜剧演员，擅长讲德语、爱尔兰语、瑞典语和黑人语言。你可哈格雷夫斯雄心勃勃，时常提起他一心想在正统喜剧中大获成功。

这个年轻人好像特别喜欢塔尔博特少校。只要老绅士一讲起他有关南方的回忆，或是重复某些最生动的往事时，哈格雷夫斯总会听得聚精会神。

少校曾经尝试过不去理会这个"小丑"（他私底下这样叫他）的主动接近；但不久这个年轻人和蔼可亲的行为和对老绅士的故事不容置疑的欣赏就完全获得了他的心。

没过多久，两人就好像是老朋友了。少校特意空出每天下午的时间把自己的书稿念给他听。讲到轶事的时候，哈格雷夫斯总会在适当的时候开怀大笑。少校为此颇为感动，一天，他对莉迪亚小姐说，年轻人哈格雷夫斯对旧体制有着非凡的理解力和令人感动的尊重。而且每当一谈起那些往事——只要塔尔博特少校愿意说下去，哈格雷夫斯先生准会听得如痴如醉。

如同所有谈起往事的老年人一样，少校总爱唠叨一些细枝末节的东西。在描述老庄园主那些辉煌、甚至是无与伦比的往事时，他总是踌躇片刻，直到他想起为他牵过马的黑人的名字，或是一些微不足道的小事的准确日期，或是这一年里收获的棉花的包数；但哈格雷夫斯从不因此而不耐烦或是失去兴趣。相反的，他总能就与那段时期的生活相关的不同话题提出一些问题，自然总能得到及时的回答。追猎狐狸，负鼠晚餐，黑人居住区里的舞会和民歌，庄园大厅里的宴会，方圆五十英里的客人都受到了邀请；与附近地区的贵族偶尔的争斗；为了基蒂·查尔默斯，少校和拉斯伯恩·卡伯特森进行的一场决斗，而基蒂后来嫁给了南卡罗莱纳州一个名叫思韦特的人；在墨尔比湾举行的耗费巨资的私人游艇比赛；老奴们奇特的信仰，只顾眼前的习惯和忠诚的美德——所有的这些话题每次都能让少校和哈格雷夫斯兴致盎然地聊上几个钟头。

有时，年轻人晚上的表演结束以后，正准备回到楼上的房间里去时，少校就会突然出现在他书房的门口，神情诡谲地招呼他进去。每次一走进去，哈格雷夫斯就会看到一张小桌子，上面已经摆上了一只细颈酒瓶，一个糖钵，一些水果以及一大束新鲜的薄荷叶。

"我想，"少校就会开始说——他总是彬彬有礼的——"也许你会觉得你的工作——就你的职业来说——十分辛苦，这足以让你，哈格雷夫斯先生，懂得欣赏诗人在写下'疲惫的自然甜美的恢复剂'这句诗的时候脑海里所浮现的东西——那就是我们南方特有的冰镇薄荷酒。"

看着少校调酒也会令哈格雷夫斯心醉神迷。少校总是有条不紊地做完每一步，那手法能与任何艺术家媲美。他小心地捣碎薄荷叶，精确地估计着每种成分的分量，非常小心地在混合物上加上鲜红色的水果，和边沿处深绿色的酒相互辉映。然后他把挑选好的麦秆吸管插进叮当作响的酒杯的深处，优雅殷勤地递给客人。

在华盛顿呆了四个多月之后，一天早上，莉迪亚小姐发现他们的钱几乎全都用光了。少校的书《轶事与回忆录》已经写完了，可是出版商却并没有欣然接受这部汇集了阿拉巴马州的见识和智慧的珍品。他们在墨比尔市依旧留着的小房子已经欠了两个月的租金。再过三天又要交这个月的食宿费了。莉迪亚小姐只能和父亲商量一下。

"没钱了？"他吃惊地说，"老是为这些小数目受到打扰可真令人烦心。真的，我——"

少校在口袋里摸了摸，只找到一张两美元的钞票，就又放回了背心口袋里。

"我得立刻处理这件事，莉迪亚，"他说，"把雨伞递给我，我要立刻去一趟城里。从我们那儿来的议员富勒姆将军前些日子向我保证，他要用他的影响让我的书能够早日出版。我这就去他住的旅馆看一看情况怎么样。”

莉迪亚小姐现出了一丝忧伤的笑容，看着父亲扣好他的“笋瓜神父”，大衣离开，走到门口的时候，他跟往常一样停了一下，深深地鞠了个躬。

那天晚上天黑的时候，他回来了。富勒姆议员仿佛已经见过了那个正在审阅少校书稿的出版商。那人说如果能把书里轶事之类的细节认真删减掉一半的话，去掉从头到尾渲染的地区和阶级偏见，那么他就愿意考虑出版。

少校简直气得脸色发白，可是就当他出现在莉迪亚小姐面前的时候，为了遵守一贯的行为准则，他又恢复了以往的镇定。

“我们一定得想办法弄些钱来，”莉迪亚小姐说着，鼻子上方稍微皱了一下，“快把那两元钱给我，我今晚就给拉尔夫叔叔发一封电报，找他借一点。”

少校从背心上面的口袋里掏出一个小信封，扔到了桌子上。

“或许我这样做有些不合适，”他温和地说，“不过这笔钱实在是有点微不足道，所以我用它买了今晚的戏票。这是一部新上演的战争剧，莉迪亚：我想你会很高兴能看到它在华盛顿的首次演出。听说戏里南方人有不俗的表现。我得承认是我自己非常想去看看这场表演。”

莉迪亚小姐没有出声，只是有点失望地摊了摊手。

既然票都已经买了，总要把它用掉。于是那一天晚上，当他们坐在剧院里聆听欢快的序曲时，就连莉迪亚小姐也暂时把他们的烦恼放在了第二位。少校穿着洁白的亚麻布衬衫，与众不同的外套扣得严严实实，一头白发向两边梳得整齐光洁，看上去确实显得优雅高贵。幕布缓缓升了上去，《一朵木兰花》的第一幕开始了，舞台的背景是典型的南方种植园。塔尔博特少校来了兴趣。

“啊，您瞧!”莉迪亚小姐的手肘轻轻碰了一碰他的胳膊，指着手里的节目单叫出了声。

少校戴上了眼镜，看着她手指指着的演员表中的一行。

韦伯斯特·卡尔霍恩上校……亨利·霍普金斯·哈格雷夫斯。

“是我们认识的哈格雷夫斯先生，”莉迪亚小姐说道，“这一定是他第一次参与他所说的‘正统剧’的表演。我真替他高兴。”

直到第二幕韦伯斯特·卡尔霍恩上校才上场。他一出现，塔尔博特少校就狠狠地吸了一口气，呆呆地瞪着他，整个人就像是被冻住了。莉迪亚小姐发出一声微弱含糊的叫声，把手里的节目单给揉皱了。原来卡尔霍恩上校打扮得简直跟塔尔博特少校一模一样。长长的稀疏的白发在发梢处卷起，贵族式的鹰钩鼻，宽大的有褶皱的衬衫前胸，蝶形领结快要歪到一边的耳朵下面了，这一切简直是模仿得分毫不差。此外，为了能模仿得更加惟妙惟肖，他还穿上了一件和少校那件举世无双的长大衣简直一模一样的衣服：高领，肥大，束腰，宽下摆，前片比后片短出一英尺，完全就是照着少校衣服的样式做出来的。从那时候起，少校和莉迪亚小姐就瞠目结舌地坐在那儿，看着假冒的傲慢的塔尔博特正如少校后来所说的那样，“在堕落的舞台诽谤的泥潭中拖着沉重的步子走过来走过去”。

哈格雷夫斯先生很好地把握住了他的机会。他紧紧抓住了少校的语言、口音、声调和自命不凡的仪态中细微的特质，把它们表现得栩栩如生——再加上为了达到舞台效果的夸张表演。当他演到那绝妙的鞠躬时——少校一直自诩这是一切场合里最完美的礼仪——观众席上顿时爆发出一阵雷鸣般的掌声。

莉迪亚小姐纹丝不动地坐在那儿，不敢朝他的父亲看一眼。有时，她靠近父亲的那只手会挡住脸颊，仿佛想掩藏住她无法抑制的笑，虽然她知道自己不该这样。

哈格雷夫斯大胆的模仿在第三幕中到了高潮。场景是卡尔霍恩上校在他的“书房”里款待几个附近的种植园主。

他就站在舞台中间的一张桌子旁，他的朋友们围绕着他。他一边熟练地为客人们调制冰镇薄荷酒，一边发表着独一无二、漫无边际的独自——这段独白在《一朵木兰花》这部剧里是如此著名。

塔尔博特少校不发一言地坐着，听着他最精彩的故事被人复述着，他最得意的理论和爱好被人发挥着，《轶事与回忆录》中的梦想被人公开、夸大以至于歪曲，他的脸气得发白。他最钟爱的那段叙述——就是他和拉斯伯恩·卡伯特森决斗的那一段——也没有被遗漏，那表演甚至比他本人的讲述更加满怀激情，更加自以为是。

独自以一段离奇又有趣、诙谐机智的简短演说收尾，内容是有关调制冰镇薄荷酒的艺术，而且配上了动作演示。塔尔博特少校精巧但却显得有点卖弄的调酒技巧在这里得到了最绝妙的再现——从他对香草考究的处理——“只要多用了千分之一格令的力气，先生们，你从这上天赐予的植物中榨出来的将会是苦味而不是香味了”——直到他异常小心地挑选麦秆吸管。

这一幕刚一结束，观众席上爆发出一阵热烈的欢呼声。对这个典型人物的表现是这样准确，这样深入，这样令人信服，以至于剧中的主角们都被人们给忽略了。在观众一再地要求下，哈格雷夫斯走到幕前，鞠了一个躬，略显稚气的脸上流露出成功的喜悦和激动。

莉迪亚小姐终于转过头来看了看少校。他窄窄的鼻孔如同鱼鳃一样抽动着。他用一双颤抖的手握在椅子的扶手上想要站起来。

“我们该走了，莉迪亚，”他声音哽咽地说道，“这根本就是奇耻大辱。”

他还没起身，她就又把他拉回到座位上。

“我们必须坚持到最后，”她郑重其事地说，“难道您想展示一下您的大衣为他的模仿做宣传吗？”于是他们一直待到演出结束。

哈格雷夫斯的成功肯定是让他那天晚上兴奋得难以入眠，因为第二天的早餐和午餐时间都没有见到他的影子。

大概下午三点钟左右，他敲了敲塔尔博特少校书房的门。少校打开门，哈格雷夫斯就捧着一沓早报走了进去——满脸是成功的喜悦，丝毫没有注意到少校的举止有何异常。

“昨天晚上我成功了，少校，”他得意地说，“我的机会终于到来了，而且，我还获得了巨大的成功。《邮报》上是这么说的：

> 他对于昔日南方上校这一角色的把握，经由他可笑的夸张，怪异的服装，古怪的词汇，不合时宜的家族自豪感，善良仁慈的心地，过分讲究的荣誉感和可爱的直率一览无余，堪称是当今舞台上对于人物角色刻画的经典。卡尔霍恩上校的那件大衣原本就是个奇迹。哈格雷夫斯先生已经获得了无数观众的青睐。

“少校，您觉得对于初次上演的夜场，这点评听起来怎么样？”

“昨晚，我有幸”——少校的声音听起来很冷淡——“亲眼目睹了你不同一般的表演，先生。”

哈格雷夫斯显得有些局促不安。

“您在那儿？我不清楚您还——我没想到您还会去剧院。哦，我是说，塔尔博特少校，”他坦白地说，“您千万不要生气。我承认我的确从您那儿获得了很多启示，它们帮助我成功地塑造了我的角色。但那只不过是个典范，您知道的——而不是具体的某一个人。观众的热烈反响就说明了这一点。那家剧院的半数观众都是南方人。他们肯定了这一角色。”

“哈格雷夫斯先生，”少校仍旧还站在那儿说道，“你对我的侮辱是不可饶恕的。你讽刺了我本人，完全辜负了我对你的信赖，还利用了我的热情好客。要是过去我明白你根本不了解一个绅士的尊严意味着什么，或者应该是怎么样的，那么先生，虽然我老了，我还是会和你决斗。请你立刻离开这个房间，先生。”

这位演员有点不知所措，似乎还没完全理解这位老绅士所讲的话。

“我很抱歉使您生气了，”他满怀歉意地说，“我们这儿看事情的方式和你们那儿的人不太一样。我还听说过，有的人为了能够把自己的形象搬上舞台，得到观众的认可，宁愿变卖掉一半的家产。”

“可他们不是阿拉巴马人，先生。”少校高傲地说。

“也许是这样的。我的记性很好，先生；就让我引用您的书里的几句话吧。在一次宴会上答祝酒辞时——我想那是在米利齐维尔——您说过这些话，还打算把它们打印出来：

> 北方人毫无感情或是热情可言，除非感情能够给他带来商业利润。对于任何损害他自己或是他所爱的人的名誉的诋毁，只要不致造成钱财的损失，他都将毫无怨言地忍受下来。在慈善事业方面，他出手大方；但前提是得有人大张旗鼓地为他宣传，还要把他的事迹刻在铜匾上以作纪念。

“您认为这番描绘会就比您昨晚看到的卡尔霍恩上校的形象更加公正一些吗?”

“这段描写，”少校皱着眉头说，“不是没有根据的。公开演说应该允许有一定的夸度——一定的自由发挥的空间。”

“公开演出时也是如此。”哈格雷夫斯答道。

“问题的关键并不在这儿，”少校丝毫不愿妥协，坚持说道，“这是对于我个人拙劣的模仿和讽刺。我决不能坐视不管，先生。”

“塔尔博特少校，”哈格雷夫斯露出一丝胜利的笑容说道，“我希望您能谅解我。我想让您明白我从没想过要侮辱您。对我的职业来说，一切的生活都属于我。我竭尽全力的从中选取我所需要的，然后在舞台上把它们重现出来。现在，如果您愿意，我们就说到这儿吧。我来探望您是为了别的事情。这几个月里我们一直是很好的朋友，现在我又要再次顶着惹您生气的危险了。我知道您现在缺钱用——先别管我是怎么知道的；这种事情在公寓楼里是很难保密的——我希望您能允许我帮助您渡过难关。我自己也经常会遇到这种情况。这段时间我的收入还算可以，也存了不少钱。我很愿意借您二百元——或是更多——直到您拿到——”

“住嘴!”少校手臂一挥勒令道，“看来我的书上确实没说错。你以为你的金钱药膏就能治疗好所有荣誉受损的伤口。无论如何我是决不会接受一个泛泛之交的贷款的；至于你，先生，我宁愿饿死，也绝不会考虑你为了缓和我们刚才的争吵而提出的侮辱性的经济补偿。我再次要求你离开这个房间。”

哈格雷夫斯没再说些什么，离开了屋子。也就在那一天他也离开了公寓，瓦德曼太太在晚餐桌旁解释道，他已经搬到市区剧院附近的地方去了，在那儿《一朵木兰花》将要上演一个星期。

塔尔博特少校和莉迪亚小姐的处境变得非常危急。少校的犹豫不决使他在华盛顿找不到能够以借款的人。莉迪亚小姐给拉尔夫叔叔写了一封信，可这位亲戚手头也并不宽裕，是否能够提供帮助还很难说。少校不得不为拖欠的食宿费同瓦德曼太太表示歉意，含糊其辞地说是“别人拖欠了房租”和“汇款还没收到”。

解救出自于一个完全出乎意料的途径。

一天下午，天色已晚，看门的女仆上来报告说有个老黑人想见塔尔博特少校。少校叫她把他领到他的书房里。不久。一个年老的黑人就出现在了门口，手里拿着一顶帽子，鞠了个躬，一只脚还笨拙地摩擦着地板。他身穿一身十分体面的宽大的黑色套装。一双粗糙的大皮鞋闪着金属一般的光泽，就像是在暖房里擦亮的。浓密的头发已经变得灰白——应该是几乎全白了。黑人一旦过了中年，就难以估计出他的年纪了。这个人经历的岁月或许就和塔尔博特少校差不多。

“您一定认不得我了，彭德尔顿老爷。”这是他说的第一句话。

听到这种熟悉的老式问候，少校站起身来走了过去。毫无疑问，这一定是以前种植园里的一个黑人；但他们那时住得非常分散，他也记不起他的声音又或是模样了。

“我想我确实不记得了，”他温和地说——“除非你能帮我回忆一下。”

“那您还记得辛迪家的摩斯吗？彭德尔顿老爷，就是战争刚一结束就搬走了的。”

“等等，”少校用指尖摸了摸额头，说道。他喜欢回想和那些美好的关于往昔的一切事情。“辛迪家的摩斯，”他回忆着，“你在马群里干活——驯服小马。是的，我想起来了。在南方投降后，你换了个名字——别提醒我——叫米切尔，还去了西部——到内布拉斯加州去了。”

“没错先生，没错先生，”——老人的脸上露出欣喜的笑容——“是这样，是在那儿。内布拉斯加州。就是我——摩斯·米切尔。摩斯·米切尔大叔，他们现在都这样叫我。老老爷，就是您的爸爸，在我离开的时候给了我一对小骡子，让我带上。您还记得起那对小骡子吗，彭德尔顿老爷？”

“我好像记不起来了，”少校说，“你知道战争刚开始的头一年我就结了婚，住到老弗林斯比那儿去了。但是，你就坐下吧，坐下吧，摩斯大叔。我真高兴能够见到你。希望你已经发了财。”

摩斯大叔在椅子上坐了下来，小心翼翼地把帽子放在旁边的地板上。

“是的先生，我一向干得还不赖。我刚到内布拉斯加时，那儿的人们都跑来看我的那对小骡子。他们在内布拉斯加从没见过那样子的骡子。我把骡子整整卖了三百元。是的先生——三百元。”

“后来我便开了家铁匠铺，没多久就赚着了钱，买了地。我和我老婆有七个孩子，除了两个死了，其余的都生活得还不错。四年前有一条铁路修过来，要在挨着我的那块土地上建一个城镇，嘿，彭德尔顿老爷，摩斯大叔便一下子有了上千美元的现钱、财产以及土地。”

“听到这些真令人高兴，”少校由衷地说，“太让人高兴啦。”

“您的那位小宝贝呢，彭德尔顿老爷——就是您叫她莉迪小姐的——那小家伙一定出落得令人认不出来了吧。”

少校走到门边呼唤到：“莉迪亚，亲爱的，你能过来一下吗？”

莉迪亚小姐从她的房间里走了出来，看上去确实是长大成人了，但还有些焦虑的样子。

“您瞧！我是怎么跟您说的来着？我就知道这孩子已经完全长大成人了。你难道不记得摩斯大叔了吗，孩子？”

“这位是辛迪婶婶家的摩斯，莉迪亚，”少校解释说，“他离开桑尼米德去西部的时候你才满两岁。”

“哦，”莉迪亚说，“在那个年龄，我恐怕很难记起您，摩斯大叔。就像您说的那样，我已经‘完全长大成人了’，很久以前还是一个很幸福的人。不过，虽然我不记得您了，我还是很高兴能再次见到您。”

她的确高兴得很。少校也和她一样。有些活生生的、实实在在的东西把他们俩和幸福的过去联系起来了。三个人坐下来谈论着逝去的时光，少校和摩斯大叔回顾着种植园里的情景连同那些日子，相互纠正着、提醒着对方。

少校问老人这么大老远从家里跑过来干什么。

“摩斯大叔是一个虔诚的教徒，”他解释说，“赶来参加这个城市盛大的洗礼大会。我从没传过道，但在那里的教会里还算是个长老，而且还能自己支付起开销，他们于是就派我来了。”

“那您是怎么知道我们住在华盛顿的？”莉迪亚小姐问道。

“有个黑人就在我住的旅馆里做工，他也是从墨比尔过来的。他告诉我有天早上他看见彭德尔顿老爷从这座公寓里出去。”

“我到这里来，”摩斯大叔把手伸进了口袋里，接着说——“除了是来看望家乡的人——还要一并把我欠彭德尔顿老爷的钱还给他。”

“欠我的？”少校吃惊地说道。

“是的先生——三百元。”他将一卷钞票递给少校，“我离开时，老老爷对我说：‘把这对小骡子也带走吧，摩斯，等你以后你有钱了再还给我。’是的先生——他就是这样说的。战争没给老老爷自己留下些什么东西。老老爷去世已多年，这笔账就该传到彭德尔顿老爷这里了。三百元。摩斯大叔现在终于有能力还账了。当年铁路公司买我的土地时我就留出那笔钱准备还债了。您数一数吧，彭德尔顿老爷。这就是我卖掉骡子的钱。是的先生。”

泪水涌进了塔尔博特少校的眼眶里。他抓起摩斯大叔的手，另一只手则放在了他的肩膀上。

“亲爱的、忠诚的老仆人，”他声音颤抖着说道，“不瞒你说，‘彭德尔顿老爷’一星期之前就已经花光了他在这人间的最后一元钱。我们会收下这笔钱的，摩斯大叔，一方面，算是还债，另一方面也算是作为对旧制度的忠诚和热爱的纪念。莉迪亚，亲爱的，快把钱收下吧。你比我更加适合管理它的开销。”

“快收下吧，孩子，”摩斯大叔说，“它是属于你们的。这是塔尔博特家的钱。”

摩斯大叔离开以后，莉迪亚小姐痛快地一场——因为高兴而哭的；少校也把脸转向了墙角，使劲地抽着他的陶管烟斗。

在接下来的几天里，塔尔博特一家人又恢复了以往的平静和舒适。’莉迪亚小姐的脸上再没有焦虑的神色。少校也穿上了一件崭新的长大衣，使他看上去仿佛是一尊缅怀着他的黄金时代的蜡像。另一位出版商读过了《轶事与回忆录》的手稿，认为只要稍加润色，再把突出的部分的口气改得缓和些，他就能使这本书有不错的销量。总而言之，情况很好，也不是没有希望获得比已经到手的幸福更加美好的东西。

在他们的好运降临的一个星期之后，一天，女仆把一封信送来莉迪亚小姐的房间。邮戳表明这封信是从纽约寄过来的。莉迪亚小姐觉得有些讶异，她想不起她在纽约有什么认识的人。她在桌子边坐了下来，用剪刀剪开信封。以下就是她所读到的：

亲爱的塔尔博特小姐：

我想你应该会高兴听到我的好运。我已经收到并接受了纽约一家专业剧团的邀请，他们邀请我在《一朵木兰花》中扮演卡尔霍恩上校这一角色，报酬将是每周二百美元。

还有一件事我想让你了解。我想你最好不要让塔尔博特少校知道。为了回报在研究这个角色方面他所给予我的巨大帮助，以及弥补为此而引起的不快，我诚恳地希望能对他有所补偿。虽然他拒绝了，但我还是想方设法做到了。对我来说。节省下那三百元钱并不是什么难事。

你真诚的朋友，

亨利·霍普金斯·哈格雷夫斯

又及：摩斯大叔一角我演的怎么样？

塔尔博特少校经过走廊时，看到莉迪亚小姐的房门开着，于是就停了下来。

“今天早上有我们的信件吗？莉迪亚，亲爱的？”他问道。

莉迪亚小姐赶紧把信件藏进了衣服的褶皱里。

“《墨比尔时报》来了，”她飞速地回答说，“在您书房的桌上面。”

咖啡馆里的世界公民

半夜，咖啡馆里拥挤不通。我随意间选坐的一张小桌恰好不被人们所注目，还剩下两把空椅子以诱人的殷勤，伸开双臂欢迎新拥进来的顾客。

当时，一位世界公民与我同一张小桌，坐在另一张椅子上面。我很高兴，因为我持这种观点，自亚当以来，还没有过一位真正的属于整个世界的公民。我们听说过世界公民，也曾在许多包裹上见过异国标签，但那是旅游者，而不是世界公民。

我下面提到的情景定会引起你的思考——大理石桌面的桌子，一排排靠墙的皮革椅座，愉快的伴侣，稍加打扮的女士们正以微妙而又明显可见的情趣争相讨论着经济、繁盛和艺术，小心周到又喜欢慷慨的侍者，使作曲家慌忙不迭地音乐机灵地满足了一切人的口味，还有杂七杂八的谈话声、欢笑声——假如你愿意的话，高高的玻璃锥体维尔茨堡酒将会躬身到你的唇边，就好像那枝头上的熟樱桃摇晃进强盗橙鸟的嘴壳一样。一位来自英奇·丘恩克的雕塑家对我说，这景象真真是巴黎式的。

我这个世界公民名叫E·拉什莫尔·科格兰，明年夏天他就会在科尼岛上声名鹊起。他把手一挥，谈起了海德拉巴帮的某一个东方集市。噗！他能让你在拉普兰滑雪。嘘！你在基莱卡希基同夏威夷的土著一起在浪尖波峰驰骋。一转眼，他又拖着你穿过阿肯色州长满星毛栎的沼泽，让你在艾达荷州他那碱性平原的牧场上炙烤一会儿，然后才旋风似的带你往维也纳大公们的上流社会。之后，他会给你讲到，有一次他在芝加哥湖因为吹了凉风而感冒，有位年长的埃斯卡米拉人在布宜诺斯艾丽斯又是怎样用丘丘拉草药热浸剂才把他治好。你应该致函“宇宙、太阳系、地球、E·拉什莫尔·科格兰先生，”一旦寄出，便会觉得信件定会交到。

我确信自己已经发现了从亚当以来的第一个真正的世界公民，我倾听他纵贯整个世界的宏论，生怕从中发现他仅仅是个环球旅行者的地方口音。他的见解不是飘浮不定或令人沮丧，他对不同的城市、国家和各大洲都不偏不倚，就犹如吹风和万有引力一样自然。

正当E·拉什莫尔·科格兰对这小小的星球高谈阔论的时候，我高兴地想起了一位差不多算是伟大的世界公民来，他为整个世界写作，又把自己献给了孟买。在一首诗里，他不得不说，地球上的城市之间不免有些狂妄自大，互相竞争，“靠这城市抚育着人们，让他们来来往往，但仅仅依附于城市于折缝之中，有如孩童依附于母亲的睡袍一样。”当他们走在“陌生的繁华街道时，”便会记起故乡城镇是“多么忠诚、多么愚笨、多么令人喜爱，”让他们的名字与故乡的名字生死与共，紧紧相连。我的兴趣被激发起来了，因为突然忆起了吉卜林的疏忽大意。现在，我已经发现了一个不是由尘埃造就的人，他不是狭隘地吹捧自己的出生地或者自己的国家，如果说褒扬的话，他是在赞美整个圆圆的地球，而与火星人和月球人相抗衡。对于这类问题的见解是坐在这张桌子的第三转角处的E·拉什莫尔·科格兰突然抛掷出来的。科格兰正给我描绘西伯利亚铁路的地形时，乐队换成了集成曲。结束的曲调是“迪克西”，振奋人心的乐曲加快的时候，几乎被每一张桌子的人们鼓掌声所淹没。

值得花上一段来谈谈纽约市内众多的咖啡馆每天晚上处处可见的这种引人入胜的场面。成吨的饮料挥霍于阐释各式理论。有人轻率地猜想，城里所有的南方人在夜幕降临之际都赶紧上咖啡馆。在北方的一座城市里这样赞许这种“反叛”气氛实在有点叫人迷惑不解，但并非不能解答。对西班牙的进行的战争，多年来薄荷和西瓜等农作物的丰收，新奥尔良的跑道上大爆冷门的获胜者，由印第安纳和堪萨斯的居民组成的“北卡罗来纳社团”举办盛大的宴会已经使南方成了曼哈顿的“时尚”。你若修剪指甲暗示着你的左手食指会提醒她你是个弗吉尼亚州里士满的绅士。呵，当然罗，不过，现在不少女士非得工作——战争，你是知道的。

正演奏着“迪克西”，就在这时一位黑发年轻小伙子不知从什么地方跳了出来，一声莫斯比游击队队员的吼叫声，疯狂地挥舞着软边帽子，迂回地穿过烟雾，落座于我们桌旁的空椅子上，抽出一支烟来。

这夜晚到了该打破缄默的时候了。我们之中有人向侍者要了三杯维尔茨堡酒，黑发小伙子知道也包括他有一杯在内，便笑了笑，点了点头。我赶忙向他提一个问题，因为我要证实我的一种观点。

“你不介意告诉我，你是哪里的人…”

E·拉什莫尔·科格兰的拳头砰一声砸在桌子上，把我吓得不敢说话了。

“原谅我，”他说，“可我绝不喜欢听到这种问话。是哪里人又有什么关系呢？以一个人的通讯地址来判断人公正吗？唉，我见过肯塔基人讨厌威士忌，弗吉尼亚人不是从波卡洪塔丝传下来的，印第安纳人从没写过一本小说。墨西哥人则不穿缝口上钉银币的丝绒裤，有趣的英国人，败家的北方佬，冷酷无情的南方人，气度狭小的西方人，纽约人太匆忙，没能花上一小时在街上瞧一瞧杂货店的独臂售货员怎样把越橘装进纸袋。让人真正像人吧，不要用任何地域的标签为他设置障碍。”

“请原谅，”我说，“但我的好奇心不是毫无凭证的。我了解南方，当乐队奏起‘迪克西’时，我喜欢察言观色。我相信那位为这只乐曲喝彩特别的卖劲、假装对南方非常忠诚的人一定来自新泽西州的塞考卡，或者在本市默里·希尔·吕克昂与哈莱姆河之间。我正要询问这位绅士到来证实我的看法，恰好被你的论断所打断，当然是更大的论断，我得承认。”

现在，黑发小伙子对我说，很明显，他的思想也是按自己的一套习惯运作。

“我倒愿意成为一枝长春花，”他玄妙地说，“生长在峡谷之巅，高唱嘟——啦卢——拉卢。”

这显然太过朦胧了，因此，我又转向了科格兰。

“我已经围绕地球走了十二遍了，”他说。“我知道到厄珀纳维克的一位爱斯基摩人寄钱到辛辛那提去买领带，我见证了乌拉圭的牧羊人在一次“战斗小湾”早餐食品谜语竞赛中获了奖。我在开罗、希腊为租房间付房租，在横滨为另一间付了全年的租金。上海的一家茶馆特地为我准备了一双拖鞋，在里约热内卢的贾尼罗以及西雅图，我不必嘱咐他们怎样给我煮蛋。真是一个太小太旧的世界。炫耀自己是北方人、南方人有什么用呢？炫耀山谷中的旧庄园的房舍、克里夫兰市的欧几里德大街、派克峰、弗吉尼亚的费尔法克斯县或阿飞公寓又或者其他任何地方又有什么用呢？只有当我们摒弃掉这些糊涂观念，即由于我们碰巧出生在某个发霉的城市或者十公顷沼泽地而沾沾自喜的时候，这个世界才会变得更加美好。”

“你似乎是一个货真价实的世界公民，”我羡慕地说。“只是，你似乎也诋毁了爱国主义。”

“这是石器时代的残余，”科格兰激烈地宣称。“我们都是兄弟——中国人、英国人、祖鲁人、巴塔哥尼亚人以及住在考河湾的人全都是兄弟。将有这么一天，一切为自己出生的城市、州、地区或国家的自豪感一扫而空，正如我们应当如此的那样，都是世界公民。”

“可是，每当你在陌生的地方游荡时，”我仍坚持道，“你的思想是否会回到某个地点——某些亲近的和……”

“从来也没有这样一个地方，”E·拉什莫尔·科格兰毫不犹豫地打断我。“这一大块陆地的世界的行星的东西，只要略微把两极弄平一点，被称之为地球，就是我的寓所。在国外，我碰到过这个国家的无数公民为某个地方所束缚。我曾见过芝加哥人在威尼斯的月夜，坐在凤尾船上，吹嘘着他们的排水沟。我见过一位被引荐给英格兰国王的南方人，他连眼皮子也不眨一下，便把消息透露给了那位独裁者——他母亲方面的一位姑婆，通过婚姻关系，同查尔斯顿的珀金斯家的人攀上了关系。我了解一位纽约人被几个阿富汗的匪徒绑架索取赎金，’等他的人送钱过去，才同代理人一起回到喀布尔。

‘阿富汗？’当地人通过翻译对他说，‘呵，是不是太慢了，你以为？’‘哦，我不知道，’他说，然后他开始告诉他们有关第六大街和百老汇大街的一个马车驾驶人的事。我不会固定在直径不足八千英里的任何地方。请记下我，E·拉什莫尔·科格兰，是属于整个地球的公民。”

我的世界公民做了个夸张的辞别，离开了我，因为他越过闲谈、透过烟雾看到某个熟悉的人。因此，只留下想当一朵长春花的人和我在一起，他屈尊于维尔茨堡酒，再也没有能力去声明他在谷顶上唱歌的抱负了。

我就坐在那儿，回味着我那明白无误的世界公民，弄不准为什么那位诗人没有注意到他。他可是我的新发现，我信任他。那是怎么一回事呢？“靠这些城市抚育着的人们，让他们来来往往，但仅仅依附于城市的缝隙之中，如同孩子依附于母亲的睡袍。”

而E·拉什莫尔·科格兰却不是这个样。把整个世界视为他的……

我的沉思默想被咖啡馆另一边传来的高声吵嚷和争执打断了。从坐着的顾客头顶上看过去，我看见E·拉什莫尔·科格兰和另一个陌生人在激烈搏斗。他俩有如泰坦们，在桌子之间打来打去，玻璃杯被砸碎了，人们抓起帽子还来不及躲开便被打倒在地，一位微黑女郎尖声喊叫，另一位金发女郎却开始吟唱《取笑》。

我的世界公民仍依就着地球的骄傲和名声，就在这时，侍者们利用著名的飞速楔形结构插入到两个格斗者之间，硬是把他两个推出了咖啡馆，虽然还在抵抗。

我叫住一位法国侍者麦卡锡，问他争执的起因。

“打着红领带的那个人”（即我的世界公民），他说，“被惹火了，原因是另一个谈起了他出生的地方的人行道和供水都太差劲。”

“哦，”我难为情地说道，“那人是个世界的公民——世界公民。他……”

“原籍是缅因州的马托瓦姆基格，他说，”麦卡锡补充道，“他不愿再忍受不敲掉那个鬼地方。”